诺贝尔文学奖
获得者莫言
作品系列

红树林

莫言◎著

上海文艺出版社

捍卫长篇小说的尊严

——代序言

莫言

大约是两年前，《长篇小说选刊》创刊，让我写几句话，推辞不过，斗胆写道："长度、密度和难度，是长篇小说的标志，也是这伟大文体的尊严。"

所谓长度，自然是指小说的篇幅。没有二十万字以上的篇幅，长篇小说就缺少应有的威严。就像金钱豹子，虽然也勇猛，虽然也剽悍，但终因体形稍逊，难成山中之王。我当然知道许多篇幅不长的小说其力量和价值都胜过某些臃肿的长篇，我当然也知道许多篇幅不长的小说已经成为经典，但那种犹如长江大河般的波澜壮阔之美，却是那些精巧的篇什所不具备的。长篇就是要长，不长算什么长篇？要把长篇写长，当然很不容易。我们惯常听到的是把长篇写短的呼吁，我却在这里呼吁：长篇就是要往长里写！当然，把长篇写长，并不是事件和字数的累加，而是一种胸中的大气象，一种艺术的大营造。那些能够营造精致的江南园林的建筑师，那些在假山上盖小亭子的建筑师，当然也很了不起，但他们大概营造不来故宫和金字塔，更主持不了万里长城那样的浩大工程。这如同战争中，有的人，指挥一个团，可能非常出色，但给他一个军，一个兵团，就乱了阵脚。将才就是将才，帅才就是帅才，而帅才大都不是从行伍中一步步成长起来的。当然，不能简单地把写长篇小说的称作帅才，更不敢把写短篇小说的贬为将才。比喻都是笨拙的，请原谅。

一个善写长篇小说的作家，并不一定非要走短——中——长的道路，尽管许多作家包括我自己走的都是这样的道路。许多伟大的长篇小说作者，一开始上手就是长篇巨著，譬如曹雪芹、罗贯中等。我认为一个作家能够写出并且能够写好长篇小说，关键的是要具有"长篇胸怀"。"长篇胸怀"者，胸中有大沟壑、大山脉、大气象之谓也。要有粗粝莽荡之气，要有容纳百川之涵。所谓大家手笔，正是胸中之大沟壑、大山脉、大气象的外在表现也。大苦闷、大悲悯、大抱负、天马行空般的大精神，落了片白茫茫大地真干净的大感悟——这些都是"长篇胸怀"之内涵也。

大苦闷、大抱负、大精神、大感悟，都不必展开来说，我只想就"大悲悯"多说几句。近几年来，"悲悯情怀"已成时髦话语，就像前几年"终极关怀"成为时髦话语一样。我自然也知道悲悯是好东西，但我们需要的不是那种刚吃完红烧乳鸽，又赶紧给一只翅膀受伤的鸽子包扎的悲悯；不是苏联战争片中和好莱坞大片中那种模式化的、煽情的悲悯；不是那种全社会为一只生病的熊猫献爱心、但置无数因为无钱而在家等死的人于不顾的悲悯。悲悯不仅仅是"打你的左脸把右脸也让你打"，悲悯也不仅仅是在苦难中保持善心和优雅姿态，悲悯不是见到血就晕过去或者是高喊着"我要晕过去了"，悲悯更不是要回避罪恶和肮脏。《圣经》是悲悯的经典，但那里边也不乏血肉模糊的场面。佛教是大悲悯之教，但那里也有地狱和令人发指的酷刑。如果悲悯是把人类的邪恶和丑陋掩盖起来，那这样的悲悯和伪善是一回事。《金瓶梅》素负恶名，但有见地的批评家却说那是一部悲悯之书。这才是中国式的悲悯，这才是建立在中国的哲学、宗教基础上的悲悯，而不是建立在西方哲学和西方宗教基础上的悲悯。长篇小说是包罗万象的庞大文体，这里边有羊羔也有小鸟，有狮子也有鳄鱼。你不能因为狮子吃了羊羔或者鳄鱼吞了小鸟就说它们不悲悯。你不能因为它们捕杀猎物时展现了高度技巧、获得猎物时喜气洋洋就说他们残忍。只有羊羔和小鸟的世界不成世界；只有好人的小说不是小说。即便是羊羔，也要吃青草；即便是小鸟，也要吃昆虫；即便是好人，也有恶念头。站在高一点的角度往下看，好人和坏人，都是可怜的人。小悲悯只同情好人，大悲悯不但同情好人，而且也同情恶人。

编造一个苦难故事，对于以写作为职业的人来说，不算什么难事，但那种非在苦难中煎熬过的人才可能有的命运感，那种建立在人性无法克服的弱点基础上的悲悯，却不是能够凭借才华编造出来的。描写政治、战争、灾荒、疾病、意外事件等外部原因带给人的苦难，把诸多苦难加诸弱小善良之身，让黄鼠狼单咬病鸭子，这是煽情催泪影视剧的老套路，但不是悲悯，更不是大悲悯。只描写别人留给自己的伤痕，不描写自己留给别人的伤痕，不是悲悯，甚至是无耻。只揭示别人心中的恶，不袒露自我心中的恶，不是悲悯，甚至是无耻。只有正视人类之恶，只有认识到自我之丑，只有描写了人类不可克服的弱点和病态人格导致的悲惨命运，才是真正的悲剧，才可能具有"拷问灵魂"的深度和力度，才是真正的大悲悯。

关于悲悯的话题，本该就此打住，但总觉言犹未尽。请允许我引用南方某著名晚报的一个德高望重的、老革命出身的总编辑退休之后在自家报纸上写的一篇专栏文章，也许会使我们对悲悯问题有新的认识。这篇文章的题目叫《难忘的毙敌场面》，全文如下：

> 中外古今的战争都是残酷的。在激烈斗争的战场上讲人道主义，全属书生之谈。特别在对敌斗争的特殊情况下，更是如此。下面讲述一个令我毕生难忘的毙敌场面，也许会使和平时期的年轻人，听后毛骨悚然，但在当年，我却以平常的心态对待。然而，这个记忆，仍使我毕生难忘。
>
> 1945 年 7 月日本投降前夕，国民党顽军 152 师所属一个大队，瞅住这个有利时机，向"北支"驻地大镇等处发动疯狂进攻，我军被迫后撤到驻地附近山上。后撤前，我军将大镇潜伏的顽军侦察员（即国民党特务）四人抓走。其中有个特务是以当地医生的面目出现的。抓走时，全部用黑布蒙住眼睛（避免他们知道我军撤走的路线），同时绑着双手，还用一条草绳把四个家伙"串"起来走路。由于敌情紧急，四面受敌，还要被迫背着这四个活包袱踯躅行进，万一双方交火，这四个"老特"便可能溜走了。北江支队长邬强当即示意大队长郑伟灵，把他们统统

处决。

郑伟灵考虑到枪毙他们，一来浪费子弹，二来会惊动附近敌人，便决定用刺刀全部把他们捅死。但这是很费力，也是极其残酷的。但在郑伟灵眼里看来，也不过是个“小儿科”。当部队撤到英德东乡同乐街西南面的山边时，他先呼喝第一个蒙面的敌特俯卧地上，然后用锄头、刺刀把他解决了。

为了争取最后机会套取敌特情报，我严厉地审问其中一个敌特，要他立即交代问题。其间，他听到同伙中“先行者”的惨叫后，已经全身发抖，无法言语。我光火了，狠狠地向他脸上掴了一巴掌。另一个敌特随着也狂叫起来，乱奔乱窜摔倒地上。郑伟灵继续如法炮制，把另外三个敌特也照样处死了。我虽首次看到这个血淋淋的场面，但却毫不动容，可见在敌我双方残酷的厮杀中，感情的色彩也跟着改变了。

事隔数十年后，我曾问郑伟灵，你一生杀过多少敌人？他说：百多个啦。原来，他还曾用日本军刀杀了六个敌特，但这是后话了。

读完这篇文章，我才感到我们过去那些描写战争的小说和电影，是多么虚伪和虚假。这篇文章的作者，许多南方的文坛朋友都认识，他到了晚年，是一个慈祥的爷爷，是一个关心下属的领导，口碑很好。我相信他文中提到的郑伟灵，也不会是凶神恶煞模样，但在战争这种特殊的环境下，他们是真正的杀人不眨眼。但我们有理由谴责他们吗？那个杀了一百多人的郑伟灵，肯定是得过无数奖章的英雄，但我们能说他不“悲悯”吗？可见，悲悯，是有条件的；悲悯，是一个极其复杂的问题，不是书生的臆想。

一味强调长篇之长，很容易招致现成的反驳，鲁迅、沈从文、张爱玲、汪曾祺、契诃夫、博尔赫斯，都是现成的例子。我当然不否认上列作家都是优秀的或者是伟大的作家，但他们不是列夫·托尔斯泰、陀思妥耶夫斯基、托马斯·曼、乔伊斯、普鲁斯特那样的作家，他们的作品里没有上述这些作家的煌煌巨作里所具有的那种波澜壮阔的浩瀚景象，这大概也是不争的事实。

长篇越来越短，与流行有关，与印刷与包装有关，与利益有关，与浮躁心态有关，也与那些盗版影碟有关。从苦难的生活中（这里的苦难并不仅仅是指物质生活的贫困，而更多是一种精神的苦难）和个人性格缺陷导致的悲剧中获得创作资源可以写出大作品，而从盗版影碟中攫取创作资源，大概只能写出背离中国经验和中国感受的也许是精致的小玩艺儿。也许会有人说，在当今这个时代，太长的小说谁人要看？其实，要看的人，再长也看；不看的人，再短也不看。长，不是影响那些优秀读者的根本原因。当然，好是长的前提，只有长度，就像老祖母的裹脚布一样，当然不好；但假如是一匹绣着《清明上河图》那样精美图案的锦缎，长就是好了。

长不是抻面，不是注水，不是吹气，不是泡沫，不是通心粉，不是灯心草，不是纸老虎；长是真家伙，是仙鹤之腿，不得不长，是不长不行的长，是必须这样长的长。万里长城，你为什么这样长？是背后壮阔的江山社稷要它这样长。

长篇小说的密度，是指密集的事件，密集的人物，密集的思想。思想之潮汹涌澎湃，裹挟着事件、人物，排山倒海而来，让人目不暇接，不是那种用几句话就能说清的小说。

密集的事件当然不是事件的简单罗列，当然不是流水账。海明威的“冰山理论”对这样的长篇小说同样适用。

密集的人物当然不是沙丁鱼罐头式的密集，而是依然要个个鲜活、人人不同。一部好的长篇小说，主要人物应该能够进入文学人物的画廊，即便是次要人物，也应该是有血有肉的活人，而不是为了解决作家的叙述困难而拉来凑数的道具。

密集的思想，是指多种思想的冲突和绞杀。如果一部小说只有所谓的正确思想，只有所谓的善与高尚，或者只有简单的、公式化的善恶对立，那这部小说的价值就值得怀疑。那些具有进步意义的小说很可能是一个思想反动的作家写的。那些具有哲学思维的小说，大概都不是哲学家写的。好的长篇应该是“众声喧哗”，应该是多义多解，很多情况下应该与作家的主观意图背道而驰。在善与恶之间，美与丑之间，爱与恨之间，应该有一个模糊地带，而这里也许正是小说家施展才华的广阔天地。

也可以说，具有密度的长篇小说，应该是可以被一代代人误读的小说。这里的误读当然是针对着作家的主观意图而言。文学的魅力，就在于它能被误读。一部作家的主观意图和读者的读后感觉吻合了的小说，可能是一本畅销书，但不会是一部“伟大的小说”。

长篇小说的难度，是指艺术上的原创性，原创的总是陌生的，总是要求读者动点脑子的，总是要比阅读那些轻软滑溜的小说来得痛苦和艰难。难也是指结构上的难，语言上的难，思想上的难。

长篇小说的结构，当然可以平铺直叙，这是那些批判现实主义的经典作家的习惯写法。这也是一种颇为省事的写法。结构从来就不是单纯的形式，它有时候就是内容。长篇小说的结构是长篇小说艺术的重要组成部分，是作家丰沛想象力的表现。好的结构，能够凸现故事的意义，也能够改变故事的单一意义。好的结构，可以超越故事，也可以解构故事。前几年我还说过，“结构就是政治”。如果要理解“结构就是政治”，请看我的《酒国》和《天堂蒜薹之歌》。我们之所以在那些长篇经典作家之后，还可以写作长篇，从某种意义上说，就在于我们还可以在长篇的结构方面展示才华。

长篇小说的语言之难，当然是指具有鲜明个性的、陌生化的语言。但这陌生化的语言，应该是一种基本驯化的语言，不是故意地用方言土语制造阅读困难。方言土语自然是我们语言的富矿，但如果只局限在小说的对话部分使用方言土语，并希望借此实现人物语言的个性化，则是一个误区。把方言土语融入叙述语言，才是对语言的真正贡献。

长篇小说的长度、密度和难度，造成了它的庄严气象。它排斥投机取巧，它笨拙，大度，泥沙俱下，没有肉麻和精明，不需献媚和撒娇。

在当今这个时代，读者多追流俗，不愿动脑子。这当然没有什么不对。真正的长篇小说，知音难觅，但知音难觅是正常的。伟大的长篇小说，没有必要像宠物一样遍地打滚，也没有必要像鬣狗一样结群吠叫。它应该是鲸鱼，在深海里，孤独地遨游着，响亮而沉重地呼吸着，波浪翻滚地交配着，血水浩荡地生产着，与成群结队的鲨鱼，保持着足够的距离。

长篇小说不能为了迎合这个煽情的时代而牺牲自己应有的尊严。长篇小说不能为了适应某些读者而缩短自己的长度、减小自己的密度、降低自己的难度。我就是要这么长，就是要这么密，就是要这么难，愿意看就看，不愿意看就不看。哪怕只剩下一个读者，我也要这样写。

卷首语

在欲火如炽的红树森林里，烦躁不安的叙述，犹如东奔西突的马驹……

第一章

那天深夜里，她开车来到海边的秘密别墅。刚刚被暴雨冲洗过的路面泛着一片水光，路上空无一人，远处传来海水的咆哮声。她习惯赤着脚开快车，红色凌志好像一条发疯的鲨鱼向前冲刺，车轮溅起了一片片水花。她这样开车让我感到胆战心惊。林岚，其实你不必这样；你的心情我可以理解，但你其实不必这样。我低声地劝告着她。轿车猛拐弯，如同卡通片里一匹莽撞的兽，夸张地急煞在别墅大门前。刺耳的刹车声一瞬间盖住了夜潮的喧哗，阔叶树上积存的雨水哗地倒下来，浇得车顶水淋淋，好像有人在跟我们开玩笑。她从车里钻出来，肩上挎着皮包，手里提着鞋子，用力摔上车门。我聆听着她的赤脚拍打着水磨石的门前台阶发出的肉腻响声，跟随着进入了她的秘密香巢。灿烂的水晶吊灯突然放出了金黄的光辉，天蓝色的手提包蛮横地飞起来，天蓝色的高跟鞋翻着跟斗飞起来，天蓝色的长裙轻飘飘地飞起来，然后是天蓝的丝袜飞起来，天蓝的乳罩飞起来，天蓝的裤衩飞起来。顷刻之间，南江市天蓝色的常务副市长变成了一个洁白如玉的女人，一丝不挂地冲进卫生间。

我拧开了花洒，数十条晶亮的水线便把她的身体罩住了。她在水的密网里呻吟着。水凉了吗？不，你们不要管我，你们让我死了吧！林岚，至于吗？山重水复，柳暗花明，天无绝人之路。我帮她调热了水，站在水的帘幕之外开导着她。细微的水蒸气在金黄的灯光里渐渐地氤氲开来，迎面的大镜子上蒙上了一层雾，镜子中的这个凹凸分明的女人，变成了一团白色的暗影。她的皮肤温柔滑腻，富有弹性；她的乳房丰满坚挺，好像充足气的皮球。我轻轻地抚摸着她的身体，从肩头到奶头，从脸蛋到屁股。我一边摸着她，一边在她的耳边说着甜言蜜语：看看，看看，都四十五岁的女人了，还有这样的身材和皮肤，这简直是个奇迹……

伸出手抹了两把镜子，在一片流着水的明亮里，她看到了自己的身体。她双手托着乳房，眼睛往下看着，嘴巴撅着，好像要吃自己的奶。我在她的身后偷偷地笑起来。在我的笑声里，她的喉咙里发出一阵难听的呼噜声。然后我看到眼泪从她的双眼里涌了出来。

哭吧，哭吧。我轻轻地拍打着她的背，宽慰着她。

得到我的鼓励，她放下了市长的架子，突然大放悲声。四壁镶贴着进口瓷砖的卫生间里共鸣良好，她的哭声就像波浪，在墙上来来回回地碰撞着。她一边哭着，一边抓起镜子前的东西往墙上砸着。珍珠护肤液的瓶子破了，银灰色的、珠光闪闪的乳液溅满墙壁和地面。卫生间里，气氛淫荡。水中泛起彩色的泡沫，香气扑鼻。我受不了这种香气，连连打着喷嚏。她也打起了喷嚏。喷嚏止住了她的哭声。然后她就一屁股坐在地面上。我刚想提醒她不要让破碎的玻璃扎了屁股时，她已经安然无恙地坐下了。

她坐在地上，双手抱着头，下巴搁在膝盖上，目光呆滞，望着镜子里模糊的影像。她的神态让我联想到蹲在树杈上的倦怠的鸟。你在想什么呢？我跪在她的身后，小心翼翼地问。她没回答我的问话。我也不指望她能回答我。对这个美丽的女人,我的心里充满了同情和爱慕。我像影子一样追随着她,几十年如一日。她欢喜,我开颜;她难过,我心痛。我在她耳边说:都是那个姓马的混蛋,把你害成这个样子!

不要提他!我的一句话,就像点燃了一个炸药包,她恼怒地大叫起来。女人的温柔和软弱,顷刻间消失的无影无踪。她的眼圈发红,简直就是一条被逼到墙角的狗;她的黑眼球晶晶发亮,宛若一块炉中煤。她狂躁地拍打着自己的胸脯,发出了呱呱唧唧的声音,洁白的皮肤上马上就出现了一片紫红。你自虐,我心疼。我扑上前去,从后边搂住了她的双臂。她挣扎着,咬着我的手背。然后她撕下脖子上那条日本产名贵珍珠项链,摔到大镜子上。一声脆响,项链迸裂,数十颗珍珠撞到墙壁上,落在地面上,在光滑的地面上弹跳、滚动,卫生间里响起凄婉的珍珠音乐。

我知道她是个爱珠如命的人,她爱护珍珠,就像爱护自己的牙齿。到了毁坏珍珠这一步,说明她已经绝望到了可以自杀的程度。我闭紧嘴巴,关好了水龙头;花洒上残余的水像眼泪一样滴滴答答地落下来。我拿来一条浴巾,披在她的肩上。然后我又拿来一条毛巾,擦干了她的头发。洗完澡后往身上抹珍珠护肤霜是她的习惯,也是她永葆青春的秘诀,但我猜想今天她是顾不上这些了。我一手托着她的腿弯子,一手揽着她的脖子,将她抱进了卧室。在我抱着她行走的过程中,她用双手紧紧地搂着我的脖子。她的脸与我的脸几乎贴在了一起,她脸上的表情生动而执拗,活像一个受了委屈的小姑娘。我实在是太爱这个女人了,她杀人放火,她通奸卖淫,都不会影响我对她的爱。有时候我恨她恨得咬牙切齿,但只要一看到她的脸,爱的浪潮马上就把我淹没了。她嘴巴里的热气喷到我的耳朵上,弄得我心醉神迷,我多么想轻轻地吻一下她的脸,但是我不敢。对女人的恐惧,比钢铁意志还要管用,总是在关键时刻克制住我的欲望。

我把她放到那张夸张的大床上，然后退到床边的暗影里，垂手而立，等待着她的吩咐。她四仰八叉地躺着，身体摆成一个大字形，毫无一点羞耻感。在柔和的灯光照耀下，她的皮肤闪闪发光。在短暂的一段时间里，她的身体一动不动，胸脯连轻微的起伏都没有，好像变成了一具美丽的僵尸。看到她这样子我的心里简直像刀搅一样痛苦，因为这个世界上找不到第二个人会像我这样爱她。

她的确是美丽，比美丽还美丽。一般的女人在仰着的时候，乳房都要塌陷下去，但她即便是仰躺着，也还是保持着挺拔的形状。她的乳房过分美好，让人怀疑它们的真实性。我想起了不久前的一个夜晚，金大川躺在这张大床上摸弄这对好宝贝的情景。当时我也是站在现在这个位置上，眼睁睁地看着金大川在她的身上耀武扬威，他多毛的双腿和坚硬的屁股让我感到极度厌恶，我恨不得砍去他的屁股；但是我无能为力，我只能躲在暗影里咬牙切齿，让妒恨的毒牙咀嚼自己的心。我看到他毫不客气地咬着她的乳头，拧着她的大腿……你对这种暴行逆来顺受，你甚至发出一种惬意的哼哼，好像被人挠着腿窝的小母猪。我感到自己的心破成了无数碎片，好像一个被吹爆了的气球。金大川坐在你的肚皮上，双手轮番拍打着你的乳房，你的脑袋像货郎鼓一样在床上摆动着……她在金大川的蹂躏下发出了阵阵声嘶力竭的喊叫，喊叫时她翻着白眼，咧着嘴，龇着牙，丑态毕露，全然没有了堂堂副市长的风采。最后，她和他的身体几乎拧成了一条麻绳，汗水湿透了床单，房间里洋溢着那种凶猛动物交配之后的辛辣腥冷的气息。如果不是亲眼所见，我做梦也想不到，南江市常务副市长的身体，在男人的操练下，竟然能做出那样多的高难动作。当然我也想不到平日里严肃认真的副市长干起性事来活像一头母豹子。我记得心满意足的金大川笑嘻嘻地说：你应该去当柔道运动员！她的眼睛里光芒闪闪，不知是柔情满怀还是怒火满腔，她突然蹬出一条腿，将毫无防备的金大川踹到了床下。

现在，你应该清醒了吧？我在她的床边低声絮叨着，这个城市里的男人，都在算计你，利用你，只有我对你忠心耿耿，但是你对我的忠心耿耿并不珍惜。她睁开眼睛看看我，嘴巴动了动，似乎要对我说几句动情话的样子。我的心立刻就醉了，立刻就碎了。亲爱的，我的心，我的肝，我的肺，你千万不要对我说客气的话，我是你的奴才你的狗，你用脚踢着我我才可能活得好，如果你把我当成了个人，要对我说一些赔礼道歉的人话，那就是要我死了。我像一股冰凉的空气，封住了她的嘴巴。我扶着她的肩膀，让她仰靠在柔软的床头上。我用一柄每根齿端都镶着一颗珍珠的梳子，轻轻地拢着她的头发，按摩着她的头皮。她的头发真是好，繁茂得好像一蓬生长在沃土里的凤尾草。但是，今天，好像草根腐烂了一样，她的头发，一撮撮地脱落下来。你端详着塞满梳齿的头发，眼睛里饱含着泪水。我从你的身体里听到了一个不详的信号，为了你的儿子大虎，为了你的遭受了严重挫折的爱情，你的身体已经不堪重负，衰老，可怕地、不可阻挡地开始了。

她从我的手里夺过梳子，扬手扔到墙角里；然后她摸起了床头柜上的那盒据说价值三百元的香烟，我连忙打着打火机帮你点燃，两道浑浊的烟雾从你的鼻孔里熟练地喷出来。我悲哀地想着，半年前，她还是一个嗅到烟气就皱眉的人。那时候，市里的干部们，没有一个敢在林副市长的办公室里吸烟。我记得她将第一口烟雾吸进嘴巴时，眼睛里涌出了泪水。她连声咳嗽着，脸皮憋得粉红，好像一颗火龙果的颜色。那时，马叔还尴尬地劝她：何必呢？何必糟蹋自己呢？她气汹汹地说：这不正是你希望的吗？你不就是想让我毁掉吗？……转眼之间，她已经成为一个熟练的烟客。她滋滋地吸着烟，暗红的火焰向嘴巴靠近，这时候，她的脸色苍白，嘴角和眉间，布满了深刻的皱纹。春蚕是一个中午成熟的，女人是一个夜晚苍老的。

趁她吸着香烟沉思默想时，我为她倒了一杯酒。酒是法国葡萄酒，杯是水晶夜光杯。深红色的葡萄美酒，在亮晶晶的杯子里荡漾着，放射出宝石般的光芒。一个赤身裸体的女人，在一栋豪华的海边别墅里，左手夹着名烟，右手端起酒杯，仰起脖子，一饮而尽。这样的情景，让我浮想连翩。退回去三十年，我做梦也想不到能看到这样的情景。

三十年前，你还是一个扎着两把毛刷子的中学生。那时你眉毛很浓，皮肤很黑，大大的眼睛里，放射着天不怕地也不怕的光芒。你的腿很长，上身显得特别短促，好像刚出生不久的小马驹子，身体比例有些失调。你走起路来跌跌撞撞，经常在玻璃上碰了额头或是在门框上碰了鼻子，有点顾头不顾腚的意思，好像脑子里缺了一根弦。那时候你是我们南江一中的红卫兵小头头，你穿着一件从你爹箱子底下翻出的洗得发了白的旧式军装，左臂上套着一个晃晃荡荡的红袖标，腰里扎着一条你爹当年扎过的牛皮腰带，因为年代久远，腰带已经发了黑，但那腰带的黄铜扣子，却被你用细砂纸擦得闪闪发光。你的腰太细了，腰带的扣眼太远，你找到马叔——这家伙起了个沾我们便宜的名字——马叔找到一个大钉子和一块鹅卵石，将腰带放到教室里的讲台上。我们看着心灵手巧的马叔给你的腰带打眼。啪啪啪，啪啪啪，卵石打击钉子，钉子钻透腰带，宛如钉住了一条大蛇。你们在这里干什么？金大川腰里别着一颗训练用的木柄手榴弹，分拨开众人，挤了进来。让我看看，你们这些笨蛋，围在这里干什么？哇！这条腰带真牛！这是谁的？马大哈，是你的吗？来来来，让老子看看。他伸出粗大的手，拽住了牛皮带。马叔按住他的手腕子，低声说：放开！——是你的吗？——不是我的，但是请你放开！——我要是不放呢？——马叔将鹅卵石举起来。金大川从腰里拔出了手榴弹，高高举起，大声喊叫：你他妈的敢动手？我与你们同归于尽！——你从马叔手里夺过鹅卵石，轻轻地敲着金大川手里的手榴弹，说：腰带是我的！——是你的？他的嚣张气焰顿时减弱了许多，嘻皮笑脸地说：小毛丫头，你从哪里抢来的好宝贝？是抄家抄来的吗？送给我怎么样？——呸！你差一点将唾沫啐到金大川的脸上，你配吗？这条腰带，是我爸爸打鬼子时扎的，看看，你指着腰带上的一处疤痕说，这是被小鬼子的子弹打的，这条腰带，是马伯伯送给我爸爸的，没有这条腰带，我爸爸早就被小鬼子打死了，我爸爸要是死了，也就没有我了。你从口袋里摸出一块水果糖，剥去糖纸，要往马叔嘴里塞。马叔举起手挡着嘴，连声道：干什么你，你干什么嘛！你抓住马叔的手，把那粒糖硬塞进马叔歪来歪去的嘴里。马叔想把糖吐出来，你举起小拳头，瞪着眼说：你敢！你敢吐出来我就不理你了！马叔含着糖，小瘦脸涨得通红，就像小公鸡的冠子一样。你也许没看到，但是我清楚地看到了，当你往马叔的嘴里塞糖时，金大川的脸色非常难看。他脸上的表情，不是愤怒，也不是忌妒，而是一种极度的尴尬。我们拍着巴掌，嗷嗷地起着哄：好了好了，马叔和林岚好了！吃喜糖喽吃喜糖！在我们的欢呼声中，金大川提着他的手榴弹，不言不语地溜走了。

她自己跳起来，身体摇晃着，扑向酒柜，抓起酒瓶子，就像电影里常常表现的那些名贵女人那样，仰起脖子，咚咚咚咚地将大半瓶酒全都灌了下去。一些血样的红酒流到胸脯上，沿着乳房之间的深谷，一直流进肚脐……接下来她就把酒瓶子胡乱扔在地上。再接下来她扑向大床，这个最让你迷恋的地方。你亲口对金大川说过床是你最留恋的地方，比官场还让你留恋。你把脸深深地埋在枕头里，举起一只拳头敲打着床头。亲爱的，想开点吧，天无绝人之路嘛！我像个老婆婆一样地开导着她，并试图抓住她的拳头，停止这种很可能让她的关节受伤的过激动作。但她的手就像一只刚从油锅里捞出来的猪蹄一样，又热又滑，根本不让我抓住。于是，我的眼泪就像岩洞里的滴水，冰冷地落在她的深深的脊沟里。

我的眼泪丰富无比，很快就在她的腰部的凹陷里积成一汪，并慢慢地向她高高蹶起的、像肥胖的小马驹一样的屁股浸润过去。我移动了一下头颅，让眼泪直接落在她的屁股上。珍珠真是好东西，如果没有高级珍珠霜的滋养，你的屁股不可能在历经了四十五年风霜之后还能这样的圆润如珠、光洁如玉。我的眼泪落在你的屁股上就像落在荷叶上一样，噗簌簌地滚下去，连一道泪痕也不留。我的心中充满了柔情蜜意，往事如潮，在我的心头涌起，几十年前，你在全市中学生田径运动会上的飒爽英姿顿时出现在我的眼前。

夜里刚下了一场雨，运动场的低凹处积着浑浊的雨水。煤渣铺成的四百米跑道弯成一个大大的椭圆形，包围住了一片红土地。土地上生长着高低不齐的野草，好像斑秃似的。运动场的两头支着两个红锈斑斑的足球网架，球网从来就没有过，球架的横梁上，吊着一只砸扁了的军用水壶。网架的立柱上，拴着一只白色的奶羊。缰绳很长，使它的活动半径足有五十米。它的乳房像一根粉红的面口袋一样，几乎拖到地面。比赛还没开始，但我们南江中学的学生已经坐在了露天的阶梯式看台上。青砖铺就的看台上湿漉漉的，有的地方积满淤泥，有的地方落满鸟粪。我们都不想坐，但是带我们前来的教导主任严令我们坐下。围绕着教导主任的右眼，有一块巨大的青痣。这块痣既使他虎虎生威，又使他好像刚被人打了一拳。我们为他起了一个外号"青面兽"。他说，你们不要不识好歹，你们瞪起眼睛看看，这个运动场上只有这一点点看台，幸亏我们来得早，如果我们晚来一步，看台就被别的学校抢去了。果然，我们看到，向阳中学的队伍已经朝着运动场跑步而来。

这是个不规则的运动场。运动场的旁边，隔着一道铁丝网，就是我们学校的校园，这个属于市里的运动场几乎就成了我们学校的操场。我们放学之后，在这里踢球打架，逮蛐蛐捉蚂蚱。那时候我们学校跟全中国的学校一样，男生和女生之间，老死不相往来。其实，我们心里对好看的女生充满好感。女生就像磁铁，我们就像铁屑。但是我们故意伪装出对女生深深厌恶的样子，见了她们根本不搭理。女生呢？女生对我们男生其实也很感兴趣，但她们也伪装出对我们厌恶至极的样子。这时候，你插班进入我们学校。你像一只蝴蝶飞进我们中间。当时，我们正在运动场上上体育课，我们排成弯弯曲曲的队伍，听着体育孙老师给我们讲解第三套广播体操。这时，我们看到，班主任翟老师牵着一个女孩的手，钻过把我们学校和运动场分割开的铁丝网，向着我们的队列走来。阳光因为你的到来变得明媚如画，死气沉沉的队伍变得生龙活虎。体育孙转过头，迎着翟老师和你。你穿着一双紫红色的小皮鞋，雪白的短袜上缀着两颗毛绒绒的小球。你的小腿细长，膝盖玲珑。一条天蓝色的短裙束在你细细的腰间，一件洁白的短袖衬衫美着你的身。你的脖子很长，脑袋不大，五官鲜明，让我们过目难忘。翟老师拍了三下巴掌，欢快地说：同学们，给你们介绍一个新同学——林岚。我们的目光早就集中在你的身上。金大川——驻地空军机场场站参谋长的儿子——怪声怪气地问：什么林？你举起右手的食指，在空中画着说：双木林。金大川又问：什么兰？你画着说：山风岚。金大川和身边的李高潮交头接耳：山风岚？山风岚是个什么岚？说实话我们那时还不认识这个字呢。翟老师拍拍你的头，把你交给孙老师，转身走了。孙老师牵着你的手，在队列前巡睃着，看样子是想找到个合适的位置把你塞进来。我们的心都突然地被一种痛苦折磨着，我们希望体育孙把你安插在自己身边，我们又生怕体育孙把你安插在自己身边。你面带着天真无邪的笑容，就像一个外国元首的夫人似的，在体育孙的陪同下,检阅着我们的狗牙参差的队伍。体育孙先是把你塞到金大川和李高潮之间,金大川仰起军干子弟傲慢无礼的脸,李高潮歪着司机儿子狗仗人势的头。体育孙马上就把你从金、李之间拉走。体育孙刚把你拉走,金大川的脸上马上就显出了失望的表情,李高潮讨好地说:我们把她挤走了。体育孙把你塞进我和马叔之间,退回去两步,一打量,说:好,就在这里吧! 这里确实是你的合适位置,马叔比你高一点点,我比你矮一点点。你左顾右盼着,对我点点头,对马叔挤了一下眼,扮了一个鬼脸。我的心里一下子打翻了五味瓶,天! 对我笑,那是礼貌,那是客气,彬彬有礼,拒之千里。对马叔扮鬼脸,那是亲腻,那是熟识,挤鼻子弄眼,亲密无间。但比起金大川,我毕竟还是幸运的,因为你身上、也许是你的衣服上散发出来的芬芳灌满了我的胸腔,真让我飘飘欲仙。当时我还错以为那是一种香皂的气味或是一种雪花膏的气味,后来,过了许多年之后,我才明白,想当年我从你的身上嗅到的气味就是妙龄少女的本真气味,世界上能够被人的鼻子嗅到的气味有数十万种,惟有这种气味最美好。在你的生气蓬勃的气味的冲击下,我的心中满涨着幸福,阳光明媚,秋风飒爽,天像海洋,人像花朵,一切都因为你而美好,就像歌功颂德的电影里所表现的那样。然后我们按体操队形散开了。做腹背运动时,我们因为筋骨痛疼而偷工减料,你却做得十分到位。你身体柔韧,好似面条;柔中有刚,赛过弹簧。体育孙对你大加赞赏。他把你叫到队列前边,让你给我们做示范。看看这位新来的同学是怎么做的! 你们这些——! 体育孙把半截话咽了回去。他咽了回去我们也知道那半截话不是"懒虫"就是"笨蛋"。你落落大方,毫无新来的学生那种拘禁或是羞涩。你对着我们翘起你的像小马驹一样的屁股。从那一时刻起我就产生了一个错觉,我认为你的尾骨那儿翘着一根看不见的尾巴,就像雄孔雀的尾巴那样。尤其是当你奔跑的时候,你的姿势、你的动作、你的表情甚至你的气味,都向我证明着你的尾巴的存在，你如果没有尾巴是不可思议的。

迟到一步的向阳中学的师生们愤怒地看着坐在看台上的我们，只好在跑道外边的泥地上站着了。他们的脸都面对着早晨的阳光，金黄黄，毛茸茸，简直就像一片葵花。我们看到向阳中学带队的老师紧绷着脸向我们的教导主任“青面兽”走来。那人是个大个子，腰有点哈，走起路来，脖子往前一探一探的。他的双臂出奇地长，以至于让我们感到，他紧攥着的拳头不像拳头而像用手提着的两个地雷。老于，你们一中是老大哥，但也不能老是欺负小弟弟！向阳中学的带队老师对着我们的“青面兽”，挥舞着他那两只巨大的拳头，满面冷笑，发泄着心中的不满。“青面兽”的眼睛随着那两个大拳头转动着，貌似高姿态地说：张校长，别激动，有话慢慢说嘛！“青面兽”笑嘻嘻地瓦解了张校长的怒气。教育局明明把看台分给了我们向阳，他看着我们说，你们一中凭什么抢占了去？“青面兽”道：有这事吗？我怎么不知道？张校长道：知道了你也要说不知道，你们一中，一贯地不讲道理，一贯地自高自大，一贯地仗势欺人！——哎呀呀我的个张校长，干嘛把话说得这样难听？“青面兽”大声吆喝着：不就是几尺看台吗？我们让出来让你们坐下不就得了？同学们，同学们，起立，起立！把看台让出来。正在这时候，向阳中学的张校长惨叫一声，伸出右手捂住了额头，然后他就蹲在了地上。怎么啦张校长？“青面兽”弯下腰，关切地问着。张校长从额头上摘下手，放在眼前端详着。他的手里是一片汩漓的鲜红。血！他像个小孩子似的怪叫了一声，就势一屁股坐在了地上，全不顾屁股下正是一汪浑浊的雨水。我们看到张校长的额头上鼓起了一个包，黑色的血沿着那个包的边缘慢慢地流下来，流向他的鼻翼两侧，流进了他的嘴巴。“青面兽”伸手去拉张校长，张校长却死活也不肯起来。“青面兽”从张校长身边捡起一个灰色的泥丸，托在掌心里端详着，然后，他往前走了几步，对着看台上的我们，声色俱厉地问：谁干的?!

你翻了一个身，眼睛定定地望着天花板发了一会呆，然后一侧身，拉开了床头柜的抽屉。我马上就猜到了你的心思。我知道抽屉里藏着一件宝贝。送你这件宝贝的是原籍本市、现在省社会科学院工作的女学者吕超男。她抽烟、喝酒，讲起话来唾沫横飞，既是女权运动的组织者又是独身主义的实践者。谁也想不到你会跟这个女人成为好友。那天晚上，你在市委招待所8号房间宴请吕超男，我站在墙角，等候着你的吩咐。

吕像个大将军似地对着服务小姐挥挥手，去吧去吧，姑娘，玩去吧，我和你们林市长还有重要的事情要谈。精明得像小狐狸一样的小姐看看你的脸，你微笑着，对服务小姐点点头。小姐微笑着退出去了。吕往自己的杯子里倒满了葡萄酒，给你倒酒时，你抬手罩住了杯子。

现在，吕说，我可以不叫你林市长了吧?

你早就不该叫我林市长。

不不不，必要的表演还是必要的嘛，在你的下人们面前，我当然还是要维护你的尊严。

说吧，你这次回来，想让我帮你干点什么?

既然你开口动问，俺家也就不客气了！吕仰脖喝了半杯酒，满面英豪的样子，但眼睛里流露出乞求。我想出一本书，关于女性在后现代社会里如何认知自己的性别问题，书稿已经让世界著名的女权运动大师马格林娜教授写了序言，她在序言里对书稿极为欣赏，她说这本书是本世纪女权运动的总结同时也是下个世纪女权运动的开端。

你微笑着打断她的话：出版社跟你要多少钱?

三万，这帮畜生，狮子大开口。其实，她说，如果他们肯下本钱做广告，谁又敢说我的书不能成为畅销书呢？关于女权运动的书，在西方，动辄就卖几十万本！

赞助你三万元出一本书？这是绝对不可能的。但是我可以立个名目，让你名正言顺地从我这里赚一万元钱。

一万元也行啊！

我们市正在筹办首届珍珠节，需要编写一份宣传材料，不过，让你这样的大才女写这种东西，实在是委屈了……

哎呀我的个亲姐姐！她跳起来，夸张地欢呼着，我就知道只要找到你就没有解决不了的问题！她转到你的背后，搂住你的脖子，歪着头，在你的腮上吻了一下。你嗅到她的嘴巴里散发出一股混合着烟酒气味的青苔般的气息。这股气味让你联想到水牛的湿漉漉的嘴巴。你并不反感这股气味，但她的这种亲热弄得你很窘。你剥开她的手，低声说：快放开我，你这家伙……

放心，她大咧咧地说：我对你保证我不是同性恋。但她说着这话时伸手摸了你的乳房。

拿开你的狗爪子，你这坏蛋！你打脱了她的手，严肃地说，怎么样？愿意给我们当枪手？

这没什么，世界历史上，有多少大文豪，为了生存，干过被认为是下贱的工作。高尔基在马路上擦过皮鞋，杰克·伦敦在海上当过海盗，巴尔扎克在妓院当过大茶壶……夫大人者，能上能下，能贵能贱……

那就一言为定。明天，我让文化局魏局长到招待所来找你。

你站起来，伸出手，欲与她握手言别。

她笑嘻嘻地说：姐们，咱家受您重恩，无以为报，送你一件小礼物略表寸心。

她从自己的背包里摸出了一个用彩纸包裹的长方形物件，在你的面前晃了晃，说：无价之宝，保您满意！

什么鬼东西？你想贿赂我？

算不上贿赂。

你伸出手欲接盒子，她却拉开你的手包，把那个玩艺儿硬给塞了进去。

她按着你的手包说：回去才能看，否则就不灵了！

你就装神弄鬼吧！

她恋恋不舍地盯着你的眼睛，突然换了一种狐魅无比的腔调，说：林岚，我真恨我为什么不是个男人……

那天夜里你穿着一袭天蓝色的长裙，低低的胸口那儿，闪烁着一串珍珠项链。

回到海边别墅，你有点急不可耐地打开了那个纸包。剥去一层红纸，显出一层黄纸；剥开黄纸之后，显出一层白纸。剥开白纸，显出一个精美的锦缎盒子。什么东西搞得这样麻烦，你自言自语着，揭开了那个盒子。

一个硕大无朋的男性生殖器官出现在你的眼前。

你惊叫一声，猛地盖上盒子。你的手就像让炉火烫了似地缩了回来，按在怦怦乱跳胸膛上。你的脸发着烧，红得好像刚刚产过第一个蛋的小母鸡。

臭妖婆子，弄了个什么鬼东西来，吓死我了……你低声嘟哝着，抬起眼睛四下里张望着。你的动作和表情很像一个偷嘴吃之前的小姑娘。你的眼睛里闪烁着一种水晶般的光芒，据说这是女人动情的标志。

你走到卧室门口，轻轻地别上了插销。然后你灭了顶灯，检查了严密的落地窗帘。我站在墙角，忍不住地笑起来。我说，林岚，你真是胆小如鼠，怕什么呢？这可是在你自己家里。你不理睬我，管自走到床边，拧开台灯，把光线调得金黄。你屏住呼吸，小心翼翼地将指尖按在那个精美的盒子上。你的神情古怪得让我直想笑，好像那盒子里装着一只小鸟，一开盒子就会飞上蓝天似的；好像那盒子里藏着一颗炸弹，一开盒子就会轰然爆炸似的。我说，打开吧，又没有人看着你，装模作样干什么呢？你龇出雪白的牙齿，咬住红红的柔软下唇，猛地揭开宝盒。当然既没有小鸟飞出，更没有炸弹爆炸，只有那个粉红色的大鸟，十分生动地趴在盒子里。你把它握出来，还是小心翼翼的样子，生怕它跑了似的。那家伙有毛有蛋，头部镶嵌着七颗能够旋转的珍珠。你从盒底拿出精美的说明书，低声地念给我听。通过你的诵读，我得知它是从美国进口的，是根据好莱坞当红影星××××的原件倒模制造，使用的材料是最高级的硅胶。此物有伸缩、震动、旋转的功能，用两节3号电池驱动，可让女性得到最全面、最高级的享受。本产品质量上乘，安全可靠，面市以来，得到了世界各地女性、尤其是知识女性的热烈欢迎……

从你的身体里散发出来的热量已经提高了房间的温度，我知道你已经心猿意马，你已经跃跃欲试，我也知道你心中充满了矛盾。你抬起头来，双腮酡红，乞求般地看着我，仿佛要从我这里获得勇气。你颤抖着问我：可以吗？我是不是可以？

电话铃爆豆般地响起来。你本能地盖起盒子，藏起让你心惊肉跳的宝贝。

是我，女权主义者吕超南在电话里嘻嘻地笑着问：试过了吗？感觉怎么样？

你这个坏蛋！

林大姐，别假惺惺了！你我都是单身女人，同病相怜。脱了裤子，市长也是女人！听着，我给你念一段某大报上昨天发表的文章：女人，你有这个权利！女性自慰，在以男性为主体的社会里，一直受到压制和污蔑……根据调查，全世界三分之二的女性，终其一生，都没有体验到性高潮，这是多么残酷的现实；而女性通过自慰，几乎可以百分之百地达到高潮。女性自慰，对于提高生活质量、促进身心健康都大有裨益……姐妹们，是勇敢地站起来正视自己的身体和欲望的时候了！是坦然地自己动手获得性满足性快乐的时候了！你的身体是自己的，任何人都无权干涉！谁干涉我们自慰谁就是我们的敌人！

在吕超男的鼓励下，你克服了罪疚感，并且彻底地放下了市长的架子，无师自通地开始了花样翻新的探索。

从此这成了你经常的功课。

所以当你在痛苦中拉开了床头柜的抽屉时；我殷勤地将它递给了你。你接过它，推开了电源开关。它在你柔弱的手里簌簌地颤抖着，那些逼真的血管都膨胀起来，那些暗金色的毛儿也微微颤抖，顶端那圈珍珠，缓慢地旋转着，并且闪烁着奇异的光芒，活像一只怪物的眼睛。你突然感到一阵眩晕，从它的身上发散出来的生冷的硅胶气味让你感到恶心，这气味你还是第一次从它的身上嗅到。你恍惚感到，这个东西在你的经常耍弄和滋润下，已经获得了生命，它有呼吸、有心跳、有温度甚至有了情感。你曾经把它称呼为你的小弟弟，但现在它在你手里，在你眼里，散发出冷冷的气息，眯着它的阴鸷的独眼，渐渐地幻成了一条毒蛇。你怪叫一声，扬起手，将它扔了出去。它撞在了墙上，弹到了地上。它在地上抖动着，好像一只中了药毒的耗子。

连它都扔了，我才知道你心中的痛苦有多深。

你瞪着眼睛，好像要跟我打架似地喊：我恨你！

第二章

早晨，在车里，你不经意地一抬头，看到他用自行车驮着儿子急急地行进。道路旁边的海沟里涨满潮水，几十艘渔船泊在那里沉睡着。你放慢了车速，摇下车窗，尾随着他们。腥咸的海风和路边树木蓬勃的气息混合在一起扑进了你的车。那个圆脑袋的小男孩双手搂着他的腰，背上的书包把男孩的身体拽得往后仰起来。他边骑车边把头扭回来，对他的儿子说着什么。朝霞映着他的脸，泛起一层红光。一阵伤感的情绪突然攫住了你的心。林岚，我不得不提醒你，像你这种身份的人，不应该再有儿女情长的事，你实在想重组家庭，他对你也不合适。但是你决不会听我的劝告，你总是与我的劝告背道而行。你驱车追上了他，从车窗探出头，约他晚上到你家参加同学聚会，庆祝你的生日。在这个过程中你曾试图与那个男孩套套近乎，但那小家伙斜着眼睛看你，好像对你满怀着敌意。——我一猜就知道你是小马驹。——我不猜就知道你是老毛驴。——马驹，不许这样没礼貌！——你笑了，然后说：真是有其父必有其子！

傍晚时，在市委宿舍二号楼你的家里，你的儿子大虎，躲在他的房间里，屁股顶着门，用一个红色的儿童玩具似的“掌中宝”，与他的狐朋狗友钱二虎通话。这小子身材高大，四肢匀称，脸皮白皙，一头卷毛，两只眯眯眼，天然的满脸笑容，一副大男孩的顽皮模样。他压低嗓门：喂喂，在哪里？——风流饭店，大哥，你快点来，今晚上有好戏，弟兄们都等着你——你们别着急，今晚上是我老妈的四十四岁生日，她请了一帮老同学在家吃饭，让我帮忙招待呢！——我说大哥，你要不来，我们可要先玩了！——你敢！老子不到，不许开宴！

他蹑手蹑脚地开了房门，贴着客厅的边儿，往外溜去。

大虎，你给我站住！

妈，他搔着后脑勺，黏黏地说：我们要去谈生意……

狗屁！你说，就你们这帮东西，能谈什么生意？

真的谈生意……妈，我们准备从日本引进技术，上一条珍珠口服液生产线。我们生产的口服液，有病包治百病，没病健身美容。我们立足南江，面向世界，领导口服液新潮流，妈，我们正准备向您申请贷款……

别给我耍贫嘴了！我问你，你们这个珍珠公司，什么时候破产？

妈，您怎么盼着我们破产呢？我们的生产蒸蒸日上，形势一派大好！

你叹一口气，说：大虎，你什么时候才能不让我操心呢？我当着市长，还有人捧你、怂你，什么时候我不当市长了，你就成了臭狗屎了……

妈，像您这样的好干部怎么能不当市长呢？您如果不当市长那一定是当了省长。退一亿步说，到您什么都不当时，我的珍珠公司也就成了跨国大公司了，赚得钱根本花不完，您就等着跟我享福吧！

你嘴里骂着大虎，但心里的确感到了一丝丝欣慰。这个孩子虽然没有什么出息，但满嘴的甜言蜜语，一脸的活泼表情，还是挺招人喜欢，你对站在墙角的我说。我说，当然，当然，大虎是个好孩子，他给您的生活增添了许多乐趣。如果没有这个孩子，我也支撑不到今天，说着你的眼圈就红了。我知道你又想起了辛酸往事。怎么说呢，林岚，天下的事不可能十全十美。你在感情生活上有些缺憾，但你在仕途上一帆风顺，老市长长期住院，年底换届，市长非你莫属，听说省里的领导也对你很欣赏，你才四十岁出头，前途不可限量哪！我的话显然让你很满意，你脸上的表情说明你的心情其实很好了。这时，大虎一边对着你点头哈腰地笑着，一边向着房门挪动。你漫不经心地收拾着桌子，装做没看出他的诡计。当他挪到房门后，偷偷地握住门把手时，你突然转身，说：想跑？今天晚上，老老实实地给我呆着，哪里也别想去！

妈！人家外国客商在饭店等着我谈判呢！

你就信口胡编吧！

正在此时，有人在外边按响了门铃。

大虎拉开房门：马叔叔！

大虎，小子，听说当了经理了？

瞎混瞎混，马叔叔，您可来了，我妈一直在念叨您哪！您坐，陪着我妈说说话儿，我还有点业务上的事，失陪了……他嘴里不停地说着话，将马叔推进客厅，然后，就像一条泥鳅，从门缝里溜走了。

你用挑剔的目光，上下打量着他。他也用应战的目光，对抗着你。但我心里清楚，他不是你的对手。从我认识你们俩时，你就一直领导着他，当然你也保护着他。果然，他的目光很快就退缩了。他垂下黑瘦的脸，盯着自己的脚尖。

我还以为你不来了呢！

怎么敢，他说，市长大人下令，我怎敢不来。

如果是这样，你可以走了！你转身向卧室走去，把他晾在客厅里。

但是你并没有关上卧室的门，你坐在梳妆台前，开始描眉涂唇。满室春光，一览无余。你从镜子里，可以清楚地看到他脸上的尴尬表情。你的唇边浮起一丝笑纹。你打开抽屉，从成堆的珍珠饰品里，挑出一对半珠耳环，扣在了耳垂上。然后，你挑出一串本色的海水珍珠项链，平托在双掌中端详着。你本来完全可以自己把它戴到脖子上，但你的心头突然一热，一种多年未曾体验过的柔情涌上心头。

哎！你来一下……

他的黑脸因为发窘而泛白。房间里灯光通明，使我能够清楚地看到，汗珠从他的额头上渗出来。他求救似地看着躲在墙角的我，嘴唇嗫嚅着，双手搓着裤缝，说：这……这……

我对他含意暧昧地笑笑。他可以把我的意思理解为我对他的处境爱莫能助，也可以理解为我希望他勇往直前，莫失良机。

让你进来呢，听到了没有?!

你半是撒娇半是撒泼，头也不回地喊着。你的这种洋溢着骚情的声音让我这个如影随形地跟着你几十年的人都感到吃惊。我和他们一样，见惯了你穿着天蓝色的服装出席会议、迎来送往的样子。你有十几套天蓝色的衣服，好像天蓝是你的专用色。提起南江市天蓝色的林市长无人不知，身穿着天蓝色服装的林市长给几乎所有看到你的人都留下了很好的印象。但是你现在竟用了一个女人的腔调，对着一个中年丧妻的男人说话。他是你的同班同学，现在是市检察院的起诉科长。你们俩可以说是青梅竹马，但最终却分道扬镳。他畏畏缩缩地站在你的背后，故作镇静地问：

林市长，请指示。

你是不是想让我叫你马科长？马大科长！

他不好意思地搔着脖子，尴尬地笑了。

你不回头，举起托着项链的手，说：帮帮忙。

你在镜子里可以看到他的脸，他看到了镜子里的你们两人的脸，慌忙将目光避开了。

他接过项链，笨拙地给你往脖子上套。你身上散发出的香气让他心慌意乱。

我是老虎吗？

他嘿嘿一声，说：比老虎还可怕。

真笨！

你拨开他的手，自己将项链戴好，转回头，目光灼灼地盯着他，问：你过得怎么样？

还好。

马伯伯好吗？

还好。

你儿子长得很像你。

还好。

你叹息一声，说：你的鬓角有了白发。

老了。

你还能比我更老吗？

你不老……你看起来也就是三十岁出头……

我一直以为你是个老实人，想不到也是满口谎言。

我说得是真心话。

这年头，还有人说真心话？

你盯着他看。

他垂下了头。

你欲言又止，再一次叹息。然后你说：出去吧，他们已经到了。

进来的人是市公安局侦察科长金大川、市财政局长钱良驹、市建筑公司经理李高潮。他们都是你的同学。

老马，你这家伙，捷足先登了！金大川说。

嘿嘿，笨鸟先飞。

林市长，你今天晚上可是光彩照人！钱良驹说。

今天晚上只有同学，没有市长，谁破了这个规矩就罚酒三杯。

你打了一个电话，很快，就有一个身穿白衣的小伙子提着一个大食盒进来。

懒得下厨，从饭店里叫菜，请老同学原谅。

转眼之间，客厅正中的桌子上就摆满了美酒佳肴。

我们围着你就坐，犹如众星捧月。你的左边，坐着马叔；金大川坐在你的右边。

钱良驹说：左检察，右公安，堪称左膀右臂。

你说：左也不是膀，右也不是臂。

金大川说：我愿意成为您翅膀下的一只小鸟。

肉麻肉麻，李高潮说。

那就算牛头马面吧，钱良驹说。

保着咱老同学步步高升！李高潮说。

别把我拽下地狱就行了！

李高潮从怀里摸出一个蓝色天鹅绒盒子，一按机关，嘭地跳开，显出一串黑色的珍珠项链。

钱良驹从提包里摸出一只珍珠虎。

金大川拿出一件珍珠衫。

祝我们的寿星永葆青春！

马叔一下子愣住了。他慌慌张张地站起来，在身上的口袋里摸索着。他摸出了一个白色柳木叉上拴着红色皮筋的弹弓，狼狈地说：我忘了带礼物……这是我给儿子做的……送给老同学……

老马，你这个铁公鸡耍滑头，这也算件礼物？你想让我们林大市长像个顽童似地打弹弓？

你接过弹弓，拉开皮筋，瞄准金大川的嘴巴，半真半假地说：金大川，你给我闭嘴！

金大川举起双手，做出投降的样子，不无醋意地说：你总是护着他！

他比你们都老实，你看着马叔，说：谢谢你，老马，这是我今天晚上收到的最宝贵的礼物！

这不公平，金大川半真半假地说，老马逃了礼，省了钱，还落了一大堆好！

你难道忘了？钱良驹道，想当年在体育场上，围绕着弹弓，发生过多少故事？老马这家伙，看似老实，实际上比谁都精！

你抻开弹弓皮子，然后猛地松了手，嗖的一声响，虽然没有弹丸，但还是吓得钱良驹闭上了眼睛……

说，是谁干的？教导主任“青面兽”用手掌托着那颗灰色的泥丸，声色俱厉地质问我们。大家看着他青红皂白的脸，心中充满了恐惧。当然，所谓“大家”，仅指像我这样的胆小鬼而言，有的人根本就不知道什么叫恐惧，起码那个用弹弓打破了向阳中学张校长额头的人就不可能恐惧，因为打中目标正是他期待的结果，面对着结果，他只能是兴奋、高兴，怎么可能恐惧呢？只有我们这些没有出息的胆小鬼才会恐惧。

看台上寂静无声，我们时而盯着“青面兽”的眼睛，时而望着张校长的额头，时而看着左右前后的同学，寻找着那个偷偷地发射弹丸的高手。我的目光下意识地射向金大川。他是军干子弟，趾高气扬，平时好出风头，只有他敢不把“青面兽”放在眼里。何况，众所周知他有一副用飞机轮子的内胎切割成弹弓皮子、用钢丝电线缠成弹弓架子和一个软牛皮的弹兜组装成的我们班乃至我们校最高级的弹弓。金大川有最高级的弹弓，还有用之不竭的弹丸。为他提供弹丸的是他的跟屁虫钱良驹、李高潮之流。据说他一上午曾打死过四十八只麻雀，外加三只猫头鹰。但金大川双手扶着膝盖，眼睛看着前方，目不斜视，神色坦然，根本不像刚刚干过坏事的人。然后我的眼睛就转向了马叔。马叔心灵手巧，是天生的能工巧匠的材料。那时候整个社会都尚武，全民皆兵，我们市的歌舞团演出过一台戏，戏名叫《英雄少年》，戏中的英雄少年用弹弓作武器，和窜犯大陆的美蒋特务作斗争，把几个特务的眼睛全部打瞎，鼻子全部打歪，缴了枪和电台，抓了俘虏。这就是我们市的中小学生掀起打弹弓热潮的历史背景。马叔的身体扭动着，好像被小便憋急了的样子。我每逢心里有事也会像他这样，身体扭动坐立不安，如此我就把他当成了发射暗弹的人。他也拥有一副著名的弹弓。他的弹弓虽不如金大川的弹弓使用的材料高级、坚固，但做工精细、构思巧妙，颇得女生的青睐。据说好几个家庭富有的女生要出大价钱买这副弹弓，他都没卖。他在柳木开叉的弹弓架上刻满了美丽的花纹，木叉的底端，坠上一个红丝线的穗子；木叉的上端，镶上了两颗玻璃珠子。他的弹弓其实就是一件精美的艺术品。他也是有名的神射手，在我们学校的打弹弓比赛中，仅以一分之差败给了金大川。那次比赛由“青面兽”亲自主持，距离二十米，目标是学校那口悬在木架上的铁钟下悬吊着的钟锤子。钟锤子比鸽子蛋稍微大一点，在二十米外望它，也就是一个模糊的黑点，而且这个黑点还在风里悠悠晃晃，要击中它的确不容易。因为弹弓毕竟还是件儿童玩具，既不是枪，是不是箭，没有精确的瞄准系统，打起来完全靠感觉，或者说靠天才。马叔和金大川具有这方面的天才。他们俩淘汰了大量的选手，然后站在“青面兽”给他们用粉笔画出来的白线后，争夺首届弹弓比赛的冠军。“青面兽”也是个打弹弓的好手，而且他也是我们学校真正懂体育的人。他检查了马与金的弹弓，说：你们俩，有本事就拿出来吧，希望你们谁也不要谦虚。第一名奖一个高级笔记本，第二名奖一个乒乓球。好，开始！

金大川先发，他右脚在前，左脚在后，站成了一个丁字步，然后左手如托泰山，右手如托婴儿，嘴里嘿了一声，一粒弹丸飞出。弹丸击中钟锤，钟锤打击钟壁，发出一声响，当！站在白线后的女生们发出一声欢呼！女生们总是为男生们欢呼，现在是这样，过去也是这样，这一点没有什么变化。接下来是马叔发射。他天生不如金大川那样像个玩枪弄棒的人。金大川精神抖擞，马叔无精打采，好像三天没吃饭似的，这种精神状态没比就输了。精通体育竞技的"青面兽"摇摇头，表示出对这个选手的不满。但马叔打得还是不错，尽管他发射时的姿势不如金大川好看，射出的弹丸也不如金大川的力道大，但同样击中了钟锤，钟锤也同样碰响了铁钟。女生们照样子一声欢呼。那次比赛每个选手发射十个弹丸，金大川十发九中，马叔十发八中。金大川打完十发后，骄傲地斜眼看着他的对手。这时的马叔脸上已经满是汗水。他的脸色很不好看，黑里透出青，眼皮浮肿，好像睁不开眼似的。他的像竹竿一样的身体还有点摇晃，更让人感到他三天没吃饱饭。我们用同情的目光看着他，担心他打不完最后的弹丸就会晕倒在地上。他打出了第十颗弹丸，没有击中钟锤，然后就软绵绵地蹲在了地上。他蹲在地上呕吐着，先是吐出了一些绿色的汁液，好像受伤的蚂蚱吐出的东西，看着就让人恶心。我们心里想：这家伙难道吃得是青草？接着他就吐出了几条蛔虫。实在是太恶心了，女生们厌恶地把头转过去了。只有你，只有你林岚走到他的身后，拉着他的肩膀，看样子想把他拉起来。但是你马上就呕吐起来。我们估计你要么是受了他的感染，要么就是看到了那几条在地上痛苦地扭动着的虫子。"青面兽"厌恶地宣布：金大川冠军，马叔亚军，比赛结束，待会儿你们到我的办公室里领奖品！说完他就脚步匆匆地走了。

尽管你去扶他时也呕吐了，但这是生理反应，不是品质问题。

那天敢于走上前去对失败者表示同情的毕竟只有你一个。你的行为让我们很佩服。连金大川都说：林岚了不起！第二天上课前，你将一包驱蛔宝塔糖塞进他的口袋。你说：每天三颗，饭前半小时服，服药期间忌食荤腥。他伸手压压口袋，张张嘴，想说什么，但终究没说出来。

你们不说我也知道是谁干的！“青面兽”将那颗泥丸装进口袋，说：我饶不了你，我会把这件事一查到底的，我不会饶了你们的！

“青面兽”转身走到张校长面前，弯下腰，满怀歉意地说：张校长，实在是对不起……您放心，这件事我马上就向校委会汇报，我们一定要把打人凶手挖出来……他说着，伸手拉住了张校长的胳膊，看样子是想把他拉起来。

张校长挣出胳膊，屁股擦着地，往后蹭了蹭，跟“青面兽”拉开了一点距离。他仰脸看着“青面兽”，神色恐怖，好像打得他头破血流的不是别人，正是这个“青面兽”。“青面兽”弯着腰，摊开两只手往前走。他前进一步，张校长就往后蹭两下。他的屁股在泥地上留下了一趟明亮的擦痕。实在对不起……，“青面兽”说。张校长举起双手，好像投降，然后，他把阔大的嘴巴绷成一条线，往左歪一歪，往右扭一扭，突然地咧开，哇哇地哭起来。他的哭声又尖又细，活像一个受了大委屈的小姑娘。我们被他弄得有点糊涂，几乎不相信这样的哭声竟是从一个五大三粗的中学校长嘴巴里发出来的。我们惊奇地看着这个坐在地上耍赖的校长，心里边有对他的同情，也有对他的厌恶。他越哭越伤心，长方形的大脸上，既有污血，又有眼泪，还有鼻涕。他的样子让我们感到不舒服极了。从来都是镇定自若的“青面兽”也绷不住劲了。这时，又有几个学校的队伍打着校旗进入运动场，同时进场的还有县里的领导。其中一个满头银发、满面红光的人就是你的爸爸——县长林万森，那时候我们还不知道他是你爸爸，过了半年后闹起“文化大革命”时我们才知道他是你爸爸。你爸爸身后紧跟着十几个人，一个个衣冠楚楚，神情肃穆。“青面兽”看到了他们，顿时慌了手脚。他先是给我们下达了起立的命令，让我们用立正的姿势迎接县领导的到来，然后他就低头弯腰，拽住张校长的胳膊。我们听到他哭咧咧地说：张校长，求求您起来吧，给兄弟一个面子好不好？兄弟欠你一个人情，一中欠你们向阳一份人情行不行？让县里领导看到这是怎么个说法？我的面子不好看，难道你老兄堂堂的一校之长坐在地上咧着个大嘴哭就光彩吗？我们看到“青面兽”摸出自己的方格子手绢给张校长沾着脸上的血污、眼泪和鼻涕，他的手绢转眼间就变成了一块肮脏的绷带。求您啦！他双手合十，作了一个古老的揖。张校长终于停止了哭泣，但还是坐在泥地上发呆。“青面兽”又给他作了一揖，顺便着还鞠了一个躬，张校长这才慢吞吞地站起来。

你爸爸在随员的簇拥下，神气地从我们面前走过。我们看着你爸爸，心里颇为纳闷：一个满头白发的人，脸蛋儿怎么可能像红苹果一样鲜艳光洁呢？“青面兽”脸上挤出笑容，让自己的脸随着你爸爸旋转。张校长用右手的食指和拇指捏住鼻翼，响亮地擤着鼻涕。你爸爸好像斜过眼去看了看张校长，张校长的脸上马上也挤出笑容。他的笑容把我们对他的同情全部瓦解了。

你爸爸停住了脚，伸出一根食指，指点着拴在足球网架立柱上的那只奶羊，问：这是怎么回事？

你爸爸身后的人举起一根食指，指指奶羊，问“青面兽”和张校长：怎么回事？这是运动场，不是牧场！

“青面兽”回答道：可能是老乡的羊……

赶快弄走！你爸爸身后的人说。

金大川，钱良驹，你们两个把羊牵走！“青面兽”对着看台，大声地说。

我从往事中抬起头，看看坐在林岚四十五岁寿宴上的金大川和钱良驹。时光流逝了三十年，他们的模样都发生了很大的变化，但他们的眼睛没发生变化，金大川还是瞪着两只森森的说不清是匪气还是豪气的眼睛，钱良驹还是眯着那两只说不好是狡猾还是机灵的小眼睛。这一高一矮两个人，当年是我们南江一中臭名昭著的两大害虫。金的外号是狼，钱的外号是猪。狼与猪总是形影不离，狼总是蛮横地走在前面，猪总是小心翼翼地、屁颠颠地跟在后边。我们认为，所有的坏事都是狼干的，但所有的坏主意都是猪出的。

金大川和钱良驹从看台上跑下来，因为兴奋，他们的眼睛都放着光。钱良驹对着足球网架冲去，金大川直奔奶羊。白色的奶羊停止吃草，看一眼凶恶的狼，拖着沉重的奶袋，向斜刺里逃去。猪解开了缰绳，向后倒退着。长长的把猪和羊连结在一起的缰绳猛地绷紧了。狼在跳跃中飞起一条腿，正正地踢在羊的尖尖的屁股上。羊哀鸣一声，后腿一软，屁股一歪，几乎瘫倒在地，但它没有倒下，它顽强地站了起来，昏头转向地朝着看台跑过来。狼是人前疯，当着几个学校的数千名师生的面，他情绪高涨，身体发挥出最大的潜能，仿佛地球的引力减少了四分之一，仿佛他在月球上奔腾，他对着奶羊的可怜巴巴的屁股，又一次腾起了他的脚……

×你妈——！从看台上，也是从我的身边发出了一声尖利的怒骂，几乎是在骂声发出的同时，一个瘦高的黑脸同学——自然是马叔——腾地站了起来。他慌不择路，几乎是踩着我们的肩膀和脑袋，从看台上蹿下去，直扑向狼。

金大川举起酒杯，从林岚面前伸过，停在马叔面前，有点阴阳怪气的说：老同学，今天我借酒献佛，为了你与我老婆的友谊，干杯！

李高潮凑趣到：老金，你这是什么意思？

马叔端起酒杯，冷冷地说：战斗友谊！

林岚道：你们搞什么鬼名堂？

金大川道：别误会，贱内牛晋，大榕树派出所指导员，去年曾与我们马大检察官联手破了一个大案。为了破这个案，她们俩转战千里，几乎一个月没让我见到面。

林岚道：为了工作嘛！

钱良驹道：听听，市长的口气又冒出来了！

金大川道：罚酒三杯！

林岚道：老钱，你这头足智多谋的猪！

那时候的马叔显然是营养不足，说他皮包骨头有点夸张，但肌肉确实不多，脂肪就更谈不上了。他扑下看台时，也许是因为愤怒，也许是因为头晕，脚下一拌——其实并没有什么东西拌你——一个狗抢屎扑在地上，蘸了一脸泥，泥上还沾着几片草叶。他根本就不顾自己的脸，爬起来，摇摇晃晃地、但是速度极快地向着羊、也是向着狼扑过去！马叔，你想干什么？“青面兽”厉声喊叫着。但我估计他根本就听不到“青面兽”的喊叫，他的全部精神都集中在羊与狼身上。狼的脚又一次落在羊的屁股上，这一脚踢得更重，羊的身体后半部飞扬起来，然后带动着身体的前半部，跌翻在草地上。它的四条腿在空中挥舞着，然后艰难地爬起来。没等到狼的脚再次飞起，马叔的整个身体就扑到狼的身上。可能是凑巧，也可能是久经训练的绝技，马叔的两根大拇指正好抠住了狼的两个嘴角，而他的另外八根手指牢牢地抓住了狼的腮帮子。那天的情景让我们感到既惊奇又好笑，我们看不到马叔的脸，我们只能看到金大川的脸。严格地说金大川的脸也算不上一个脸了。在马叔的用力撕裂下，金大川的嘴扩张到了最大的限度，他的嘴唇像两根被抻紧的弹弓皮子，灰白没有血色；他的牙床和牙齿全部暴露，连后槽牙也暴露无遗。他可能在喊叫或是怒骂，但我们听到的只是一种“日日”的古怪腔调，很像一个人在梦魇中发出的声音。他的原本高高的鼻子也平了，他的原本很大的眼睛也睁不开了。然后他的头不由自主地往后仰去，他的双手在空中挥舞着，他失去了任何反抗能力，最后他像一堵朽墙，跌倒在草地上。马叔的身体也随着倒在草地上。倒在了地上他的手指也没从金大川的嘴里退出来，由那继续发出的“日日”声为证。

这突然发生的事件吸引了运动场上六个中学数千师生的目光。虽然别的学校的师生不可能像我们一样把他们俩打斗的精彩细节看清楚，但围绕着一个羊的打斗毕竟比看体育比赛有意思。因为事情发生的比较突然，我们都没有及时地反应过来，包括“青面兽”。你爸爸指着打在一起的他们，厉声质问“青面兽”：这是干什么？怎么能在这里打架呢？“青面兽”如梦初醒般地冲向他们俩，伸手去拉扯，嘴里大声说着：反了你们了，太不像话了！他很快就发现，金大川其实已经丧失了反抗能力，如果想把他们分开，只有让马叔松手。他伸手去扯马叔的胳膊，但马叔的手指还在金大川的嘴里。他踢了马叔屁股一脚，骂道：混蛋，松手！马叔不松手。弄得“青面兽”只好去剥马叔的手指。这样一来，两个人打架变成了三个人打架。你爸爸很不高兴地说：不成体统，不成体统！“青面兽”累得气喘吁吁，总算把他们俩分开。马叔眼珠子发蓝，余恨未消地盯着金大川。金大川两个嘴角都流了血，一张嘴被扯得没了正形。大概他从出娘胎以来就没吃过这样的苦头。他像一头受了伤的野兽，想往马叔身上扑，“青面兽”挡住他，也不顾身份了，大骂：×你们的老祖宗！还有完没完了?!

你爸爸走上前，气哄哄地问：你们是那个学校的？“青面兽”鞠了一躬，惭愧地说：对不起林县长，我们是一中的……你爸爸说，一中？一中怎么能发生这样的事？你们这两个同学，为什么打架？而且还要往死里打？瞧瞧你把他的嘴捩成什么样子了？难道你们不是阶级兄弟？对自己的阶级兄弟怎么可以下这样的狠手呢？还有一只羊，羊也是你们一中的吗？你这个同学，抬起头来！县长让你抬起头来，你听到了没有？"青面兽"掀着马叔的下巴把他的脸抬起来。你爸爸打量着他的脸，拿不太准地问：马驹子？他看着你爸爸，把头更深地垂下了。你爸爸说：果然是你这个小子！你爹在哪里？告诉他我抽空去看他。你爸爸转身向观礼台走去，走了几步回头对你说：岚子也在一中上学，你们见过没有？

"青面兽"对他的态度顿时发生了革命性的变化。"青面兽"说：羊是你的？你怎么不早说呢？你要是早说，也就不会有这场误会嘛！好了好了，你赶快把羊牵出去，找个地方拴好。金大川呜呜噜噜地说：主任，我的嘴怎么办？"青面兽"不耐烦地说：钱良驹，你带着金大川到卫生室去抹点红药水，快去快回！

如果我没记错的话，钱良驹笑眯眯地说：这是马叔送给林岚的第二副弹弓！

你微笑不语。

他又习惯地搔搔脖子，说：我忘了……

你举起酒杯，说：老同学们，来，为了对过去的遗忘，干杯！

我们把什么都忘了，也忘不了那副弹弓。那副坠着红丝穗、镶嵌着玻璃珠的弹弓，在那次比赛上，吸引了那么多女生的目光。就在你送他宝塔糖的第二天下午，放学之后，同学们像潮水般往外涌动时，他趁着别人不注意，突然地将一个纸包塞进你怀里，然后他就像一匹马驹子，跳过路边的洒金榕，钻过铁丝网，到运动场上狂奔去了。你大大咧咧地拆开纸包，显出了那副弹弓。这件宝贝吸引了你周围的男生和女生们的目光。女生们咋咋呼呼地惊叫起来：哟哟哟！哟哟哟！……她们把要说的话都藏在哟哟哟里了。

今天在座的马、钱、李都不知道，金大川也送过林岚弹弓。

当然是那副同样大名鼎鼎的弹弓，是那副帮金大川勇夺了弹弓射击冠军的弹弓，是那副结果了无数小鸟生命、因此也可以说是恶行累累的弹弓。金大川选择的送弹弓时间和地点都很巧妙。通往我们学校男女厕所的道路上有一条用水泥杆架起的长廊，长廊上攀爬着藤萝和葡萄，枝叶繁茂，果实累累。你在长廊里与金大川迎面相逢。你看到他的眼睛闪烁着异样的光彩，一抹黑油油的小胡子令你极度厌恶，你私下里对同学们说他活像一个青皮小流氓。他站在长廊正中挡住你的去路。你想干什么？你毫不畏惧地逼视着他。他的长条脸涨得通红，结结巴巴地说：我……我……你对着他轻蔑地哼了一声，把他往旁边拨了一下。闪开，你说。他紧张地抓住你的衣袖。你想干什么？想要流氓吗？——林岚，我想把弹弓送给你……他从怀里摸出弹弓，往你手里塞。你把手背到身后，冷冷地说：谢谢你的好意，但是我已经有了弹弓！说完你就像男孩子似的吹着口哨，大摇大摆地走了。走出长廊，你偷偷地回头一看，发现他还像根柱子似的站在那里发呆。

现在，金大川一定想起了若干年前的这桩丢了面子的往事，你与他碰了一下手中杯，含义深长地说：老同学，冤家宜解不宜结！

金大川喝干了杯中酒，拿起一片餐巾纸擦了擦嘴唇。

"青面兽"说：钱良驹，我不是让你带着金大川去卫生室抹嘴吗？你怎么站着不动呢？金大川擦擦嘴角上的血，咬牙切齿地说：姓马的，今日之仇，老子一定要报！马叔蹲在地上，抚摸着奶羊受伤的腿骨，眼睛里含着泪花。他好像根本没听到金大川发狠的话。"青面兽"说：还有您，马叔同学，是不是先把您这头羊牵到场外去？等运动会开完了，您再把它老人家牵进来。马叔站起来，将长长的缰绳一圈一圈地挽在胳膊上，好像一个即将抛缆的水手。他冷冷地盯着金大川和钱良驹看一眼，就拉着羊的笼头，慢慢地往场外走去。当时，五所中学的数千名师生都定定地看着他和他的羊，大家的心里既感到好奇也感到纳闷。

你爸爸简短地讲了几句话，南江县第一届中学生运动会就开始了。在场的大多数人并不知道，你爸爸之所以能来参加这届中学生运动会，完全是因为你的动员。人们还以为新来的县长关心体育运动呢。

在这届运动会上，你参加的比赛项目是女子八百米。你穿着一条蓝色的运动短裤，一双白色的万里牌运动鞋。在比赛开始前，你在跑道上抻胳膊压腿，还原地跳跃，让双脚的后跟打击屁股。你的腿与周围的同学相比显得格外修长。你爸爸坐在观礼台上，对身边的教育局长说：看到了没有？那个腿最长的就是我的女儿！他的脸上洋溢着骄傲的神情。教育局长大声说：看到了看到了，果然是长，简直就是鹤立鸡群嘛！

比赛开始前几分钟，钱良驹带着金大川回来了。我们看着他那张涂满了红药水的血盆大嘴，忍不住地笑起来。男生笑得还有节制，女生笑起来没完没了。“青面兽”板着脸训我们：笑什么？有什么好笑的？不许笑！但一看到金大川的嘴，他自己也忍不住笑起来。

金大川愤怒地站起来，对着我们骂道：×你们的娘！骂完了，他分开众人就要走。“青面兽”慌忙拦住他，说：你还有比赛项目呢，怎么能走？学校还等着你拿一百米短跑的金牌呢！

金大川道：去你妈的一百米金牌吧！

“青面兽”说：你这个金大川，怎么能这样呢？受这点伤就想临阵脱逃了？受这点点委屈就甩挑子不干了？好好好，你走吧，走了就不要回来了！

这时,发令枪口冒出了一股青烟,女子八百米比赛开始了。

一开始你就把她们甩在了身后,长腿让你占了很大的便宜。你撅着紧绷绷的小屁股,翘着看不见的尾巴,一路领先往前蹿,我们扯开喉咙为你欢呼:林岚,加油!林岚,加油!连金大川也跟着我们喊叫起来。你爸爸在观礼台上站了起来,不错眼珠地追着你,嘴巴大张着,连哈啦子都流了出来。一圈跑完,二圈开始。你第一个冲到终点,将对手们甩下十几米。你轻松地成了南江县第一届中学生运动会的女子八百米赛冠军,并且打破了该项目的省纪录!看台上一片掌声,连对我们一中有仇的向阳中学的学生们也禁不住欢呼起来。打破了省纪录,你就不仅仅是一中的骄傲而且是南江县全体中学生的骄傲了。"青面兽"兴奋地对即将上场的选手们说:同学们,向林岚学习,为一中争光!他特意看着金大川说:金大川,看你的了,是骡子是马拉上去遛遛,不在场下争高低!悲痛可以化为力量,愤怒可以化为力量,失恋也可以化为力量。金大川被"青面兽"激得精神亢奋,一进跑道,就如一匹听到了枪声的战马。他跑出十一秒九的好成绩,只差零点一秒就平了该项目的全省纪录。这个顶着血盆大口的大男孩顿时成了英雄,我们向他欢呼,以他为我们的骄傲,把他的不光彩的行为忘得干干净净。你爸爸在看台上兴奋地说:好好培养,好好培养,体育这玩艺儿,的确是激动人心!

我想,如果不是后来爆发了"文化大革命",你和金大川很可能一步步跑进辉煌境界,当然,如果是那样,也就没有后来的故事,也就没有今天晚上的生日家宴了。

酒遮着脸,金大川说:如果不是"文化大革命",我的老婆很可能姓林!

钱良驹偷眼看到你突变了的脸色,说:老金,你这家伙醉了!

金大川说:我是醉了身体不醉心!

李高潮说:醉了醉了……

马叔站起来，说：各位，我先告辞了！

钱、李也站起来说：我们也告辞了，让林市长休息吧！

林岚说：你们都走吧，老马留下，我有话跟你说……

马叔说：我儿子还在家等着我……对不起了……

林岚挥挥手，道：走吧，都给我滚……

你独自一人，双手托着腮，看着流泪不止的红烛，问我：你说，大虎他们在干什么？

第三章

大门两侧,站着两个眉清目秀的小蛮童。他们身穿肩膀上缀着金色丝线流苏的白色制服,头上戴着圆桶状的高帽子,帽顶上歪着一绺红缨。这身打扮使他们有点像拿破仑的元帅,有点像袁世凯的部下,也有点像马戏团里的猴子。在两个门童的身后,玻璃转门的一侧,一个丰满得像红肠似的女郎在玻璃镜框里高高地撅起屁股,热情地迎接着客人。

大虎将摩托车扔在路边,沿着铺了红色地毯的高台阶,气喘吁吁地跑上去。两个小蛮童对他鞠了一躬,脸上伪装出笑容,四只手在两边做出请进的姿势。大虎好奇地看着他们身上的服装,问:咦!你们的服装是从哪里弄的?

门童脸上保持着微笑,但并不回答大虎的问话。

大虎生气地说:我问你们呐!

门童又给他鞠了一躬,四只手再次做出姿势,请他进门。

大虎被他们这种微笑的冷淡激怒了,他挥手一掌,扇掉了一个门童的高帽，骂道：狗娘养的，猴子戴帽，也来装人哩！

被扇掉了帽子的门童吃了一惊，咧着嘴说：先生，您凭什么打我？

大虎笑道：你这不是会说话嘛，我还以为门口站着两个哑巴呢！

说话间那顶高帽子沿着台阶扑隆隆地滚下去，门童跑下台阶去追赶。他的脚在台阶上滑了一下，人也像圆桶帽似地滚下去。等他爬起来时，洁白的制服上沾着污泥和痰迹，龇牙咧嘴，满脸愁苦，摹仿的潇洒和伪装的文雅全都没了。大虎禁不住地笑起来。他顺手又把另一个门童头上的高帽摘下来，戴在自己头上，大摇大摆地走进饭店前厅。门童跟在他的后边，可怜巴巴地求告着：先生，先生，请把帽子还给我吧……

还给你？大虎气哄哄地说，老子想拿回家当尿桶用呢！

哟！林总，一个黑唇蓝眼、身穿一袭黑裙的高个子女人迎了上来，亲热地抓住大虎的手，说：姐姐有什么地方得罪你了吧？怎么连个人影子也不让我看见了？她一边说着话，一边把大虎头上顶着的帽子摘下来，顺手递给门童，门童鞠了一躬，转身跑了。

大虎道，咦，你怎么抢我的帽子？

女人亲昵地打了大虎的手背一下，说：都当了总经理了，还是这样顽皮！

大虎道：我还以为他们俩是哑巴呢，没想到还会说话。

女人道：你堂堂的大经理跟这些小猴子斗什么气？你要看着他们不顺眼，姐这就去炒了他们！

大虎说：别别，我也就是看着他们的服装好玩，故意逗着他们玩的，你炒了他们的鱿鱼，让他们到哪里去吃饭？

女人道：没想到你还是这样一副菩萨心肠！

大虎道：这你可算说对了，我这人从小就心软，看不得别人受苦，我经常被电影和电视剧感动得流眼泪，你信不信？

女人说：当然相信，你的话我不相信，这个世界上还有谁的话值得相信？

大虎说：知我者，田大姐也！

女人说：行了，快走吧，你那帮小兄弟正在等你呐！

俩人说着话进入一条幽幽的通道，地上铺着红色的化纤地毯，两边的墙壁上绘着连绵的山水风景，低矮的泡沫吊顶上，暗藏着一些小射灯，好像天上的星星。

大虎说：几天没来，你这里全变了！

女人拧了大虎一把，咬着牙根说：你这个丧了良心的家伙，足有半年没到我这里踏个脚印了！

大虎说：有这么长时间没来了？

女人突然粗鲁地说：你就挨×打呼噜——装鼾(憨)吧！

大虎笑着说：田大姐，您可别这样说！我这不是又来了吗！

女人道：那些"脱了裤子上床，提起裤子扫黄"的家伙，刚找完我的麻烦呢！

大虎道：他们的脑子一定是进了雨水，谁不知道您田大姐能上九天揽月，能下五湖抓鳖？他们动您，不就是"扒着眼照镜子——自找难看"吗？

女人道：关键是咱们凭着良心做生意，犯法的事不做，违章的事不干，身正不怕影子歪，这不，折腾了三个月，怎么样？我还是我，谁给我把门封了，谁来给我打开！

大虎道：就是，就是，从南京到北京，谁不知道您田春风！

女人道：我对林市长也说过，南江市像我这样遵纪守法的饭店，只此一家，别无分号，如果把风流饭店都封了，我看连市委市政府也该封了！

大虎道：我妈妈怎么说？

女人道：你妈妈当然护着我，我每年上交税款三百万呢！

走到通道的尽头，迎面是一面大哈哈镜。大虎猛一抬头，被镜子中的两个怪物着实吓了一跳。我的个娘，这是什么妖怪！他看到镜子中的自己缩成一个庞大的酒坛子，身旁的瘦高女人同样缩成了一个酒坛子。镜子中的女人咧着半尺长的黑嘴浪浪地笑着说：小兄弟，你大姐有没有奇思妙想？

大虎道：岂止是奇思妙想，简直就是异想天开嘛！

女人说：我就是让每个来到我这里的人认识到自己的真面貌，你自以为了不起，但其实很可笑！这个社会其实就是一个大大的哈哈镜！

大虎道：田大姐，您这么有思想，应该去当省长！

女人道：省长算什么？小兄弟，你大姐亏就亏在生了个女儿身，你大姐如果不是个女孩而是个男孩，那……她意味深长地摇摇头，把半截话咽了回去。

大虎道：大姐您已经可以了，开着这么大的一个饭店，票子大把大把地赚，您还想怎么样呢？

女人道：比起你妈妈我还是不行。

大虎道：我妈妈算什么？大傻瓜一个！人家那些当市长当书记的，早都捞足了，共产党不垮便罢，共产党一垮，他们摇身一变就是资本家！

女人道：真是士别三日便当刮眼相看——我还以为你只知道玩闹呢，没想到你还有点想法。

大虎说：我也在进步呢。

女人道：刚才这些话是谁教你的？

大虎道：是我自己想出来的！

女人笑道：你能想出这些来，就不是林大虎了

女人按了一下墙上的暗钮，哈哈镜无声无息地转到了一边，闪出了一个圆月般的洞口。女人道：这叫做别有洞天！

大虎心里充满了惊喜,咋咋呼呼地说:简直是武侠小说,简直是地下党!

女人推他一把,说:别咋呼,跟我走。

大虎跟随着女人弯腰进了月亮门。女人按了一下机关,大镜子缓缓地转回来,把洞口遮住了。

这一段通道里灯火辉煌,地上铺着厚厚的纯毛地毯,墙上画满了肥胖的肉色浴女,很像春宫画中的人物。通道两边,距离均等地摆放着一些仿欧雕塑,人在中间走,仿佛立即就成了贵宾。走到通道尽头,女人说:兄弟,这是我新装修的高级包间,不是至爱亲朋,我是不会把他安排到这里来的,哪怕他给我座金山银岭!

大虎转着圈,只看到周围墙壁上的裸体浴女,根本找不到房门。他焦急地问:包间呢?包间在哪里?

女人故意逗他,说:远在天边,近在眼前。

大虎拍打着墙壁,脚跺着地面,寻找着暗道机关。

笨蛋,别瞎拍了!女人推了他一把,指着墙脚上那尊青铜的裸女雕塑,说,看到了没有?

大虎贴上脸去仔细打量着,也没发现异常。

女人伸手揿住了铜塑裸女的那颗闪闪发光的奶头,说:奶头戳到嘴里都不晓得嘬吗?

她的话语未落,就有一扇跟墙壁天衣无缝的暗门梦幻般地滑开了。一个宽大的、富丽堂皇的房间出现在大虎的眼前。他的几个狐朋狗友从真皮沙发上站起来,拍着巴掌说:欢迎欢迎,热烈欢迎!

四个穿着翠绿色短裙、脖子上挂着夜来香花串、腰间挂着圆形号牌的D姐摇着尾巴迎了上来,众星捧月般地把大虎簇拥到沙发上落了坐。她们像一群小狐狸似地围住大虎,有的帮他擦汗,有的给他端茶,有的给他捶背,那个找不到活干的就紧贴着他的耳朵甜言蜜语地叫哥哥。大虎被她们收拾得手忙脚乱,厌烦地说:行了行了,妹妹们，让你大哥我先吸支烟。

小姐们从短裙的小口袋里摸出打火机，噼噼啪啪地都打出火苗，举到他的嘴边，抢着帮他点烟。

三虎对二虎说：二哥，瞧瞧大哥的人缘有多好吧！方才大哥没到时，这四个小姐坐在沙发上，像一窝没扎全毛的麻雀似的，连正眼都不看咱们；大哥一到，她们就像吸了大烟的鸟一样，立马就活蹦乱跳，唧喳乱叫。

二虎说：大哥就是大哥，不一样就是不一样，人比人要死，货比货要扔，这点人生哲理难道也要二哥亲自教导你？

众人听他们说得好玩，便跟着笑起来。

大虎吸着烟问：怎么，你们还没开宴？

钱二虎说：大哥不到，谁敢开宴？

大虎道：自家兄弟，何必如此客气？开宴开宴！

各位兄弟，好好玩吧，黑唇女人道。

怎么？田大姐不跟我们一起玩？二虎道。

对不起各位，我要到前面去招呼一下，待会儿过来给你们敬酒，她对着大虎等人合手作了一个揖，然后回头对D姐们说：好好侍候！

D姐们像小鸟似地齐声说：田姐放心！

田姐闪身出去，那扇暗门随着就闭了。大虎像个大干部似地挥挥手，发令道：伙计们，开宴！

他率先到餐桌正位坐下，二虎、三虎和“蟋蟀王子”卢面团等人在他的两边就了坐。四个D姐分插在他们中间。大虎看到，这是一张大得出奇的圆桌。圆桌的中间部分铺敷着红色的天鹅绒，正中放着几个靠垫，看样子倒像一张圆形的床。桌子上既没有大菜也没有小菜，但每个人的面前却摆着刀子、叉子、筷子、勺子、大杯、中杯、小杯。两个服务小姐往他们面前的杯子里倒了白酒、葡萄酒和啤酒。大虎不解地问：菜呢？菜呢？难道让我们喝寡酒？

服务小姐微笑不语,D姐也捂着嘴笑。二虎笑着说:大哥,您就放心吧,蟋蟀王子请客,怎么会让大哥喝寡酒呢?

蟋蟀王子结结巴巴地说:上菜,上菜!

服务小姐按了一下电铃,大虎对面的墙上开了一扇小门,轻盈的音乐声中,一股汹涌的白雾,既像天上的云团,也像大海的潮水,从那小门里咕嘟咕嘟的涌出来。大虎激动地喊了一声好。喊声未绝,就有一个身披红色轻纱、足蹬红色高跟鞋的妙龄女郎,从那小门里,腾云驾雾般地飘了出来。

大虎眼睛直直地盯着女郎看,嘴巴半张开,不知不觉地流出了口水。他身边的D姐用纸巾替他沾了口水,并轻轻地用手指戳了戳他的大腿。大虎不高兴地说:干什么你!他的眼睛继续盯着那女郎看。女郎高髻云鬓,圆月般的大脸上,凝固着仿古的微笑。大虎脱口而出:杨贵妃!

女郎对着大虎微微点头,好像是对知音的赞赏。大虎激动得不得了,说:果然是杨贵妃!

杨贵妃振臂一扬,让肩上的红纱轻飘飘地离了身体。一身白腻的好肉,颤颤巍巍地亮在了众人眼前。大虎兴奋得眉眼弯曲,率先鼓起掌来,嘴里连声夸赞:好好好,我就喜欢这种肥肉型的!

女郎对着大虎飞了一个媚眼,然后,她就一丝不挂地,穿着高跟鞋,踏着凳子,上了桌子,躺在铺着红色天鹅绒的大转盘上。她将靠垫垫在肩下,右手支颐,上身侧着,下身开着,脸上的微笑可掬。

大转盘缓缓地转动起来,女郎身体的各个部位轮流地展现在座客眼前。

卢面团站起来,举杯道:林总,为了我们哥们的友谊,我提议,干杯!

众人站起来,碰响了手中杯,干了杯中酒。

大虎瞪着眼问:吃什么?总得有点东西下酒吧?

卢面团笑道:林大哥真是的,眼前明摆着佳肴嘛。

大虎看看缓缓转动的美人,纳闷地问:难道这也能吃?

当然能吃,不能吃摆上来干什么?卢面团道:第一道菜,清蒸贵妃奶头,我来给大家做个示范。

他拿起筷子,放在眼前的酱油碟子里蘸蘸,然后伸过去,夹了夹女郎的奶头,将筷子缩回来,塞进嘴里嘬嘬,夸张地说:肥而不腻,味道美极了!

大虎忍不住地笑起来,说:这算什么?这不是糊弄人嘛!

卢面团道:大哥,要想知道滋味,只有自己尝尝!

女郎转动着,座上的人都学着面团的样子,依次用筷子夹了奶头,放到嘴里嘬着。连那四个D姐也夹来尝了。男人们都说好,D姐们却低着头吃吃地笑。

女郎的奶头转到了大虎面前。三虎说:大哥,快点吧,就你没尝了。

大虎拿起筷子,憋不住地想笑。服务小姐站在墙角,用遥控器悄悄地将转盘停了。女郎微笑着,故意将胸膛挺高,让那两个造型优美的奶头不停地抖动着,引逗着大虎下箸。大虎伸出筷子,彬彬有礼地对那女郎说:不好意思,得罪了!然后选了右侧那个被众人夹得颜色发红的大奶头子,轻轻地夹了夹。一股生龙活虎的劲道儿通过筷子,传送到他的手腕上。

二虎说:大哥使点劲,吃饭是革命,不是绣花。

大虎道:我可不像你们那样野蛮,万一把小姐弄痛了怎么办?万一夹坏了怎么办?这东西是宝贝,将来还要喂育宝宝呢!

卢面团说:林大哥怜香惜玉呢!

二虎道:我们大哥天生善良。

三虎说:大哥,快,用劲夹一下,你瞧瞧,小姐在笑你哪!

卢面团说:夹左边那个,我们都没夹,特意地给你留着呢!

大虎伸出筷子，用劲夹住左边的奶头，猛地往上一拔，只听到噗地一声响，奶头从筷子缝里滑脱了。大虎关切地问：小姐，我把您弄痛了吧？

小姐依然微笑着。

大虎身边的D姐催促道：快吃吧，凉了就不好吃了。

大虎也就装模作样地把筷子塞进嘴巴，滋滋地嘬着。

众人七嘴八舌地问：怎么样？味道怎么样？鲜不鲜？香不香？

大虎说：鲜极了！香极了！味道好极了！

服务小姐揿了遥控机关，女郎又缓缓地转动起来。

大虎兴趣盎然地问面团：王子王子，接下来呢？

面团瞪着一大一小两只眼，不解地问：什么接下来？

大虎道：你小子就装糊涂吧！我问你接下来吃什么？你总不能光让我们空嘬奶头吧？

面团笑道：看来林大哥是第一次吃风流宴。

二虎三虎道：别说林大哥，这样的宴席，我们哥俩也是第一次见识。

面团冷笑道：你们俩就不要按摩小姐啃黄瓜，冒充小保姆了吧？咱这南江市的好吃的好看的好玩的，难道还有你们两位大爷没经过的？

二虎道：面团大哥，您这话完全是胡说九道了！我们哥俩前几年的确游手好闲整日在歌厅酒楼鬼混，但自从和林大哥创建珍珠总公司之后，我们就脱胎换骨、洗心革面、痛改前非、放下屠刀立地成佛了！现在我们哥俩脑子里每天想得都是工作、事业、理想、前途，连这样的光溜溜美人门户大开摆在面前，我们俩的小弟弟还是俄罗斯卢布——疲软得很哪！

卢面团说：你们哥俩也不要太谦虚了，你们如果是俄罗斯卢布，我们是什么？

三虎说:你们是美元,坚挺着呢!

卢面团说:咱拿出来小弟弟来验明正身怎么样?让这几个D妹妹作证!

几个D姐羞答答地说:我们都是卖艺不卖身的,谁给你们去做这种证人?

三虎道:你们的艺就是两腿劈开,一丝不挂,把“小弟弟”吞下!

D姐戳戳林大虎,说:林总,您也不管管您的部下,让他说话文明点。

大虎就半真半假地批评三虎:不许胡说八道,注意语言美。

三虎道:难道我的语言还不够美?连我的语言你们都嫌不美,这个世界上就找不到美丽的语言了。

大虎说:别岔话儿,刚才是说什么了?对,说吃,我的肚子可是咕咕地叫唤了,王子!

看把咱大哥急的,刚才那道菜,是给您老人家开胃的,真货还没上来呢!面团就对服务小姐说:快点上菜,大哥饿了。

小姐摘下挂在墙壁上的话筒,低声说了几句什么。

几分钟之后,就听到墙壁外边隆隆地一阵响,暗门开启,一辆不锈钢小车推了进来。车子的平盘上,放着一片热气腾腾的大椰子。小姐首先把一个大椰子端到大虎面前,报道:椰奶鱼翅汤。

大虎低头嗅了嗅,一股浓郁的香气直冲鼻子,口水立即满了嘴。

接下来就是一片啜吸之声。

间隙里面团问:怎么样林大哥?

大虎将一口热汤咽下去,幸福地说:这才是真奶哩!

面团道:但是如果没有前面的清蒸奶头开了胃,后面的奶也就不会这样香。

大虎大笑一阵,点了一支烟吸着,侧目看看两边。只见二虎三虎和面团的两个马崽都卷着舌头吸食那亮晶晶的鱼翅,根本就顾不上说话。那四个D姐也把刚才的文雅和矜持丢到了九霄云外，四颗大小不一的脑袋，几乎全都趴在了那椰子盅上，喝得一片嘴响汤响。大虎的心里，突然产生了对这四个贪食D姐的厌恶，但他毕竟是宅心宽厚的人，不会像三虎那样用尖酸恶语去刺激她们，便低下脑袋，将那些乳白色的浓香汁液，一勺勺地往嘴里送。但他总感到有些别扭，好像把什么要事遗忘了似的。他抬起头，猛然明白了。他看到躺在转盘上的那个裸体美人正在定定地盯着自己，嘴唇微启，露着一点舌尖，分明是贪馋的样子。而且在那一瞬间，她的脸上根本就没有那甜蜜的微笑，只有当大虎的目光与她的目光突然相碰了时，那惯常的微笑才又罩住了她的脸。大虎像做了亏心事似的，对着转盘上的美人说：对不起小姐，我们只顾自己吃，把您给忘了。美人的脸缓缓地就转了过去，但那目光却追随着大虎的脸，仿佛在表示对他的关切的感谢。大虎回头对站在墙边的服务小姐说：小姐，再上个椰奶鱼翅汤！

小姐看看做东的面团，露出一副不敢做主的样子。大虎恼怒地说：我让你上椰奶鱼翅汤，听到了没有？！

面团看大虎动了怒，就对小姐说：快打电话，再要一个椰奶鱼翅汤！

小姐拿起墙壁上的话筒，低声说了几句，然后走过来，小心翼翼对大虎说：对不起先生，椰奶鱼翅汤要等三个小时。

大虎道：三个小时？三个小时我都飞到北京了。

一个D姐道：林大哥，我这里还有半盅，您先吃了？

大虎一下子动了怒，将汤勺往桌子上一拍，骂道：去你妈的！你把老子看成什么了？让老子喝你的残汤剩羹？

面团一见大虎动怒，马上就拉下脸来骂那D姐：臭婊子，反了你了！

三虎大骂道：狗娘养的，你个骚货，你以为你是谁？敢让我们大哥喝你的刷×水，我看你是活够了！

大虎听三虎说得不堪入耳，就说：三虎，你个混蛋，你是在骂谁呢？

三虎委屈地说：大哥，我这可是帮你出气呢！

二虎说：算了吧，你个傻瓜蛋，帮忙也不是你这个帮法。

面团对那个闯了祸的D姐说：去，把你们的妈咪叫来！

那个D姐吓坏了，双手抓住大虎的手，哀求道：大哥，饶了俺吧，饶了俺吧……

面团道：今天饶了你，明天你还不骑在林大哥头上拉屎？

大虎道：你们这些坏蛋，说出的话来怎么听着这么别扭？是帮我呢还是骂我呢？

面团笑道：大哥别生气，我们被这个小婊子气糊涂了，也就顾不上咬文嚼字了，但我们的本意是好的，你说对不对，李兄？

三虎道：那还用说？我们三兄弟是新桃园三结义，一块儿烧香磕头拜过关老爷的

大虎道：你就少说两句吧，不会把你当哑巴卖了的。

三虎道：好好好，我闭嘴了，但是这个臭婊子的确是狗胆包了天，今天不好好教训她，赶明儿她还不知怎么样子的猖狂呢！

那个闯祸的D姐一腚坐在大虎的腿上，双手搂住大虎的脖子，撒娇撒痴地说：大哥，大哥，俺年轻不懂事，不会说话，您大人海量，别跟俺一般见识，饶了俺吧，待会儿俺好生侍候你……

大虎问：你怎么侍候我？

D姐道：那就由着您了，俺是您手里的一支蜡，您想怎么点就怎么点呗！

D姐有一口破碎的耗子牙，说话时就将一股泔水气味直喷到大虎的脸上。他突然感到恶心，就将腿上的D姐推了下去。

D姐问：大哥原谅我啦？

大虎道:什么原谅不原谅的。

D姐撅着嘴说:人家小嘛,不懂事嘛!

二虎道:中国的妓女,社会地位实在是太高了。一天到晚吃着不花钱的山珍海味,唱着不花钱的卡拉OK,挣着大把的不费劲的钱,国家跟什么人都敢征税,就是对你们这些鸡特别厚爱,一分钱的税也不跟你们要,你们自己说说,做一个中国妓女是多么幸福?

二虎正说得来劲儿,坐在他身边的那个D姐虎地站了起来,青着脸说:既然当妓女这样幸福,那你为什么不让你的姐姐妹妹出来当?

二虎被顶得张口结舌,半天没翻上腔来。

那D姐也是个愣头青,不识进退,见把二虎憋了个大歪脖,愈发撒了泼,指点着二虎的鼻子说:你如果没有姐姐妹妹,让你老婆和你妈妈出来干也可以,如此幸福的职业,不干白不干。

二虎终于醒过神来,骂道:婊子,你真是老鼠舔弄猫腚眼,大了胆了!老子今天不教训教训你,你就不知道马王爷生着三只眼。

二虎站起来,扇了那大胆D姐一个耳光。

耳光响亮,把在座的人都惊呆了。

那个D姐捂着脸静了片刻,突然就歇斯底里的大哭大叫起来。她从餐桌上抄起一把叉子,朝着二虎刺去。二虎闪身躲过,掐住D姐的后脖梗子就将她按倒在地,然后就搬起一把椅子猛地按在她的屁股上,椅子的四条腿儿正好将她的屁股卡住,二虎就一屁股坐在椅子上。

那D姐在椅子下边破口大骂,满口的家乡土话。

二虎抓过一个酒瓶子,气哄哄地往嘴里灌着酒,说:骂吧骂吧,骂人听不懂,就是骂自家。

大虎看到在椅子下挣扎的D姐,心中有些不忍,就对二虎说:算了,算了,让她起来吧!

算了？没那么容易！二虎道，老子今日学雷锋做好事，替国家扫黄了！说着话，还将屁股抬起来，然后又猛地坐下去，墩得那椅子下的D姐鬼哭狼嚎。二虎说，骂吧。放开嗓门骂。老子就喜欢听婊子骂街。

D姐的骂声越来越弱，渐渐地只剩下抽泣之声。

妈的，怎么不骂了？二虎低下头问，又把屁股狠狠地墩了几下子。

面团低下头去看了看D姐的模样，对二虎使了一个眼色，说：李兄，您就把她当成一个屁放了吧，凭咱们兄弟的身份，跟这种货色较真就小了。何况，万一……

二虎蛮性上来，瞪着眼说：何况什么？万一什么？老子今天晚上就是要坐死她，这样的害虫，腐蚀老干部，破坏新家庭，传播艾滋病，留着干什么？

大虎说：行了，二虎，别闹了，再闹就过分了。

二虎说：她让我妈妈出来当妓女呢，你难道没听到？

另外三个D姐看看事情不好，就一齐跪了下来，你一言我一语地替椅子下的D姐求情：大哥，您高抬贵手，饶了我们吧……大哥，我们的小费不要了，无私奉献一晚上……大哥，我们给您老人家磕头了……

大虎气哄哄地说：你妈的二虎，别闹了，借个坡就下驴吧！

看在我大哥的面子上，老子饶了你们，二虎欠起屁股，把椅子搬开，对着那大胆D姐的屁股踢了一脚，说：滚起来吧！

那D姐爬起来，头发凌乱，满脸灰泥，简直不像个人了。她低声哭着，拿起挂在椅背上的小皮包，一瘸一拐地向暗门走去。那两个一直站在墙边看景的服务小姐揿了一下机关，暗门无声而开，D姐闪身出去，暗门随即合上了。

面团对服务小姐丧声丧气地说：快点上菜！

小姐不敢怠慢，抓起话筒，大声催菜。

二虎对三个D姐说：老子今天是杀鸡给猴看，让你们长长见识。你们要注意呢，别以为当了鸡就高人一等，就自高自大、目中无人、六亲不认、只认金钱。别人越是尊敬你们，你们越要谦虚谨慎，戒骄戒躁。我的话你们记住了没有？

那三个D姐齐声道：记住了记住了我们记住了。

大虎哭笑不得说：你他妈的，说了些什么呀，乱七八糟的。

二虎道：我给她们上课呢，人之初，性本善，狗不教，猫不念，烟袋锅子炒鸡蛋，先生吃，学生看，这个先生真浑蛋。

三个D姐咧开嘴笑了。

大虎说：你就是天下第一的大混蛋。

三虎说：二哥果然不简单。

大虎道：你们这一瞎胡闹，让我把正事都给忘了。

三虎问：大哥有啥事？小弟愿意代劳。

你歇一会儿吧，大虎说，D姐无功受禄，跟着我们喝椰奶鱼翅汤，可转盘上这个小姐，奉献最多，却什么都捞不到，你们说公道不公道？咱们吃了人家的奶，不能不思报答，人敬咱一尺，咱敬人一丈，你们说对不对？说着话他就盛了一勺椰奶鱼翅汤，站起来，往前探着身体，将汤勺送到那个裸体女郎嘴边。

机灵的服务小姐立即就把转盘停了。

面团鼓着掌说：林大哥果然是个多情的种，我猜您十有八九是贾宝玉转世投胎。

大虎被面团一捧，愈发来了劲。他满脸堆着笑，用铜勺的边逗弄着女郎的红嘴，柔声细气地说：喝吧，好妹妹，鱼翅椰奶，都是美容的好东西。

女郎张开嘴，把勺子里的汤喝了。

众人一齐鼓起掌来。

三虎说:贾宝玉算什么东西？弄来弄去也是个假的嘛,俺大哥才是真的宝玉。

二虎道:你这家伙,整个一个文盲,你知道贾宝玉是哪里人？

三虎道:想考我是不是？你说贾宝玉是哪里人？贾宝玉是红楼梦里人,是大观园里的妇女主任！

众人嘻笑不止,一边听着二虎和三虎斗嘴,一边看着大虎给那裸体女郎喂汤,都把刚才那点不愉快忘到了脑后边。

正在这时,服务小姐推进来一大盘烤乳猪,每人面前分放了一碟,然后把一碗面酱端起来,看着面团,小心翼翼地问:请问先生,是不按服务程序办？

面团说:当然,难道这也需要问？

服务小姐意味深长地笑笑,不再说什么,转身从车下抽出一张新鲜荷叶,铺在女郎平展展的肚皮上。

大虎问道:这是要干什么？

面团微笑着说:"江南采莲,荷叶田田"呢。

大虎问:什么意思？

面团说:他们只管这样说,我也不知道是什么意思。

服务小姐在女郎肚皮上铺好了荷叶,就把那碗甜面酱扣在了荷叶上。

大虎笑道:真他妈的天才,能想出这样的鬼点子。

二虎道:没劲没劲,隔着一层荷叶,什么滋味也尝不到。

大虎道:点到为止,点到为止,真要把一碗黄酱扣在这位大妹妹的肚皮上,那也没劲。

面团夹起一块脆猪皮,放到女郎肚皮上蘸了蘸,说:来吧来吧,尝尝荷叶酱。

大虎夹起一块乳猪,蘸了面酱,却没往自己嘴里塞。他对众人说:这回说什么也不能忘了喂美人。他将那块乳猪送到女郎嘴边,说:亲亲的大妹妹,第一块你先尝。

女郎紧绷着嘴唇,微微地摇摇头。

大虎诚恳地说:你如果不吃,我们怎么好意思动嘴?

女郎还是摇头。

二虎不耐烦起来,粗声粗气地说:嗨嗨嗨,拿起架子来了!我刚才教育她们的话也是对你说的!我们大哥金枝玉叶,放下架子来侍候你,你她妈的大黄狗坐轿子不识抬举!

面团也劝说女郎:姑娘,不要辜负了林总一片美意!

大虎道:你们这些家伙怎么这般粗野?强扭的瓜不甜,对不对?大妹妹,如果你不吃,我们的心里就过意不去,我看你还是吃了吧!

于是那女郎就张开口把那片乳猪叼去吃了。

吃完了乳猪,紧接着上了龙虾船。龙虾船是塞到了女郎的两条大腿之间,虾头还活着,两根坚硬的虾须就像京戏演员头上戴得雉尾一样,从女郎的大腿根儿直竖起来。大虎夹了一块透明的虾肉,蘸了绿芥末,塞进了女郎的嘴里。但他分明是把芥末蘸多了,那女郎一块虾肉没咽下去,眼泪就汪汪地涌了出来。

大虎打着自己的手背连声道歉:对不起,对不起,我该死,我该死!说着,就用餐巾纸去沾了女郎的眼泪。

三虎对那三个早就一声也不敢吭了的D姐说:看到了没有?你们将来要找丈夫,就照着我大哥这样子的找。

那个染了金毛的D姐小声说:看着也没用,林大哥这样子的男人,百里也挑不出一个,身后还不知道有多少名门淑女排队等着嫁呢,哪里会轮得上我们?

三虎道:你们不要丧失信心吗,我大哥办事是最没有准的,说不定什么时候他高了兴,还真来找个D姐结婚。

金毛D姐说:这么说吧,如果林大哥真的要我,我也不敢争当正房,能做个二房三房的也就知足了。

二虎道:你们说她有多么精?当正房有什么意思?正房是摆着看的,偏房才是抱着玩的。

正说得热闹,又一道菜推了进来。服务小姐把女郎大腿间的龙虾船撤了。二虎突发奇想,从船中捏出一块冰,举着问:你们猜猜,我想干什么?

众人有的说猜不到,有的微笑不语。

三虎道:我猜到了,二哥嘴里发热,想吃块冰降降温。

二虎道:去你的,我的嘴里凉爽得很。

三虎道:那我就猜不出来了。

二虎等到转盘转到他的面前时,劈开女郎的双腿,捏着那块冰就要往那里塞。女郎紧紧地夹着双腿,坚决地抵抗着。二虎说:我怕她的里边臭了,放上块冰冰着。

大虎怒道:三虎,你他妈的干什么?

二虎说:闹着玩呗!

大虎:说,这么高雅的宴会,你恶做什么剧呢?简直是混蛋!

服务小姐端上了一大盘青黄瓜,一大盘红萝卜,对众人说:老虎菜!

面团诡秘地笑着说:这里的老虎菜跟东北的老虎菜吃法大不一样,我先给你们做个示范。

面团选了一个光滑细长的红萝卜,对着女郎的大腿间就要塞进去——

众人正看得入迷,就听到身后一声巨响。急急回头,看到一个脑袋活像冬瓜的彪形大汉,一脚踢开暗门,提着两个油锤般的大拳头,弓着腰钻了进来。进门后他的腰渐渐挺直,挺直,最后猛地一挺,脑袋就几乎顶着了天花板。跟在他的身后进来的,就是方才那个受了委屈的D姐。紧跟着D姐,又进来一个大嘴巴深眼窝、皮肤黢黑的女人。大虎认出了这个女人,知道她是南江有名的三大妈咪之一,在黑白两道上都很玩得转。大虎预感到事情不妙,就站起来跟那个著名的大妈咪打招呼:胡大姐,好久不见了。但那妈咪装出根本就不认识他的样子,严肃地问:你们那个大胆,打了我的小姐?

二虎挺身而出,说:是老子打的,怎么啦?

姓胡的妈咪问:你凭什么打她?

二虎说:她不懂规矩,该打!

胡妈咪冷笑道:即便她不懂规矩,也轮不到你来打!

二虎道:打了就是打了,你说怎么办吧!

胡妈咪说:我们也不能怎么着你,不过是替我们的小姐讨个公道罢了!

胡妈咪对着大汉使了个眼色,大汉便虎虎地往前走了几步,伸手捏住了二虎的脖子,就像拔大葱似的提了起来。二虎当然不甘心就擒,举起双手去剥大汉的手,但如何剥得开?大汉拎着他的脖子转了几圈,一松手就扔了出去。二虎碰到墙上,团着身体跌下来,嘴里发出一片惨叫。

三虎从腰里抽出一把刮刀,嚷叫着:孙子哎,你敢打我二哥,老子跟你拼了吧!

三虎挺着刮刀就向大汉冲来,大汉身体庞大,但却意想不到的灵活。他轻轻地一侧身,就让三虎扑了个空。然后他将拳头猛地往三虎的肩上一砸,就像铁锤砸钉似地,把三虎砸歪在地上。

大虎见情形危急,急忙起身,给胡妈咪做了一个大揖,说:胡大姐,今日的事是我挑起的,不怨我的两个兄弟,如果要打,就让汉子打我。如果打也不行,他弯腰捡起三虎那把刮刀,递给胡妈咪,说:那就请胡大姐亲自动手发落吧,我林大虎要是眨一下眼皮就是大闺女养的!

面团道:胡妈咪,今日是我做东请客,有什么事该我兜着。再说,您的小姐也有很不对的地方。

胡妈咪说:有什么侍候不到、言语不周的地方,也是在所难免,她们都是些孩子,你们应该多担待。实在要打,也是我打,怎么着也轮不到你们动手。干我们这一行的,下贱是下贱了点,但我们也是人,我们也有人的尊严,你说对不对?我的小姐,也不是没见过世面的,胡妈咪指着那个挨过打的D姐问:你们知道她给谁坐过台吗?说出来吓你个半死……

哟哈!这是怎么啦?田大姐人没进房话语先进了房:这才是大水冲了龙王庙,一家人不认一家人啦!

第四章

我捡起被她扔到墙角的硅胶鸟，拿到卫生间冲洗干净后，提着回到卧室。当着她的面我把那玩艺儿用白毛巾仔细揩干，然后用红绸包裹好，藏在她床头柜里。我絮絮叨叨地对她说：你现在心情不好，恨男人，也就恨不得把跟男人有关的东西都用菜刀剁了，但你的心情不可能永远不好，什么时候你的心情好转了，很可能又要使用它，如果现在不收藏好，急起来要用可就不方便了。她绝望地说：要我的心情好，除非太阳从西边出来。我摇头否认了她的话，但没有与她辩论。其实，女人的心情是六月的天，说变就会变；男人的心情也一样。这年头，用女权主义分子吕超男的话说，是一个男人不像男人女人也不像女人的性别转型期。

我藏好了她的宝贝，就势顺便坐在床边。我落座的动作轻如鸿毛，生怕震动了她的身体。我一边给她搔着痒，一边与她谈话。

林岚，我知道你心里不痛快——大虎遇到麻烦，金大川狼子野心，陈小海神神鬼鬼，陈珍珠包藏祸心，马叔与牛晋暗中取证，欲把大虎置之死地——遇到这么多烦心事如何能痛快？但兵来将挡，水来土掩，这是你挂在嘴边上的话。你是女中豪杰，巾帼男儿，大风大浪都经过，决不会在小河沟里翻了船。在这种艰难时刻你尤其要爱护自己的身体，留得青山在，不怕没柴烧。

她扯过一条被子披在肩上，背倚着床头坐定，泪眼婆娑地望着我。你说，我该怎么办？是自杀还是自首？——林岚，你千万不能有这种糊涂念头。我记得你不止一次地对别人说过：人，没事的时候，胆子一定要小；有事的时候，胆子一定要大！——人往往是这样的，劝说别人时头头是道，轮到自己时一塌糊涂。——但是你不应该这样，你是见过大世面的，你是经过了大风大浪磨练的。你吃了很多别人没吃过的苦头，才赢得了今天的荣耀，不容易，所以你一定要珍惜抓到手里的东西，不能轻易放弃。还没到山穷水尽的地步呢！——你说我该怎么办？——好好吃饭，好好睡觉。——可是我睡不着——红荔大酒店有上好的椰奶鱼翅盅，开车五分钟就到，吃上一碗热翅奶，我估计你会睡得很香。

她掀开被子跳下床，拉开衣柜，找出一套雪青色休闲服穿在身上，里边既不穿短裤也不戴奶罩，光溜溜的身体在空荡荡的衣服里感到格外轻松。然后她赤脚蹬上了一双雪青色的羊皮鞋子，用一根丝巾从后边束了头发，素着面，出了门，上了车。深夜的海风灌满车也灌满了胸膛，城市安宁而神秘，寂寞的路灯照着水汪汪的大道，空气清新，植物清苦的气息沁人肺腑。她长长地舒了一口气，心情陡然好转。

你提着手袋走进饭店。你以为会有人看你，但其实没有任何人看你。有的人走出饭店大门，有的人进入饭店大门，人们目不斜视，谁也不愿多看谁一眼。你原本想在饭店大堂里那几尊被众多屁股磨得光溜溜的皮沙发上坐一会儿，观察一下形势，但已有两个人紧紧地搂抱着躺在皮沙发上。他们的脑袋挤在一起窃窃私语，四条赤裸裸的长腿像炮筒子一样胡抡着，分不清哪是男腿哪是女腿。总服务台后站着两个满面倦容的服务生，见到有人进来，他们就强打起精神坚挺一下，客人一出视野，马上就萎靡了。服务生身后的墙上，挂着一片式样统一、时间各异的电子钟，向人们报告着几个世界著名大城市的即时时间。你沿着铺了红毡的楼梯走上二楼，听到楼梯旁边的舞厅里乐声震耳。轻蔑地往里一瞥，看到几张惨白的脸和白得发蓝的衣服在旋转灯光下时隐时现，一股阴森森的气息从那里散发出来，让你联想到坟墓和殡仪馆。舞厅外边的走廊里，十几个腿上抹了闪光粉、唇上涂了珠光膏的小姐趴在栏杆上。她们的腿在不停地抖动，嘴巴在不停地咀嚼、吐泡，黏黏腻腻，咕咕唧唧，好像一堆挤在一起闪闪发光的银龙鱼。

你进了二楼的翅皇宫，选了个僻静角落坐下。一个满面青灰的男服务生走过来，低声下气地问：小姐想用点什么？你漫不经心地翻翻菜谱，说：一个椰奶鱼翅盅。服务生鞠了一躬，说：请稍候。

你点燃香烟，身体往下滑了滑，把僵直的颈项搁在椅背的顶端，低垂着眼睛，观察着周围的情景。翅皇宫里满目红黄，迎面的照壁上嵌着金龙玉凤，龙凤下供着红脸关公，香烟袅袅，红烛摇曳。偌大的餐厅里只坐着十几个散客，有几对看起来亲密无间、疲乏之极的男女，其余的都是像你一样的独身客。独身客不论男女，都是神情冷漠，不肯用正眼看人。你用眼角瞥了瞥那几对男女，悄悄地问我：嗨，你能告诉我，他们是什么关系吗？我用脚尖在桌子下轻轻地碰了一下你的脚尖，低声道：你是真不知道呢，还是故意装糊涂？你满脸正经地说：我真的搞不清楚，你知道的，我轻易不到这种地方来，即便来，也是青天白日、前呼后拥的，那能见到这种景象？我说：你既然真不知道，那我就告诉你吧，其实你也可以想到，在这种时候，谁家的夫妻还会到这种地方吃饭？你说：那就是情人了？我说：情人也不会到这里来。这个时间到这种地方来的，要么是男人和鸡；

要么是女人与鸭。你突然兴趣盎然地将身探过来，低声问：你能给我指点一下吗？哪对是女人和鸭，哪对又是男人与鸡？我说：这还用我指点？您认真观察一下，就明白了。

她果然用眼角把餐厅里的几对男女扫了几遍，说：我的确看不出来。我说：你就伪装纯洁吧。她说：这又不是什么商业秘密，你直截了当告诉我不就行了，让我多动那些脑子干什么？我说：好好好，我告诉你。我用嘴巴冲着正在埋头喝汤的一对男女撅了撅说：这对是男人和小鸡。何以见得？她笑问我。我说：你一笑我就感到你在装糊涂耍弄我。她说：不敢不敢，我的确是不明白。我说：不就是落个班门弄斧吗？我告诉你，鸡都是比较年轻的，而且都是浓妆艳抹的，另外她们的穿着也有行业特点。譬如说：皮短裙、毛边牛崽超短裤，等等。当然，现在也有一批打扮得清纯无比的纯洁少女型小鸡——这样的文化鸡多数在超大城市工作，进出的都是五星级饭店和高雅艺术殿堂。她们谈吐不俗，情调高雅，跟她们在一起是要长学问的。咱们南江这种纯情鸡不多。她说：为什么？我说：咱们南江基本上是个铜臭熏天的地方，纯情小鸡在这里没有用武之地。她自嘲地说：惭愧，看来我这个市长没当好。我问：此话怎么讲？她说：前些天文化局老魏对我说：衡量一个城市的文化水准，只要看看这个城市的妓女就行，当时我还不明白他这话是什么意思，现在我明白了。我说：但鸡毕竟是鸡，无论你打扮成什么样子，老嫖是一眼就能看出的。老嫖们的经验其实也很简单，那就是：只要是鸡，就不会用正眼看人了。也就是说，只要是斜着眼睛用眼角瞟人的女人，不管她穿着多么高雅，仪态多么万方，十有八九都是鸡。她低声对我说：你这家伙，一定是个老嫖了？我说：看看，又来了，我不说吧，你非要我说，我一说，一顶老嫖的帽子就戴到头上了。她说：开个玩笑，看把你吓成什么样子了？我说：我怕什么？我一点也不怕，咱们俩如影随形，性命相关，我怕什么？她说：知道你啥也不怕，因为你是个道德高尚的好人。快告诉我,哪些又是鸭子和女人?我悄声说:呶,你对面那一对,就是现在最流行的富婆鸭。她问:鸭子又有什么特征呢?我说:鸭子都是年青健美的小伙子,他们的头发上都用了很多保湿摩丝,而且额前总有一撮毛支隆着,就像小公鸡似的。另外他们都喜欢穿单件头西装上衣,一般的是浅色西装上衣深色老板裤子,也有穿名牌休闲运动服的。与他们在一起的女人,都是很成熟的中年女性,有风度,有气质,当然也有钱。养鸭子比养鸡可是费钱多多了。

你已经无暇听我的噜苏,对面的女人和她的鸭子吸引了你的目光。那只小鸭真可爱,面皮白皙,浑身茸毛,眼睛不大但漆黑发亮,好像两颗黑色的云子。尤其可爱的是那两只耳朵,又白又厚又大,充满了感情色彩,让人产生把它们噙在嘴里的欲望。养鸭的女人也不错,高颧凸眼,白牙黑唇,下巴丰满,身穿一袭黑色长裙,胸前膨亨着一对大乳,乳沟深得能塞进去一根黄瓜,脖子上挂着一条黄灿灿的金链子,耳朵上吊着两个金黄色的小辣椒。你对她的装束不屑地摇摇头。她不会穿衣服,你低声地嘟哝着。你看到她盛了一勺鱼翅汤,递到小鸭子嘴边,目光里充满爱怜,很像小鸭子的娘,或是姐,又都不像。你的脑海里突然地就浮现出她把小鸭子揽进怀里吃奶的情景,不是为了吃奶,而是为了性欲。那只小鸭子对鱼翅汤好像很不感兴趣,嘴巴歪来歪去地躲避着,但也不是真的躲避。女人娇嗔着,黑乎乎的眼里甩出一个媚情波,嘴巴里同时说:听话!乖乖虎。这男孩是属虎的呢还是名字叫虎?你想着,看到女人硬把那勺汤喂进了鸭子嘴里。鸭子吧嗒吧嗒小嘴将汤咽了,呱呱呱呱。

我踢了踢你的脚尖,对你眨眨眼,悄声问:看到了吧?就这样。

你若有所思地说:真可怜。

我问:什么可怜?

你神思恍惚地说:没什么,我没对你说什么。

服务生将一个热气腾腾的椰子端了上来，恭恭敬敬地说：小姐，您要的鱼翅汤。

你舀了一勺鱼翅汤，心不在焉地倒进嘴里。汤一进嘴你就跳了起来，你就呜噜起来，你就用手捂住嘴巴。我说：吐了吐了快吐了！但你摆着手拒绝了，你那样子就像一个强忍着不呕吐的人。灼热的汤在你口腔里翻滚着，你怕吐出来不雅观，你一狠心，挺了挺脖子，硬将它咽了下去。你感到好像一团火焰，从咽喉一直滚进了胃里。眼泪随即从你的眼窝里冒了出来。

我同情地看着你，说：你应该吐了它的，为什么死要面子活受罪呢？在这种地方，你想怎么样就怎么样，没人敢对你说三道四。

这时，对面的小鸭子抬头看看你，目光柔柔的，猜不出是啥意思。小鸭子盛了一勺汤，放到嘴边呋呋地吹着，然后喂进那个巨乳女人嘴里。他干着这些活儿时，目光开小差，越过黑裙女人，射到你的脸上。你知道这个小鸭子在观察你，你本能地感觉到小鸭子对你很感兴趣，尽管他的行为也属于吃着碗里的看着碗外的，但碗外的你却莫名其妙地产生了自豪感。你强烈地感觉到那个容貌可爱的小鸭子是在强忍着生理上的厌恶与那黑脸女人起腻，于是你的心里充满了对那个丑陋女人的厌恶和对那个小鸭子的同情。你像是自言自语，又像悄悄问我：为什么？他明明厌恶她为什么还要虚情假意地奉迎她？女人卖笑是为了钱，男人呢？男人出卖小白脸上的微笑是为了什么？

我差点笑出了声，我说：你在我面前什么时候能不装糊涂呢？女人当鸡为了钱，男人当鸭不为钱，为了人民币，没有人民币美元也行，没有美元港币也可以。

我实在没有想到，人类也已经堕落到了这种程度，你吸取了教训，舀了一勺汤，放到嘴边轻轻地吹着，说。

我想起了顶多两个小时前她的那些可以算作丑陋的表演，对她现在的批评社会的口吻生出了些许反感。我说，只要穿上衣服，人就不由自主地变得虚伪起来。

你瞪着我，问：你说我虚伪？

也许你自己觉察不到，我说，虚伪久了，也就自以为真诚了。

在感情问题上，我从来没有虚伪过，你红着眼圈说，如果我虚伪，就不会吃这么多苦头。别人不了解我，难道你还不了解我吗？你知道我的精神受过什么样的创伤，你知道我的心里埋着多么深的痛苦。你知道我与我的那个所谓的丈夫是怎样生活的……你亲眼看到过我跟马叔是多么好，我对马叔是多么真，可是他一夜之间就变了，他说不理我就不理我了……

她大口喝着汤，忘记了通过喝汤表现淑女风范，弄出了一些吸吸溜溜的声响，简直就像一个捧着碗喝粥的农妇。我知道这是她陷入痛苦回忆的一个标志，南江市的女市长不顾体统地大吃大喝时，就是她陷入痛苦的往事中不能自拔的时候。

你还记得他那头奶羊吧？白色的奶羊，拴在足球网架的立柱上。你还记得在中学生运动会上他跟金大川打那一架吧？他下手狠极了，把金大川的嘴撕得不成模样。那次运动会后，我爸爸对我说："岚子，你去看看马伯伯和苏阿姨吧，代替我。他们生活得可能很糟糕。你马伯伯是个顽固不化、不识时务的家伙，但的确是条汉子。"我爸爸和他爸爸是红树林游击队里的战友，有生死之交。我小时候跟他在一个幼儿园里同上小班，我胆大，他胆小，他经常被女孩子打得咧着大嘴哭，我经常替他打架报仇。后来我爸爸调到三江去，我们一家跟了去，我爸爸调回来，我们一家当然跟回来。我第一次见到他就感到面熟，但没有想到是他，他也把我忘了虽然后来他说没忘，但我知道他说的是假话，谁会记住一个幼儿园小班的同学呢？

我爸爸说起他爸爸时满脸都是表情，时而生动如画，时而慷慨激昂。他爸爸这人富有传奇色彩，如果他不犯错误，很可能当到省长。你知道他爸爸犯了什么错误吗？现在想起来很好玩，但在当时可是轰动了全省的大事，这样的事即使在全国也很少见：他爸爸在县委常委会上，一拳打掉了地委书记两颗门牙。地委书记逼着县里搞浮夸，说一亩水稻能生产八千斤稻谷。我爸爸对我说起这件事时哭笑不得，说你马伯伯是个认死理的愣头青。“其实”，我爸爸说，“我们都是农民的孩子，谁不知道每亩水稻能打多少斤？大势所趋，说了也没用嘛！可老马就是不同意往上报八千斤，气得地委书记当场宣布拔他的白旗。”那时他爸爸就是南江县的副县长，我爸爸才是县农业局的局长。我爸爸说那天下午县委常委们要开会帮助他爸爸，地委书记要出席会议。开会前我爸爸私下里劝他爸爸：“老马，好汉不吃眼前亏，作个检查算了。”他爸爸却瞪着眼说：“你想让我学卢南风！”你知道卢南风是谁？卢南风是抗日时期红树林游击队的队副，是属于豪门公子打鬼子的典型，初期对抗日贡献很大，后来被鬼子抓去，受刑不过，当了叛徒。他前年从日本回来，捐款建了一所红树林小学。这个人非常有意思，啥时有了空，我把他的事好好对你聊聊。我爸爸好心劝他竟遭抢白，就说：“去你妈的个犟马，好自为之吧你！”我爸爸说开常委会前他爸爸躲在厕所里喝酒，进去好几个人叫都叫不出来，后来是县长进去把他拖出来。他眼珠子通红，活活就是一匹狼。开会了，地委书记主持会议，批评他思想保守，是小脚女人。地委书记批评完了，接下来是县委书记批，县委书记批完了，县长接着批。起初他只是闷着头抽烟，后来批急了，腾地就蹦了起来，骂道：“你们这些狗娘养的，都不是吃人粮食长大的，你们都他娘的昧着良心讲话！”地委书记说：“马钢，你这个反党分子！”我爸爸说，“地委书记一语未落，他左手按着桌子，身体往前一蹿，右拳隔着桌子就捅了过去。一拳正中地委书记面门，呱唧一声响，地委书记连着椅子往后倒了。众人吓愣了，好一会儿才清醒过来，急忙把地委书记扶起来。书记一低头，将两个带血的门牙吐到手心里……”

听了我爸爸的叙述，我对他爸爸产生了浓厚的兴趣。一个副县长竟敢在县委常委会议上一拳打掉了地委书记两颗门牙，这简直是个伟大的创举。第二天下午放学后，我对他说：“马叔，我爸爸是你爸爸的老战友，我爸爸让你带着我去看看你爸爸。”他冷冷地瞅我一眼，不理我。补充一句，那时候他还没把宝贝弹弓送给我呢。他在前面走，我在后边跟，跟到铁丝网那儿，他站住，非常不友好地说：“你跟着我干什么？讨厌！”他竟然敢说我讨厌！那时候我天不怕地不怕，性别意识很淡漠，再加上我爸爸是县长，别人都怕我，我怕谁？但是我也不跟他生气，我看着他生气感到很好玩。我说：“你不要忘恩负义，忘了在幼儿园我帮你打架那时候了！”他不理我，低头钻过铁丝网。我紧跟着他钻过铁丝网。他向他的羊走去。我跟着他向他的羊走去。一群同学在球场上踢球，其中有金大川，他是体育运动的积极分子。我跟随着他横穿球场，只要我愿意，我的脚尖每下都能踢着他的脚后跟。狗尾巴草灰黄的缨子磨擦着我裸露的小腿，刺刺痒痒的，感觉好极了。我们吸引了同学们的目光。他们停止了踢球，傻乎乎地看着我们，嘴里发出怪叫。那时候的中学生没有现在的中学生词汇丰富，他们表达感情的方式几乎都用怪叫：嗷嗷嗷！嗷嗷嗷！我才不再乎他们嗷嗷嗷呢，但他很在乎。他停脚转身，说：“你能不能不跟着我？你这样跟着我算怎么一回事？难道我欠你的债吗？”我说：“你有什么理由说我跟着你？难道这个运动场是你们家的自留地？”他被我噎得直翻白眼，一时找不到反击的话。于是，突然地，这家伙撒开长腿奔跑起来。他想用奔跑摆脱我，但是他忘了，我是全县跑得最快的女学生，几天前的运动会上我刚刚为学校挣了一块金牌！他在前面跑，我在后边紧追不舍，应该说他跑得也算快，但我咬住他是绰绰有余。他跑起来挺着胸膛，头使劲往后扬着，双臂大幅度摆动着，嘴巴里发出哞哞的叫声，像小牛一样。他跑了一会，以为肯定把我甩在大后边了，于是就放慢了脚步。其实他也跑不动了。但当他回头看到我依然紧紧地跟在脚后，脸上的神情狼狈极了。他满嘴白沫，胸膛急剧起伏，喘息声很大，简直就是个小痨病鬼。我对他扮了一个鬼脸，轻蔑地说："跑吧，你跑上天我也能拽住你的尾巴！"他脸色灰白，气喘吁吁，我面不改色心不跳。他转身又跑，我继续紧追。这一次他把吃奶的劲都使出来了，但速度没有加快反而减慢了。我在他身后，只要轻轻地推他一下，就会让他摔个狗抢屎，那样他的门牙可就倒了大霉了。我不是那种奸邪的女孩，我就是想气气他而已。他越跑越慢，脚也不利索了。一块断砖头绊了一下他的脚，我急忙扯了一下他的衣服，但他还是栽到地上。幸亏地上茂盛的野草帮了忙，否则他的脸可就惨了。我收脚不住，一下子趴在了他的身上。我听到同学们兴奋地嗷起来。尽管我野，心无杂念，但第一次趴在一个男生身上还是有点不好意思。我急忙从他的背上跳起来，蹦到他的面前说："跑啊，怎么不跑了！"他趴在草地上，脸贴着草地不抬头，好像死了一样。我说："起来呀，起来再跑！"他慢慢地爬起来，脸皮的红紫竟然使他的脸看起来好像大了不少。同学们脚跺着地在我们后边瞎嗷嗷，金大川抱着膀子倚着球门立柱，一副漫不经心、穷极无聊的样子。他冷冷地斜着眼睛看着我们，那张被马叔撕大了的嘴紧紧地绷着，使他的脸上出现了一种古怪的表情，我说不好在什么动物的脸上看到过这种表情，想了许久，觉得还是比较地类似青蛙脸上的表情，如果青蛙也有脸的话。在同学们的嗷嗷声里和金大川蔑视的冷目注视下，他的自尊心受到了巨大的伤害，他几乎带着哭腔说："你为什么要跟着我？"我说："只要你答应带着我去看你爸爸，我就放了你。"他坚决地说："不行！"然后他就朝着他的羊走去。我跟在他身后,他也不在乎了。看来,他宁愿让我跟在身后让同学们取笑,也不愿带我去看他的爸爸。

奶羊其实早就吃饱了,看到他,摆动着小尾巴跑过来,嘴巴里还发出了“咩咩”的叫声。他顺着羊缰绳走到球门前,与金大川目光相对了。我看到金大川歪着嘴,不屑一顾地看着他。那条拴羊的缰绳就在金大川的腿后,要想解开缰绳,必须要让金大川闪开,或是转到金大川背后。他不会开口让金大川起身,即便他开口让金大川起身金大川也不会起身;他不会转到金大川屁股后边去解羊缰绳,金大川也不会让他转到屁股后边去解羊缰绳。他们俩对峙着,目光对着目光,仇恨在渐渐累积。我站在他们中间一侧,像一个不偏不倚的裁判。但其实我心里希望他们俩能打一架,像两个英雄似的打一架,而不是像老娘们那样采用扯嘴豁脸的战术。但最终的结果出我意料:他渐渐地收回与金大川对峙的目光,一步步向后倒退着,一连退了十几步。他的退步让我感到深深地失望。失望之中我就想起了他的敢把地委书记门牙打脱的爸爸,不知他的英雄爸爸看到在对手面前步步退缩的儿子,会不会摇头叹息。但事情突然又起了变化,他退出十几步后,蹲下,从书包里摸出刀子,把那根羊缰绳吱吱悠悠地锯断了。他的刀子很钝,锯起来很吃力,他一边锯一边用门牙咬着下唇,脸上是恨极了什么的表情。终于他把羊缰绳锯断了。他站起来,对着金大川点点头,然后牵着羊就走了。金大川被晾了,按说他是这次斗争的胜利者,但他的脸上看不到胜利者的洋洋得意,他甚至有点垂头丧气。一瞬间我又感到是他得胜了,他用一种墨斗鱼战术,舍弃了半截缰绳,摆脱了敌人的纠缠,牵着羊扬长而去。我不得不承认他的作法是高明的,当我了解到他家的情况后,更认为他只能这样做,他没有打架的自由和时间。

那天我是尾随着他而去了,他知道无论如何甩不掉我,索性也就不理我了。我跟着他从运动场出来,沿着当时的那条狭窄、肮脏的健康路，一直往南走去。那时候全市只有一栋三层高的楼房，只有一条铺了沥青的大道，所谓大道也就是十米宽，其余的全是平房小巷，与农村没有什么区别。健康路中间布满积着污水的大坑，他牵着羊紧贴着路边走，路边就是把运动场围起来的砖墙，墙头上还拉着一道红锈斑斑的铁丝网，如果不知情，还以为里边是监狱呢。健康路爬进一个有三排平房围成的院子就终结了。院子正中有一个垃圾堆，垃圾堆上一只猪在哄哄着拱食，有几只鸡在咯咯着刨食。猪和鸡为了争夺一块食物，有时候发生矛盾，但很快也就相安无事。我被垃圾和公用厕所的臭气熏得撅唇皱鼻子，问："你们家就住在这里？"他用挑战般的目光盯着我说："怎么啦？我们这里不好吗？"我苦着脸，没有说什么。他说："你看到了，我们跟猪住在一起，我们和羊住在一起，我们和鸡住在一起，你满意了吧？"这时，我的鼻子也就渐渐地适应了垃圾和厕所的臭气，而且我对他的不良态度很是不满。我说："你想用几句难听的话就能把我气走？没那么容易，我好不容易从学校跟你到了这个地方，主要是想看看你的爸爸，不看到你的爸爸，我是决不会回去的。"他说："我爸爸不在这里住！""你爸爸不在这里住又在哪里住？"他牵着羊向紧靠着厕所的那间房子走去，我一步不落地跟着他。他恼怒地对我说："你怎么这样讨厌？我们家欠你的账是怎么的？"我也生了气："你才讨厌！我是来看你爸爸的，不是看你的！"我们的争吵声吸引出了一些灰头土脸的居民，有一个镶着不锈钢牙、牙上沾着韭菜的女人咋咋呼呼地说："哟，马驹子，把媳妇领回家了？"他对着那个女人啐了一口唾沫，说："烂菜花，张嘴就喷大粪。"烂菜花上上下下地打量着我说："这个姑娘可真叫俊，但千万可别嫁给他，嫁给他就等于鲜花插在牛粪上了！"他将羊拴在厕所墙边的木桩上。木桩边上堆集着一些发了黄的野草，周围还散布着一些羊粪蛋儿。拴好羊，他转身推开那扇油漆脱尽、玻璃破碎的门。毫无疑问这就是他的家了。我一点也不客气地跟着他往屋子里钻,他一膀子就把我给扛了出来。他用瘦长的身体挡住门缝,说:“林岚同学,我求求您了,不要进来……”我说:“难道你们家有电台? 难道你们家藏着特务?”我推了他一把,一闪身就挤了进去。

我的眼前一团漆黑,蚊虫在耳边嗡嗡地飞翔,一股腥臊的气息直扑头脑。过了一会儿,我才发现,这是一个长长的房间,有点像陕北的窑洞,中间用布帘隔了一下。外边安着一个煤球炉子和一个用发霉的木板架起来的灶台,灶台上摆着几个油污的瓶子,煤球炉子上坐着一把铁皮水壶。里边是一张大床,床上躺着一个大头的孩子。刚才一进门,在一片黑暗中,我就听到了急促的呼噜声,好像忙忙进食的小动物发出的声音。他拉开了灯,灯泡上沾满油污和死亡的小飞虫。他仿佛赌气似地说:“要看你就看个够吧! 高贵的小姐!”我气愤地说:“你这人怎么能说这种流氓话?”但他不理我的话茬儿,端起一个搪瓷茶缸,走到院子里去了。我往布帘里一探头,看到那个大头的孩子挣扎着想把身体折起来,但他的头抬不起来。他的短促的身体盖在一条肮脏的小被子里,与他的大头不成比例。看到我,他的头在枕头上焦急的滚动着,眼睛像两只灰白的蛾子,在昏暗中扑愣着,同时他的嘴里发出刚才我听到过的那种呼噜声。我吓得毛发倒竖,想喊叫但终于把喊叫压在了喉咙里。我仓皇地把房间巡睃了一遍:真是家徒四壁! 墙上是一圈圈发黄的水渍,还有一些拉丝结网的小蜘蛛。

我走到院子里,站在臭气熏头的厕所墙外,看着他蹲在奶羊腿后,熟练地挤着羊奶。他的双手轮番往下捋着粉红色的奶头,一股股的乳汁射进缸子里,发出嗤嗤的声响。奶羊劈开着后腿,头顶在厕所墙上,一动也不动,一副很配合的样子,不知道它是痛苦呢还是幸福。他知道我站在他的身后,但他装出毫不在意的样子,继续干他的活。但事实上他的心里正在倒海翻江般地翻腾着,有他的突然变得笨拙了的手指为证,有好几次,箭矢般的羊奶不是射进缸子,而是射到了他的手背上。

他挤完了奶，端起那个漆着大红“奖”字的搪瓷缸子，根本不看我，低着头往屋子里走去。几个举着木刀木枪追杀的孩子从他的身前蹿过去，几乎碰洒了他手中的奶，他连一点脾气也没发。我跟着他进了屋。这时候我对他已经没有了气，只有一种微酸的感情，很可能是同情。他用一块纱布，将羊奶过滤了一遍，然后捅开炉子，将羊奶倒进一个凸凸凹凹的小锅子里，坐在炉子上。他暂时闲了下来，局促不安地站在我的面前，搓着手背上的奶渍，很像一个犯了错误的孩子。我的心里，在那一刹那间，莫名其妙地充满了柔情。他从床底下拉出一个小方凳，放在我的面前。他一声不吭，我也一声不吭。我们听到院子里那些孩子的追杀声，还有猪狗鹅鸭的吵闹声，从远处的船舶修理厂里传来的敲打钢铁的铿锵声。这时羊奶沸了。我积极地帮他将羊奶从炉子上端下来，搪瓷缸子烫了我的手，如果在自己家里，我一定毫不犹豫地把缸子扔掉，但是在他家里我坚持着，他连忙接应了我。他关切地拉过我的手观看着。我缩回手。他问：“痛吗？”我将手指放到嘴里嘬了嘬，说：“我没那么娇气！”其实我的手指痛得要命。他说：“隔壁胡阿姨家有红花油，我给你去要点。”我捏住他的衣角，说：“不许你去！”

我看着他用一个芒果状的奶瓶子给那个躺在床上的大头孩子喂奶。我问：“这是你弟弟么？”他说：“是我妹妹。”我说：“她真可怜。”他看看我，不说话了。我看到他的这个妹妹贪婪凶狠的吃相，心里感到很不舒服。

傍晚时，他的母亲拖着看样子乏透了的身体回来了。我对他的母亲有一点模糊的印象，记得是一个个子很高、眼睛很黑、感觉中很像一棵杨树的阿姨。但出现在我眼前的她头发灰白，腰弯背驼，与我印象中的杨树阿姨毫无共同之处。他对我说：“这是我妈。”我说：“苏阿姨好。”她点点头，将一个黄书包挂在墙上，然后，默默地脱下那件长大的、沾满鱼鳞的外衣。后来我才知道他的妈妈在县里的水产公司工作，每天都跟鱼打交道，鲜鱼，干鱼，当然也不乏臭鱼。她将那件衣服脱下一半时，突然停住手，歪回半边脸，问："你怎么知道我姓苏？"我刚想解释，他抢着说："是我告诉她的。"她不吭气了，将衣服脱下来挂在墙上，然后她就坐在床边，摸出一包挤压得瘪瘪的"勤俭"牌香烟，吧嗒吧嗒地吸起来，屋子里很快就散发开一股浓浓的烟臭。那个大头女孩在她身后又发出了那种贪婪的声音，可是她连头也不回。抽着烟，她说："包里还有一个窝头，你吃了吧！"他说："您吃吧，妈。"她抬起一只手托着额头，说："我已经吃过了。"

我向他的妈妈告辞了，走到院子里。他跟出来送我。我说："你回去吧，不用送了。"他不说话，跟随着我走上了健康路。我的心里感到很沉重。我想说点安慰他的话，但找不到恰当的词语。走了一段，我停住脚，说："请回吧，不要送了。"他说："我把你送到路口。"我跺了一下脚说："我说不要送了你就不要送了！"他说："那好吧，既然你不高兴我就不送了。"我转身往前走去。他却依然跟在我身后。我说："你这个人怎么啦？"他说："我还是应该告诉你。"我问："你想告诉我什么？"他说："我爸爸早就跟我妈妈离婚了。"我吃了一惊，在那个年头，离婚在我的心目中可是一件大逆不道的事。我愤愤地说："他把你们兄妹扔掉就不管了？"他说："我妹妹是我妈跟我后爸生的。""你后爸呢？""他也跟我妈离婚了。""怎么会这样呢？""跟我爸爸离婚是我妈提出的，跟我后爸离婚也是我妈提出的。""你妈对离婚有瘾吗？"他严肃地说："你说什么都可以，但你不许说我妈的坏话，谁敢说我妈不好我就跟谁拼命！"说完这句话他转身就走了。我望着他的背影，心里充满了怅惘。月亮已经升起来了，我踩着自己长长的影子走着健康路，虫子在路边的野草丛中发出凄凉的叫声。

你喝完了那盏椰子鱼翅汤，用纸巾沾沾嘴巴，然后点上一支烟。这时，那几对鸡鸭搂搂抱抱地走了。你问我：他们到哪里去？我说：据我所知，他们在饭店都包了房间。你问：难道他们不怕饭店的保安查房吗？我笑道：谁给了保安这个权力？现在是九十年代末，不是你们在南江一中谈情说爱那会儿。你吐出一口青烟，伤感地说：往事不堪回首。

那位坐在另一个角落的年轻男子一直在偷偷地观察着你，现在他来到了你的面前。他满面堆着甜甜的笑容，用富有磁性的声音说：大姐，能把您的烟给我一支吸吗？我隔着老远就嗅到了这烟的独特香气，虽然我知道这烟非常贵。你淡淡一笑，把桌子上的烟连同那个镶珍珠的打火机推到他的面前。你看到他伸出修长的手捏起烟盒，首先仔细地欣赏了精美的包装，然后用涂了豆青色指甲油的中指，轻灵地弹弹烟盒，让一支烟自动地冒了头。然后他又欣赏了烟丝，并且把烟卷儿放到鼻下嗅了嗅。他的动作十分专业，简直就是个烟草评级员。在做着上述的动作时，他的脸上始终保持着谦恭的微笑。最后，他欣赏了打火机，打着了火，点燃了烟，长长地吸了一口，眯起眼睛，微微地扬起头，一副心醉神迷之态，随着两股浓浓的饱含着水汽的烟从鼻孔里喷出，他才缓缓地睁开了眼睛，笑眯眯地盯着你的脸，一字一顿地说：谢谢您，味道好极了！

你对他充满了好感，便把他刚刚放回的烟盒往他面前一推，说：既然你这样喜欢，送给你了。

他说：那怎么可以，这样的精品，有钱也买不到的。

你说：宝马赠英雄，货卖与识家嘛！

说完这句不伦不类的话，你不由地笑了。他将烟拿到手里，说：恭敬不如从命，那我就不客气了，再次谢谢您，美丽的大姐。

我将嘴巴附在你的耳边，提醒你：注意，这就是鸭子。

他说：大姐，我可以在这里坐坐吗？

你说:当然。

我对你说:注意,好戏就要开场了!

你抽着烟,打量着对面抽着烟的他。

他身材瘦长,上身穿着已经稍嫌过时、但依然算名牌的“花花公子”T恤衫,并没有穿单件套浅色西装上衣。

你对我咕哝着:他没穿西装上衣。

我说:没穿西装上衣他也是一只鸭子,我敢肯定!

他的脸也是瘦削的,鼻子很高,鼻头有点方形。这正是你最喜欢的鼻形。他的双眼很大,睫毛长得有点不真实,而且他的睫毛弯曲得那样漂亮,绝对经过加工。现在你明白了吧?如果不是鸭子,他干吗要像妓女一样费劲收拾自己的脸?他的眉毛又黑又浓,但一看就是精心修理过的,那么整齐,连一根杂毛都没有,没经修理过的眉毛当然不会是这个样子。他的眉毛像凡尔赛宫的后花园,一个古怪的比喻在你的脑海里闪过。他的下巴上胡须很重,必须每天刮两次。这一点倒像马叔。你的心刺刺痒痒起来,你回忆起男人的胡茬子刺着娇嫩皮肤的感觉。他留了一个既传统又潇洒的偏分头,头发黑得像一团乌云。

你对我咕哝着:他也没像你说得那样,头顶上支起一撮毛,像小公鸡似的。

我说:他头上没支毛也是个鸭子,我敢肯定!

他说:大姐,我感到您很寂寞。

你微笑不语。

他把椅子往你的身边拉了拉,大胆地抓住你的手,说:我给您看看手相。

你顺从地配合了他。你感到这个黑黑的男人身上有一股难以抵抗的力量。他是磁铁,我是铁屑。一个滥俗的比喻在你脑海里闪过。不,他是漩涡,我是游泳的人,女人。你感到手被他抓住了那一刻，整个人就头晕目眩地向漩涡深处落去，根本就没有挣扎之力。他看一眼你的手，就抬起头来看着你的脸。他更多的时间是在看着你的脸，准确地说他是在盯着你的眼睛。他说：您首先是个贵人，而且是个大贵人。

你不置可否地微笑着。

他说：您的事业蒸蒸日上，财富也是滚滚而来。但是，您的感情生活一直不顺。您这一生中有过一次刻骨铭心的爱情，但是您爱的人最终背叛了您。您一怒之下嫁给了一个您不爱的人。您与这个不爱的人好像还生了几个孩子。

你的嘴角显出嘲讽的微笑。

他煞有介事地用大拇指推压着你的掌纹，做出一副认真研究的模样，然后抬起头，直盯着你的眼睛，坚定地说：您与他生了一个孩子，不是几个孩子，刚才我判断有误。是个男孩。这个男孩现在已经基本上长大长人，而且他让您很头痛。

你感到一种强烈的感情涌上心头，说不清是恐惧、是惶恐还是感动。你感到自己仿佛浑身赤裸着，里里外外都让他看透了。

他停止了让你感到心惊肉跳的断语，只是用他的那双勾魂摄魄的眼睛在你的脸上睃巡着。你感到他的目光是一种实实在在的物质，既像黏稠的蜂蜜又像催情的春药。他看完了你的手相不但没有松开你的手，反而把你的另一只手也抓在他的手里。他的手温柔但很有力度地捏着你的手，让你感到微微有些痛楚，但这种痛楚是一种舒服的痛楚。你禁不住地呻吟起来当然是轻轻地、若有若无的，你的因为睡眠不足而灰白的脸色渐渐地红润起来，你的眼睛也放射出了湿漉漉、亮晶晶的光芒。

他用近乎耳语的声音问：你需要我吗？

你感到筋酥骨软，委屈和感动使你的咽喉哽住，你困难地点了点头。

第五章

挂着公安牌照的宝马轿车一路鸣笛、横冲直闯、在一片骂声中蹿出了城，然后就在宽广的国道上飙起来。钱二虎双手把着方向盘，脑袋随着流行音乐的节奏摇晃着。李三虎抱着蟋蟀罐子，坐在他身旁。林大虎与他的“秘书”许燕在后座上搂抱着。大虎心不在焉地捏着许燕的乳头，就像捏着一块胶皮。许燕扭着屁股、哼哼着，伸手去解大虎的裤扣。大虎像从梦中初醒似地说：干什么，你想干什么？

许燕丰满的白脸顿时涨红了，她打脱了大虎捏弄自己胸脯的手，欠起屁股，猛地向外一挪，骂道：从上了车你的狗爪子就没闲着，把老娘逗上火了，你又装糊涂！

三虎说：大哥，许姐，你们不要在车里交配，大敌当前，别冲了咱家大将军的威风。

许燕骂道：放你妈的臭屁！

大虎也骂：好好给我捧着蟋蟀罐子，后边的事少操心。

三虎道:我不操心能行吗？我不操心你们俩现在已经入港了。

二虎冷冷地说:嘿,文化起来了,还“入港”呢,你直说“入肉”不就行了吗?

大虎道:我是总经理,我命令你们住嘴!

三虎道:好好,我们住嘴,你们在后边“入港”也行,“入肉”也行,我们堵住耳朵,不管不闻了。

大虎摸摸许燕的大腿,向她表示歉意。许燕推开他的手,歪头看着车窗外边的风景。

轿车拐下国道,沿着一条平坦的砂石路向前急驰,车轮卷起的砂土打在挡风玻璃上,发出飒飒的声响。道路两边是连绵不尽的人工桉树林,又瘦又高的灰白树干从车窗两边纷纷地向后倒去。

伙计们,你们说“面团”今天会出一条什么虫跟我们斗?

听说他刚花了五千块弄了一匹“黑麻头”。

宝马擦着一匹水牛的肚皮呼啸而过,牵牛的老汉睁着浑浊的眼睛,满面惶恐。

你他妈的小心!

大哥尽管放心,二哥的车技绝对一流!

什么“黑麻头”“白麻头”都战胜不了咱们的“金翅大王”!

他前天晚上出血请我们在风流餐厅吃饭,我心里就嘀咕,难道就为了邀请我们与他斗一次虫？大虎疑心重重地说,卢面团诡计多端,我怀疑这里边有诈。

他诈个屁！三虎道,这小子输疯了,想捞本呗!

二虎道:那他可就打错算盘了！咱们的“金翅大王”咬遍天下无敌手!

许燕冷冷地说:人外有人,虫外有虫。

宝马拐下砂道,沿着一条破旧的沥青路颠颠簸簸地往前开,在路的前方，青翠的小山怀抱里，出现了一片土红色的建筑。

就是这座古堡吧？大虎问。

算不上古堡，这是七十多年前，卢面团的爷爷的爸爸给卢面团的爷爷的爷爷送得八十大寿的寿礼，二虎道，请了四个法国的工程师来设计，泥瓦匠都是从广州请来的。

三虎道：吹牛！

二虎道：这可不是吹牛，建这楼时，我爷爷在这当过磨砖小工，我爷爷说，一天只许磨一块砖，磨多了用皮鞭打，磨少了也用皮鞭打。

三虎：真够牛的！

岂止是牛，简直是虎！二虎道，那时，面团的爷爷的爸爸是广东省财政厅长兼着税务厅长，面团的爷爷的姑夫是广东省的警察局长，他们家是要钱有钱，要权有权，要枪有枪！

大虎道：他们为什么不把老爷子弄到广州城里享福去？在这个穷山沟里盖什么洋楼呢？

二虎道：大哥，这你就老外了！从前的人在外边当了大官发了大财，都要回来建豪宅。老太爷在家里坐镇着风水，可不能随便离开。

大虎道：要是我，决不守在这穷山沟里受罪。

二虎道：大哥，待会儿到了那里看看你就知道了，想当年卢家老太爷过得绝对是幸福生活！

三虎道：那时没电，能幸福到哪里去？

二虎道：你就更加老外了，你以为有电才幸福？没有电灯，有通红的大蜡照明；没有电话，老太爷有听差跑腿；没有电扇，有十几个美貌的丫头给老太爷轮番打扇；没有电视，有戏班子给老太爷唱堂会。你说，要电干什么？电扇吹出的风能与美貌丫头扇出来的风相比吗？

大虎道:腐败腐败,太腐败了嘛!

二虎道:面团一家的故事精彩极了,我从我爷爷那里听来了一鳞半爪,不过瘾,什么时候让卢面团给咱们痛说革命家史。

宝马停在了卢宅的大门口,临出车前,大虎严肃地说:伙计们,别嫌唠叨,我还要再次叮嘱你们,咱们哥几个在一起,怎么着都行,但只要有外人在场,你们必须捧我的场。

三虎道:放心,大哥,这种戏咱哥们也不是演了一天啦!

许燕不屑地哼了一声。

三虎率先从车里钻出来,替大虎拉开车门,还学着大人物的警卫那样,伸出手,护着车门的上框,保护着大虎的头颅。

一个头发乱蓬蓬、打扮得像个明朝酒保的枯黄少年迎了上来,恭敬地问:是林总经理吗? 我们卢大爷有请了。

大虎昂首阔步,走在最前面,三虎抱着蟋蟀罐子紧随其后,再后边是二虎与许燕。你们卢大爷在什么地方?

枯黄少年道:在客厅里等候大爷们光临呢。

院子里荒草没膝,蜻蜓和蝴蝶在草丛中飞舞。一块奇形怪状的太湖石上,搭着一个破拖把。几只野猫在院子中间一棵森森的大榕树上,蹿上蹿下,追逐着小鸟。大榕树下垂的气根上,拴着一些红布条,还吊着一只烧漏了底的铝锅子。大虎心里有些发虚,悄声对三虎说:好像进了土匪窝。

三虎拍拍腰间,说:大哥尽管放心,我和二哥都带着家伙呢!

枯黄少年头前带路,把他们引进了一个高高的拱形大门厅,地面上的彩色水磨石被人脚磨出了一些坑坑洼洼,但是非常光滑。几只燕子在高处扑扑愣愣地飞着,引得他们仰起头来。穹隆形的天顶上,雕着一些长翅膀吹喇叭的光屁股小孩。大虎说:面团这个爷爷的爷爷一定是个喜欢和小孩子逗着玩的白胡子老头,你们信不信?

三虎用脚蹭着光滑的地面，说：我要让我老爸来看看，人家几十年前打得水磨石比他们建筑公司现在打得还要光滑漂亮。

许燕道：你爸爸他们光顾了偷工减料，哪里还顾得上工程质量？

三虎骂道：你他妈的怎么什么都知道？

大虎瞪了他们几眼，低声道：吵吵什么？严肃点！

门厅两边的墙上，还残留着土改时的标语和“文革”时的语录。

枯黄少年将他们引进了一个广阔的大厅。大厅里高大的窗户都用黑布遮住，墙壁上伸出的烛台像一根根手臂，每根手指上插着一支蜡烛。烛光闪闪，营造出浓浓的鬼怪气氛。大厅中央安放着一张黑色的方桌，好像钢铁铸成的一样，一眼便能看出是古董。桌上放着一个紫檀木的盒子，一只虫在盒子里发出唧唧唧唧的叫声。面团像京戏里的小生一样，双手轮番往上提提袍袖，迈着方步迎了上来。

好家伙，大虎惊讶地看到，今日的面团可不是前日的面团，前日的面团穿着一身皱巴巴的西服，脖子上拴着一条油腻腻的红领带，活像一条狗舌头；今日的面团下穿一条肥腿大裆黑色绸裤，上穿一件蜈蚣扣的黑色大褂，脚蹬千层底布鞋，油头中分，露出惨白的头皮，宛若一道刀疤。前日的面团像一个做小买卖的商人；今日的面团七分像一个旧电影里常见的汉奸，三分像一个新电影里的地下共产党。前日的面团谦恭有礼，小心翼翼；今日的面团神采飞扬，潇洒大方。他双手抱拳，对着三个虎和许燕作揖道：林兄、钱兄、李兄、许小姐，四位大驾光临，卢宅蓬荜生辉！兄弟有失远迎，还望诸位恕罪！

大虎被面团一通半文半白的言辞弄得张口结舌，嘴咧着很大，一句词儿也对不上，憋了足有两分钟才说：伙计，你别装神弄鬼好不好？

面团不理他的茬儿，板着刀条般的小脸，伸出左掌，指着墙根上一条瘦长的板凳,说:看座!

大虎忍住笑,带领着手下三人,不知该先迈左脚还是该先迈右脚,胡胡涂涂地走到墙边,坐在凳子上。瘦瘦的凳子硌着他的屁股,腰和背没有依靠,不得不挺直腰板正襟危坐。他侧目看看部下,见他们都紧绷着脸,神色严肃,好像在接受大人物的接见。

面团发令:看茶!

两个同样是枯黄着小脸、蓬着头发的少年,每人端着两个青花大碗,走到他们面前来。

大虎用双手接了碗。他用双手接碗并不是出于礼貌,他双手接碗是因为碗太大,不仅仅碗大,而且碗里的水沸沸盈盈,热气升腾,每个大碗里都有一撮碧绿的茶叶在翻腾,好像活跃着的几十条青色的菜虫。

面团道:自家产的土茶,不成敬意!

大虎嗅到从碗里升起一股清香的气息,低头刚想啜饮,就感到脚后跟被踢了一下。他心里一惊,知道这是身边的许燕在提醒自己。用眼角一扫,看到他们三人都捧着碗,低着头,仿佛在观赏着碗里的奇景。

面团道:诸位是嫌俺家的茶不好吧?

三虎将蟋蟀罐子夹在双腿之间,端着大碗,大大咧咧地问:老卢,不会在碗里放上蒙汗药吧?

面团一怔,随即爽朗地笑起来。他伸出手掌,托过了三虎手里的碗,说:这碗里的确加了蒙汗药!说完,潇洒地昂起头,像个豪饮的英雄好汉,咕咚咕咚地,把那一大碗水喝了个罄尽。大虎目瞪口呆,心中对面团佩服至极。他不是佩服他水量大而是佩服他耐烫。这碗里的水起码也有八十度,大虎舌尖刚刚触了一下水面,就感到唇如触电,但人家面团竟像喝凉水似地将一碗水灌了下去,耐烫的能力的确是世所罕见。喝干碗中水,面团面不改色,随意地将手中的大碗往身后抛去。大碗在空中旋转着，宛如一个蓝色的飞碟。一个枯黄色的少年像杰出的足球守门员一样，腾空而起，伸展开手臂，将那从最高点往下坠落的大碗接住了。

大虎很想为这一系列的精彩表演鼓掌，但手里端着碗不方便，便连声喝彩：好！好！老卢，你简直就是个英雄！

三虎也跟着大喊：卢大哥，俺以为你是个三脚踢不出屁来的面团团，想不到您是个耐高温的铁金钢！

大虎吹吹漂浮的茶叶，用舌尖卷了一小口水，顿觉一股异香直透脑际，情不自禁地夸道：好茶！

二虎和许燕也夸：好香！

三虎恬着脸道：再香也是茶。

面团道：这茶是我爷爷用大气球给我飘过来的，是台湾南投产的高山云雾茶，这茶以前专供蒋介石，蒋介石死了专供蒋经国，蒋经国死了，就专供我爷爷了。

说完了这席话，面团自己先笑起来，轻松愉快的气氛在大厅里洋溢开来。大虎感到满心的喜悦，几乎忘了此行的目的。他捧着碗，大口接着小口，转眼就把碗里的茶水喝下去大半。许燕和二虎也在他的身旁唏唏嘘嘘地喝个不停。三虎双手搓着膝盖坐在凳子上，一声声地咳嗽。

面团见大虎他们已经喝得差不多了，就说：收茶。

几个少年上前，将他们手里的大碗接走。

面团道：林兄，一碗清茶饮罢，咱们书归正传。你我双方，连年鏖战，累计已有一十三场，鄙人一是养虫乏术，二是运道欠佳，屡屡败北。前日在风流餐厅，鄙人已向林兄下了战表，约定今日到鄙舍打将军，决虫王。我原想林兄不敢应战，没想到如约前来，男子汉大丈夫一诺千金，卢某深深佩服。

三虎道：我说老卢，你这样说话累不累？

二虎道:听君一席话,满口酸水流!

大虎道:卢兄您是文化人,千万别听我这两个兄弟的,他们俩没文化,听不惯您的语言风格,但我听着很顺耳朵,您就这样讲好了。

面团道:打将军决虫王,是件文雅事情,当年我爷爷南风公,每逢篱豆花落,秋兴阑珊,便召集全广东省的虫迷前来大战。那时候,卢宅门前,车马喧闹,冠盖如云。院子里张灯结彩,客厅里高朋满座。我爷爷南风公正中坐定,宣布广东省打将军擂台大会开幕,院子里便响起震耳欲聋的鞭炮声。你们知不知道,当年我卢家开着全省最大的鞭炮厂,光碾火药的碾子就有十八盘,五十四匹大骡子实行八小时工作制,三班倒,歇骡子不歇碾子。告诉你们一个奇迹,你们愿信就信不愿信拉倒。

我们卢家的骡子全通人性,除了不会说话,智商甚至比人还高。卢家的骡子没有缰绳,自己管理自己。每到换班时刻,就看到十八匹大黑骡子,一匹匹首尾相接,连成一串,从骡棚出发,朝鞭炮厂前进。从骡棚到鞭炮厂,距离三千米——为什么要离得这样远?当然是为了安全——沿着风光如画的双溪河畔,我家的骡子用它们的蹄子,踩出了一条坚硬的骡道。卢家堂号"兼济","先有兼济堂,后有南江府",兼济堂的骡队换班,是南江一景。你们去翻翻政协文史资料吧,看看其中有多少篇回忆震圜鞭炮厂的文章,每篇文章里,无不提到这五十四匹大骡子。兼济堂骡队换班,就像英国皇家卫队换班一样,庄严而神圣。英国皇家卫队的卫兵头戴高高的熊皮帽子,我家的骡子不戴帽子,脖子上挂着缀红缨的黄铜铃铛,一串铃声,清脆悦耳,从远处而来,往远处而去,一年四季,在昼里,在夜里,在风里,在雨里,在花前,在月下。在皎皎的月光下,十八匹昂首挺胸的大黑骡子,油光闪闪地,响着铜铃,简直就是一股水银,流过来了,流过去了。当年的孩子,常常夜半起来,跑到江边,等着看卢家的骡子换班,这奇特的景观让他们终生难忘,不管他们当了省长,还是当了将军。

卢家的鞭炮厂雇用卷纸筒的女工八十八名，装填火药的工匠五十八名，采买、杂役三十名。卢家的震圜牌烟花爆竹天下闻名，行销大江南北。1933年震圜鞭炮厂特制了一挂二万八千头的文武战炮去芝加哥万国博览会参展，得了特等优胜奖。每年冬至节后，前来采买烟花爆竹的船只，泊满了南江码头。震圜的烟花爆竹为什么名满天下，因为震圜的鞭炮质量上乘、价钱公道。另外震圜有自己的绝活。我家的绝活是九重塔桶花，传儿子不传女儿。湖南浏阳第一鞭炮大户"永庆祥"掌柜胡来福怀揣着三十根金条来买药方，我高祖震圜公带他到我家的金牛陈列室看了看，胡掌柜满面羞赧而退。

除了有特大喜事，我家是轻易不做九重塔的。做一个九重塔，要耗费花药八百斤，铜屑八十斤，铁屑八十斤，银屑五十斤，据说还要耗费纯金粉末二十两。我家轻易不做九重塔并不是我家做不起九重塔，因为请我家做九重塔必须预付百分之八十的定金，羊毛出在羊身上，经济不是问题。我家轻易不做九重塔主要是因为这是我家的荣誉和骄傲，是巧夺天工的一件大事，是真正的不同凡响。俗话说，"高术不可妄用"，这是问题的一个方面。问题的另一方面是，我高祖震圜公曾经讲过一个笑话，说一家人开了个包子铺，第一锅蒸出了来，质量不太好，婆婆说：这样的包子，卖给谁？自己吃了吧！于是婆婆就带着几个媳妇把这锅包子吃了。又蒸出一锅，这一锅非常好，媳妇就对婆婆说：这样好的包子怎么舍得卖掉呢？自己吃了吧。于是她们就把这一锅包子也吃了。我卢家的九重塔怎么是一锅好包子可比呢？造出一个九重塔，简直就像生养了一个大胖小子，拿去送人，就如同剜却心头肉。更要命的是，家族中能够制造九重塔的只有震圜公一人。他不到临咽最后一口气时，是不会把配药的秘方告诉我的曾祖父的。这也就是说，制造九重塔必须高祖震圜公亲自动手。他这人到了晚年，主要的兴趣都在女人身上，每天的大部分时间都在澡堂子里与十几个美貌丫环洗澡，在洗澡中造爱，在造爱中洗澡。要他不造爱去造烟花，的确需要特别大的动力才行。

辛亥革命成功了，中华民国成立了，吾高祖震圜公兴奋异常，把哪些光屁股的美人推到一边，披上一件大袍子走出了澡堂。因为屡试不第，他对科举制度充满仇恨。清朝被推翻，科举也等于彻底废了。更兼高祖震圜公与革命领袖孙中山先生有非同一般的友谊——他称呼中山先生为“大炮”，说“大炮”这伙计到底把事折腾成了——所以清朝的灭亡让他欣喜万分。他一走出澡堂就庄严宣布：造九重塔！

谁也没有想到这个九重塔竟成了世界烟花爆竹史上的最后一个九重塔，也可以说是一个千古绝唱，在美国发射第一颗原子弹之前和我家发射九重塔后，漫长的三十多年里，东西半球的夜空，从没被那样璀璨地照亮过。这事情的原因当然是因为高祖造了最后一个九重塔后不久，就突然地死去，制造九重塔的秘方也就随着他老人家进入了棺材。这是后话，我们还有机会慢慢地说，先说制造九重塔的事。

关于制造九重塔的过程，我就不说了吧？

大虎急皮赖脸地说：不不不，一定要说！

面团道：兼济堂的烟花为什么名满天下？主要靠科学的配方与一丝不苟的工艺程序。甭说九重塔啦，就是最普通的“天鹅抱蛋”、“绿烟冲天炮”，也要七十二道工序，少一套也出不来效果。“九重塔到底需要多少道工序？只有我高祖震圜公知道了。这么说吧，我高祖震圜公从澡堂子里出来，在院子里发布了制造“九重塔”的新闻后，就一头扎进了震圜鞭炮厂的秘密作坊，三个月没有出来。他吃在作坊，睡在作坊，他睡不睡其实也没人说得清。三个月后，他从作坊里钻出来，原来在澡堂子里泡洗的白若牛乳的大脸，黑得就跟煤炭一样。如果不是他自我介绍，连我曾祖天罡公也认不出来，这个从作坊里钻出来的黑炭头就是自己的亲爹。

“九重塔”做成了，过了不久就是元宵佳节。“兼济堂”要在南江城东门外状元洲燃放“九重塔”的消息不胫而走，天还大光亮，数万观众就等候在那里了。观众中有不远千里从广州城里赶来的，还有来自哈尔滨、沈阳、西安、兰州、青岛、天津、新加坡、马来西亚等地的前来购买卢家花炮的客商。据我爷爷南风公说，高祖震圜公曾派专人去南京邀请中山先生来南江观看，但不知因为何故中山先生没有回音，这对于高祖震圜公来说，是个沉重的打击。后经我曾祖天罡公劝说，他的心情才渐渐好转。

元宵节那天晚上，一轮明月从卧虎山后冉冉升起，照耀得状元州那一片水就像镜子似的闪闪发光。观众们焦急地等待着，不时有各种各样的消息由那些腿轻脚快的人传来。一会人说孙中山要来，一会人说孙中山已经来了，正在魁星楼上与卢震圜喝酒。一会儿说孙中山根本没有来，来得只是孙中山的秘书，是来给孙中山打前站的。所以今天夜里不放了，要等到孙中山来了再放。卢震圜与孙中山是拜把子兄弟，所以卢家才不惜重金制造了这空前绝后的超级“九重塔”，孙中山不来，怎么可能放呢？观众被各种谣言弄得晕头转向，有骂娘的、有起哄的，有在大闺女小媳妇堆里胡挤趁机占便宜的，有找不到娘的孩子，也有找不到孩子的娘，但就是这样，也没有一个人离开，人们焦急地等待着，心中充满了忧虑，但更多地还是希望。就这样不知过了几个时辰，反正是月儿愈加皎洁、池水愈加明亮的时刻，终于，几辆马拉轿车子从魁星阁那边跑来，马蹄哒哒，牵动着多少人的心。我高祖震圜公从头前那辆轿车子里钻出来，因为喝多了老酒，一出车门他就差点摔了个猪拱地，幸亏左右跟班的用手扶了。从第二辆轿车子上下来一个身穿黑色制服头戴黑色礼帽、制服左前胸口袋里露出半截银表链子、鼻下留着两撮倒八字胡，胳膊上挂着一根文明棍的人。那人一下车即将头上的礼帽往下摘了摘，然后对着月光下成千上万的观众，弯腰鞠了一躬。一看他这样子，有经验的人就大吃了一惊，因为这样的人一鞠躬之后紧接着就要发表演说，而且他们的口才都是出奇的好，一口气讲八个小时，那条嗓子还像小喇叭一样。但是万幸真是万幸，那黑衣人鞠躬之后并没有发表演说，而是紧跟着卢震圜我的老老爷爷，跳上了那条早就等待在水边的小船。然后他们就往水泊中那片绿洲划去。“九重塔”早就由专人监督着送到湖心岛的拜月楼前，安放在一片麻石板铺成的平展地面上，巍巍峨峨，像座小山，上面蒙着一块大大的红绸布，那块红布原先是准备让孙中山先生来揭的，但中山先生不来，揭塔的仪式，只好由黑衣人代替。没有马牛狗耕田，这也是世界各地每天都在发生的事，见多了也就不感到奇怪和新鲜了。

对在状元湖四周等候已久、心急如焚的广大观众来说，谁把那块红布揭下来根本就无所谓，关键的问题是尽快点燃“九重塔”的引信，让美丽的焰火冲上天空。

我高祖震圜公举起高杆，点燃了“九重塔”的引信，然后他就迅速地退到一边，拉起黑衣人的胳膊往小船上拽。引信冒出不太激烈的绿色火焰，嗤嗤嗤嗤嗤，看样子也没有什么危险。他们赶紧将小船往外划着，眼睛却定定地望着“九重塔”。突然，一道碧绿的光线直冲到天上去，在几十丈高处炸开，伴随着一声惊天动地的巨响，猝然开放了数十朵绿菊花，天绿了湖也绿了，众人齐声欢呼，但随即就闭住了嘴，因为有更加美丽的风景在天上出现了。这第一层的名堂应该叫做“百花盛开”，牡丹、芍药、月季、蔷薇……，五彩缤纷，万花纷谢，地上的花朵在天上灿烂地开了一遍，人群里的欢呼一阵接着一阵。第一层放完，有一个简短地间隔，然后自动地过渡到第二层。第二层的名堂是用焰火讲述了一遍《西游记》，从石破天惊孙猴子诞生开始，一直讲到师徒四人到了西天参见我佛如来。期间千变万化，牛鬼蛇神纷纷出笼。接下来是愈出愈奇，看得众人眼花缭乱，心醉神迷。到了最后，一阵排炮般的轰鸣，天空中炸开了六个金光闪闪的大字，每个字都有骆驼那样大，把全部的天空都照亮了。要问那是六个什么字？那就是：中华民国万岁！中华民国在夜空中保持了半分钟，就散了架，不成字样，然后拖着烟雾的尾巴坠落了。“九重塔”到此结束，整个过程持续了三个小时。

面团闭住了嘴，大虎还张着嘴。半分钟后，众人才回过神来。

三虎道：牛B！

二虎道：我早就对你们说过嘛，他们家不但是牛B，简直是虎B！

面团说：怎么样，林总，打将军是否开始？

大虎道：不急不急，你最好带我们参观一下你们家，让我们看看那个造“九重塔”的地方。

他们跟着面团走出大厅，走遍了三座楼，见到了卢震圜先生与他的那群美貌丫环洗澡的风流池，面团随机讲了他的这位高祖在风流池中的遗闻趣事，引得大家嘻笑不止。笑得最凶的竟是唯一的女人许燕，她的腰弯下去抬起来，屁股一撅一撅的，吸引了面团的目光。面团虽瘦，但最喜欢丰满的女人，这爱好与他的高祖有点相似。他们还参观了当年的藏金室，听面团讲了七十二个金牛的来历和围绕着这真真假假的七十二头金牛所发生的荒诞不经的故事。然后，他们来到主楼后边的一个小跨院，在这里见到了一个白发苍苍的老太太和她饲养的四只小鸭子。

四个肮脏的绒毛鸭子在跨院里的一汪脏水里狂欢不止，一个秃头的老人趴在地上，挑拣着米里的虫子。面团说：这就是我高祖震圜公最宠爱的丫环，她的名字叫醉月，今年大概有一百岁了吧？我搞不清楚她的真实年龄。醉月抬起头，望着他们。她的嘴抖了几分钟，终于吐出几个苍老的字眼：少爷……

大虎问面团：她是叫你吗？

面团道：当然是叫我，难道她不叫我还能叫你们不成？

大虎问：就是她用凉水惊了你高祖的鸡巴？

面团道：是她。

大虎道：她犯了如此严重的错误，还能活到今天？

面团道：她被脱光衣服吊在大榕树上，吊了整整三天三夜，身体都拉长了半尺。正当她生命垂危、奄奄一息时，我高祖震圜公死了。我高祖一死，我曾祖就成了家长。我曾祖虽然身居高位，但却是宅心仁厚之人，树上吊着一个光屁股丫环他认为是家门的耻辱，我高祖一咽气他就让人把她放下来了。有人建议把她用水银灌死为我高祖殉葬，被我祖父制止了。我祖父是日本早稻田大学的学生，思想进步，当然不能容忍这种野蛮的行为。关于我祖父南风公的事迹就不需要我多说了，不知卢南风，枉做南江人！

跨院的角上，是一座高高的炮楼。卢宅的四角上有四座这样的炮楼。想当年每座炮楼上，都架着一挺“马克辛”重机枪。数百个家丁轮番上岗，一刻也不敢松懈。民国十三年大土匪张洛古率领三千土匪包围了我卢宅，在外边又是挖地道又是用火攻，最终还是无功而返。土匪都是亡命之徒，头上顶着铁锅往上冲。但也架不住我家子弹多。我家家丁队里有个机枪射手，瞄准一口锅就打，眨眼间就把锅打得像一个铁筛子。仗打完了，弹壳用麻袋往下抬。从那时起，我家的鞭炮厂就开始研究制造子弹和炸弹，就像拖拉机厂改行生产坦克一样，有困难，但并不是解决不了的困难。抗战初期，我家的鞭炮厂暗中实际上就是红树林游击队的兵工厂。所以尽管我祖父南风公历史上有污点，但公道地说他是功大于过。如果没有我卢家的参与，就没有南江地区的抗日斗争。这些咱就不说了。但我忍不住要说得是，我卢家这样的铜墙铁壁，四七年时竟然让八路给打开了。原因当然是出了叛徒。这个叛徒姓马名刚，是跟我祖父在红树林游击队里一起打过鬼子的。后来他找到我爷爷，当了我家的卫队长。这家伙是个神枪手，好骑白马使双枪，人称白马将军。他脱离共产党来投我爷爷，我爷爷大喜过望，委他以重任，还送他一个漂亮丫环侍候他洗脚什么的。哪里知道这家伙是共产党派来的内线，不久就里应外合把我家的围子给破了。这些事咱们还是留着以后再讲吧，现在，我先带你们上炮楼去看看。

面团带着众人沿着陡峭的铜梯子往炮楼上攀登。铜梯上满是绿锈，一抓弄一手，不抓又危险，只好抓，就全部成了绿手。面团说，当年这梯子上可是一点锈也没有的，每天都有人擦，擦得光可鉴人，像黄金似的。当年那些家丁下炮楼不允许一级级地下，全都是双手撑住两边的栏杆，双脚一翘，一滑到地。你们也许不知道那马刚是谁吧？这个老家伙还活着，他的儿子现在市检察院当一个小科长。马刚那老小子也真是个人物，五八年大跃进时，他一拳捣掉了地委书记两颗门牙。

炮楼里一片昏暗，只有从枪眼里射进来几线光明照在墙上。面团拉了一下开关，一盏电灯突然亮了。灯泡大概有二百瓦，亮得发了白，不敢正视。他说：恢复卢家家业的第一步就是要拉上电，这是我爷爷说的。解放后卢家大宅被小学占了，我爷爷前几年回来捐款建了一所最现代的小学，政府就把宅子还给了我家。惭愧，兄弟是卢家唯一的继承人。当然想来争遗产的人很多，但他们她们全都是八竿子打不着的旁系支蔓，我爷爷只承认我一个。

强烈的电灯光下，他们看到，炮楼全部是用巨大的石头垒起来的，无怪乎当年小日本的山炮弹打上去像搔痒似的。面团说，送炸药包是八路的拿手好戏，但他们忘了，我家是烟花爆竹世家，我家改行造炸药就像饺子铺改行包包子一样简单。所以我家建造炮楼时，就充分地考虑到了炸药的问题。你可以把我家的炮楼炸薄，但你不可能把我家的炮楼炸倒。八路也就是因为炸不倒我家的炮楼，才撤了围想出了阴谋，派马刚假投降，打了进来。问题是他们安排的假投降十分逼真,把我爷爷给糊弄住了。这些故事咱们以后再说。

炮楼的墙壁上,挂着五张大幅画像。画像都用玻璃镜框镶着。画像前摆着香案,香案前摆着供品,供品是几个皱皮苹果和干巴橘子,还有两碟子水果糖。这时,他们闻到了一股子檀香的气味从潮湿霉味里钻出来。面团指着中间一幅画像说:这就是我高祖震圜公。他们看到,这个震圜公下巴上留着一撮山羊胡子,头戴一顶瓜皮小帽,目光炯炯,果然不同凡响。左边这位,就是我曾祖天罡公,当过广东省财政厅长兼税务总局局长的。天罡公身穿中山装,五官端正,看样子是个正人君子美男子。右边这位,就是我高祖的得意快婿家龙公,时任广东省警察局长。有人说我这个曾姑丈模样很像窃国大盗袁世凯,当然如果袁世凯不是窃国大盗其实也是个美男子对不对? 你们可能要问:这个秦家龙公不姓卢,怎么能挂在您卢姓祖先中间呢? 问得好,其实我不说你们也应该明白,因为秦家龙公生前身居高位,所以我就把他安排进我祖先的行列中。如果他是个叫花子,我怎么会把他安排上我卢家的祖先阁呢? 这座炮楼代表着我卢家的过去的光荣,是我卢家的凌烟阁,是我缅怀祖先光荣业绩,闭门思过,发奋努力的地方。今日请你们上楼参观,说明我对你们的感情非常深厚,不客气地说,这也是诸位的光荣。

大虎不知道二虎三虎与许燕如何,他自己感到让面团给弄得五迷三道,仿佛做了一场大梦。胡胡突突地下了炮楼,看到那个昔日的丫环正在一个露天的炉子上煮饭,一缕白色的炊烟沿着石头的墙壁袅袅地升起。老丫环用一把破扇子往炉膛里扇着火,专心致志,根本不把任何人放在眼里。

回到大厅后,看到墙壁上那些蜡烛已经燃烧了大半。几个黄脸少年围在当中那张紫黑桌子上,脑袋顶着脑袋,正在观看罐子里的蟋蟀。大虎很想过去看看罐里的虫,转念一想又觉得这样有失尊严,便把好奇的念头压了下去。

面团笑眯眯地说:林总,怎么样,咱们是不是该开盘了?

大虎道:开盘,开盘!

这时,一个身穿长袍马褂,铜钮扣上拴着一把牛角胡梳的老者从大厅的一角,走到大厅的中央,拖着长长的古腔,诵读了一篇文辞古奥的文章,读完了,他将文稿揣进怀里,然后宣布:夺王大战现在开始。

大虎和面团带着自己的人马,站成了两列横队,就像开赛前的足球运动员一样。

老者又喊:决战双方,各报将名!

大虎高声报告:金翅大王!

面团脸上挂着油滑的微笑,道:二赖子。

大虎道:啥二赖子?你不是弄了只黑麻头吗?

面团微笑不语。

老者又喊:双方亮将!

大虎从三虎手里接过蟋蟀罐子,双手捧着,走到黑桌子前。

面团也捧着蟋蟀罐子,走到桌子前。

他们同时将罐子放在桌子上,又几乎是同时,揭开了罐子的盖子,并把自家的虫罐推到对手面前。

大虎低头看到面团罐中的蟋蟀,竟然是一只普通的肉蟋蟀,深秋的原野上,到处都能看到这样的肉虫。他抬起头,满腹狐疑地看着面团。面团笑道:林总经理,就像不能以貌取人一样,您也不能以貌取蟀呀!

老者喊:验虫毕,交战双方下注!

大虎对着许燕招招手,许燕过来。大虎道:全部押上!

许燕将三万元人民币拍在桌子上。

面团对着身后的人招招手,一个黄脸少年也捧过来三万元。

老者喊:倒虫入斗盆,打将军开始。

大虎与面团各往后退了一步，两个掌探的黄脸少年，挤到他们面前，端起罐子，将盘踞其中的各家蟋蟀倒在斗盆里。如果不说说这个斗盆是不对的，这件东西分明是古物，通体的颜色是一种娇嫩的鸭蛋青色，盆的外边，画着两只肥胖的蟋蟀，它们没有争斗，而是十分友好地在共享一根菜叶。初进斗盆，金翅大王猖狂地蹦跳着，那模样简直就像一匹刚获解放的小马驹。二赖子却像个农村懒汉，懒洋洋地伏在盆边，一副呆头呆脑的傻样，只有头上那两根长须在微微地动着。掌探的少年用老鼠胡须拨弄着二赖子，二赖子依然不动。大虎笑道：面兄，您的将军睡着了。面团微笑不语，一副胸有成竹的样子。

金翅大王摩擦双翅，发出清脆悦耳的响声，俨然是凯歌高奏的样子了。说时迟那时快，二赖子一个蹦跳起来，灵巧如跳蚤，矫健如武生，比电还要快，就落在了金翅大王的头上。大虎与众人一声惊叫，眼光都凝固了。转眼间二赖子就跳开，跳回到它方才伏着的地方，恢复了那副痴呆的模样。好像什么事情都没发生，但胜败已经有了定局：金翅大王的头破了，连脑子都流了出来。

我的金翅大王！大虎捧起金翅大王的尸体，咧着嘴哭起来。

指甲长长的老者庄严宣布：二赖子获胜，加冕为王！

面团身后的人把六万元钱收走了。

回城的路上，大虎大惑不解地说：这怎么可能呢？那么一条菜虫子怎么一下子就把我们的金翅大王给咬死了呢？

二虎冷笑道：这其中肯定有诈！

三虎道：肯定是条药水虫！

大虎恍然大悟：是不是趁我们参观炮楼时，他们给那只菜虫子喂了药？

三虎道：就算喂了药，不还是一条菜虫子吗？这么说吧，咱给许燕吃上半斤兴奋剂，她也跑不过王军霞！

许燕道：别拿我说事！你们这三个笨蛋！

大虎道：许燕，我给你个任务：你假装叛变我，打入面团的内部，获得他的秘密，然后咱们就跟他们算总账，他们黑了咱三万元，咱让他连本带利全部吐出来。

许燕道：我不干，你把我当成什么人啦？

二虎道：你以为你是什么人？

第六章

他站起来，对着你意味深长地点点头，然后转身就走。你像一个被催眠术控制了的女孩，跟在他的身后，从餐桌和椅子的缝隙里穿过空空荡荡的餐厅，走到电梯前面。他在电梯里等候着你。你疾步冲进去，电梯门便无声地合拢了。电梯里只有你们两个人。你呼吸急促，心里有几分胆怯、几分羞涩、几分企盼。但在电梯里什么事情也没有发生，他只是对你微笑。

出了电梯，你跟着他穿过铺着红色地毯的走廊，好像拐了许多的直角，最后立定在1418房间门前。你有点焦急地等待着他开门。在等待的过程中你感到有很多双眼睛在盯着你的背，所以你感到这个过程特别漫长。你第一不敢回头，第二不敢旁顾，你的眼睛死盯着他的苍白而细长的手指和那把在球形门锁里转动的钥匙。我在你的身后喘息着，是因为紧张喘息还是因为激动喘息我自己也说不清楚。终于钥匙把门拧开了。其实他只用了几秒钟就把门打开了。其实根本就没人注视你。你完全可以放松你的身心，把一切抛到脑后。

他将瘦长的身体往门旁一侧，伸出一只手，做出一个彬彬有礼的姿势，请你进室。我在你耳边提醒你：请慎重考虑啊，进了这个房间，就等于进了另一个世界。但你不会理睬我的话。你一闪身进了他的房间，很有点迫不及待的样子。他随着你进了门，然后就把门关上了。他仿佛看出了你的心思，特意很夸张地挂上了门链。我说：多此一举，在这家饭店里，没人管你们的事。所以这座饭店也许是座不道德的饭店，但却是家开明的饭店。

明亮的灯光照耀着房间正中的大床，照耀着墙上的大镜子，照耀着桌子上那瓶紫红的玫瑰。这是一个很舒适的房间，特别适合情侣同住。窗帘质地很好，沙发弹性不错。床头上方挂着一副粉红色的裸女油画，裸女的乳头像两粒樱桃。

他对着你走过来，就像一匹黑色的沉默豹子，迈着骄傲的方步走过来。它的皮毛像抹了油一样的光滑，双眼在灯光的照耀下，变成了金子般的颜色。你的身体微微颤抖着，仿佛有一股微弱的电流在身上通过，头发稍子发出噼噼的静电声，一缕缕清凉的小风贴着皮肤滑过去，使汗毛都直竖起来。一个遥远的声音在提醒着你：后退啊，你要后退！但是你已经身不由己。在你面前他站了片刻，然后就笑眯眯地，像开玩笑似地扯住了你的休闲服的下沿，像剥香蕉皮似地剥下了你的上衣。他脱你的上衣时你表现得非常顺从，你嘴里嘀咕着一些连你自己也听不明白的话，顺着他的劲儿把胳膊高高地举了起来。你的两个激动不安的乳房突然地亮了像，你本能地双手抱住膀子，把它们遮掩起来。他扔掉你的上衣，双手扯住你的裤子，猛地往下一褪，你就赤裸裸地站在他的眼前了。然后你自己从两条裤腿里走出来。没容你脱下鞋子，他就搂住你的腰将你抱起来。你的眼前一片辉煌，耳朵里响起了阵阵轰鸣。你的双手不由自主地缠在了他的脖子上。他将你抱到床边，粗暴地将你扔到床上。

床在你的身下弹跳着。你的眼睛闪着光，光里有水，水里有这个神秘的男人的影子。他不慌不忙地开始脱衣服。他将脱下的衣服仔细地挂在墙角的衣架上，回转身时，你看到他的发达的胸肌和平展的腹部。你看到他那两颗黑豆粒般的乳头上，穿着四颗白色的珍珠；你还看到他的下边已经昂扬起来。他用非常夸张的动作在你的眼前玩耍着那个鸟，好像小孩子对同伴炫耀着宝物。你感到心跳如鼓，喉咙里喷出火热的气体。他把一条红绸巾儿扎在那个东西的根儿上，然后又将一些亮晶晶的芥末油一样的东西涂抹在上边，那东西变得油光闪闪，散发着辛辣的气味，好像一根刚刚烤出来的法国香肠。他附身下来时，你的身体自动地贴了上去，你感到肉体与灵魂一瞬间分离，一瞬间又合拢在一起……后来，你感到全身上下只有脑袋还是活的，脑袋之下全都死了，好像高位截瘫的病人。你好像躺在水里，又好像躺在云上，脑海里时明时暗，好像在桉树林子里快速地穿行……

桉树林从何家港外的沙滩开始，一直延伸到红树林。你终于说服了马叔，让他带领你去探望他的爹——抗日英雄马刚——孤身打入虎穴、端了最坚固的反革命土围子的马刚——打掉地委书记门牙的马刚——几个星期以来，马刚的事迹从你爸爸的口里源源不断地流淌出来，使你想见到他的心情一天比一天强烈。为了让马叔带你到红树林，你往他的书包里偷偷地塞了二十多块水果糖，那可不是一般的水果糖、那是从香港进口的水果糖，外边包裹着亮晶晶的糖纸，那种糖纸是许多女孩子梦寐以求的宝贝，在那个年代里，用十张这样的糖纸几乎就可以勾引一个小姑娘，二十张糖纸就可以勾引两个小姑娘。剥开这层纸，里边还有一层半透明的纸，这层半透明的纸其实不是纸，而是大米制作的薄膜，入口就化，味道好极了，营养好极了。这种糖在当时可不是随便能够买到的，有钱你也没处卖，这种糖是党发给高级干部补养身体的，你爸爸是县长，算不上高级干部，你爸爸的朋友兼上级地委秦书记——就是被马叔他爹打掉了门牙那个——算高级干部，他到你家来玩耍，送给你一包党发给他补养身体的高级进口水果糖，他上下打量着你说：小岚子，越长越像你妈妈了。这个人还将与你发生非常重要的关系，后来你想起他这包水果糖，就感到这简直就是一包蒙汗药。你不仅塞给他二十多块高级水果糖，为了早日见到他的英雄古怪倔强爹，你还每天帮他放奶羊，你甚至学会了挤羊奶。你端着他家那个不知是谁用模范的劳动挣来的破搪瓷缸子，蹲在他家那头老奶羊屁股后边，用你的小手握住肥嘟嘟的奶头，一攥，嗞——！一攥，嗞——！攥攥攥，嗞嗞嗞！有几个裹着解放脚的政治老太太，公然地议论："看看，看看，真是人不可貌相，马家的小子，把小媳妇都勾来家了！"他的在水产公司剔鱼的妈妈冷冷地问那两个一贯地狗仗人势、一贯地为非作歹、一贯地欺软怕硬的老太太："知道这是谁的女儿吗？睁开你们的狗眼看清楚，这是本县林县长的女儿！"那两个政治老太太的眼睛顿时就直了，从此见了你就点头哈腰。你与他的浑身散发着鱼腥味的妈妈建立了不错的关系。你还强忍着恐惧喂过他的那个同母异父的大头弟妹妹。你感到这个没有下肢的孩子根本就不是一个人，而是一条古怪的鱼。尤其是她翻着白眼、伸着舌头喘粗气时，更像一条躺在浅水里挣扎的鱼。

你把他家的情况对爸爸说了，尤其是当你说到满身鱼腥、满嘴烟臭、头发花白的苏阿姨时，你爸爸满脸都是遗憾的表情。他说："可惜啊可惜，苏蝉娟当年可是南江城里的一枝花。"你问："爸爸是不是也追过她？"你爸爸严肃地说："你这孩子，想到哪里去了？她嫁给马刚，还是我跟你妈妈当得媒人呢！当时，你苏阿姨是刚从医学院分配来的大学生，你妈妈是医院的党总支书记。"你说："既然如此，你为什么不去看看苏阿姨？""我现在的身份，不合适……何况她跟马刚已经离婚，而且她也划成了右派……不过……”爸爸说，“你去看她时，就代替我和你妈妈向她问好吧，我们不是那种势利眼的人家……”

你跟在马叔的身后，一下一下地踢着他的脚底，恼怒地说：“我让你带我到红树林去看你爸爸，你听到了没有?!”

健康路上的行人都停住脚步，看着你们。你听到人们啧啧称赞：这个女孩的脚真巧，你们看，她每一下都能踢到那个男孩的脚底板！

他停住脚，转回身，说：“不许你再踢我，如果你再敢踢我，我就把你……”

“你敢把我怎么样?”你一边说着，一边将穿着红色小皮鞋的脚飞起来。

他说：“如果你不是个女的，我就一拳把你打倒在地！”

“你打呀，你打！”你像个好斗的小公鸡似地挺着胸脯往他的面前蹿着，逼得他节节败退。

他说：“好啦好啦，我带你去还不行吗?”

你笑道：“早这样说，我早就不踢你了。”

他说：“但是，去红树林的事不能让我妈妈知道。”

你说：“我帮你撒个谎，就说学校组织下乡劳动。”

“你必须去借一辆自行车，”他说，“我还不会骑自行车，正还借这个机会学会。”

“你这家伙，真够鬼的！”你说：“明天早晨七点，学校大门口见。”

他说：“不，不在学校门口，被人看到影响不好。”

你野唧唧地说：“屁，什么影响? 谁敢胡说，我就豁了谁的嘴！当然，要讲豁人的嘴，你是专家——”想起他豁金大川嘴的情景，你不由地笑起来。

他咧咧嘴，不好意思地嘿嘿几声，说："我们在县城东门外那棵大榕树下见面！""不见不散！"你拍了一下他的手，说："你要敢骗我，我就把你们家的奶羊杀了！"

鸭子从你身上滚下来，嘴巴里发出一声湿漉漉的怪叫声。你的像钢板一样挺直了的身体突然散了架子，声嘶力竭、不知羞耻的叫床变成了无力的呻吟。你感到自己躺在潮水里似的，身体不由自主地起伏飘荡着，好像一截漂木。方才他鸣叫着滚下去的情形让我油然地想起了在红树林烈士陵园里，我们观看马刚的家兔交配时的情形。那只雪青色的雄兔用嘴巴咬住雌兔的脖子，身体耸动几下，然后就怪叫一声滚了下来。那时候你的心里就澎澎乱跳着，你对这种残酷的交配充满了恐惧，同时也满怀着向往。

鸭子滚下去，对你挤挤眼，便赤着身体往卫生间走去。卫生间里传出的哗哗水声更强烈了你躺在潮水中的感觉。你的兴奋还没消退，但一种类似凄凉的感觉便渐渐地涌上心头。刚刚结束的漫长的、纯粹的、生理性的操作让你兽性大发，你忘了一切，切实感受到的只有你的和他的肉体。你像一个发情的母兽，发出难听的嚎叫，嘴巴里流着黏稠的涎线。你们俩简直就是两个光屁股的妖精在打架。墙上的大镜子里晃动着你们翻来覆去的身影，房间里回荡着你们的肉体相撞的声响。你的眼睛里放射出一波波的绿光，像猫、像虎、像狼。我观战多时，慨叹不已，果然是"三十如狼，四十如虎；如狼如虎，不如女人四十五！"

饭店顶楼监控室里的电视屏幕前，一个见惯了这种景象的值班员揉揉蒙眬的睡眼，低声嘟哝着："这两块货真行，哪里是人？分明是猪！小赵，你快来看看，这两个是今晚的冠军！"值班员喊叫着他的同伙。一个眉清目秀的姑娘走过来，问："是花猪吗？""不是花猪，是黑皮。""黑皮的活儿一般嘛！""这小子今夜超常发挥了！""是跟台湾那个富婆吗?”“不是,换了一个。”“黑皮这小子,不够意思,台湾富婆花钱养着他,他还偷着搞多种经营!”姑娘将下巴搁在同伙的肩膀上,眼睛看着屏幕。她突然压低了声音,说:“天哪!这不是咱们市的林市长吗?”“你胡说什么?林市长怎么能干这种事?!”“是她,是林市长!”这时,你翻身骑到了黑皮的肚子上,头往后仰着,双手抱着脖子,身体像打夯一样上下耸动着,你眯着眼睛,咧着嘴,露出满口的牙床,嘴巴里发出呱呱的叫声。你那样子根本不像做爱,倒像对着阶级敌人发泄着阶级仇恨。“嘿,真够狂的!她哪来这么大的劲儿?”值班员赞叹不已,继而又疑惑地说,“不可能是林市长吧?”“前天我还在珍珠大厦落成典礼上见过她,绝对没错!”他们将脑袋往前探着,恨不得钻进屏幕里去的样子。“录下来,赶快录下来,”女的说,“这可是宝贵资料!”磁带沙沙地转动起来,我心中急如星火,但转念一想,又觉得无所谓了。“我原先以为,这些大人物都是阴阳人,不食人间烟火的,”他说,“想不到她们也会干这种事情,而且——”“而且还干得十分出类拔萃!”女接过男的话头,大声说。这时,你和黑皮又换了一个古怪的姿势。女的说:“看看,我们的林市长,是多么富有想象力,多么富有创造性,多么样的不落俗套!”“林市长哎,悠着点您哪!”男的故意惊惊咋咋地说,“我还是怀疑,林市长会干这种事情?”“如果不是她,你把我的眼睛挖了!”“那我可舍不得,”男的说,“听说林市长的儿子让公安局给抓起来了?”“这就更对了,”女的说,“她是寻求刺激来了!”你身体上冒出了一层油汪汪的汗水,在屏幕上闪烁着珍珠般的光芒。“她的身材的确不错,”男的赞叹地说,“连我的“小弟弟”都抬起头来了!”女的曲起手指,在男的头上爆了一个栗子,说:“你敢!”“只要你同意,我就敢,”男的色迷迷地说,“如果能干了林市长,这就像打猎的人打死一只老虎,捕鱼的人捕到了一条鲸鱼,一辈子都有了吹牛的本钱!”女的说:“你们这些男人,都是些公猪!”

的确,在我见过的交配中,只有猪的交配才能与你们相抗衡。那张优质床垫里的钢丝弹簧在你们的折腾下痛苦地吱叫着,床垫里的灰尘像蒸汽似的一股股地窜出来。床垫的叫唤声影响情绪,你们把战场移到了地毯上。在地毯上折腾了一会又移到了椅子上,在椅子上玩够了又移到了沙发上,在沙发上腻味了又移到了桌子上,后来你们又流窜到卫生间里,把马桶、脸盆、澡盆全都利用了一遍。最后的一个奇怪动作是:他用双手搬着你的两条腿,你用双手撑着地,你们在房间里一边这样古怪地行走着,一边不辞辛劳地钻探着,汗水从你们身上像小河一样地流下来,你们的身体一黑一白,都发出了鱼皮一样的光泽,黑的像黑鱼皮,白的像白鱼皮。从你们开始了行走中的做爱或者是做爱中的行走之后,监视器里的图像就残缺不全了,因为那暗藏在房间里的镜头视野很窄。当他像家兔一样从你身上滚下来时,监控室里的男女值班员长长地舒了一口气。男的说:“我的天!看他们做,比自己做还累!”女的轻蔑地说:“你要有黑皮十分之一的功夫,我就心满意足了!”于是他们也滚在了一起。

你们俩沿着海边的砂石路骑车前进。东风从海上刮来,东风催起千重浪,后浪追逐着前浪,后浪变成前浪,一浪接一浪地撞到防波大堤上粉碎了。海风挟带着水汽,将大堤上的杉树吹得湿漉漉的。几十艘向阳渔业生产队里的机帆船正在出海,柴油发动机声嘶力竭地叫,黑烟干劲冲天地冒,缀满补丁的破帆垂头丧气地挂在桅杆上,象征着失败与不革命,令你们看到它就感到心情沮丧。几个渔妇前面抱着孩子,后边背着大枪,站在高高的防波堤上,望着正在离港的渔船。她们怀里的孩子叼着奶头手抓脚挠。崭新的大枪在她们背上泛着钢蓝色的光芒,好像乌鸦的翅羽。她们的屁股肥大,轻薄的黑色大裆裤子被海风灌得满满的。她们的脚板结实,脚丫子叉开。她们黑红色的脸上,蒙着一层忧郁的神情。

你昂首挺胸，迎着阳光前进。你放声歌唱。这段时间是你一生中最快乐的时光。你放声歌唱："我们走在大路上，意气风发斗志昂扬，毛主席领导革命队伍，劈荆斩棘奔向前方。"他坐在后座上一声不吭。你骑得是一辆女车，他的双腿几乎垂到了地面。你不高兴地问："我唱歌，你为什么不跟我一起唱?!"他说，"我唱不出来。""你为什么唱不出来?""我嗓子不好。""嗓子不好也要唱!""我唱不出来，我从来不唱歌。""上音乐课时你也不唱?""上音乐课时我也不唱。""音乐老师不整你?""我光张嘴但是不出声，她发现不了。""但是我今天让你唱，非要你唱不可!"他吭吭哧哧地憋着气，好像在酝酿石破天惊的歌声。你用胳膊肘子捣着他，"唱嘛，我非要你唱!"他吭吭地咳嗽着，好像一匹老刺猬。你感到他嘴里的热气喷到了你的背上。他看不到你的脸，他也许认为你真的生了气，其实你的脸上满是坏坏的笑容。"你唱不唱? 你如果不唱我就把你扔下来。"你故意让自行车晃动起来。后边没了动静，你回头发现他在你车后十几米的地方站着。"坏蛋!"你跳下车，大声吼叫着，"为什么下了车? 你下车为什么不告诉我?"他不理你，转身朝着城市的方向走了。"嗨!"你恼怒地喊叫着，"你到哪里去? 你这混蛋，你想回去吗?"他不理你，连头也不回，继续朝着来路走。你蹁腿上车，追上他，将车子横在他的面前。你用自行车来来回回的挡着他的去路。"你这家伙，太不够意思了!"他的瘦脸黑着，像那几个女民兵背上钢枪的颜色。"好了，我怕你了，我不让你唱歌了行了吧? 我不让你唱了，保证不让你唱了!"你气急败坏地劝着他。他不动了，怔怔地看着你的眼睛。"你说吧，马叔，马大爷，你还要我怎么着呢?"他终于说了一句话："把自行车给我!""可是你不会骑车呀! 好好好，我给你，我给你还不行嘛? 我今天算败在你的手里了，这是我第一次向男生屈服!"你把自行车让给他。他推着自行车，蹁腿就跨了上去，然后他就笨拙地蹬起来。自行车摇摇摆摆地前进了。他仿佛浑身都在使劲。你这才想起他要学骑自行车的事。你说:“眼睛往前看,不要看车轮子!你个大笨蛋,往前看,车轮子丢不了!”你在车子后边跟着跑,他的身体在车上扭动着,车子往旁边歪,他的腿就撑在了地上。很快他的动作就协调起来。你在他的身后气喘吁吁地追赶着,终于跟不上了。你一屁股坐在地上,大声说:“你死去吧!”你看到他生疏但力道很足地向前冲去。他的上身很板,乱糟糟的头发也如一股黑烟。他骑着车拐到那片大桉树林子后边去了,桉树挡住了他的身影。你骂道:“马叔你个海匪!”只有海鸥在远处尖利地叫。

你坐在路边,心里有一点恼怒,但其实也不是真正的恼怒。你感到与马叔的关系就像跟一个同父异母的哥哥的关系一样,说亲也不亲,说疏也难疏。但这绝对不是同学的关系,也不像恋人的关系。那时你正在看苏联著名小说《钢铁是怎样炼成的》,奇怪的是你总把自己想象成为贵族小姐冬妮娅。冬妮娅和保尔在池塘边开始的初恋让你神魂颠倒。你仿佛闻到了烧锅炉小子头发里那股煤烟的气味。你经常幻想着跟一个黑小子从郊外往城里奔跑,风把你的头发吹起来,就像鸟的羽毛。你看到一个美丽姑娘的光滑的小腿在阳光下闪烁着,像一块天蓝色的玻璃。而她的身后,紧紧地跟着一个烧锅炉的、好打架的黑小子。他有两只黑色的眼睛和满口的洁白牙齿。远处是锅炉房的大烟囱冒出的腾腾的黑烟,煤烟的气味好闻极了。近处是火车站,几辆机车正在挂钩,红色的车轮被钢铁的连臂捣弄得缓慢但是非常有力地转动着,一团团的蒸汽从车头下土匪般地喷出来,一团团的黑烟从车头上的烟囱里强盗般地窜上去。一声汽笛,撕肝裂胆般地响起,令天地都动容失色。你的天蓝色的水兵服像海鸥的翅膀,在风里飘荡着。你的头发是亚麻色的,梳成了一条松松的大辫子,散发着熏衣草的香气。无论谁嗅到这样的香气都会对你产生好感,谁如果嗅到这样的香气不对你产生好感谁就是一个天字号的大傻瓜。你跑累了,其实你还能继续往前跑,你停下脚步的原因是锅炉房的大烟囱就在眼前了，你可不想跑到锅炉房里去让那些粗俗的老家伙对你评头论足。你站住了，身体仿佛是无意地往后仰着，其实你是有意地把身体靠在他的并不丰厚的胸膛上。你将身体靠在他的胸膛上并不是寻求依靠，你把身体靠在他的胸膛上主要是想嗅嗅他身体上的那股粗野的、混合着煤烟气味的小狼般的气味。他抓住了你的肩膀，兴奋地大叫着："抓住了！抓住了！你这个小鸟！"他的爪子像铁一样坚硬，工人阶级的手就是不一样，虽然他还是个没长大的工人阶级，但是他的手已经能够抓住女人不放松了。一双黑色的手，抓住了一个娇嫩得像百合花一样的少女的肩头。这样的手简直就是小鹰的爪子，抓住小母鸡小母鸡休想挣脱。为什么要挣脱呢？我希望你能抓着我腾空而起，让平缓的气流托着我的胸膛，让大地、河流、山川在我们身下，好像一轴美丽的图画依次展开。他的手在你的水兵服上留下了几个鲜明的黑印子。你古嘟着小嘴说："哎呀，你把我弄痛了！你这个野人！"他羞愧得无所措手足，结结巴巴地说："对不起……小姐……"你戳了一下他的额头，说："不许你叫我小姐……""那我叫你什么呢？"你满怀着深情看了他一眼，这一眼活活就是一根锥子，扎在了他的心脏上，让他心痛难忍，让他终身难忘，然后，一片红云飞上了你的脸，少女的脸。你垂下长长的像燕尾一样的睫毛，嗫嚅着："……你叫我……"那个美好的字眼在你嘴里化做蜜糖融化了，你捂着发烧的脸蛋，飞跑着越过铁路。你听到他在后边大喊："危险！火车危险！"你刚刚跨过铁路，从基辅开往莫斯科的客车呼啸而过。你怔怔地看着那些一闪而过一闪而过的窗口，看到那些蒙着花头巾的少女和穿着花领子衬衣的青年，看到那些穿着红色皮卡克的女布尔什维克，还有那些穿着黑色皮卡克、屁股上挂着手枪的"契卡"，还有那些戴着风帽、背着沉重的毛瑟枪的红军战士……幸福的泪水在你的美丽无比的大眼睛里闪烁着……

这时，马叔骑着自行车从前面回来了。趁你与冬妮娅小姐合二为一的工夫，他已经把自行车骑得像模做样了。他的黑脸上泛着红光，洋溢着掌握了一门技巧后的喜气。他兴奋地大喊着："林岚，你看，我会了！我还以为自行车有多么难学呢，没想到这样容易！"他的喜气引起了你的不满，你迅速地把他跟保尔·柯察金做了一个比较，感到眼前的这个黑小子比乌克兰那个黑小子明显差劲。乌克兰那个黑小子能用漂亮的勾拳把贵族子弟维克多打得仰面朝天跌到池塘里，可眼前这个黑小子只会用手去撕人家的嘴，没有一点男子汉的潇洒，纯粹是老娘们的战法。乌克兰那个黑小子认识了冬妮娅没几天就爱上了冬妮娅，他为了冬妮娅对他破衣服的一个不经意的挑剔的眼神，竟然加夜班去木材厂扛大木头，换来一点钱买了一件新衬衣，还让理发师用剪刀和水征服了那一头让汗水和煤灰纠缠在一起的头发。可这个姓马的小子简直像一根死木头，在他的心目中，我还不如他家那头奶羊……你把眼前的事与《钢铁是怎样炼成的》混在一起，这样的混合产生了一种非常美妙的感觉，似真似幻，如梦如醒，有广阔的想象空间，有狭窄的感情死角，你沉浸其中，如鱼如虾，一颗少女的心里，充满了小资产阶级的感伤，泪水更多地从眼睛里溢出来，挂满了你的脸庞……

兴奋的马叔看到了你的满脸泪水，顿时吓得手足无措。他放下自行车，双手搓着大腿，很想说点什么，但又不知道该说什么的一副傻瓜样子。在这种情况下，只要他开口说话，必定说傻话。他结结巴巴地说："我……我没把你的车子弄坏……我的腿长，不等车子歪倒我的腿就支在了地上……"你精心构筑的美好意境让他几句话就给彻底摧毁了。你从天上落在了地上，从梦境回到了现实。"你这个大傻瓜！你这个大笨蛋！""我真的没把你的自行车弄坏……不信你就检查一下……"你抓起路边的一块石子朝着他砸过去，石子打在他的膝盖上又反弹出去，他不由自主地弯腰伸手摸了一下膝盖。然后你就特别地盼望着他的膝盖上能够流出点鲜血，当然不能流的太多，然后你就用自己的白手绢缠住他的伤口，缠得时候你应该手指颤抖，嘴里叨叨着："亲爱的……亲爱的……小可怜……我的小心肝……"但是鲜血并没有从他的腿上流出来，他穿着一条蓝色的制服短裤，裸露着两条鹭鸶般的长腿。那中了石块的地方不但没流血，连一点痕迹都没留下。这让你失望，让你沮丧，眼泪不流了，面对着这样的傻小子，流多了也是浪费，但你的脸上依然是阴云密布。在马叔的眼里，你拉长了的阴沉脸，比你流着眼泪的脸更加可怕。他终于想出了一个办法，这个办法真不错，在往后的岁月里，每逢你高兴的时候或是你不高兴的时候，他都要为你表演。他双手按在地上，身体往前一倾，便倒立在你的面前。为了保持平衡，他把两条腿弯曲起来，从肩膀上方垂下来。这样他的双腿就显得更长了，他的双脚就显的更大了。他的大脚上套着两只用废旧轮胎皮子切割成的凉鞋，脚趾从鞋子前头伸出头来，显得特别滑稽。他把手当成脚，在你的面前，啪哒啪哒地走着，像一个老练的怪物。最后，他停在你的面前，让两条长腿往下垂，垂，垂，终于垂到了地，这样，他的手脚都落在了地上，他的身体弯成了一座拱桥，他的头从屁股下探出来，脖子极力地往上仰，终于高过了屁股，他的脸就直了起来，他的双眼便可以直直地看着你了。他的脸有点发紫，眼珠子也有点发红，你知道这是脑袋充血的缘故。他可怜巴巴地望着你，好像一个犯了严重错误的小男孩，祈求着大人的饶恕。从他倒立行走，到他造型拱桥，这个过程持续了大概有五分钟，起初你对他的绝技表示惊讶，进而你为他的表演鼓掌，等他造了拱桥之后，你的心里已经满是对他的崇拜了，你觉得他这一手把保尔·柯察金都给毙了。你看过杂技表演，知道杂技演员们也能倒立行走，但他们是专吃那碗饭的，与你不一样。而且你总认为舞台上的人与现实生活中的人不是一回事，你认为他们不是凡人，所以他们能倒立行走是正常的。

当你发现马叔竟然也能倒立行走，你简直都不敢相信这是事实。但这的确是事实，而且就发生在你的面前，而且是专门为你表演的，他为了你倒立行走，他为了你把手当成了脚。你感动地说："起来，你这个傻瓜！"他硬撑着不起来。你跳起来，想掀起他来，但对着他的造型奇特的身体又不知该从哪里动手。于是你就蹦跳着喊叫："傻瓜，傻瓜，起来，起来呀！"他把双腿抡到后边去，站直了身体，提提滑下去的裤头，用手背蹭蹭鼻子，傻乎乎地笑了。"嘿嘿……"，"嘿嘿……"你摹仿着他的傻笑。

他用倒立行走化解了你的怨气，他用倒立恢复了自信。他扶起自行车，说："我驮着你！""你？""我保证摔不了你！"他跨上车子，用力蹬了几下，获得了速度，你在后边跟着跑，手扶着车子的后座。"快点上来呀！"他喊。你耸身一跳，就坐上去了。这时，自行车摇晃起来，但很快他就把车子稳住了。你也是分开双腿坐在车上，这样的坐姿如果不用双手搂住骑车人的腰就会很别扭，所以这样的坐姿特别适合情侣。你根本没犹豫，就伸出胳膊搂住了他的腰。你感到他的身体扭了扭，但很快就恢复了正常。在下坡路上，自行车简直就要飞起来了，海风从你们身体的边缘漫过，路两边那些没被五八年的火炉烧掉的大桉树抖动着叶片为你们欢呼，你兴奋地用脑门碰撞他的脊梁。他突然放开了喉咙。他的嗓子沙哑，唱到高处就变成了尖啸，但这并不影响你的情绪。你跟着他唱起来。还是"我们走在大路上，意气风发斗志昂扬"，还是"毛主席领导革命队伍，劈荆斩棘奔向前方"。唱忘了就是一阵大笑。笑完了接着再唱。那天海边上的砂石路归你们专用，那天是你们的浪漫之旅。但我忘了提醒你们，"人欢没好事，狗欢抢屎吃"，自行车前轮压在了一块圆滑的石子上，车了便猛地歪倒了。你们跌在车下，车子压在马叔的腿上，惯性使你们往前滑去，歌声被憋死在咽喉里。你艰难地爬起来。马叔的腿上蹭去了一块巴掌大的皮，血肉模糊，伤口上满是白色的沙子。你的手腕子上也破了皮，流了血，你的屁股还给跌得很痛。是你先站起来，把压在他腿上的车子掀开，把他扶起来。他痛得满脸皱纹，但他关心的是你和你的自行车。后来他说，其实他最怕得是把自行车摔坏，因为那时候一辆自行车是一笔巨大的财富，他家吃饭都有困难，根本没有赔偿一辆新自行车的能力，另外，即使有钱也不一定能买到名牌的自行车。他脸上是汗，眼里是泪，腿上是血，嘴里连声道歉："对不起，对不起，对不起……"此刻你的心里却是柔情似水，小资产阶级的感情汹涌澎湃。你摸出那条白色的手绢——手绢上绣着几朵木棉花——缠住了他的伤口。你的手绢太小，缠时费了点劲。你跪在他的面前，一边缠着，一边仰起脸问："痛吗？"他说："不痛，一点也不痛。"肯定不会不痛，但对于马叔这个穷孩子来说，县长的女儿跪在自己脚下，为自己缠着腿上的伤口，该是一种多么大的幸福！县长的女儿也受了伤，她不顾自己的伤，为别人疗伤，这是多么高贵的精神，雷锋也没这样做过。当然雷锋没做过这样的好事并不是雷锋觉悟低，而是他没碰到这样的机会，如果雷锋碰到这样的机会，他肯定也会这样做的。马叔的眼泪是你被感动下来的，他的那条穷小子的腿亲切地感觉到了你的柔软手指，他巴望着这个缠伤的过程无限期地延长，当然这是不可能的。

现在回想起来，这一跤在你们两人的恋爱史上具有里程碑的意义。也可以说是转折点，也可以说是催化剂，等你们裹好了伤重新上路时，你们俩已经有点心心相印的意思了。你们穿越了三十里的桉树林，到达了红树林。马叔的爸爸自从打掉了地委书记的门牙，连降三级，接着遭遇了离婚，接着又犯了一些莫名其妙的错误，最终落在了红树林旁边的烈士陵园，当了一名管理员。你们出现在烈士陵园的大门口时，一匹黄色的大狗像一道闪电，从门房里蹿出来，吓得你紧紧地抱住了马叔的腰……

你从半是幸福半是痛苦的、半是清醒半是迷胡的状态中挣扎出来，看到一线晨曦从窗帘的缝隙里射进来。鸭子侧身睡在你身边，一只手按在你的乳房上。房间简直就是一个凌乱的战场，椅子倒了，床单在地，沙发的坐垫竖在门边，你的休闲服一件躺在墙角，一件挂在壁灯上。你看到自己一丝不挂，肚皮上干结着一些蛋白质，大腿上青一块红一块，不知是被他打的还是在床角上撞的。昨夜的鏖战情形历历在目，你心中猛然一惊，暗暗地说一声：荒唐！

你推开他那只紧紧抓住你乳房的手，翻身下床。你的双腿不由自主地软下来，仿佛踩到了一大团棉花上。你感到浑身酸痛——年龄不饶人哪林岚！我在他的背后阴阳怪气地说——鸭子醒了，眯着眼对你笑。你感到他的笑不怀好意，他的笑脸后边还藏着一张阴森森的脸。“亲爱的，累了吧？”他侧歪在床上，用右手支着腮问你。他的白牙在幽暗中发着光，好像你在动物园里看到过的那些卧在阴暗洞穴里的狼。想到此，便有一股青苔的气息混合着腥冷的精液气息扑进了你的鼻腔。你马上回忆起夜里的疯狂举动，一阵恶心从你的胃里泛上来。你捂着嘴巴冲向卫生间，对着马桶发出一阵阵的怒吼。你越吐，口腔里的精液味道越浓，精液的味道越浓你就越想吐。你把绿色的胆汁都吐出来了。然后你抬起沾满泪水的脸，按了一下马桶，响亮的水声把你的恶心感冲淡了。你走进浴盆，拧开了凉水开关，哗哗的凉水冲激着你，你感到松弛得如同败絮的肌肉紧缩起来，精力和理智重新回到你的身上。

你扯了一条毛巾，紧紧地裹住了身体，走到镜子前，看到了自己的脸。你吃了一惊。你的脸上挂着一层洗不去的灰尘，你的眼圈发紫，眼袋下垂，嘴角上两条竖纹，直入下巴。一夜之间，你仿佛老了二十岁。你油然地想到一个小时看过的童话故事，故事中有一个妖魔，专门偷食人的青春，他使许多小男孩生出雪白的胡子，他让许多小女孩脸上布满皱纹，他现在就躺在外间的床上，正在心满意足地消化着你的青春。你对床上这个男人满怀仇恨，恨不得冲出去，扑到他的身上，卡住他的脖子，把你的青春从他的胃里挤出来。你的手机在外边响起来。

你从电视机后找到手包，从手包里找到手机，你拉开手机的滑壳，听到了金大川的油腔滑调："亲爱的，在什么地方？"

你想了想，说："我也不知这是什么地方，也许是阴曹地府吧？"

金大川笑道："真是好地方，但也别在那里流连太久，今天上午，上海的律师到。另外，年龄问题，我基本搞掂了！"

你沉默着，不知是否该感谢他。你感到空前的灰心丧气，便把手机关了。

你开始满屋子里找你的乳罩和裤衩，鸭子悠闲地躺在床上，眼睛跟着你转动着。

你对着他伸出手，恼怒地说："拿来！"

"什么？"

"你说什么？"

"我不知你跟我要什么。"

"我的内衣呢？"

"你的内衣？"他哈哈大笑着从床上坐起来，说："真好玩，你竟然跟我要内衣，亲爱的，您昨天夜里根本就没穿内衣！"

昨夜的情景模模糊糊地浮现在眼前，你纳闷地问我："我难道真的没穿内衣？我醉到了这种程度？"

我悄悄地对你说："是的，你的确没穿内衣，醉没醉我说不清楚，但你没穿内衣是我亲眼所见。"

你用拳头敲着额头，后悔地说："该死，我怎么会醉成这样子……"

你穿上裤子。看着你裸着上身穿裤子我感到很别扭，这样的方式不符合您的身份，但如果你不穿裤子先穿上衣，同样让我不舒服。

总之，你不穿内衣让我觉得你特别流氓。你，当然是你，当然是你特别流氓，不是你特别流氓难道还能是我特别流氓？你不穿内衣就是为方便性交特意做好了的准备，就像贫下中农说得那样：咱们把裤子往下一褪就是！

你穿好衣服，提起手包，连看也不看床上的鸭子一眼，转身就想走，但是事情没这么简单。当你走到门口时，鸭子，赤身裸体的鸭子，已经抱着膀子倚着门，右腿搭在左腿上，摇晃着脑袋，冷冷地笑着，等待着您了！麻烦事来了，林岚！

“闪开，”你冷冷地说。

“亲爱的大姐，”鸭子说，“这样就走了？”

“你还想怎么样？”

“您是真不懂规矩呢，还是故意给我装糊涂？”

“你说清楚，到底想干什么？”

鸭子摇摇头，说：“我侍候了您一夜，您总得给我碗汤钱吧？”

“从来都是女人向男人收钱，”你愤怒地说，“没听说男人向女人要钱！”

“这就叫做男女平等，”鸭子笑着说。

你不想跟这种人纠缠，便打开手包，将包里的几百元钱全部扔在了床上。你说：“算我倒霉！”

鸭子不高兴地说：“大姐，您这是说的什么话？难道不是您自愿地跟我上楼吗？难道是我对您使用了暴力吗？难道不是您幸福得死去活来吗？看样子您也不是个没见过世面的人，怎么这样不懂事理？常听到你们女人谴责男人薄情寡义，提起裤子就不认人，没想到女人也有这样的。难道您是一匹母螳螂？难道您是一头母蝎子？交配完毕，回头就把情侣当成了美食？”鸭子指着自己肩膀上那些青紫的牙印，说，“您自己看看这些牙印，就知道您是多么疯狂！”

你被这个能言善辩的小鸭子说得理屈词穷，举起一只手对他说:“好好,我承认您说得对,钱我也给您了,您可以放我走了吧!”

鸭子斜眼看看那几张人民币,说:“大姐,您把我看成叫花子吗?”

您吃惊地说:“你不要得寸进尺嘛！我豁出个身子,让你白玩了一夜,还付给你三百元钱？天下哪有这样的好事?”

鸭子道:“您以为我在跟您漫天要价吗？您可以去打听一下,红荔大酒店的鸭子是什么价钱!”

你问:“你说吧,要多少钱?”

鸭子道:“看在您第一次的分上,给您打个八折吧,一万二千块人民币,给美元一千块也就行了。”

你吃惊地瞪大眼睛,愤愤地说:“你想敲我的竹杠是不是？你想讹诈我对不对？我实话告诉你,不要走了眼睛!”

“您用不着跟我来这一套,干我们这一行的,什么样的人没见过？您要想走黑道咱就陪着您走黑道,您要想走白道咱陪着您走白道,但是,今天您不把钱拿够您就呆在这里吧。”鸭子说完,扬起下巴,翻起白眼望着天花板,摆出了一副不达目的决不罢休的姿势。

你心中充满了愤怒,一句接一句的骂人话涌到嘴边,但是你只能把这些话压下去。你知道骂他的任何一句话都会从他的身上反弹回来,就像乒乓球会从墙壁上反弹回来一样。多年来你过惯了被人敬重的生活,虽然你也要对你的上级笑脸相迎,但那毕竟是暂时的,但那毕竟是客客气气的,你还从来没遭遇过这种狼狈局面。你拿起手机,想给金大川打个电话,但你马上又改变了主意,你不愿让他知道的太多,那人其实是一条可怕的狼。

你退后几步,坐在了床上。你从手包里找烟,找不到了。你想起了昨天夜里已经将烟慷慨地送给了鸭子,那时你对他很有好感。你抬起头,看着这个赤身裸体的流氓,说:“给我支烟!”

鸭子走到挂衣架前,从西服的口袋里摸出烟和打火机。他抽出一支烟，自己先点上，然后扔给你一支。你从床头柜上的烟灰碟子里拿起火柴，点燃。你划火的手在颤抖，你拿烟的手也在颤抖。鸭子退回到门口，索性盘腿坐在地毯上。你看到他那个硬起来像驴一样的大家伙，此刻垂头丧气地歪在大腿上，模样丑陋，令人恶心。

烟雾笼罩着你的脸，你脸上的灰更重了，你嘴角上的纹更深了，我对你的处境满怀同情。林岚，你现在后悔了吧？昨夜你进这个门时，我就劝你要三思而后行，但是你把我的话当成了耳旁风，现在，看你如何脱离险境。其实，鸭子野鸡这些东西，根本就不是人，它们都是畜生，之所以畜生能够横行，说穿了还是你们这些当官的闹的，老百姓说野鸡鸭子是你们这些贪官污吏身上养着的虱子，但野鸡鸭子却说你们是寄生在它们身上的臭虫，这件事无论如何是说不清楚的。男干部嫖娼的事每天都在发生，被揭露出来的也不少，但女干部要鸭子的，却是凤毛麟角，一旦揭露出来，你将名扬天下。

你胸中如有车轮转，转来转去主意难拿。我定定地观察着你的脸，鸭子也在观察着你的脸。他宽宏大量地说："您可以把手机押在这里回去拿钱。"你把烟头按在烟灰缸里，嘴角上浮起轻蔑的冷笑。我知道你已经拿定了主意。接下来你干得事情绝对出乎我的意料：你拿起手机，熟练地按着键，通了。我的爷，你竟然与马叔通话，你说："是我，林岚。请你立即到红荔大酒店，1418 房间，限你二十分钟赶到，我等你！"

打完了电话你就安静地坐在床上。你的脸上神色让丈二和尚都摸不着头脑。鸭子嘟哝着："你找来了什么人？"

你笑嘻嘻地说："我丈夫！"

鸭子撇着嘴说："无论你把谁叫来，欠账也要还钱！"

马叔在外边敲门。你说："开门！"

鸭子却犹豫了。

你推开鸭子，拉开了门。马叔见到光腚鸭子，吃了一惊。

你说:“不管怎么说,我们是老同学,你把这件事帮我摆平吧!”

你抽身就要走,马叔拉住了你:“林岚,怎么回事?”

你说:“你看不出来吗? 昨天晚上,从你家出来,就来到这里,找了这个男妓,也叫“鸭子”,让他陪着我睡了一夜,他活儿干得不错,但要价也高,他开口跟我要一万二千元,你来帮我结账吧!”

马叔情绪激动地吼着:“你怎么能这样?! 你怎么能干这种事?!”

“难道这不正是你期望的吗?”你冷冷地刺他一句。

他手抓着胸口,脸色发青,嘴唇发白,就像老干部犯了心脏病的模样。

你大大方方地走了。你昂首阔步,一副好气派。

钻进你的车,你伏在方向盘上,哭了。

马叔双手哆嗦,就像京戏里歌唱着的老生。

鸭子说:“我们也是做生意的……”

马叔步步紧逼,鸭子节节后退。

他捏住了鸭子的脖子,一字一顿地说:“败类,我恨不得阉了你!”

第七章

姑娘姓陈，名珍珠，今年二十岁，与你们家大虎同岁。红树林边上那两间用海草盖顶、木棍做窗的小屋，就是她的家。她有个十二岁的弟弟，名字叫小海。这小子三岁时发过一次高烧，烧退了，但从此就闭口不言。村里人说他是个小哑巴，谁说他小哑巴珍珠就跟谁急，她坚信自己的弟弟终有一天会开口说话。她们的父母早亡，姐弟俩相依为命。她们的父母与你也有些关系，这就叫“不是冤家不聚头”。当年你跟马叔骑车到红树林探望马刚时，就见过她们的父亲。他的名字叫陈三两，一个双腿瘦长、走起路来晃晃荡荡的忠厚渔民。你们在红树林边见到他时，他已经是个结了婚的青年。他的妻子你们也见过，就是那个在红树林里挖沙虫的黑脸女人。她的忧郁的大眼睛和深深的眼窝你不会忘记吧？你还记得她背在身上的那个女孩吧？那是珍珠的姐姐。这个孩子很快就死掉了。接下来的几个孩子也死了。珍珠是这对夫妻的第四个孩子，她活了下来。陈三两的父亲名叫陈大官，与你们的父亲一样，都是在红树林边长大的。你们的父亲参加了抗日游击队，他的父亲没参加。陈大官胆小怕事，放在任何朝代都是良民。这样的人不可能参加革命，也不可能参加反革命。他是村子里的采珠高手，有在水下换气的本事，据说能在水底待五分钟，这就是他成为采珠高手的主要原因。那时候没有现在这样的潜水设备，即便有了也没人能用得起。采珠人的生活苦不堪言，您是采珠人家的后代，对此很清楚。俗话说"瓦罐不离井沿破"，采珠人也多半在海里死——不是让鲨鱼咬死，就是被海水呛死，或者是被官府逼死。"文革"期间开诉苦大会时，红树林村的莫婆婆登台唱过采珠歌，那支歌很古老，不知道传唱了多少年。你还能记起几句吧？"采珍珠，采珍珠，官家催珠，如狼似虎。采珍珠，采珍珠，一颗珍珠，万滴泪珠。采珍珠，采珍珠，珍珠仙子，赐我珍珠……"曲调很简单，很苍凉，简直就是长长的哀哭。几千年来，一代代的采珠女唱着这苦难的歌谣，划着长方形的采珠船，在深蓝色的、忧悒的海湾里劳作着，由少女到渔妇，由渔妇到老妪。陈家人忠厚老实，历代如此。但陈家人历代都出幻想家。从陈大官的爷爷那辈开始，就异想天开地进行人工养殖珍珠的试验。陈大官的父亲陈瘸子原本也是个水下采珠的高手，后来被鲨鱼咬去一只脚，不能下海了，便把父亲的幻想落到实处。大清光绪十八年六月初九日，二十四岁的陈瘸子用小刀撬开了一颗他下过"珠种"的蚌壳，突然，他的眼前一亮，一颗半圆形珍珠出现在蚌壳中。几乎是在同时，日本国三重县鸟羽町的珍珠养殖迷御木本的妻子梅子，也用小刀撬出了他们的第一颗人工养殖的珍珠。这是人类历史上的一个重大事件，几十年后，日本国的御木本夫妇靠人工养殖珍珠赢得了巨大的声誉与财富，而在我们红树林，发明了珍珠养殖的陈瘸子，则被人当成妖孽，架起劈柴，绑在大榕树下活活烧死了，时在中华民国元年。时光往前流逝了五十多年，被贬到红树林边看守烈士陵园的马刚，在无聊之中，想起了听老人们传说过的陈瘸子养珍珠的事，一个念头在他的心里蠢蠢欲动:为什么不养殖珍珠呢?我们无产阶级不把珍珠挂在脖子上,也不把珍珠吊在耳朵上,但我们可以把珍珠卖给资产阶级嘛,即便我们不愿意跟资产阶级打交道,也可以用珍珠做药,做成药品为广大的工农兵群众服务嘛!他找到了陈家的后人陈大官,找到了当年被日本人雇用去养珠蚌的老人。陈大官摇头,反复问了才说:只听说一个祖先曾因迷上养珍珠遭了大祸,除此之外什么也不知道。那些给日本人的养珠场干过活的老人说,难道您就忘记了?咱们中国人只能干点扛木头扎珠棚搬贝笼吊浮排的粗活,至于怎么样往珠蚌里下种,全是日本人自己干,你还记得那些穿着趿拉板、背着小包袱的日本女人吧?她们就是专门给珠蚌下种的女技师。马刚不死心,再去做陈大官的工作,终于让陈大官把纪录了陈瘸子一生心血的黄色本子献了出来。他与陈大官按照本子上写的开始试验,但没有成功。到了"文革"前夕,南海水产学院的熊仁教授,下放到红树林劳动,与马刚、陈大官一起,创建了红树林珍珠养殖场。

就在众同学为你庆贺了四十五岁生日的第三天早晨,老鼠打架的声音把陈珍珠从昏暗中惊醒。她看到灰白的光芒已经照亮了窗户,房间里的器物也模模糊糊地能够看清了。小海躺在那个权做了他床的长方形樟木箱上睡得正香,侧耳细听,才能听到他发出的呼吸声。她望着黑黢黢的房顶,听到了潮水沿着海沟漫上来的神秘声响,紧接着她又听到了村子里传来的尖锐的鹅叫声。她翻身下床,像一只猫似的在屋子里轻轻地走动着。她捅开煤球炉子,把铝锅子放到炉子上,然后就坐在小凳子上,支肘托腮,眼睛看着渐渐爬升上来的绿色火苗,心思却忽忽悠悠地飞到很远的地方。

小海从箱子上爬起来,拉开门跑到外边去。冰冷潮湿的海风猛然地灌满了屋子,炉子里的绿火苗更加兴旺起来,锅里的水唱起了小曲，门外也传来了小海对着大海撒尿的声音。

他进了屋，耷拉着两条腿坐在箱子上，脑袋低垂着，好像很沉重的样子。房间里还是暗，珍珠点燃了蜡烛，从水缸里舀了几瓢水倒进一个红色的塑料脸盆里，便催促小海洗脸。小海马虎地洗了一把脸，抬起光胳膊擦了擦，重新回到箱子上坐下。珍珠就着小海用过的水洗了脸，用一柄缺齿的梳子拢拢头发。她一边拢着头发，一边侧目看着弟弟，心里不由地泛起一阵酸楚的滋味。

太阳从远洋里探出半个红脸膛时，珍珠拉着小海的手，走出家门。海湾里一片辉煌，红色的光和银色的光在海面上闪烁着，一大片一大片的，有着明确的界限，但转眼间就混淆转换了。郁郁葱葱的红树林已经被潮水淹没了大半，探出了一些金红色的树冠。树冠追赶着树冠，一直漫延到海湾的深处。在红树林与海的交接处，矗立着几十座高高的养珠棚，棚与棚之间，拉开了遥远的距离，远远望过去，好像一座座瞭望塔。有的棚顶上，还挂着红色的小旗。我们当然知道这些棚子是养珠人看守珍珠、躲避潮水的地方，但如果是外地人，很可能把它们看成是军事设施或是海洋物探的井架。

红树林外的珍珠养殖场是全国最好的，甚至也是全世界最好的。这里海底平坦，海水透明，比重稳定，水交换量大，风浪平稳，饵料丰富，空气新鲜，是养殖珍珠的天然良港。抗日战争期间，日本商人在日军的保护下，在这里建起了珍珠养殖场。那时候，每个养珠棚上，都站着两个荷枪实弹的士兵，一个日本士兵，一个中国士兵。中国士兵自然是可恶的伪军。那时候，你爸爸他们的抗日游击队主要的袭击对象就是看守养珠棚的日本兵和伪军。尽管日本人的汽艇穿梭般地在各个养珠棚间巡逻，但由于红树林的掩护，珠棚上的敌人，还是屡屡被你爸爸他们干掉。你爸爸他们也付出了很大的牺牲。日本兵枪法准确，又是居高临下，只要进入了他们视野，那就等于拿到了见阎王的通行证。你爸爸他们的抗日游击队与日本人在红树林内外的斗争富有传奇色彩，我们应该把他们的故事拍成电影或是电视连续剧。他们创造了多少接近珠棚的方法啊，嘴里含着芦管潜水过去，人藏身采珠船底或是木筏下边，让小船与木筏顺着落潮水向珠棚靠拢。日本人也聪明，他们清楚地知道红树林是游击队的青纱帐，他们抓来民工砍伐红树林，民工磨洋工，砍伐与反砍伐。红树经年累月地在海水里浸泡着，枝干坚硬如铁，一斧砍下去，只能留下一道暗红的印子，红色的汁液渗出来，像血一样，甚至比血还要红。红树林里流了多少英雄儿女血。你爸爸他们夜袭了日本人建在红树林边的炮楼，活捉了几个日本女人。游击队队副卢南风是兼济堂的大公子，曾在日本留过学，他生性浪漫，非要把日本女人分配给游击队的头头，你爸爸一个，马刚一个，他自己留两个。他自己留两个的理由是会说日本话。马刚打了卢南风一拳，否决了他这个荒唐的提议。卢南风的腮帮子被打肿了，但牙齿完好无缺。动不动就出拳打人是马刚的老毛病。战争年代，脑袋拴在腰带上过日子，打了也就是打了，但解放后他还是旧习难改，一拳打掉了地委书记的门牙，这就不行了。那卢大公子，毁家抗日的著名人物，一个想睡日本女人的人，一个继承了祖先的恶作剧天性的人，最终还是流亡日本，说汉奸不是汉奸，说英雄也不是英雄，他忘了家乡的老婆，跟一个日本女人结婚，生了一窝中日友好的小杂种，成了日本的大珍珠商人。几十年后他重回红树林，见到马刚，腮帮子上又挨了一拳，低头吐出了一颗后槽牙，这是您亲眼见到的事，不须我说。后来日本鬼子弄来了凝固汽油弹，想把红树林烧光，让红树林游击队无处藏身。这一招很毒，但老天有眼，每当日本人扔下汽油弹后，就有大雨铺天盖地而下。水浇不灭汽油火，那是因为水太小，大雨如倾盆倒缸，什么火也能浇灭。红树林是珍珠仙子的家园，是有神灵的地方，怎么可能烧得掉！对你说这些，无疑是数你的家珍，我真傻。

珍珠一手提着送饭的篮子，一手拉着小海，匆匆走在通向海沟的弯弯曲曲的木头栈桥上。潮水高涨，水从圆木的缝隙里涌上来。桥两边的红树大多是高大通直的木榄，树干如铁，树叶如红铜剪成。这里水面如镜，连指甲大的波纹都没有。红树的影子，清晰地倒映在水里，树影比树还要真实还要美丽。如果有人在水面上扔下一个硬币，那硬币浮浮游游地朝水底降落，宛如银色的小鱼在游动。近年来，城里人喜欢到这里来玩，他们站在栈桥上，往水里扔硬币，小海一个猛子扎到水里，把那些硬币用嘴巴叼上来。这个小子是大海的精灵，他在水里的自如和亲切，几乎可以混同于儒艮。我们把儒艮叫做人鱼。红树林海湾，是全世界人鱼最多的地方。它们光滑的身体胜过最丰润的美女，它们的雌性也像人一样，生着丰满的乳房。小人鱼叼着大人鱼的奶头，在红树林里游泳。它们可以用随便什么姿势游泳，仰着，卧着，打着滚儿。它们一边游泳一边唱歌，嗓门尖细，但还算委婉动听。潮水落下时，它们便游进大海深处，等到涨潮时就随着潮水上来。小海在人鱼群里，与人鱼亲密无间，好像他们天生就是朋友。有时候，他还骑在大人鱼的背上，随着人鱼跃出水面，情景美好无比。

那天有一群城里的青年男女，嘻嘻哈哈地走在栈桥上。他们有的穿着扫地长裤，有的穿着露着半拉屁股的短裙；有的穿着鞋底比砖头还要厚的皮鞋，有的穿着露出红指甲的透明塑料凉鞋；有的留着千虬百结、上面沾满草籽的长发，有的留着小平头。他们手里拿着饮料、相机、面包、香肠；他们的嘴里叼着烟卷、嚼着口香糖。他们拥拥挤挤地走在古老的栈桥上。人鱼和小海躲在一棵桐花树下，看着这群游手好闲的人。一个上穿大汗衫、下穿毛边牛崽短裤、头发上沾满彩色油漆的女人，大声喊叫着："小黑孩，小黑孩！人鱼！人鱼！"她的白汗衫上写着几个大字：吻我的屁股。她的双乳肥大，没戴乳罩，乳头直撑着汗衫，好像随时都会脱颖而出。

小海不知道自己成了著名的小黑孩。在城里青年的众口流传下，他已经具有了神话色彩：一个与人鱼生活在一起的海的精灵。青年们掏出硬币，向着小海和人鱼投过来，但小海和人鱼无动于衷，他们躲在那棵树冠庞大的桐花树的阴影里，冷漠地瞅着栈桥上这群入侵者。一枚枚硬币浮浮游游地沉到水底，就像一些银色的小鱼。小黑孩！叼硬币给我们看看！小黑孩，带着你的人鱼给我们表演跳跃栈桥呀！他们的话如同白说，小海和人鱼都不理睬他们。这些坏蛋就把手里的废物向着小海和人鱼投过来。小海潜到水底，摸了一块石头，对准他们投过来。黑石头砸在了那个摩登女郎乳房上，她捂住胸膛蹲在栈桥上，灰色的脸皮涨破了厚厚的脂粉。

人鱼在红树间穿梭游行，有几条技艺高超的可以飞越栈桥。它们飞越栈桥时就像一道道油滑的黑色闪电。珍珠和小海对此习以为常，初次见到此景的人则感到眼界大开，欣喜万分。珍珠扯着弟弟走得一溜风快，她们的脚步将栈桥踩得颤抖不已，水面被激起一道道涟漪。一只只大鸟蹲在栈桥旁边的树冠上，伸手即可触摸，红树林里的鸟儿对她们满怀信任。

她们走到了栈桥的尽头。栈桥的尽头是一个用八根圆木支起来的亭子，亭子上盖着海草。亭子外边就是那条海沟。珍珠家的小船就拴在亭子的立柱上。

姐弟俩跳上船，珍珠摇橹，小海蹲在船头，缩着肩膀。小海你冷吗？小海不回答。小船咿咿呀呀地唱着歌，渐渐进入红树林。水清如镜，水中的游鱼仿佛悬浮在空气里。橹在水里摇，恰似搅动了琉璃世界。小船拖着一条长长的翡翠尾巴，在青绿色的或是粉红色的树干间穿行着。不时有秋茄的肥厚叶片磨擦着珍珠的头发，不时有红海榄悬挂的小丝瓜一样的胚轴碰到珍珠的额头。杨叶肖槿放出醉人的闷香，角果木的气味像鱼皮一样光滑阴凉，桐花树的气味则像一个热情奔放的姑娘腋窝里的气味，有点臭，有点酸，生气蓬勃，蒸蒸而上。红树林里所有的树木都在清晨把自己最强烈的气味放出来，混合成一个弥漫如云雾的气体团，笼罩在树林的上方。红树林里所有的树木都在那轮初升的红日照耀下泛着深浅不一的红光。每一片叶子都耀眼，每一片叶子都像在橄榄油里浸泡过。当年日本人的汽艇进入了这红树林，三转两转就迷失了方向，等到潮水落下去时，汽艇就落在树林中的紫色的烂泥里。红树林让小鬼子吃尽了苦头，尽管红树林让他们吃尽了苦头，但活着的鬼子，对红树林终生难忘，这一片数十平方公里的神奇森林，是大自然创造的一个奇迹。当年那个开汽艇的日本少佐，在他白了胡子的时候，不是又专门前来朝拜吗？

小船钻出混合红树林，进入一片高大的红海榄纯林，船上人的眼界开阔了许多。船上留下了一些金箔般的叶片，珍珠弯腰把它们捡起来，放到嘴边嗅嗅，一一扔到水里去，几条红色的小鱼立即浮上来，与叶片展开了游戏。远处的养珠棚在金光里在白雾里青着黑着，宛如海市中的蜃楼。

珍珠边摇船边说："小海，姐姐想到城里去打工，你同意吗？"

小海怔怔地望着姐姐的眼睛。

"海，你不要这样看着我，"珍珠伤感地说，"姐姐也不愿意离开你，可海里的野生珍珠越来越少了，大同的养珠场又赚不到钱，咱们眼见着连米饭都吃不上了……姐姐进城去打工，挣了钱，买肉给你吃，买衣给你穿……姐姐挣了大钱，一定要带你去北京、上海的大医院里看病，姐姐相信你一定能开口说话……"

船在珍珠的絮语中曲折前进，她的话一停下来，无边的寂静中便只余吱吱哟哟的橹声与打破水琉璃的叮咚。一声凄凉的鸟鸣，像把挺括的新布撕破了似的，惊得红树的叶子微微颤抖。珍珠不由地加快了摇橹的频率。小海从船头把他的弓箭悄悄地摸到手里，对着海水突发一箭。然后他扔下弓箭跳入海水。珍珠惊叫一声：

"小海！"

小海举着一条半米长的大黑鱼，浮出了水面。中箭的黑鱼身上流出了殷红的血，把一大片海水染红了。小海将大鱼扔到船上，自己把住船边爬上来。

珍珠看着那条在船舱里蹦跳不止的大鱼，爱怜地说："海啊海，你到底是人呢，还是个人鱼转世？"

他们的小船终于从茂密的红树林里钻了出来。在树林与大海交接的边缘处，满树的白鹭被她们的小船惊了。它们急速飞起，好像一团团的白云，旋转着，起伏着，落在远处的树冠上，在阳光下白得刺眼，好像红树上结满了白色的果实。眼前开阔的海湾让珍珠兴奋起来。她对着海面上那座插着一面小红旗的养珠棚大喊起来：

"大同——大同——！"

珍珠的未婚夫吕大同从养珠棚里钻出来，站在棚前的木板上，望到了珍珠的小船。他也大声喊叫着：

"珍珠——珍珠——！"

珍珠与小海将小船拴在珠棚的立柱上，然后提着竹篮子爬上去。

大同与小海响亮地喝着稀饭，听着珍珠讲起进城打工的事。珍珠把城里一家珍珠公司张榜招收女工的事告诉大同。大同把碗放到木板上，瞪着眼说：

"你以为城里的钱好挣？"

"不好挣也要去挣，总不能等着挨饿吧？"

"我养活你们就是了？"

"我们有手有脚，谁要你养活？"

"俺爹说了，娶得起媳妇管得起饭，再说，我也是堂堂男子汉！"

"算了吧，你这个男子汉，今年好好养珠，别再赔了钱就行！"

"要去你就去吧，反正你决定了的事，三匹大马也拖不回来！"

"大同，跟你实说了吧，小海的病，也是我心里的病，我想进城去挣点钱，到大医院把小海的病看好，让他重新开口说话。”

“你想什么呀，他发高烧把声带烧坏了，这辈子哑定了！”

“谁说他哑我跟谁急！”珍珠红着眼圈说：“大同，你要嫌我们姐弟拖累了你，咱们干脆拉倒！”

“你怎么说这样的话？”大同急了，嚷道，“你把我看成什么人了？”

“看把你急的！”

“我能不急吗？”

“我进城去打工，小海就托附给你照顾了。”

“你尽管放心，饿不着我就饿不着他。”

“我每星期回来看你们。”

“小海，听大同哥的话……”

“你就放心去吧，好好照顾自己，别让城里人给害了，城里的坏人比红树林里的沙虫还要多。”

珠棚“托孤”之后，陈珍珠把小船留给大同和小海，自己撑着大同的木筏返回红树林外崖头上的家。她收拾了一个青花包袱，斜背在肩上，满怀着希望走进城市。她穿着一身自家扎染的青花布缝成的衣服，衣服式样古典，自己动手缝制，遵循得还是采珠人家的传统：上衣斜大襟，高领窄袖，裤子大裤脚，风吹如灌笼。她脑后留一条大独辫，额前梳着一帘刘海。高鼻长嘴，双目如葡萄。这样的古典淑女在今日世界，比生角的骆驼还要稀罕。所以，当她出现在南江市的大街上时，吸引了许多的目光。

采珠的季节就要到了，三虎珍珠总公司通过报刊、电台、电视台做广告，还雇了一群小流氓到处张贴小广告。大广告上他们还比较保守，小广告上他们放胆胡说：本公司中外合资，技术力量雄厚，领导珍珠生产加工新潮流。产品行销五大洲，英国首相撒切尔脖子上的项链、美国总统克林顿夫人希拉妮耳朵上的坠子，都是本公司制作。世界名模辛迪·克劳馥脸上搽的珍珠美容霜、好莱坞明星黛米·摩尔使用的珍珠隆乳膏，都是本公司生产。本公司实行浮动工资制，工资最低月薪五百，没有上限。工作表现突出者，可转为城市户口。

报名那天，太阳还没冒红呢，公司大门外就排开了长队。几百个渔家姑娘中，夹杂着一些下岗女工。交通被她们断绝了，来往的车辆，不得不从巷子里绕行。公司占地五十亩，用铁栅栏圈成了一个四四方方的大院。大院里有一栋三层高的楼房，还有两排与大门相连的红瓦顶平房。这个大门可不是一般的大门，这是个电动化的自动伸缩的铝合金大门，大门下铺着铁轨，可以在一百米外遥控。大门开关时，还能发出啾啾的尖叫声。大门两边的门垛子是用莱阳红大理石贴的面，门垛上挂一块铜牌，"三虎珍珠总公司"几个镏金大字在铜牌上闪闪发光。这几个小子把大门口弄得还挺像回事。当然我们都知道这几个小子不是干这个的材料，但他们如果不干这个，还能干点什么呢？

珍珠凌晨从红树林出发，路上截了一辆进城卖菜的拖拉机，赶到珍珠总公司大门外，已是中午的十二点光景。排着大队等待报名招工的女人们都已经筋疲力尽，有的就地坐下，有的跑到大门口把着铁门往里张望。珍珠问了一声排在最后的那个清秀的小姑娘：小妹，招工还没开始吗？小姑娘说：公司的人还没来呢！珍珠舒了一口气，心里轻松了许多，便与小姑娘攀谈起来。

小姑娘瑟缩着身体，好像怕冷似的。珍珠却是满脸汗水。

珍珠问：你冷吗？

不，我有点怕……

怕什么？

怕他们不要我。

你叫什么?

小云。

你多大了?

十八……

珍珠低声说:你顶多十三。

小云惊讶地问:你怎么知道?!

珍珠笑道:我会算。

你帮我算算,他们会要我吗?

珍珠道:你应该去上学呀!

小云说:我娘刚死了,我爹又病了,家里没钱,我嫂子天天骂狗不看门,骂鸡不下蛋,都是白吃食的,我知道他是骂我……

珍珠同情地看着她,感到自己的心一下子就与她贴近了。

小云道:好姐姐,如果他们不要我,你能帮我说说好话吗? 我爹病了,很厉害的病,没钱看,就要死了……

珍珠抓住她的手,用力点点头。

就在此时,一辆白色宝马轿车从马路上开来,鸣着笛往大门前挤。排队的女人们一阵混乱,有人喊叫:老板来了! 老板就在车里。女人们都努力往车里看,但她们什么也看不见。大门啾啾地叫着,喀啦喀啦地缩进去了。女人们蜂拥向前,两个臂戴红袖标的保安队员,手提着棍子从门房里冲出来,把她们赶出大门。宝马车缓缓驶进院子,几个保安立正站好,对着宝马车敬礼。轿车刚进院子,大门又尖叫着伸出来了。几个求职心切的下岗女工冲进了大门,又有几个保安队员从门房里窜出来,满院子追赶那几个女人。追上了,就掐着后脖颈子,推到大门外边。女人们拍着大门抗议:你们说是早晨八点开始招工,可现在都快下一点了,还不开门! 你们这些骗子!

女工们的喊叫声飞上了三楼的办公室里,大虎正在踢桌子腿,砸桌子面,因为与卢面团的蟋蟀大战又一次失利。

三虎道:大哥,我敢肯定那是条药水虫!

二虎道:可当着我们的面他给那虫洗了澡。

许燕吐着烟圈,不时地撇嘴,满脸都是轻蔑地笑。

大虎道:老子烦得要命,你他妈的还笑得出来!

许燕道:你不让我笑,难道还让老娘哭?

大虎道:我他娘的真想哭……

三虎道:我也想哭,六万元钱,连个响声没听到就没了!

大虎道:钱还是小事,我们把面子丢尽了,上次是“金翅大王”,这次是“铁金刚”都是一嘴丧命。

三虎道:面团这小子,一定在那条小破虫身上使了妖法!

许燕说:妖法倒没使,喂药是真的。

大虎急问:你怎么知道?

许燕说:上次不是你让我去调查吗?

大虎问:调查得怎么样?

许燕道:我去找面团的跟班老球,老球嘴上有锁,啥都套不出来。没法子,我用一条白金项链买通了给面团捧虫罐的粉条的妹妹小青,才探到他们的核心机密——

大虎:快说,卖什么关子?!

许燕道:他们从澳门弄来了一种名叫“雄狮一号”的高级兴奋剂,掺在蟹肉里喂虫,这种药药效长,劲头大,喂一次药能让那虫兴奋三天,随便弄只破虫给喂上,就能咬死大将军。

大虎道:面团这小子,竟然要到老子头上了!

三虎道:此仇不报非君子!

二虎道:怎么着也得让他把我们那六万元吐出来!

大门外的喧闹声终于让这几个小子把蟋蟀带来的烦恼事暂时地放到了一边。大虎推开窗户,看到了铁门外那些挤成一团的妇女。大虎说:工作,工作。玩归玩,干归干。等公司工作纳入正轨,再找面团报仇，老子要血洗卢家庄园！

他们开了大门，把女人们放进了院子。劳资科长钱二虎坐在一张桌子前，装模作样地查验着女人们的身份证，总经理助理许燕坐在二虎身边，登记着女人们的名字。保卫科长李三虎提着一个电喇叭，大声吆喝着：排好队，排好队，一个完了一个来！大虎呢？大虎趴在他的办公室的窗台上，手里持着一家高倍望远镜，把一个个的妇女，拉到他的眼前。

女人们有的被当场录取，有的则被告之回家等候消息。被录取的欢天喜地，被淘汰的满面愁容或是恼怒。等到轮到珍珠和小云时，天色已近黄昏。珍珠拿着身份证走到桌前。二虎抬头看到珍珠的脸，脑袋里嗡的一声，感到头有点晕，眼也有点花。这是怎么回事呢？他晃晃头，好像一匹被打晕了的狗。他的意识很快清楚了，是眼前这个女人的清纯的面貌震住了他。许燕以一个女人的眼光打量着珍珠，心里有一种酸溜溜的感觉，但她不得不承认，这个渔姑的确是美人胚子，如果用现代的化妆术收拾一下，她就是南江城里的花魁。

在二虎发愣的同时，甚至更早一点，趴在窗台上的大虎，像被电打了似地猛地跳起来。他大叫一声：我的妈呀！然后他就转着圈找人，好像发现了奇迹的小孩子，急着把奇迹告诉众人似的。但办公室里没有人。他自言自语着：真美丽，真好看，真爽快！他赶紧趴回到窗台上去，把望远镜的焦距调到最佳程度，将珍珠套住。他此时看到的是珍珠的侧面：蓬松的鬓角，长长的睫毛，高挺的鼻梁，抿起来、上翘着的嘴角。大虎跟很多女人交配过，有胖的，有瘦的，有高的，有矮的，有中国的，有外国的，现在这年代，性已经脱下了神秘、庄严的外衣，性就是性，赤裸裸一丝不挂。现在的年轻人的性观念跟我们不是一回事，你很难对现在的事进行价值判断。世界是他们的，也是我们的，但是归根到底是他们的，不管你放心不放心，几十年之后，天下就是现在的年轻人的天下。大虎乍见珍珠，就像一个吃腻了大鱼大肉的人见到了一盘黄瓜菜，就像一个见惯了姚黄魏紫大牡丹的赏花者突然见到了一盆清纯的水仙花。我这些比喻都很蹩脚，但我实在想不出更好的比喻。列宁说所有的比喻都是蹩脚的，导师的话当然是真理。

二虎慌慌张张地站起来，又慌慌张张地坐下。他为什么要这样？这说明他们虽然在性上都是些吃撑了的家伙，但对美的感受还挺敏感，这也说明美就是电，电是打人的，美也打人。许燕出于女人的本能心里不快，这叫忌妒，她不耐烦地用铅笔敲着桌子，问：你叫什么名字？

陈珍珠。

多大了？这句是二虎问的，他不满地瞪了许燕一眼。

珍珠将自己的身份证递过去。

二虎看一眼身份证，抬头看一眼珍珠；看一眼珍珠，低头看一眼身份证，好像一个海关的检察员。

珍珠，珍珠，珍珠总公司招来一颗珍珠，这真是太好了！二虎一改他那种阴郁的狼表情，满脸都是灿烂的微笑。

你被录取了，明天就来上班。

珍珠退到一边，小云战战兢兢地走上来。

大虎扔下望远镜，飞跑着下楼。他怕二虎将这个美丽的女孩给辞了。

小云碰上了麻烦。当着美丽珍珠的面，二虎一本正经地对小云说：小姑娘，你别骗我们了，你的身份证没有丢，你还不到发身份证的年龄，怎么丢？

小云求情，眼泪都快流出来了。

珍珠上前替小云说话。二虎道：珍珠姑娘，我们公司是正儿八经的大公司，雇用童工是犯法的，我们不能干。

是时，大虎已经跑到了招工桌前。他拖着长腔，伪装出一副高级干部的样子，问：怎么回事哇？

二虎道：总经理，是这样，这个女孩想到我们公司打工，但她的年龄还不满十八岁……

大虎故意不正眼看珍珠，打着官腔道：这怎么能行呢？你这么个小孩子，哭了谁能哄好你？

小云赶紧说：总经理，我不哭，我从小就不哭，我嫂子用锥子扎我我都不哭……说着，眼泪就从她的眼睛里流了出来。

大虎指着她的脸说：看看，还说从小不会哭，这不哭起来了？

小云用衣袖擦干眼泪，说：总经理，俺娘刚死，俺爹病了，没钱看病，也要死了，俺嫂子天天骂俺爹，不给俺爹请医生……眼泪又从她的眼里流出来，她跪在大虎的面前，说：总经理，求求您了，俺什么活都能干，什么哭都能吃……

二虎道：这事犯法……

珍珠眼里含着泪说：总经理，她是俺的妹子，俺替她求您了……

大虎看看珍珠的泪眼，突然感到心疼难忍，这是一种他从来没有体验过的痛苦。他的鼻子一阵酸楚，几颗大泪珠子噼里啪啦地跳了出来。

大虎用手背擦擦脸上的泪，一挥手，果断地说：我就是法！

第八章

风和日丽的初冬是采集珍珠的季节。珠农们两年前种植在珠贝里的小片或是珠核，经过了七百多个日日夜夜，已经孕育成了黄豆大的珍珠，当然有的比黄豆大有的比黄豆小。珠农们含辛茹苦七百天，担惊受怕七百天，终于迎来了这收获的时刻。珠贝呢？这七百天里珠贝们是什么感觉呢？两年前，那些皮肤黝黑、脚掌肥大的女人们把它们从育贝池里捞出来，密密地排列在六角笼里，吊在浮排上，逼迫着它们开口。等它们开了口，女人们便把它们从海水中提上来，迅速地用木楔将它们的口拴住，放在一边，等待手术。个别聪明的贝不想开口，不想开口也逃不过这一劫，她们会用开口器强行将它们的口打开，还不如自己开口呢，省了被强行开口的痛苦。在植珠女人们面前，珠贝只能逆来顺受。植珠开始了。她们先杀掉几个健壮的贝，取出它们的外套膜，放在玻璃上，切割成小片待用，然后用拨鳃板拨开它们的鳃和足，用通道针在它们的身上戳出几个深深的洞，一般是三个洞，有时是两个洞。但也有那些特别贪婪的女人在它们身上戳出七八个洞，恨不得让它们满壳里都生出珍珠，这些遍体鳞伤的愤怒的贝就用死亡来抗议了。她们把那些切好了的小片或是磨好的珠核送进戳出来的洞里，便拔去栓口的木楔，将手术后的贝扔在盛满海水的大桶里，养两天，便装进笼子里，吊在浮排上，放下大海。从此它们便在海水里悠悠荡荡，一直等到采珠季节。养珠人偶尔也把它们从海水中提上来看看，看完了便把它们扔回到海里去。有时候它们身上生满了寄生虫，珠农们就会把它们放到药水里浸泡一会，清理掉寄生虫，然后把它们再次扔到海里去。珠贝们包含着女人们强行植入它们肉体内的异物沉入大海，那种痛苦肯定超过被凌辱过的处女。珠贝们在海里啼哭着，努力着，想把体内的异物吐出去，但人们经过了千百次的研究，已经把珠核或是小片植在了让它们无论如何也吐不出来的位置上了。它们只有两种选择，要吗死去，要吗活着，活着就要分泌珍珠质，把那些让它们难受的珠核与小片包裹起来，让它们圆滑，这道理有点像异物入眼眼就要分泌泪水一样。珠贝痛苦的自救过程就是为人类孕育珍珠的过程，世界上多少美好事物，都是痛苦的结晶。千百年来，一代代的知识积累，人们已经把贝类的习性研究透了，也把珍珠生产的原理研究透了。大约一百年前，富有幻想精神的日本渔民御木本夫妇异想天开地把沙子戳到贝体内，希望沙子能变成珍珠。几乎在同时，红树林边的陈瘸子——珍珠姑娘的曾祖父，也把沙子戳进贝体内，同样希望沙子能变成珍珠。在他们同时代的聪明人眼里，这是一个想把狗屎变成黄金的荒唐梦想。经过千百次的实验，经过千百次的失败，多少可怜的贝作了牺牲品，人类终于掌握了贝类孕珠的奥秘，终于掌握了巧夺天工的技术，让沙子变成了珍珠。

饱受凌辱的珠贝们被装在六角笼里吊下大海，它们再也不能如同自己的祖先那样将身体平放在海底柔软的泥沙里，自由自在地移动、觅食了，它们只能生活在悬空的海里，与几十个同伴拥挤在一笼。作为人工繁殖的珠贝,它们的命运生下来时就已经决定了。在美丽的海湾里,夜深人静的时候,蜷缩在养珠棚里的人们,能够听到成千上万的珠贝们发出的痛苦呻吟。尤其是在月圆之夜,皎皎的月光把大海照耀得一片通明,红树林枝干如金,叶片如银,栖息在林梢上的海鸟如同冰雕玉琢,辽阔的海湾仿佛一个神话世界。明月皎皎之夜,正是珠贝们最痛苦的时候,珠贝们最痛苦的时候也就是珍珠生长最快的时候。珠贝们的呻吟声从大海深处升起,搅得养珠人心神不安、彻夜难眠。他们心中充满了希望,同时也满怀着恐惧。希望是明确的,但恐惧却说不清楚。

陈珍珠的未婚夫吕大同躺在珠棚里胡思乱想,月光从棚顶的缝隙里漏下来,把他的脸照得如同一张白纸。他顺着月光直望上去,看到今夜的月亮几乎没有阴影。尽管他知道珍珠是人种植出来的,就像人工栽培蘑菇一样,没有任何的神秘之处,但在大海之中孤零零的珠棚上,在如此皎洁清凉的月光下,在这样如梦如幻的环境里,关于珍珠的古老传说就涌上了他的心头。这时候他相信珍珠是有灵性的宝物,珍珠是海龙王女儿的眼泪,珍珠是凝结的月光。他闭上眼睛,仿佛看到:成千上万的珠贝们都张开宽阔的嘴巴,贪婪地吸收着月亮的光华,珍珠的清冷的光芒,从海水中放射上来,与月光交织在一起,海天一色,上下澄澈,成了一片清冷的光影世界。他想象着,传说中的珍珠仙子就是在这样的月光之夜出水的。她像一朵粉荷花凌波而出:高髻云鬓,衣带当风,体轻如燕,轻歌曼舞。她是成千上万夺花朵中最美丽的一朵,她是成千上万颗珍珠中最大最圆最璀璨的一颗。她是南海珍珠的领袖,她是大海的精魂。她跳着珍珠的舞蹈,唱着珍珠的歌曲,在他的养珠棚前。最后,这个美丽得无法形容的仙子,从海面上升起来,飘飘地降落在他的养珠棚里。她挥了一下长袖,就有一壶小酒一碗红烧肉出现在他的眼前。吃吧喝吧,仙子催促着他。他吃饱喝足了,用手背擦擦嘴巴,擦得手背和嘴巴油光光。他自觉有点不好意思，生怕仙子嫌自己吃相不雅，但仙子双目流波，脉脉含情，全然看不出嫌恶之意。接下来发生的事情就是水到渠成了：仙子开始脱衣服，脱一件就随手扔下大海，那些轻柔的裙裾像白云一样降落在海面上，与波浪融为一体。她的肌肤像珍珠一样光滑，在月光下闪烁着神秘的光。这是尘世里看不到的光啊，珠光宝气，是从身体内部发出来的，发光的不是她的表面。然后，这个仙子就大大方方地钻进了养珠人吕大同被海风吹打得潮湿腥咸的被窝……一场美梦醒来，他再也睡不着了，便披着被子钻出棚子，坐在棚外的木板上。后半夜的红树林里升起了团团浓雾，红树的枝干在雾团里像银蛇一样跳跃着，月光愈发皎洁起来，海面上活动着千万个月亮，珍珠们的呻吟声撩得他心中更加不安。他心里默念着：珍珠，珍珠。他想，明天就该收珍珠了。如果今年卖上好价钱，就可以还上去年的欠款并且还会有盈余。卖了珠，就该跟珍珠结婚了。不管有钱还是没钱，都要结婚，他感到自己已经熬不住了。珍珠清秀的面容出现在他的眼前，渐渐地跟梦中所见的仙子浑然一体。

一筐筐的珠贝、一袋袋的珠贝，一车车珠贝，流着涎线、散着腥气，跟随着它们的主人，从四面八方集中到城里来了。珍珠城一年中最热闹的时候到了。

大同背了一箩筐珠贝，排在三虎总公司的大门外等待卖贝的队伍里。他是来探路的，所以只起了十几笼贝。根据去年的经验，越往后卖得越贵；晚卖的都发了财，早卖的都亏了本。去年他早早地将五百笼贝卖了，结算下来，亏了八百多元，人工还不算钱。但人家那些后来卖的，价钱几乎翻了一番。他在养珠棚上跺着脚骂娘，跺断了两页木板，险些漏到海里去，小腿上还划开了一条血口子。包扎腿伤花了几十元，修理珠棚又花了几十元，真是雪上加霜，屋漏偏逢连阴天。去年他自认为流年不利，走背字，在珍珠陪同下去娘娘庙里烧了香磕了头，祈求今年的好运气。今年决不上当了，有贝不算穷人，急什么呢？他一边想着，一边随着人流往前移动着。珠农们议论着价格，发着牢骚，骂着城里的奸商，骂归骂，脚步还是向着设在大门口的磅秤移动。

司磅的是一个戴着近视眼镜的老头，他穿着一身板板整整的中山装，胳膊上戴着一副蓝套袖，一看就能猜到他原是某个单位的会计，退休了来这里打工。大门口站着六个保安，三虎、二虎手持着报话机转来转去，小脸都紧绷着，一副认真负责的严肃表情。珠农们将自己的珠贝过了磅，倒进一个大竹篓里，然后就拿着老会计给开出来的条子，到大门另侧的一个小窗口，等待着结算，那些在他们耳朵边哭泣了两年的珠贝们便与他们无关了。几个女工把篓子抬进院去，将珠贝倒在院子里的水泥地上。在哪里，几百个女工分成数十个小组，每组围成一个圆圈，每人面前一个红色的塑料小盆，一个红色的塑料桶。小盆是盛珍珠的，桶是盛珠贝肉的。珠贝的壳甩到身后，渐渐地堆成了小山。大同卖了珠贝，便将眼光投向院内，想在那些采珠的女工中寻找珍珠。女工们都低着头努力工作，一片片的黑皮银里的贝壳从她们头上飞起来，落在她们身后。起伏晃动的头脑和连续飞起的贝壳晃花了他的眼睛。珍珠在哪里？珍珠你在哪里？大同的心在焦渴地呼唤着。自从昨夜那个花梦后，他对珍珠思念强烈，他很想对珍珠说说昨夜那个梦，更想跟珍珠做做那件事，大同和珍珠是两个守旧的青年，他们之间还没有那种事。就在他眼巴巴地往里张望着时，三虎走过来，用警惕的眼光上下打量着他，问：小子，你往里看什么看？

我找珍珠。

你想找什么样的珍珠？

我想找红树林的珍珠。

我们这里全是红树林海湾的珍珠。

我不是找珍珠，我是找人，我媳妇是珍珠。

你把老子绕糊涂了，就算你找你老婆，就算你老婆在这里边，工作时间也不能找。你趁早给我滚到一边去吧，滚开！

大同可怜巴巴的走到一边去。算完了账，他就蹲在墙角上等待着。

珍珠在哪里？珍珠并没有在采珠的女人堆里，她在院子的东边，那个被房屋遮住了的地方。那里设了一张巨大的方形桌子，桌子上铺着黑布，摆着天平。桌子前面是两个大缸，缸里盛着肥皂水，还有一根从远处拉过来的胶皮管子哗哗地往外流着清水。这里是洗珠的地方。珍珠在这里洗珠，小云给她帮忙。在她们身后，排开了十几个大大小小的红色塑料盆，盆里放着采珠女工送过来的珍珠。洗珠的地方正对着公司的办公楼，大虎趴在办公室的窗台上，居高临下的观察着院子里的情况，当然，他的眼睛更多地是集中在珍珠的身上和塑料盆里的珍珠上。

几天前大虎初见珍珠，几乎被她的美貌打昏在地。珍珠不施脂粉，她的美不在表皮，她的美丽是从她的内部焕发出来的，就像珍珠的光泽是从珍珠内里焕发出来的一样。大虎迷上了珍珠，他想让珍珠当贴身秘书，但遭到了许燕的坚决反对。关键是珍珠自己不干，否则许燕的反抗屁用也不管。珍珠看到许燕的表情就明白了这个女人与总经理的关系，她可不愿陷到这种泥坑里去。她对城里人保持着足够的警惕，尽管这个总经理看样子憨憨的不大像个坏人，但人心隔肚皮，谁知道他是个什么人呢？另外，世界上哪里有这样的便宜事？来了就提拔成总经理秘书，这不明摆着是个大火坑吗？珍珠可不想把自己的清白毁了，她还要把清白之身献给大同呢！

珍珠坚决不给他当贴身秘书，大虎无奈，就安排珍珠在楼前洗珠。这活儿与清水打交道，不像采珠，与黏液和腥臭打交道。那些珠贝们，脱离了海水，在太阳下干巴了十几个小时，多半已经死了，没有死的也半死不活了。它们的内脏已经腐败，没腐败的也水肿了。它们的粪便和体液混在一起，看着就让人恶心。采珠女工们把珍珠从它们体内挤出来，便把它们的内脏扔到身后的红色塑料桶里，这些内脏他们也不扔，加上盐巴腌起来，制成海鲜酱，北方人爱吃极了。珠贝全身都是宝，被女工们扔到身后去的贝壳也不是垃圾，不但不是垃圾，简直就是金子。你以为药店里卖得那些珍珠眼药水，是真的从珍珠里提炼出来的吗？谁舍得用珍珠？用珍珠制眼药，那还是旧社会的事情。新社会科学发达，经过研究，说贝壳里边那层发亮的东西与珍珠是同一种物质，质量一点不比珍珠差。于是就用砂轮磨去贝壳外边那层黑皮，把里边的壳用机器粉碎了就是珍珠层粉，珍珠眼药就是从珍珠层粉里提炼出来的。你以为那些高级的珍珠化妆品是从珍珠里提炼出来的？错了，高级珍珠化妆品也是从珍珠层粉里提炼出来的。所以这些贝壳也是卖大价钱的。

在红树林外边的那片空地上，有一道十几里长的大堤，这道大堤可不是用土壅成的，这条大堤是红树林边的采珠人世世代代积累起来的贝壳。从秦朝时咱这地方就是皇家的珠池，每年都要向皇家进贡珍珠。先说说珠池吧，什么叫珠池呢？珠池就是平坦海底的凹陷处，池里风平浪静，浮游生物特多，各种珠蚌都喜欢在池里生活。当然这个池不是陆地上的池，这个池是很大很大的。辽阔的红树林海湾里有十几个著名的珠池，“青婴”啦，“杨梅”啦，“朱砂”啦，“断网”啦，都是古老珠池的名字，从宋朝时就这样叫。再说说珠贝吧，珠贝也分好多种，黑蝶贝啦，白蝶贝啦，砗磲贝啦，扇贝啦……这么说吧，凡是带壳的贝类，都有孕育珍珠的可能。黑蝶贝能孕育黑色的珍珠。黑珍珠，璀璨夺目，迷人心魄。黑是一种神秘的颜色，高贵的颜色，黑天鹅啦，黑牡丹啦，黑菊花啦。一颗黑色的走盘珠，在盘子里可以自行滚动，永不停止，简直是个黑色的小精灵。黑珍珠放出的神秘光辉，无法用语言形容。当年那些野生的珠贝可不像咱们现在养殖的这些人工贝，只有十几厘米长，壳薄肉瘦；古代的野生大贝，有的就像一条小船！前几年珍珠层粉走俏时，大家疯狂抢挖那条贝壳大堤里的贝壳——连外省的人都来抢，开着大卡车，带着土火枪，简直就是一群海匪——曾经挖出了一扇巨大的砗磲贝壳，长达两米，宽约一米半，外边疤疤麻麻，寄生过很多牡蛎，宛如礁石；里边那层闪烁着虹彩的珍珠层像蛋糕一样厚。估计它活着时的重量最少也有三百斤。三百斤的大蚌谁见过呀，传说中的蚌精也就这么大吧？如果从这只砗磲蚌里采到过珍珠，那这颗珍珠到底有多大呢？现在存放在美国旧金山银行里的那颗重达六千五百克的老子珠是不是就是这只大贝里产出的呢？据档案记载，这颗大珠是一个华侨卖给美国银行的，当时只卖了一万美元，但现在这颗世界第一的大珍珠，已经成了旧金山银行的镇家之宝，给他们四百万美元他们都不卖。其实，就是给他们四千万美元，他们也未必卖。四千万美元能寻到，但天下难寻第二颗这样的巨珠。就是这扇大贝壳——只挖出一扇，另一扇不知哪里去了——新加坡一个富商出价五万美金要买回去给他的女儿当澡盆，咱们南江市硬是没卖。当时市里领导多数都同意卖了，林岚市长坚决不同意。林市长说我们南江市没有那五万美金照常运转，但这扇特大贝壳，一旦卖掉，那就再也找不到了。传说当年苏东坡被贬谪海南岛时，乘马从我们这里经过。那时候咱这里树林茂密，人烟稀少，苏东坡迷了路。人困马乏，看看绝望要死时，忽然看到林子里一片白光闪烁，且闻到一股新鲜的水味。马打着响鼻向那闪光处跑去，近前看到两汪清水，于是下马饮了一饱，马也放开肚皮喝足。喝足了水后，苏东坡才发现，原来盛水的竟是两扇大贝壳。苏东坡脱掉衣服，跳到一扇贝壳里泡了半个时辰。他躺在大贝壳里，闭着眼睛，把自己的前半生认真地回顾了一下，许多过去没想明白的问题现在全都想明白了。从大贝壳里站起来，他感到浑身清爽，如坐春风，如沐春雨，仿佛就此获得了新生。于是他就跨上白马，心旷神怡地到海南岛上任去了。他的马也兴高采烈，走起来如一缕春风。林岚说谁敢说这扇贝壳不是救了苏东坡一命、并且让他在里边感悟了人生大道理的那扇大贝壳呢？我们要把红树林开发成旅游风景区，完全可以在红树林外边建一个亭子，把这扇大贝壳陈列进去。亭子前竖一块纪念碑，就说这里是东坡遇救处或是东坡觉悟处。可以让那些文人们写一点诗刻在碑上。现在大家都把假事说得比真事还要真，我们也没有必要这么老实。我们就说这贝壳救了苏东坡一命，从思想上也从肉体上。我们就说美国旧金山银行里那颗特大珍珠也是从这个大贝里产出的，然后被一个华侨辗转带到了海外。谁敢说我说的不是真的？你们大家想想，为了区区五万美金，怎么舍得把我们的市宝卖掉呢？

另一扇大贝壳呢？既然一扇贝壳有这样大的价值，寻找另一扇大贝壳就成了许多人的梦想。一时间人们恨不得把那道贝壳大堤翻个底朝天。林岚下令，把贝壳大堤保护起来。但人们盗宝的心并没有死，经常有人深夜去挖堤，满怀着发大财的梦想。看堤的人便用鸟枪轰他们，中了枪的人也不敢告状，只能吃个哑巴亏。

历代皇家都知道咱这里有珠池，咱这里就成了专门给皇家采珠的对方。这可不是荣耀，这是无穷无尽的苦难哪！自明朝以来，皇家对珍珠的需求越来越大，皇帝的三宫六院七十二嫔妃个个都是珍珠迷，她们不但要戴珍珠首饰，而且还兴起了一阵喝珍珠粉的风气，就像前几年打鸡血一样。皇帝的娘还喜欢把珍珠粉调成糊状往身上抹，据说能使皮肤格外的光滑。宫里有这么大的需求，皇帝便把采珠放在了一个很重要的位置上。那时候咱这里的官直接就叫珠官，逼着渔民下海采珠是他们的主要工作。本来采珠也是有季节的，但珠官们为了多收珍珠讨皇帝的好，催着采珠人一年四季天天下海，连台风来了都不让休闲，多少人因此葬身大海。皇帝对珠官还不放心，又把亲信太监派来监督。大家知道，太监都是些变态的家伙，整起人来那才叫做心狠手毒，而且太监的贪婪也因为他们没有鸡巴而格外地惊人，他们终于把珠农们逼反了，一个姓马的珠农带头，把那个太监朱公公给宰了，然后远逃他乡。现在我们红树林边还能找到那座太监坟。

采珠女工们在那边快速地将珍珠从鼻涕似的贝肉里挤出来，一粒粒珍珠跳着蹦着的进了红色塑料盆。保卫科长李三虎带着十几个保安队员，围着采珠女们转圈，他们一个个把眼睛瞪得溜圆，监督着女工们。一个女工伸了伸懒腰，屁股上就挨了三虎一脚。女工心里不服，但面对着一群如狼似虎的家伙，只好忍气吞声。新社会讲究平等，不许打人骂人，但实际生活中这种黑暗的现象还是普遍存在，过渡时期就是这样，党和政府想管也管不过来。

采出来的珍珠马上就端到了洗珠池边，珍珠姑娘和小云就把小盆里的珍珠倒进大盆里，倒进去几瓢肥皂水，然后用布在盆里搅动擦洗，擦洗完了，就把清水管子对着盆里冲，一直冲得不起肥皂沫子了，就将盆里的珍珠倒进细筛子里，控净了水分，然后就倒子桌子上的黑绒布上，用洁白的干毛巾搓擦，搓干了，倒进干净盘子里，放到天平上约斤两。约斤两的工作者是一个老成的中年人，他是保管员，他旁边有个记账的。约完了的珍珠马上就装进面口袋里，打上铅封，由两个人护送到大虎办公室旁边的仓库里。所以前面说过，大虎他们虽然是几个混蛋，但抓起工作来竟然也有板有眼。

珍珠在洗珠的工作中得到了一种享受，就像一个农民在收获庄稼时的感觉一样，就像一个渔民在起网时看到了满网的大鱼心里幸福一样。珍珠是采珠人家的后代，一直在跟珍珠打交道。她家里贫寒，承包不起养珠场，就到未婚夫大同的养珠场里帮忙。她植珠也是高手。她做插片或是植核手术时，能够感觉到珠贝的痛苦，刀子插在珠贝肉里，就像插在自己身上一样，所以她的手就知道怎样使劲儿才能减轻珠贝的痛苦。她生了一双绣花的手，珠贝们碰上这样一个心灵手巧、充满了同情心的姑娘给它们做逃不过的手术，真是它们的福气。经珍珠的手植出来的珠贝，成珠率高达百分之九十五，而一般的女工植过的珠贝，成珠率能达到百分之八十五就已经很不错了。在养珠的休闲季节里，珍珠和小海常常驾着采珠专用的小船，进入海湾深处，用最原始的方法，采集野生的珍珠。但近年来为了采集蚌种，红树林周围的人们开着机帆船，在那些古老的珠池里用拖网来回扫荡，把珠蚌几乎给灭绝了。珠蚌无存，何来珍珠？珍珠和弟弟的下海，更多的是在履行一种仪式。就像有人给他们特别交待过，不要让古老的采珠方式断绝。这样一个珠女，让她干洗珍珠的工作，她心里的那种欣慰，就是可以想象得了。

珍珠的手抓着握着搓着那些珍珠，感觉到它们就像自己的孩子一样。珍珠在水流的冲击下滴溜溜地转动着，柔和亲切的光芒从水中泛上来。珍珠不像是因为水的力量而旋转，而是它们自己在旋转，它们都是一些活泼好动的小精灵。它们追逐着，唱着欢快的歌曲，这歌曲只有珍珠才能听得到，也只有她才能听得懂。

大虎趴在窗台上，有时用望远镜，有时不用望远镜，有时观察洗珍珠的珍珠，有时观看被珍珠冲洗着的珍珠。珍珠腰身细软，身体起伏，努力工作，汗水湿了上衣，显出了脊沟的形状。她生了一个马驹般的生动屁股，显得热火朝天，干劲十足。大虎用望远镜套住她的屁股，心里边打鼓，满手是汗。许燕在他身后风言风语，甚至动手动脚。他回转身，瞪着眼，大骂：老子在工作，你她妈的捣什么乱？为了证明自己在工作，大虎便把望远镜套住了盆里的珍珠。珍珠在柔和的阳光下反射阳光，同时发射出属于它们自己的光芒。每颗珍珠就是一个光点，一盆珍珠就是一盆光。什么工作，我看你是让这个土妞迷住了，许燕在他背后嘟哝着。大虎顾不上回头，骂道：闭住你的臭嘴！许燕道：林大虎，你要敢跟她粘上，老娘就跟你白刀子进去，红刀子出来！大虎道：你把我快要吓死了！许燕道：我绝对不是吓唬你，老娘把青春全都押在你身上了！大虎顾不上跟她斗嘴了，他看到，二虎提着藤条，绕着圈子转到了珍珠的身后。他站在阳光里，眯着眼睛，张着嘴巴，盯着珍珠的屁股。大虎用望远镜套住了他的脸，看到了他脸上那种很流氓的表情。他往前走了一步，装作看盆里的珍珠，悄悄地伸出手，摸了珍珠的屁股。珍珠猛地伸直了腰，迅速地转身，满面通红，满脸汗水。大虎听到珍珠说：你干什么?！大虎听到二虎说：不干什么，姑娘，好好干，干好了我给你加工资！大虎看着二虎的嬉皮笑脸，骂道：混蛋！大虎转身到桌前，急敲电话号码。二虎腰里的手机唧唧地叫起来。大虎等不及二虎回话，返身跑到窗前，探出上身，气哄哄地大喊：二虎，你他妈的给我上来！

二虎一进门，就被躲在门后的大虎当胸打了一拳。这一拳打得二虎小脸焦黄，连连倒退。

大哥，你为啥打我？

你说为什么打你？大虎说着又把拳头捣过去。

二虎一闪身，躲了这一拳，并且伸手就抓住了大虎的手腕，用力一拧，嘴里嚷着：你他妈的糊涂官打衙役！

大虎挣出胳膊，说：我看你是混账衙役装糊涂！

二虎道：你说什么呀，我不明白！

大虎道：我问你，刚才你那只狗爪子干了什么？

二虎道：我没干什么？

大虎道：她的屁股，是你摸的吗？

二虎笑道：原来是为这？不就是个村妞嘛！

大虎道：放屁！我警告你，你如果再敢动她，我就把你的狗爪子给剁下来！

二虎道:既然大哥把她号住了,兄弟自然不动了;兄弟不但自己不动,还要帮大哥看住她不让别人动!

大虎道:这才是好兄弟!

许燕道:你们这些流氓!

二虎道:怎么,你吃醋了?

许燕道:为她?你把老娘看扁了!林大虎,你是见菜就往筐里剜哇!

大虎道:你少啰嗦,别惹得我炒了你的鱿鱼!

许燕道:我算是把男人看透了!你们都是狗!见了母的就往上跳!

大虎道:兄弟,你听听她的话有多么不文明?

许燕浪声大笑,道:你们竟然也讲文明?!

……

院子里一阵喧哗,打断了他们的对话。大虎探出头去,看到三虎揪着一个面容憔悴的女工往洗珠池这边走来。

女工身体往后拽着,拼命往外挣着被三虎攥住了的手,嘴里反着:怎么啦,怎么啦?

三虎道:怎么啦?!你刚才往嘴里塞什么了?

女工说:我没往嘴里塞什么。

三虎道:我亲眼看到你往嘴里塞什么了,你还说没往嘴里塞什么!

女工说:天地良心,我的确没往嘴里塞什么!

三虎道:你往嘴里塞了一颗大珍珠!

女工说:你胡说!

三虎道:我亲眼看到了,你还敢狡辩!

女工说:我的确没有……

三虎道:来人!

几个臂戴袖标的保安跑过来问:科长,有啥指示?

三虎道:把这个黄脸婆子拉到屋里去灌肠。

保安们强拉女工,女工挣扎着,大哭着:冤枉啊……

珍珠将一盆珍珠猛地惯在地上,"嘭"的一声闷响,千百颗珍珠从盆里蹿出来,在地上滚动着。众人都呆呆地看着珍珠。

三虎:你它妈的,找死? 把她捆起来!

几个保安跃跃欲试地冲向前去,他们兴奋异常,好像几匹撒了欢的土小犬。

珍珠急中生智,提起胶皮水管子,捏扁了口,一股急越的水柱顷刻之间就把保安们浇得浑身流水,连三虎也没能幸免。

楼上窗户推开,大虎探出头来,兴奋地大喊:滋得好!

大虎窜下楼,倒背着手,装模作样地问:怎么回事?

三虎道:大哥——

大虎打断他的话,严厉地说:谁是你的大哥?!

二虎在一边帮腔:叫总经理!

三虎嗤了一声,说:今日这是怎么啦? 总经理!

大虎道:说!

三虎双脚并拢,肚子一挺,装模作样地大喊:报告总经理,这个女人把一颗大珍珠塞到嘴里了。

女工道:总经理,他污蔑好人!

大虎道:我们决不冤枉一个好人,也决不放过一个坏人。老子今天来个包青天判案,李三虎——

三虎:有!

大虎:本官命你,将这位大姐关到一间空房里,三天之后,她要拉出珍珠,咱就开除她;她要拉不出珍珠,本官就罚你吃屎!

众人大笑。

女工给大虎鞠了一躬,说:总经理英明。

三虎涨红着脸道：她要硬憋着呢？

大虎坚决地说：那就关她六天、九天！

三虎道：那还不在她肚子里消化了？

大虎：放屁！

三虎：我不同意，你这是糊涂官判案！

大虎：同意也要执行，不同意更要执行！

三虎：大虎，你是个混蛋！

三虎转身跑了。

二虎轰着围过来看热闹的众女工，说：干活去，干活去！

大虎在珍珠面前站住了，他看着她的眼睛，她也看着他的眼睛。大虎感到自己的心里正在酝酿着一种又悲又喜的感情，这种感情是他非常陌生的，是他从来没有体验过的，一瞬间他感到自己很像一个父母双亡的孤儿。

珍珠避开了大虎的目光，蹲下去，把散落在地的珍珠用手掌拢起来。给她打下手的小云也蹲下身，往红色塑料盆里捡珍珠。

大虎说：珍珠，你到我的办公室来一下，我要跟你谈话。

珍珠不理他。

二虎道：听到了没有？总经理要跟你谈话！

珍珠站起来拢拢额上的散发，跟着大虎上楼。

在楼道里，大虎与珍珠正与下楼的许燕相遇。大虎横冲直闯地把许燕挤到一边，但等他一过去，许燕便站在了楼梯正中央，抱着膀子，居高临下地盯着珍珠。她的嘴往腮帮子一边咧着，脸上一块愤怒、一块忌妒、一块轻蔑。

珍珠闪身站在一侧，为许燕让开了道路。但许燕并不下行，依然站在楼梯中央，只是把原先抱着的胳膊卡在了腰间，原先并拢着的双腿也劈开了，那副模样一点也不可爱，活像一个电影上常见到的日本军官。

珍珠转身往下走去，刚走了几步，就听到身后一声惨叫，没及她回头观看，就有一个大肉团子沿着楼梯滚下来。

许燕蜷缩在楼梯口，呜呜地哭起来。她的鼻子破了，流出了一线暗红的血，与嘴上猩红的唇膏混在一起。她的眼泪把睫毛上的黑油与涂眼圈的黑墨冲刷下来，在脸上流成两条黑色的小河。这个方才还耀武扬威的女人坐在楼梯口哭着，变得又可怜，又肮脏。紧接着她就破口大骂起来，总经理贴身秘书的风度丧失殆尽，完全就是个泼妇。

珍珠处在不上不下的位置上。她往上看，看到大虎一脸莫名其妙的表情。她听到大虎厌恶地说：你她妈的装什么死？我根本就没碰到你！

她往下看，许燕咧着大嘴骂着：林大虎，你丧尽天良啊，你不得好死啊……

二虎从下边跑上来，揪着许燕的头发把她提起来。许燕仰着脸，双手挥舞着，像溺水的人急于抓住点什么。二虎说：你嚎什么？把爷们惹恼了有你的好果子吃吗？你以为你是谁？你不过是大哥身边的一条狗，听话就多养你几天，不听话就送到狗肉铺里去！说着，他用力将她往前一送，许燕拐了一个弯，沿着楼梯，滚到下边去了。她的响亮的哭声在空旷的楼道里回响着，让珍珠感到一阵彻骨的寒冷。她想走，但是二虎嬉皮笑脸地挡在了她的面前。

珍珠说：放我下去！

二虎道：我们总经理在上边等着你呢！

大虎道：我想跟你谈谈工作。

二虎道：听到了没有？跟你谈工作呢！

珍珠脑子里有点混乱，胸口发闷，像潜入海底采珠贝时需要上来换气时的感觉。

二虎又催她上去，她便爬上楼梯进入大虎的办公室。

大虎急忙为她端茶倒水，她不喝。大虎又从抽屉里拿出糖盒让她吃糖，她也不吃。

大虎为自己辩白着：我的确没动她，是她自己躺倒从楼梯上滚下去的，我的话千真万确，我如果对你撒谎，我就是小狗……

二虎道：我们总经理心眼特别好，在街上走，连叫花子都能看出他善良，死缠着他不放……

大虎道：珍珠，我们公司要扩大规模，打开国门，走向世界，急需一个招牌，许燕不行，我带她出去，她净给我坏事。

二虎插嘴道：她是个成事不足、坏事有余的丧门星！

大虎道：珍珠，你一定要帮我。我妈妈说咱们市要举办第一届国际珍珠节，这是我们公司大发展的机遇，你来了，我们兄弟几个就如同老虎插上了翅膀。

珍珠道：总经理，我是乡下人，没有文化，只能干点粗活。

大虎道：谁有文化？谁有文化谁就是混蛋！我们哥几个都没有文化，不是也把个大公司干起来了吗？

二虎道：什么叫文化？男人的文化就是金钱，女人的文化就是脸蛋。

大虎道：对对对，你穿着这身衣服，怎么能有文化呢？明天我带你到商场置办上几身行头，你马上就有文化了。

珍珠说：总经理，我干不了。

二虎道：你这就叫敬酒不吃吃罚酒了。多少人做梦都梦不到的好事，你竟然还推辞！你既然成了本公司的员工，就要服从命令听指挥，我们公司是个大企业，不是你们那个小渔村。

珍珠道：你们嫌我不好，可以不要我，但让我当秘书我坚决不干。

二虎道：你是不相信我们？告诉你吧，总经理的妈妈就是我们市的林市长，我爸爸是我们市财政局的钱局长，你想想，我们能是坏人？

珍珠道：我知道你们是好人，但我的确不会当秘书。

大虎说：不让你当秘书，让你当我的办公室主任。

珍珠道：那我更干不了！

二虎一拍桌子，说：你简直是大黄狗坐轿子不识抬举！

大虎神色黯然地说：行了，你别逼人家了，不干就算了……你不干，我也不干了，我当这个总经理还有什么意思？散伙拉倒吧……

二虎道：看看，看看，你看看把我们大哥气得，连一点事业心都没有了……

大虎道：你们都走吧，谁也别管我了。但我求你一件事，珍珠，赶明儿我死了，求你到我的坟上给我烧一刀纸……别勉强，不愿去就拉倒，我不会怪你的，你才认识我几天，一不欠我的情，二不欠我的债……

二虎道：大哥，你千万别想不开，你死了我们怎么办？这么大个珍珠总公司，创建起来不是容易的。

什么都别说了，我已经绝望了，大虎说着，眼窝里竟然湿漉漉的了。

二虎道：大哥，你千万别哭……

二虎一语未了，大虎的眼泪啪哒啪嗒地落了下来。

二虎道：陈珍珠，你看看你，把我们总经理气成什么样子了！

大虎抽泣着说：我不是气，我没有气，我是心里堵得慌……

二虎道：我们大哥是条流血不流泪的男子汉，意志比钢铁还要坚强，今日竟然也流了泪……

大虎索性趴到桌子上，呜呜地哭起来，一边哭还一边用拳头擂打自己的脑袋，那样子真是悲痛之极，绝对不是装的。

二虎推着大虎的肩膀，笨嘴笨舌地劝着：大哥，别哭了，您的身子要紧,您要是有个三长两断,我们这些人就树倒猴子散了……

大虎哭着说:你们走吧,不要管我了……

二虎恼怒地看着站在那里发呆的珍珠,说:你把总经理弄成这个样子,还像个没事人似的,都说女人心肠软,我看你的心比铁还要硬!

珍珠的一生当中,还从来没见过一个身高马大的男人说哭就哭,哭得这样伤心,而且是因为自己而哭。她像一个闯了大祸的孩子似的向前走了几步,双手下意识地捻着衣角,憋了半天才说:总经理,对不起……

一言出口,眼泪便夺眶而出。她感到心乱如麻,再待下去非放声大哭不可,便转身跑走了。

她转身时,脑后的大辫子像牛尾巴一样甩起来,甩出了一缕清凉的小风。

第九章

与鸭子的半夜狂欢丝毫没有减轻你的痛苦。当然，不可否认，在某几个时刻，鸭子熟练的性技巧和超人的控制能力，的确把你推到了狂热的高峰。但到达高峰之后紧接着就是无情地坠落，一直落到了最深最黑的地方，这时，所有的痛苦便沉渣泛起，并以加倍的疯狂咬着你的心。你唤来马叔，把痛苦匀了一半给他。你想如果他爱你，他便会为了你的堕落而痛苦。你摆脱鸭子，冲出饭店。把痛苦转嫁他人，心中充满了瞬间的轻松和邪恶的快感。但当你趴在方向盘上时，却感到刚刚转嫁出的痛苦又变本加厉地还回来了。你无声地哭泣着，泪水涌流。我伸出双手，从后边抱住你，温柔地按摩着你的肿胀充血的双乳。你把头仰起来，用蓬乱的头发磨擦着我的脸。

你一定在耻笑我，对不对？

林岚，你怎么会有这种想法呢？咱们俩是谁跟谁？耻笑你就等于耻笑我自己。

我们为什么会落到了这步田地？我们到底错在什么地方？

林岚，我们没错。

既然我们没错，为什么要受到这么多的折磨？

也许，这就是命运吧？

什么是命运？

政治，政治就是命运。

你站在红树林外的高岗上，一手卡腰，一手举着望远镜，观察着海湾的全貌。海风吹拂头发，沐浴身体，让心旷，让神怡，不由地把胸脯挺得更高，你。海湾美景，尽收眼底：珠棚、红树、白鹭，都倒映在如镜的碧波里，与天上的白云叠印在一起，宛如神话境界。这时候坏运气还没光顾你，这时候多年前的痛苦还沉淀在心底，你雄心勃勃，春风得意，正在筹办首届珍珠节。你独出心裁地把珍珠节的开幕式设计在红树林边的这个高岗上。你计划在这里建设一座永久性的大舞台，蓝图已经成熟在你的心里，它应该拔地而起，凌空出世，宛如空中楼阁。你想利用珍珠节的机会把红树林开发成旅游区，你不仅想卖珍珠，你还想卖风景。珍珠节开幕式的夜晚，你想让中外来宾坐在大船与小船上，让它们在奇幻的红树间观看大舞台上的珍珠舞，看完了珍珠舞，你就让他们观看烟花。你曾经听说过关于南江卢家烟火厂制造“九重塔”的故事，你想把失传的绝技挖掘出来。你已经让人给爱国华侨卢南风先生发了传真，盛邀他回来参加珍珠节，在传真中你提到了卢家的绝技“九重塔”，希望他能提供有关技术资料。你与这个卢先生很对脾气，这是个童心强烈的老头子，虽然头如瓶胆，但是红光满面。他五年前回来投资兴建红树林小学时，头上还戴着假发套，他戴着假发套时简直就像个精力旺盛的中年人。其实他比你爸爸还要大一岁。他是你爸爸和马刚的老战友，当年的红树林游击队队副，毁家抗日的大公子。当他得知你就是林万森的女儿时，说：我的老天，你为什么给这个混蛋做女儿？

你知道我是谁吗?你微笑着说:当然,“先有卢家堡,后有南江县”,“从广西,到广东,无人不知卢南风”!他长叹一声,说:你怎么不是我的女儿呢?你说:其实我就是你的女儿!他说:我当年可是当过叛徒的,你爹那个混蛋肯定对你说过了。你说:我想你一定是忍受不了日本人的严刑拷打才招了供。他说:闺女,你错了,日本人给我腿上压杠子,往我胸膛上搁烙铁,把我的十根手指上钉了竹签子,我全都咬牙挺过来了。你知道我为什么投降吗?他们不知从什么地方打听到我有洁癖,就硬我身上抹大粪,还往我嘴里灌屎汤子……说着他就哇哇地吐起来。吐完了,他含着眼泪说:妈的,我这个叛徒当得真窝囊……

一个特别会说话的小局长在你的身后对着众人低声说:你们看,咱们林市长像不像个指挥若定的大将军?他的话引起了一片赞同声。你知道这些话都是特意说给你听的,而且明显的言过其实,但好话总是让人心情愉快。你咳嗽了一声,放下望远镜,回过头,问:说我什么坏话了?众人微笑不语。

你背对着大海,面向着远处的青山,向你的部下发表演说:同志们,我受市委、市政府的委托,来召开这个现场会。不用我多说大家也清楚,举办首届珍珠节,是我市今年的头等大事。现在离预定的会期只有五个多月,但各项准备工作还八字没有一撇,扯皮扯皮全是扯皮!针对这种情况,市里决定,调整珍珠节筹委会领导班子,由我来牵头。今后几个月内,我全力以赴抓这件事,你们跟我一样,把主要精力放到这边来,单位里的事,交给别人去做。诸位就算上了我的贼船了吧?哈哈哈!办好了珍珠节,大家脸上都好看,办不好珍珠节,大家脸上都无光。耽误了珍珠节的会期,我辞职;耽误了我的事,你辞职!咱先把丑话放在这里,别到了刺刀见红的时候嫌我不讲情面……关于珍珠节的主展厅,我看大家就不要争了,就建在人民广场旁边。华通商场碍事就拆掉它,管他总经理是谁的小舅子！人民广场更名为珍珠广场后，广场还是人民的，不要听那些闲言碎语。广场中心的雕塑，我看就用第一号设计方案，什么裸女呀，道德呀，虚伪嘛！什么老百姓有反映，屁话，雕塑还没树起来，老百姓反映什么？不要把老百姓当成箭，更不要把老百姓当成挡箭牌。至于建筑工程，什么招标不招标，都是掩耳盗铃，糊弄老百姓。我们没时间扯皮，更不想招来些乱七八糟的建筑队，肥水不落外人田，就让市建筑公司干。老李，你把公司所有的活儿都给我停了，把所有的精兵强将都给我拉上来，珍珠大厅建不好，你就不要回家睡觉。

李高潮说：我感到压力很大……

你说：你压力大，谁压力小？压力就是动力嘛！我把你们带到这里来，就是想让大家看看美景，听听潮声，减轻一点压力。

众人笑了。

你继续说：同志们，现在办节成风，什么啤酒节、豆腐节、风筝节、西瓜节、桂花节、牡丹节、石榴节，珍珠节已经有两个城市在办，我们既然要办，就一定要后来居上，而且我们有信心后来居上。我们的信心就建立在这片人间仙境上！

你突然转身，深情地望着碧波荡漾的海湾和色彩变幻的红树林。

三十年前你第一次看到红树林时真有点目瞪口呆。马叔，你看，你快看，真美丽！想不到我们南江还有这么美丽的风景！你激动地抓住他的手，大声嚷叫。他却麻木地说：有什么美丽的嘛，我看不出来。你推了他一把，说：你这根死木头！

那时候海比现在蓝，天比现在绿，空气比现在新鲜，人比现在少。那时候咱们南江市还不是市，那时候南江县是个十分贫穷的小县。从县城到红树林的五十里海边砂路上，几乎没有一辆机动车。铺路的白沙子干净又清爽，人在路上打几个滚也不感到脏。你的手腕擦破了，他笨拙地帮你包扎起来。他给你包扎时你的心里有一种异样的感受，你希望这个过程能够无限地延长，但这是不可能的。你们出现在红树林烈士陵园时，一条黄色的大狗从大门内蹿出来，好像一条黄色的闪电。你大吃一惊，躲在马叔身后，下意识地搂住了他的腰。这时，一个沙哑的声音在院子里响起：大黄！

大黄狗就退到一边去了，它的嘴里还在呜呜着，但已经没有了敌意。

一个身高体瘦的中年人弓着腰从低矮的门房里钻出来。他裸着上身，肋条根根毕现，全身上下，只穿着一条长到膝盖的大裤头子，裤头的颜色很不好说，但布料很结实，基本上可以断定为是用一块废弃的篷布改造而成。他每走一步，裤裆里就发出帆布磨擦的声响。他身上最让你注意的绝不是他的裤头，而是他的右胸上那道紫红色的、崎岖不平的疤痕。看样子它曾经斩断过他的好几根肋条，很可能还伤及了他的内脏。他行动起来身子有些歪，这歪着的行动与疤痕简直是配合默契。这条疤痕让你感到惊心动魄。你感到这条疤痕比大黄狗可怕多了，但是你克制着着自己没往马叔身后躲。他的目光锐利无比，像锥子一样刺人。他打量着你们，不说话。马叔不看他，也不看你，低头看着自己的脚尖，低声说：这是我的同学，她要来看你……

他冷笑着问：你是谁？你贵姓？

我叫林岚。

我没问你。

你明白了马叔不愿带你来看他爹的原因了。

他盯着马叔乱糟糟的头顶说：伙计，不叫爹也可以，但总得打个招呼嘛，咱们都是男子汉，别这样黏黏糊糊地，从今之后你就叫我马刚，但绝对不许你跟我打马虎眼。

马叔低着头，不敢看他的爹。

你说:马伯伯,我是林万森的女儿,我爸爸让我来看看您。

他说:我知道你是林万森的女儿,但你长得不像他,你像你的妈。

他转身往小屋走去。

你与马叔傻傻地站在那里,大黄狗好奇地打量着你们。

你戳了一下马叔,问:你为什么不叫爸爸?

马叔摔了一下胳膊,嘟哝着:你少管闲事!

他站在小屋门口,说:还站在那里干什么?进来!

你们进了他的小屋,黄狗也跟着进来。你嗅到一股米饭的香气。你看到墙角上用两块石头支起一个黑色的铁锅,锅下的炭火还没熄灭,几缕青白的烟雾慢悠悠地升起,有些呛眼,但燃烧木柴的气味很好闻。

饿了吧?他问。

你欢快地说:快要饿死了!

马叔不吭气。

他从窗台上拿下两个粗瓷大碗,碗里有一层灰尘。他用大手将灰尘擦去,将碗放在地上。他揭开锅盖,一股白气冲上去。白气渐渐散了,显出大半锅黏稠的米粥。他盛了两碗粥,折了几根树枝做成筷子,递给你们,指指地上的粥碗,说:吃吧!

你们俩端起大碗,用树枝搅着,树枝清苦的气息与粥的香气混合在一起,勾起了你的食欲。你喝了一口,感到满口都是纯正朴素的清香。

他从一个罐头瓶子里捏了几颗盐粒撒到你们的碗里,说:吃点盐,不吃盐骨头长不硬。你看到他的紧绷着的脸松开了,他的眼睛里流露出慈爱的光芒。

你龇出白牙,讨好地问:马伯伯,您不吃吗?

他鼻子里哼了一声,不置可否,坐到一个木墩子上,撕了一块旧报纸，从床头的铁盒子里捏出一撮烟末，卷了一枝烟，用两根树枝夹了一块炭火，放到嘴边吹亮，点燃了烟。他抽着烟看你们喝粥，你喝着粥偷偷地看他的被烟雾笼罩着的脸。你不敢相信他就是那个传说中的好骑白马的英雄，那个令小鬼子闻风丧胆、那个打掉了地委书记门牙的人。那时候其实他才四十岁多一点，但他的脸已经像老树皮一样。他们那茬人夸年纪，你爸爸也一样。你爸爸比他还小一岁，已经满头白发。但你爸爸的脸色是红的，他的脸色是黑的。他的头发也是黑的。他留着一个毛刷子头，头发粗壮，一根是一根，就像猪的鬃毛。你爸爸的头发就像绵羊的毛。他的头发是直竖着的，你爸爸的头发乖乖地贴着头皮，很顺溜。你想，幸亏他的胸膛上一个伤疤，如果没有这个疤，他就没有一点英雄气，这个疤证明了他的历史，这个疤是个光荣疤。

你们来干什么？

听您讲战斗故事。

他冷笑一声，好像要说什么难听的话，但终究没说。

你们俩继续喝粥。你喝了两碗，马叔喝了三碗。马叔喝粥时连头也不抬，喝出了很响的声音。呼呼呼，呼呼呼！你们俩把小锅喝得见了底。马叔伸出长舌，将碗舔得光光的，看样子还没喝饱。你问：马伯伯，我们把您的粥喝了，您怎么办？

这锅粥是特意给你们熬的。

您知道我们要来吗？

他没有回答。

这是你喝得最香的一次粥，几十年后你还能清楚地回忆起粥的味道。

他从怀里摸出一个纸包，扔给马叔，说：拿回去给你妈，让她注意身体。

您自己留着花吧，我们……

他站起来，从床上提起一件破褂子搭在肩上，说：你们自己在陵园里看看吧，看完了就回去。然后他就走了。他的大黄狗跟着他走了。

你问：马伯伯，您要到哪里去？能带我们去吗？

他没回答，连头都没回。

你望着他的背影，说：你爸爸真是个怪人。

马叔捡起那个纸包，装到口袋里。

你为什么不叫爸爸？

马叔哏了一会，说：张不开口……

你喝粥怎么能张开口？呼呼呼，一气喝了三大碗！

马叔说：我正长身体呢，当然喝得多！

我敢保证你爸爸没吃饭。

饿不着他的，他到了红树林里就能找到好吃的东西。

红树林里有什么好吃的？

他说过，当年与鬼子打仗时，他们躲在红树林里，生吃螃蟹活吃虾，捉不到螃蟹和虾就吃沙虫。

你这家伙！

陵园很小，用了不到喝半碗粥的工夫，你们就转了一遍。烈士墓很朴素，一个个土馒头，周围种了几棵小松树。你们俩数了一遍，烈士陵园里有二十四个土馒头。每个土馒头前插着着一个破旧的花圈，花圈上的纸花早给风吹雨打破。实际上每个烈士墓里并不一定埋着一个烈士，有的烈士墓里可能埋着一个半烈士，有的烈士墓里可能埋着半个烈士，有的烈士墓里可能埋着好几个烈士。解放初期人们将被日本人枪杀的游击队战士的尸骨从贝壳大堤那里起到这里时，正赶上天降大雨，谁也没有心思将尸骨分门别类，大概地扒扒堆就埋了。好在英雄气贯长虹，坟墓只不过是堆给活人看的。你们在陵园正中的纪念碑前站住，仰起头来，默读着半文半白的碑文。

读完了碑文你们就趴在陵园的围墙上，观望着下面的红树林。陵园建在高岗上，海湾的风景一览无余，县城的情景也尽收眼底，只不过距离遥远，房屋都像火柴盒似的。县城里最高的那根烟囱是新建的火葬场的烟囱，它在你们眼里变成了一根冒烟的雪茄，似乎还冒着一缕青烟，谁死了？不知道。围墙只有一米高，随着地势起伏着，弯弯曲曲地将陵园包围起来，防止山羊与野兔进来啃烈士墓上的青草。

陵园左侧的洼地里，冷落地摆着一些海草盖顶的屋子，那就是红树林生产队。陈珍珠家的房子就在烈士陵园右侧的高地上，你站在岗上演说时，珍珠家的房子距离你只有二十米。你确定了大舞台的地址后，土地管理局的局长指着珍珠家的房子说：这栋房子碍事。你看着珍珠家的房子，脑子里一闪而过三十年前看到这栋房子时的印象。那时你并没有感到这房子低矮，现在你竟然想：难道这也叫房子？难道这样的房子也是可以住人的？你说：动员搬迁。然后仿佛有神指引着，你钻进房子，看到了在幽暗中闪闪发光的小海的眼睛。你摹仿着政治家的把戏，弯着腰嘘寒问暖，但那个小黑孩一声不吭，他的眼睛里全是敌意。从此之后，这双满含敌意的眼睛经常在你梦中出现。你慷慨大度地对身后的干部下达指示：给她们点钱，帮助他们盖一栋房子，我们不能让老百姓吃亏，这是原则。

红树林外的沙滩上，放着两条小木船，其中一条翻了个底朝天。船底上坐着两个人，看不清他们的面孔，他们的脸被正午的阳光照得光彩夺目，好像古老的铜器。潮水落下去的红树林里，黑色的泥土像膏药一样。一个妇人，背着一个孩子，在红树林里扒着什么。她用一个钯子，扒几下泥沙，就弯腰捡起什么，扔到脚边的竹篓里。你问：她在挖什么呢？

挖沙虫。

你怎么知道她在挖沙虫?

我敢肯定她在挖沙虫。

那两个坐在船上的人在干什么呢?

我不知道他们在干什么。

他们会不会是美蒋特务呢?

他摇摇头,说:特务?特务跑到这里来干什么?

他们也许想破坏烈士墓。

他们为什么要破坏烈士墓?

他们恨烈士,所以就要破坏烈士墓,我们不是刚把大地主兼大资本家兼大军阀卢天罡家的墓全都扒了吗?

他家的墓真结实,全都是用钢筋水泥铸成的,一镐下去,溅出一串火星子。

无论他多么顽固,也挡不住我们。

传说他家有七十二头金牛,每头重两斤,是他儿子当省财政厅长兼税务局长、他女婿当警察局长时,他过七十二岁大寿时,全省各县送的寿礼。

这个我早就听我爸爸说过。我爸爸说土地改革时,几千个贫雇农把卢公馆挖地三尺,水都挖出来了,也没挖出一头金牛。我爸爸带头挖,你爸爸也参加了。

也许根本就没有金牛。

肯定有,我爸爸审问过他家的丫环,丫环说的的确确送了七十二条金牛,就摆在大厅的八仙桌上,让所有的人欣赏。

如果能把金牛挖出来,我们县就发了大财了。

挖出来县里也捞不到,必须上交国家。

金子到底有什么用处呢?

金子用处大着啦!飞机上的锅炉就是金子的,飞机上的锅炉必须是金子的，用别的金属不行。

我不相信。

这是金大川说的，他爸爸是空军参谋长。

他轻蔑地哼了一声。

你不服气吗？你不要不服气——你突然说：快看，你爸爸！

你们看到，马刚双手卡着腰，摇摇晃晃地向着那两个坐在船上的人走去。他的褂子搭在肩上，裸露的皮肤放出铜光。大黄狗跟随在后，狗毛闪闪，好像金子。

你爸爸是跟特务接头吧？

你爸爸才跟特务接头呢！

你不是恨他吗？怎么还护着他呢？

谁跟你说我恨他了？

你不恨他为什么不叫他？

我……我是不好意思张口……

真有意思，竟然不好意思叫自己的爸爸！

你真烦人！马叔转过身去，背靠着围墙。

生气了？你戳了他一下。

别动我！

嗨，真生气了，你说，快看，他们开始对暗号了！

你们看到，马刚站在那两个坐在船底上的人面前，举起一只手，指点着红树林和海湾，他的话断断续续地被海风传过来，好像一个出了故障的高音喇叭发出的声音。

他们好像在策划什么，你说。

策划什么？

你听！

你们侧耳倾听，但距离太远，听不清楚。

走，看看去！

我不去！

为什么？

我怕他揍我……

他揍过你？

没有……

他肯定揍过你！你兴奋地说，快告诉我，他怎么揍你？用鞭子吗？

他没有揍过我！

你撒谎，他肯定把你揍得鼻青脸肿了，他连地委书记都敢揍，难道还不敢揍自己的儿子？

你自己在这里待着吧，我走了！

马叔转身向烈士陵园外走去。

你站住，你站住嘛！我不说了还不行吗？我保证不说你挨揍的事了……

我跟你说了，我没挨！

没挨就没挨吧，发什么火呢？你说，其实，挨爸爸的揍不算丑事，我爸爸就经常揍我。

马叔兴奋起来，眼睛发着亮，问：你是女孩，你爸爸还揍你？

揍，往死里揍，你说，他们这代人，三天不揍人手就发痒。

你爸爸怎么揍你？

用绳子，沾着盐水抽屁股；用烧红的炉钩子烫肚皮；用枪筒子拧肋巴骨……

你爸爸比我爸爸还狠，马叔说，我爸爸顶多也就是用脚踢我的屁股。

你提着鞋子，赤着脚，踩着白沙滩，往那两条搁浅的破船靠拢。鞋旮旯里的臭气发散出来，你是汗脚。你问：闻到了臭味没有？他摇摇头，说：没闻到。你说：这就说明你对我有好感。他突然变得不自然起来，你也感到脸上发烧。你在沙滩上奔跑着，大叫着：呀——呀——！你感到赤脚踩在潮湿细腻的沙滩上舒服极了。呀——呀——呀——真舒服，真好玩！你把手里的鞋子扔到空中，然后翻了一个侧身跟头，又是一个，又是一个，一串，最后跌在地上，趴着，看，白沙滩上有无数的小沙蟹在圆圆的小洞里出出进进着，嗖，嗖，根本就看不到它们的腿脚如何移动，让人眼花缭乱。他站在你身后，说：起来吧，我爹他们在看咱们呐！你说：怕什么？你又不是小媳妇，还怕人看？他嘟哝着：我怕什么，我是男的，我怕什么……你说：男的不怕看，女的就怕看吗？你这是什么逻辑！他说：我不跟你争辩，你知道我是争辩不过你的。

你们手拉着手往那两条破船走去，准确地说是你拉着他的手。他老想把手收回去，但你攥着他的手不放。你感到他的手心里流出了很多汗水。你侧目看到他的脸上汗水也流成了小溪，他的黑脸被汗水浸泡得发了白，你偷偷地笑了。你看到他的爹站在那条底儿朝天的破船后边，抬起一只手掌遮住眼睛，好像连环画里登高望远的孙悟空似的，往你们这边张望着。那两个座在船底上的人也扭过头来看着你们。他用另外那只手使劲地攥住了你的手腕子，把他的那只被你攥住了的手挣出去了。

你们站在他们面前。他的爹对那两个坐在船底上的人说：我儿子，我女儿！他的话让你感到幸福。坐在船底上那个戴着一副眼镜的秃头男子赞叹地说：好一对金童玉女！他的赞美更让你感到幸福。他的脑袋秃得格外有趣：从两个额角一直秃进去，头上形成了三道毛，有一种小公鸡的头就是这个样子。另外一个人又黑又瘦，生着两只忧郁的大眼睛，额头上布满深刻的皱纹。他没说话，但他的眼睛里流露出令人伤感的善良。那时候你们不知道他就是珍珠的父亲陈三两，现在你们也不知道当年你们曾经见到过陈珍珠的父亲。你们还见过珍珠的母亲，她就是那个背着孩子在退潮后的红树林里挖沙虫的女人。她背着的那个孩子是珍珠的姐姐,这个女孩在你们见过她不久就生病死去了。

那天他们议论的话题是养殖珍珠。这个下午在我们南江市的珍珠养殖史上其实是个值的纪念的日子。甚至在中国的珍珠养殖史上也是个值的纪念的日子,南江市的珍珠养殖场是中国的第一个珍珠养殖场。那个秃头男子——水产学院的熊仁教授——被贬回家乡劳动改造的右派——激动地说——他的嗓音尖细,象京剧里的小生道白:我们应该向县里汇报,请求他们拨款,建立珍珠养殖场!日本的珍珠养殖业每年创汇十亿美元!我们有如此优越的自然条件,如不利用,实在是太可惜了。

陈三两低沉地说:小日本早就看好了这地方……

马刚说:是啊,小日本早就看好了这地方,十几年前它们就在红树林海湾建起了珍珠养殖场,如果不是我们游击队的破坏,他们的养殖场早就闹大了!在这个海湾里,小鬼子丢了三十多条性命,当然我们也付出了代价:牺牲了二十七个队员,加上三十多个老百姓,两条命换一条命。

熊仁教授说:我斗胆说句反动的话,如果你们不袭击日本人,而是积极配合他们建设珍珠养殖场,那现在我们也就不必费这么大的劲了!

马刚说:你这是彻头彻尾的屁话!如果全国都像你这样想,配合鬼子修铁路,配合鬼子建矿山,中国早就亡了国!

熊仁教授说:我不过是开个玩笑罢了,你何必这样激动?

马刚说:你可不要给我开这样的玩笑,只要一提起日本,我的心里就此往外蹿火苗子!

既然小鬼子都看出了这是一块养殖珍珠的宝地,我们如果不利用,怎么能对得起牺牲的先烈和乡亲?熊仁教授说。

不管有多大困难,也要把珍珠养殖场建起来,马刚坚决地说。

然后他盯着你问:你说对不对,闺女?你说我们该不该建立自己的珍珠养殖场,跟小日本斗个高低?

你说:对极了,不过,珍珠能养殖吗?

熊仁教授说:当然能养殖,我相信我们的技术比日本人还要先进。

马刚说:小岚子,待会儿帮我带封信给你爸爸,希望他能回红树林看看,你对他说,树不忘根,人不忘本,林万森不要忘记红树林!

红树林珍珠养殖场的建立,说起来还有你的一份大功劳。你把马刚的信和两颗珍珠交给了你爸爸。你爸爸看完信后久久没有说话。你从脸上表情看出他的内心很不平静。现在你当然知道人工养殖珍珠试验成功是一件大事,但当时你意识不到这件事情的意义。你爸爸嘟哝着:到底被他们搞成了……

你爸爸第二天就到了红树林,两个月后,红树林珍珠养殖场成立了。马刚被任命为场长,熊仁被任命为副场长,场部暂时就安在烈士陵园内。

三年之后,你们没有上山,但没逃脱下乡。南江一中的学生们大多数变成了红树林珍珠养殖场的临时工人,每月每人发十元钱,女工多发一元,每月每人二十四斤粮,虽然吃不饱,但也差不多,这在全国的上山下乡知青中,你们的运气已经好得不得了了。为什么会这样呢?因为北京非常需要珍珠,生产珍珠跟反帝反修的无产阶级革命大业联系在了一起。你们站在红树林,望到天安门,每产出一颗珍珠,就是向毛主席献出了一颗红心……

站在红树林的高岗上,往事历历涌上心头。你在珍珠养殖场当女工时,你爸爸已经成了走资本主义道路的当权派,你妈妈自缢身亡。马叔的妈妈也是自杀身忘,时间比你妈妈早一天,好像她们两个约好了一样。

“文化大革命”刚开始时，你们非常兴奋。其实你们也不知道什么叫“文化大革命”。那一天你和马叔还在教室里编写诗歌批判“三家村”时，金大川虎虎地冲了进来。你们还在这里？他低头念着你们俩创作的诗歌：“邓拓吴晗廖沫沙，三人都是烂地瓜……”，你们还写这些破诗，过时了，他鄙夷地说，文化大革命开始了！你们谦虚地问他：啥叫文化大革命？他抬起左臂，炫耀着臂上一个红色的袖标，说：看到了吧？红卫兵，毛主席的红卫兵，造反了！你们看着袖标上那三个黄色的漆写大字，心里感到激动不安。他的胳膊因为戴了这个袖标，显得格外沉重，每动一下仿佛都要使出全身的力气。你小心翼翼地问：您这个袖标是谁发给的？他说：是毛主席发的！马叔问：我们是不是也可以参加红卫兵呢？他吞吞吐吐地说：你们……谁知道呢？我可以帮你们跟我们团长说说去。——谁是团长？——张老师，张大眼！——他？他不是个调戏女生的大流氓吗？——那是迫害！

你们在金大川的介绍下参加了红卫兵，从张大眼那里领到了红袖标。张大眼说别人想参加他的红卫兵需要交五毛钱，你们俩是金大川介绍来的，就免交了。这件事使你们对金大川产生了一些好感。你们把红袖标别在左臂上，立刻就感到左臂上热量陡升，身体上的其他器官都变成了左臂的陪衬。然后就跟着他们去“破四旧”。你们砸掉了所有房屋上的瓦当，烧毁了市剧团的服装，剪掉了女人的脑后的发髻，有一些思想保守的不愿剪，不愿剪就追着剪，就按到地上剪，满大街的女人鼠奔狼窜，被按到在地的女人发出怪叫，好像正被流氓强奸着一样。后来金大川那个家伙对人说，他在给女人强剪发辫时，下边的确硬得像铁，硬了又怕人看见说思想不好，就把手插在裤兜里偷偷地攥着，好像攥着一把鸡腿匣子枪。用了不到一个星期你们就把全城的女人通通剪成了二刀毛，这种发型还是抗日战争时期根据地的妇女们兴起来的，很多老年妇女被强剪了发髻不好意思上街，上街就用围巾把头包起来。然后你们就扫荡了所有的庙宇，从关帝庙到城隍庙到文庙。南江县历史上出过十八个进士，文庙气魄很大，庙里有一尊用紫檀木雕成的孔夫子像，是明朝时几个进士凑钱雕成的，用得那根大檀木是从泰国特意进口的，号称暹罗檀，连木头带运费花了好几千两银子，木头运回来后，十几个细木匠雕了整整一年，主持这项工程的师傅姓蒯，据说是北京金銮殿的设计者蒯通大师的后代。这尊木像要是放到现在，肯定可以算成重点文物，但却被你们点上火烧了，烧得时候，木像嗞嗞地往外冒油，火焰是紫红色的，散发出扑鼻的香气，把整座县城都香遍了。这件事很快就传成了神话，说烧孔夫子木像时，木像流了很多鲜血。还说木像在火焰中大声喊叫：革命不怕死，怕死不革命！烧完了孔夫子，大家都闲得手痒，脸上挂着无聊之极的表情，不知道接下来该干点什么。一个胖小子突然说：我想起来了，我姥姥家在红树林，红树林边上有一座珍珠娘娘庙！我们去把珍珠娘娘掀下海！众红卫兵齐齐的嗷了一声，兴奋的表情重新挂上了每个人的脸。张大眼发布命令：革命不能留死角！出发！于是一群人就如一窝狂蜂，嗡嗡叫着往城外跑。县城到红树林有五十里路，跑了不到十里，就有人一屁股坐在路边，张口喘着粗气，湿脸上沾满了尘土，说啥也不跑了。张大眼用毛泽东的话鼓励他们，他们鼓起劲儿站起来，往前走几步，再次坐下，这次是任你把嘴说破也不动了。但还是有一批意志坚强的革命者跟着张大眼往前跑，跑了一段就把跑变成了走，而且是越走越慢，越走队伍拉得越长。你们看到张大眼的长脸上也是灰一道土一道的，知道他也累得很。其实他比你们还要累，你们都是最楞的年纪，他可是三十多岁的人了，何况他还生过肺结核。生肺结核的人性欲特别强烈，这是他调戏女生后你听班里的林莉说的，林莉的妈妈在结核病防治院工作，自然是权威。你们听到张大眼的喉咙里发出像小公鸡打鸣的声音，看到他的嘴唇青紫、舌头发蓝、牙龈出血，嗅到他呼出的气息里有股甜滋滋的血腥气。你们都经过体育锻炼，参加过运动会，在奔跑方面有特长，所以你们并不感到特别累，如果你们也感到累得要死时，张大眼早就死了二十次了。

张大眼看着你们，心里的事清清楚楚地挂在脸上。他想找个借口回去，但一时又找不到，这时谁要提出回去，他马上就会借坡下驴。但你们是坚定的革命派，是从小在革命的家庭里用战斗的故事喂大了小英雄，做梦都想着革命，那能半道上当逃兵？何况革命就是砸庙放火，又痛快又刺激，如果不是革命，谁要放一把火，马上就被公安局里的人给收拾了。

你们终于挨到了红树林。在那个胖小子的带领下找到了珍珠娘娘庙。你们推开破裂的庙门冲进去。你看到了珍珠娘娘的脸。这是一张圆圆的脸，眼睛细眯、眉毛掉梢、鼻子小巧，下巴丰满，像个娃娃。张大眼端详着珍珠娘娘，脸上的颜色越变越黄，终于变得像黄金一样。他问：这就是珍珠娘娘？那个小胖子说：这就是珍珠娘娘。张大眼说：你们把她抬出去吧。但这时，一群渔民手持着棍棒冲了过来，其中就有那个小胖子的爹娘。一个白发苍苍的老太太低声地念叨着：罪过哇，罪过！小胖子的爹抡起手中的棍子向他的屁股打去。张大眼吐了一口血，将身体靠在珍珠娘娘的神座上。你发现他的黄金一样的脸上挂了一层绿锈，模样恐怖极了。他抬起手，对你们挥舞着，不知是命令你们退去呢，还是让你们上前。你们把目光从他的脸上移到珍珠娘娘的脸上，你仿佛感到她的脸上突然绽开了凄惨的笑容，然后，整个塑像就四分五裂，将张大眼砸在了地上。娘娘的头紧靠着张大眼的头，一个脸粉白，一个脸葱绿。张大眼嘴里喷出的鲜血把娘娘的粉脸都污染了。在腾起的灰尘中，你看到渔民们纷纷跪在地上，磕头不止，嘴里齐声祈祷着：娘娘恕罪吧，娘娘恕罪吧……

第十章

把那只夜里温存可人、天一亮就显出流氓本相的小鸭子甩给马叔，是你对他的最残酷惩罚。尽管他正在把你家大虎往黄泉路上送，尽管他多次拒绝了你送上门去的爱，但你清楚地知道他对你的感情。你这急中生智的一招，可以说是一箭双雕——既脱了自身，又向他的心窝子捅了一刀：

你驱车向海滨别墅急驰时，马叔捏着鸭子的下巴将他推到了墙角上。鸭子挣扎着，嘴里吐出呜噜呜噜的话语：……是你老婆自己找我的……不怨我……

马叔屈起膝盖对准鸭子挣钱的工具顶了一下，又顶了一下。鸭子惨叫一声，身体折成个鱼钩，软绵绵地顺着墙角坐下去。马叔咬牙切齿地骂道：人渣！然后将一口唾沫吐到鸭子的脸上。鸭子翻着白眼，脸色灰白，身体紧缩成一团。马叔说：再让我碰到你，我就劁了你！

他转身往外走去，听到鸭子在后边低声咒骂着：该死的绿帽子！

他漫无目的、但却急如星火地在大街上狂奔着，鸭子与她在一起颠鸾倒凤的情景在眼前晃动不止，就好像亲眼目睹过一样。他感到自己的脑子乱了。

他的脑子乱了，难道你的脑子就清醒了吗？你比他还要乱。从小鸭子翻脸要钱那一刻你就感到蒙受了空前的耻辱，这耻辱一点也不比让人强奸了轻松。你把车开得比子弹还要快，吓得路上的车辆和行人纷纷躲闪。一个交警愤怒地向你打出停车的手势，但你根本就没看到他。交警拦了一辆出租车在后边追赶，追到海边别墅。看到你从车里钻出来，他愣了一下，然后低声詈骂一句：贪官污吏！

你进了门，扑到床上。床垫里的弹簧使你的身体起伏几下，然后静止不动。你好像已经死了，但我知道你没有死。我还知道，经过大半夜疯狂折腾，你的下体隐隐作痛，耳朵里嗡嗡作响，脑子里走马灯般地变幻着扭曲的图像。不，比走马灯还要快，像一台出了毛病的电视机；不，比出毛病的电视机还疯狂。牛头马面，人妖颠倒，胳膊和大腿纠缠在一起，老虎拉磨乱了套了。在这种心迷神乱的状态中，你感到下半截身体仿佛被一股大力吸引着向天花板升去，你想用双手抓住床边，抵抗这可怕的上升，但你的双手竟像得了麻痹症一样使不上力气，情急之中你张开口咬住了被罩，于是你感到脖子也被可怕地拉长了，拉长拉长，无限地拉长，随时都会断裂，就像拉疲了的一根弹簧。在这危急的关头，是我伸出手，按住了你的高高翘起的屁股，把你从即将被撕裂的惨状下救了出来。你松开嘴巴，发出了一声痛苦的长吟。我找出那条用珍珠串成的腰带，捆住了你的脑壳，又找出一颗大珍珠，塞进你的嘴里。你在最窘急的关头有把珍珠含在嘴里的习惯，珍珠是你的灵药。只要你口含珍珠，总是能镇定自若，总是能化险为夷。圆润的珍珠在你的口腔里滚动着，使你吐气如兰，使你妙语连珠。你一挺脖子，把珍珠咽了下去。你疯了吗？你怎么把珍珠咽下去呢？你的确疯了，你原本想找个鸭子放松,没承想让鸭子弄疯。你打开散珠匣子,抓起一把粉皮珍珠掩到嘴里。我捏住你的喉咙,不想让你把这些好宝贝咽到肚子里。这一把珍珠都是上等的海水珠,每一颗都有豌豆粒大,每一颗都是未经任何加工的正圆儿珠,每一颗都是千里挑一。你抓着我的手,尖利的指甲剐破了我的皮肉。我松了手,让你把满口的珍珠咽了下去。明天你的粪便将昂贵无比。几分钟后,发生了奇迹:你安静了,你流泪了。眼泪沿着你两个眼角上那些新生的皱纹向鬓角流去,流到头发上,便扑簌簌地弹开。你的眼泪流啊流啊,终于流干了。你折身坐起来,目光像毛玻璃一样浑浊。你的神情好像一个得了遗忘症的老人。你说:怎么会这样?告诉我,这到底是怎么回事?我问:难道你把一切都忘记了吗?你说:是的,我的脑子里一摊糨糊,我是不是在做梦?我说:你不是做梦,的确发生了一些很糟糕的事情,我很同情你,因为你我命运相连,但是我也没有任何的办法帮助你。你说:不是真的,是梦,我梦到了红树林边的珍珠娘娘庙,我梦到张大眼让珍珠娘娘塑像给砸死了。为了帮你回到现实——尽管这很残酷,我不得不把这大半年里发生的事情一件件地对你复述。

(1)大虎、二虎和三虎,每人骑着一辆亚马哈摩托车在公路上狂奔。他们戴着头盔,穿着皮衣,形象威酷。每逢道路转弯,摩托车倾斜,他们的腿就往外撑开着,膝盖几乎擦着地面。他们骑摩托的技术真好,如果南江市举行摩托车赛,我估计他们都会榜上有名。路上的行人用惊诧的目光追随着他们,好像他们是从另一个世界来的人。他们朝着卢家庄院急驰,三虎的背上背着一个包,包里装着一个蟋蟀罐子。蟋蟀罐子里没盛蟋蟀,盛着石灰。到了卢家庄园后,斗蟀开始,大虎借"验将"之机将罐子里的石灰扬到面团的脸上,迷了他的眼睛。二虎和三虎从怀里摸出石灰包,砸到面团手下人的脸上。面团和他的手下人捂着脸惨叫。三个虎趁机上前,大打出手,面团和他的手下节节败退,一直退到炮楼上去。大虎他们奋勇冲击,想攻占炮楼,被面团的人用鞭炮炸退。这个震圜鞭炮厂的不肖子孙在炮楼上储存了大量鞭炮和烟火。那天晚上卢家庄园里炮火连天,烟花璀璨,鬼哭狼嚎,半像实战,半像庆典。三个虎得胜而归,心情很好。他们进城后,在海滨路大排档上吃了一个黑鱼火锅,喝了十二瓶虎牌啤酒。他们吃那条黑鱼差一两就是十二斤重,是条母鱼,肚子里的鱼子很多。三虎殷勤地将鱼子往大虎的碗里夹,还说鱼子壮阳,二虎说大哥的阳已经壮得快要爆炸了。酒足鱼饱后,他们醉醺醺地开着摩托在大街上撒野,摩托的排气筒发出爆响,好像雷管爆炸。二虎说农药厂里新来了几个打工妹很靓。大虎问:比陈珍珠怎么样?三虎说:大哥,我看你是让陈珍珠给迷住了!大虎说:我的确让她给迷住了!二虎说:大哥好糊涂,天下的妞其实都是一回事。大虎警告二虎三虎,让他们不许打珍珠的主意。三虎说:大哥是不是想把她娶了给我们做嫂子?大虎说:很可能,我很可能娶了她给我妈做儿媳妇。夜半时分,他们埋伏在农药厂大门外的黑巷子里,等着下夜班的女工。两个女工骑着自行车从厂里出来,被他们三个用摩托车包围起来。他们围着她们撒野,表现出了精湛的车技,两个女工吓得半死,自行车被摩托撞倒。他们将两个女工往一幢盖了半截就停了工的楼房里拖,女工们大声喊叫,惊动了骑车从这里路过的马叔。马叔掏出手枪,解救了女工,捉住了三个虎。女工们趁机逃窜,马叔想让她们到派出所作证,但吓破了胆的女工们跑得比惊枪的兔子还要快。马叔押着三个虎往大榕树派出所走。三个虎一路上油嘴滑舌,其中最好玩的一句话是三虎说的,他说:马伯伯,看在我们的爸爸妈妈与您同学的分上,您就把我们当成三个屁放了吧。临近大榕树派出所时,二虎说要去拉屎,三虎说肚子痛,大虎说要去撒尿,趁着马叔懈怠,他们一声呼哨,分头逃跑。气得马叔大喊大叫。大榕树派出所的指导员牛劲是金大川的妻子,也是马叔的熟人,两个人曾联手办过几个案子。正值夜班的牛劲被马叔的喊叫惊动,出来观看,竟是熟人,请进屋去喝咖啡。正在此时,金大川前来向牛劲要家门钥匙,见马叔在,便出言讥讽,牛劲对丈夫的风言风语很反感。

(2)你在办公室里与钱、李二人研究珍珠展厅的图纸,马叔敲门进来。你说:哦,老马呀,稀客! 马叔说:无事不登三宝殿。马叔对你们三人说起三个虎夜里干得坏事,钱、李不以为然,要马网开一面。你斥退钱、李,跟马叔要了一支烟。这是你一生中的第一支烟。你让烟呛了,咳出了眼泪。你看到马叔的眼睛里流露出的关切之情。你将大虎托付给马叔,让他全权教育,像教育自己的儿子一样。你把自己对马叔的意思表达得很曲折也很明白,但他好像木然不觉。你弄不明白他是真糊涂,还是装糊涂。

(3)在红树林边珍珠家里,市房管局和土地局几个干部动员搬迁。珍珠的未婚夫吕大同全权代理珍珠,漫天要价,张口就是五万。房管局干部让大同出示房权证,大同拿不出,房管局干部便宣布珍珠家的房子是非法建筑,限期拆除。第二天,大同拉上小海进城,向珍珠报告。

(4)三个虎在海滨公园捉蟋蟀,看到一群人在公园里进行呐喊比赛。他们闲着无事,便加入进去。几棵椰子树下,插着一根高杆,高杆上挑着一个亮得刺眼的灯泡。两棵椰子树之间拉着一条横幅,横幅上写着七个大字:南江市呐喊协会。一个相貌奇古的人在灯下发表演说:生命在于运动,最好的运动就是呐喊。呐喊时呼出浊气,吸进新鲜空气。呐喊能最大限度地提高肺活量,呐喊是五脏六腑的体操,呐喊是防止衰老、延长生命的最佳运动。我们举办这次呐喊比赛是为了庆祝我市呐喊协会成立三周年,同时也为呐喊爱好者提供一个切磋技艺的机会。欢迎参加,不拘资格,优胜者授予金嗓子奖。一个白发苍苍的老太太首先登台,她走路都不稳了,但嗓子还是出奇的好。她喊出的声音直冲树梢。强中更有强中手,一个老头子上去呐喊,声音拔得比老太太还要高。三个虎按捺不住,轮番上台呐喊。大虎无师自通,天才迸发,喊出的声音震动得椰子树叶嗦嗦作响。众人一致推举大虎为南江市首届呐喊冠军,奖给他一个碗口大的“金牌”。主办者感慨地说:自古英雄出少年,信不谬也!

(5)你披着浴衣,浑身散发着沐浴后的香气,珍珠液珍珠霜珍珠膏的香气,独特的珍珠香气扑鼻。你仰靠在床头上,给马叔打电话。这件事情难道你也忘了吗?因为你的心中充满了激情,因为你抚摸着自身润滑的肌肤心中充满了对爱情的渴望,所以你喉咙发紧嗓音颤抖。你借着大虎跟他说事,但最终落实到这样一句话上:你……能不能过来陪我坐坐?你听到他在电话那头支吾着:……我明天还要早起送孩子上学……你恼怒地扣了电话。你感到自尊心受到了巨大的伤害,眼泪差一点脱眶而出。你满面赤红,双眼瞪着我,说:你说我是不是很下贱?我软语轻言地劝说着你:林岚,你不要这样想,其实,我敢担保,他是爱着你的……你将脸伏在膝盖上,良久,把头抬起来,啪地扇了自己一个不轻不重的耳光,骂道:我真他妈的下贱!我一个堂堂的市长竟然去巴结一个小小的科长!你拉开抽屉,从一个小瓶子里倒出了四片安定,不用水干吞下去。

(6)大虎撵走了许燕,让陈珍珠当了自己的“秘书”。他强拉着陈珍珠进了黑珍珠商城置办新装。珍珠忸怩不安,大虎强拉硬拽。服务小姐何等机灵?一看就知道来了大主顾,便把珍珠拉进琳琅满目的时装之间当了衣服架子。服务小姐摇动三寸不烂之舌,把珍珠说得没有还嘴之力,任凭着她装扮收拾。大虎站在一旁,面对着服务小姐装扮起来的一款款新珍珠喝彩不已。起初珍珠还保持着警惕,决心不穿大虎帮买的服装。但当她在穿衣镜前看到了自己的模样时,禁不住一阵头晕目眩。美是难以抵抗的,又何况那服务小姐根本不让她抵抗。最后,珍珠穿着一条紫红的长裙,脚蹬着一双半高跟的皮鞋,大虎手里提着七八个装着各色时装的纸袋,两人相伴,仿佛采买嫁妆的未婚夫妇,走出了黑珍珠商城,许多羡慕的目光追随着他们。大虎把珍珠换下来的衣服扔进了垃圾桶,珍珠将衣服抢了回来。大虎不屑地说:这些破烂,还要它干什么?珍珠的眼泪夺眶而出,她说:总经理,你别逼我……

大虎和珍珠提着大包小包走出黑珍珠商城时,你正好坐车经过。你一眼就看到了大虎和他身边的漂亮姑娘。你吩咐司机将速度放慢。你在车里仔细地端详着这个姑娘。姑娘身上的清纯气质是任何时髦的服装都掩饰不住的,你感到与她似曾相识。你看到她初次穿高跟皮鞋走路的窘相,看到大虎对她的那种温婉的呵护,你的心中涌起一阵温暖的感情。你一下子就喜欢上了这个姑娘。你感到这正是你心目中的儿媳妇。你的心里荡漾着母爱。司机问:林市长,靠边停吗?你说:喔,不了。

(7)大同带着小海进城找到了珍珠公司,来向珍珠报告红树林边房子的事。珍珠下意识地向三个虎撒了谎,说大同是自己的哥哥。

三个虎骑上摩托车,驮着大同、珍珠和小海,一路飙风,窜到红树林,把两个正指挥着民工拆珍珠家房屋的土地局干部痛打了一顿。

土地局长和房管局长到你的办公室告状。

晚上,你训斥大虎,大虎振振有词,说是路见不平,拔刀相助。

你这才弄明白,红树林边的陈珍珠,原来就是白天在黑珍珠商城外边看到的那个姑娘。你详细地询问陈珍珠的情况,并且警告大虎,要谈恋爱就好好跟人家谈,不要玩弄人家。大虎提出要珍珠节大舞台移址,你口头上不同意,其实你心里根本就没把这个问题当成大不了的事,把大舞台往西移三十米,保留珍珠家的小木屋,你给负责工程的李高潮打一个电话就解决了。可怜那几个土地局的干部,还拿着鸡毛当令箭,白挨了一顿好打。当然他们也没白挨打,让市长和局长的儿子打一顿,虽然皮肉受了点苦,可是在别的方面会赚大便宜,也许就此成了市长或局长的红人,走上飞黄腾达之路呢!在我们南江,多少人盼望着能让市长和局长的儿子打一顿啊!

(8)你提出让马叔帮助自己教育大虎,其实是醉翁之意不在酒,但马叔却拿着棒槌当了针(真)。他拉着大榕树派出所的指导员牛劲,三番五次地到三虎珍珠总公司去调查那天三个虎欺负药厂女工的事。三个虎能躲就躲,躲不了就嬉皮笑脸装糊涂耍无赖。气得牛劲对马叔说:老马,你算了吧!

(9)大同去珍珠公司时看到过大虎看珍珠时的眼神,心里感到很不踏实。他想卖了珠贝后赶快跟珍珠结婚,没想到一夜之间,成熟待卖的珠贝让毛贼偷了个精光,连五百个珠笼都赔上了。这些毛贼,夜里架着小船,趁着潮水,从红树林里潜进养珠场,连宿在树梢的白鹭都没惊动。他们手持着锋利的弯刀,将吊珠笼的尼龙绳子拦腰割断。看守珠棚的人如果发现了他们,他们就发动起装在船头的汽油机,一扳操纵杆,小船发出一阵放屁般的脆响,昂着头向深海蹿去。他们仗着船快,逃跑时有条不紊。养珠户知道这些现代海匪怀里揣着枪,不是土枪,是真正的枪,从越南走私进来的。如果追急了他们,他们就会开枪。子弹尖利地呼啸着,从养珠棚上滑过。这可不是闹着玩的，碰上了就比感冒严重。养珠户为了看守自己的财富，不得不想办法自卫。对付武装的海匪，只能武装自己。但是花钱买走私的手枪价格昂贵，而且还有犯罪嫌疑，于是各种土武器应运而生。需要就是生产力，人民群众中蕴藏着无穷的创造力。在一家家的养珠棚上，架起了巨大的弹弓，说是仿古的抛石机也可以。他们用粗大的钢筋做成了发射支架，用自行车内胎的弹性作为发射动力，用一块大皮子或是大帆布缝成弹兜。他们在养珠棚的木板上，摆放着一堆比柚子还要大的石头弹丸。他们经常在白天演练，把石头装进弹兜，将自行车的内胎拼命地往后拉，拉，然后猛地一松手，巨大的石头就像迫击炮弹，呼啸着飞了出去，澎然一声落到海里，激起一股水柱，比人还要高。射程的远近，主要由发射者的气力决定，当然，发射架的质量和弹丸的重量也是重要的因素。这样的弹丸在一百米内，杀伤力肯定大于手枪，不管你的枪口径多大。这样一颗巨大的弹丸如果碰到了人的脑袋上，人的脑袋就会像一个脆弱的鸡蛋碰到了坚硬的石头，顿时破碎，流出黄子，这样的结果是肯定的，一点也用不着怀疑。临近收珠季节，珠农们在青天白日下大呼小叫地演练抛石机，主要地就是想让海匪知道，让他们小心着。养珠的人心里都明白，真人不露相，露相不真人。一个白日里三脚踢不出屁来的蔫人，到了夜里，很可能就是一个目光炯炯、手段高强的海匪。也很可能，白天里与你同在一个珠场劳碌着的养珠人，夜里很可能就驾着贼船来偷你。也有一些心更灵手更巧的养珠人，用无缝钢管制造了土枪。白天施放，枪口喷出一股白烟；夜里施放，枪口喷出一道火舌。还有那些当年在震圜鞭炮厂工作过的鞭炮师傅的后代，制造出了土炸弹，点燃引信扔出去，也能在海上炸出一股水柱，如果碰巧扔在了海匪们的快船上，也就够他们一呛。大同的看珠棚上架设的是抛石机，他年轻力大，能把弹丸发射到二百米远的地方。但是海匪们来偷他的时候，他睡得像死猪一样，海匪们不但偷走了他的珠贝，还爬上珠棚，偷走了他挂在抛石机上的裤子和枕在头下的鞋子，新鞋子，水牛皮的。由此可见，武器是决定战斗胜利的重要因素，但不是决定的因素，决定的因素是人不是物。那天早晨，大同睁开眼睛，就知道大事不好了，裤子没了，鞋子也没了，养珠棚前的海水中，那种实际上存在着的珠贝们的歌唱听不到了，就像一个跑光了猪的猪圈一样冷清。他跳起来，看到海面上漂着一些被割断了的灰蓝色的尼龙绳头，那寄托着他的希望和梦想的五百笼珠贝，基本上全部不翼而飞，只有在靠近珠棚立柱的地方，还残留着两笼。他一屁股坐在珠棚上，木了半天，咧着大嘴哭起来。哭够了，怒火就在他的心里燃烧，他站起来，开始向大海发射弹丸。红日照耀海面，海水好像烧红了的铁水，黑的弹丸落到红的海水中，溅起一些浓稠的浪花，然后就消逝了。

(10)大同的爹从墙缝里摸出一个油纸包，十层八层地揭开，显出了散发着霉味的两千元钱。爹对儿子说：这是你娘生前积攒下的两千元钱，说好了留给你结婚的。你拿着进城置办点东西，顺便把珍珠叫回来成亲，城里不是咱们乡下人待的地方。你们结了婚，我就完了心事了，你娘的灵魂也就安息了。

大同拿着爹给的两千元钱进了城，让两个卖假金子的坏小子骗了。大同回到家，对爹说了实情，老头气得七窍生烟，给了儿子一个耳光。但他最终安慰儿子：财去人安乐，有钱结婚，没钱也得结婚。老头子让儿子赶快把珍珠叫回来，免得夜长梦多。

(11)就在这些日子里，发生了一件当时就让你惶惶不安，事后更证明是糟糕透顶的事情。李高潮到你办公室送珍珠展厅和大舞台的预算表时，将一栋海滨别墅的房产证和一串金光闪闪的钥匙放在你的面前。房产证上用得是大虎的名字。

也就是这天晚上,大虎将陈珍珠带到了你的家里。你感觉到自己进入了未来的婆婆的角色,很投入地接待了这个未来的儿媳。你面对面地观察了这个渔家姑娘,她给你留下了美好的印象。你不由地叹服儿子的眼力。你认为像这样清纯、正直的姑娘在当今的社会里已经是凤毛麟角了。你发现这个姑娘生着两条很长的腿和两条长于常人的胳膊。你想到珍珠节期间将选出了一个珍珠小姐的事。你的心里知道,南江市首届珍珠节上的珍珠小姐已非她莫属,你决定让这个姑娘去市歌舞团接受舞蹈训练,你还决定在珍珠广场上竖一块高大的广告牌子,画上这个姑娘的画像。你还决定在广泛发放的宣传材料上,印上这个姑娘的画像。这个姑娘就是珍珠的象征,也是南江这个珍珠城的象征。一个清纯如山间泉水的姑娘,羞涩地微笑着出现在中外宾客的面前、手中,应该胜过千言万语。你还决定编排一台大型舞蹈,利用红树林边的原始采珠舞为素材。这个构想的灵感起源于你与珍珠的谈话,珍珠对你说,红树林边有一个一百多岁的万奶奶,满肚子故事,都与海里的珍珠有关,她还会跳一种古老的舞蹈,一边跳一边吟唱着古老的歌曲。你马上就给文化局魏局长打了电话,让他组织创作人员,到红树林去采风。

(12)面团的眼睛中了大虎的石灰包,许燕带着珍珠眼药水去给他治疗。许燕对大虎的移情别恋心怀深仇,她投靠面团,当然是为了借面团之力报复大虎。

(13)大虎和二虎三虎在风流饭店设宴给珍珠过生日。珍珠是个苦孩子,从来没过过生日,更别说这种洋派的豪华生日。她很感动,同时心里充满了矛盾。一方面她渐渐地对大虎有了好感,尤其是见到了你之后。你对她的关心爱护让她体验到了几乎从来没有体验过的母爱。这些日子里,大虎天天开车送她到歌舞团学舞蹈,歌舞团的沈老师说她很有天分。大虎的小殷勤、胡闹腾，都让她感到亲近。她的心里时时想起大同，她不敢忘记大同一家对自己家的恩情。珍珠的爹下海捕珠，被鲨鱼咬去一条腿，流血过多死亡。珍珠的娘重病缠身，多亏了大同一家照顾。娘临死时做主将珍珠许配给大同，以此报恩。大同在村子里也算个好样的青年，如果珍珠不进城，他们的关系不会发生任何问题。不幸得是她进了城，更不幸得是大虎喜欢上了她，悲剧由此开始。三个虎花言巧语，将珍珠灌得半醉。三个虎中，最有心计的是二虎，他们在一起干了很多坏事，主意多半是二虎出的。大虎喝得迷迷糊糊，被二虎和三虎架到了早就订好的房间。二虎和三虎没想到大虎对珍珠动得是真情，以为还是像往常那样，玩玩就拉倒。他们把珍珠也拉进了房间，便带上了门，让他们“成亲”。在大虎的蒙眬醉眼里，半醉的珍珠面若桃花，目如秋水，不是天仙，胜过天仙。他上前抱住求欢，珍珠酒意顿消，拼命反抗。这些年里，大虎与许多女人有过肉体的关系，他根本就没把这当成什么大事。珍珠的反抗，让他感到吃惊：怎么？还有敢于拒绝的女人？珍珠越是反抗，越激起了大虎的邪火，他借着酒劲，将珍珠按在了地毯上。珍珠情急之中，咬了大虎的手腕，然后夺门而去。

珍珠跑回公司，将大虎帮买的新衣全部换下，穿上自己的旧衣，回到了红树林。

大虎酒醒后，深感后悔。二虎和三虎奚落他，恼得他差点跟自己的铁哥们动了手。二虎说：三虎，别管他了，大哥已经让红树林边的狐狸精迷住了。三虎说：奇怪，大哥什么样的女人没见过？竟然对一个小土妞产生了……爱情！

大虎自己到了红树林边，找到珍珠的家。他见到了小海，让小海驾船载自己进海去找珍珠。在船上他以为小海是个傻瓜，口出不逊之言，让小海一头撞到海里，差点淹死。

珍珠和大同在养珠棚上商量未来的生活。大同连遭倒霉事,情绪低落,提起城里人就火冒三丈,发誓要进城杀人。珍珠提出跟他登记结婚,然后不养珠了,上岸去改种玉米,她听说有一种日本进口的甜玉米种子,种出来的小玉米城里人特别喜欢吃,能卖很高的价钱。珍珠激励大同,希望他振作起来,重整旗鼓,发家致富。大同神经受挫,珍珠的劝说一时也难鼓起的他的勇气。尤其他一想起那五百笼珠贝和母亲生前积攒下的二千元钱,眼泪就汩汩地往外冒。

大虎上了大同的养珠棚。大虎是个实心眼,他真的以为大同是珍珠的哥哥。大虎请珍珠回公司工作。珍珠不回。大虎从怀里摸出两千元钱,说是珍珠的工资。珍珠不接,说自己挣不了这么多钱。大虎说你是不是嫌少?大同插话道:不少了,干了一个月就挣二千元,够多了。大同从大虎手里接过钱,一张张揭开,放在珠棚上晾晒。趁着大同晾钱的空子,大虎拉着珍珠的手,说:是我妈妈让我来请你的,市里决定让你当首届珍珠小姐,美术学院的教授等着给你画像呢。大同劝珍珠回去。珍珠说要去你就去,反正我不去。大虎讪讪而退。小海驾船送他回去。大同说我看你们这个总经理是个好人。一阵风起,把木板上的钱刮下大海。大同跳下海去捞钱,珍珠看到大同见钱眼开的样子,心里非常失望。

第二天,珍珠重回珍珠公司,大虎兴奋异常。大虎带珍珠出入饭店舞厅,并坚持到歌舞团学习舞蹈。大虎还带着她与珠商谈了几笔生意。珍珠的美貌和对珍珠质量的感性把握给珠商们留下了深刻印象。

(14)你驾车到了海滨别墅。一路上你把车开得很慢,因为你的心里充满矛盾。你用李高潮给你的钥匙打开了海滨别墅的防盗铁门和厚重的橡木大门。打开了门厅里的水晶吊灯后,你顿时呆了。你没有想到别墅内装修得如此豪华、布置得如此舒适,这样的居室你只在电影里见到过。你转遍了每个房间,越转越感到亲切,越转越觉得这里好。你坐在意大利真皮沙发上,想了许久,脑子里好像有两个林岚在吵架。一个认为这房子万万住不得,一个认为你为南江做了这样多的贡献,收下这栋房子问心无愧。水至清则无鱼,人至察则无徒嘛!你在别墅里反复思量时,一个黑影站在别墅门前,他看了你的车号,嘴边浮起一丝冷笑。是金大川,当然是金大川。

(15)金大川深夜归家,他的妻子牛劲与他吵起来。他们夫妻的感情一直别扭着。牛劲凭着女人的直觉知道金大川爱着林岚,她讽刺他是癞蛤蟆想吃天鹅肉。金大川说:我不是癞蛤蟆,她也不是天鹅。

(16)在红树林边大舞台的奠基仪式上,李高潮意味深长地问:怎么样,林市长,这边的风景比那边美好吧?你也话外有音地说:我还要观察一下才能下结论。前来维持秩序的金大川偷空子对你说:老同学,告诉你一个好消息,我要离婚了。你不冷不热地说:我喜欢听到的是别人结婚的消息。

(17)随着与大虎的关系日渐密切,珍珠内心的痛苦也越来越深。那天谈完生意大虎请珍珠到海边大排档吃海鲜。吃饭时大虎又一次向珍珠求爱,珍珠吐露真情,说自己已经和大同订婚。大虎不屑一顾地说:他呀,赶明个我就去揍他一顿,看他还敢不敢跟我争。珍珠说:你要敢动他一根汗毛我就跟你拼命。

(18)许燕找到珍珠,对珍珠详说了三个虎干过的种种坏事。珍珠吓得目瞪口呆。

(19)大虎加紧了对珍珠的攻势,珍珠借口生病,躲回红树林。大虎带着十万元人民币,到了大同的养珠棚,让大同跟珍珠解除婚约。大同从来没见过这么多钱,心中动摇,但最终还是勉强地说:不,我不能卖媳妇。

(20)珍珠与大同到乡政府登记。

大同劝珍珠回公司上班,珍珠不去,大同不悦。大同想跟珍珠发生关系,珍珠不从。大同说:我要把你处女身子占了,免得让别人抢了先。大同的灵魂暴露,珍珠感到十分绝望。

珍珠返回公司,对大虎说:我已经跟大同登记结婚,如果你还要我,我就在这里干,如果你不要我,我马上就走。大虎心里痛苦,询问珍珠是否跟大同睡了觉?珍珠一怒之下,说:睡了!大虎发疯,欲对珍珠非礼,珍珠打破了大虎的鼻子,脱身逃走。二虎和三虎愤愤不平,撺掇大虎报仇。

(21)许燕献身给面团,让面团带人将三个虎痛打了一顿。面团等人揍大虎时,说是珍珠是自己的表妹,揍他们是为珍珠报仇。

(22)二虎和三虎趁机挑起大虎对珍珠的仇恨。三人夜闯红树林,戴着面具,用黑袋子蒙住珍珠的头,将小海关在箱子里,混乱中小海用箭刺中了大虎的屁股。三人将珍珠轮奸。

珍珠受辱后,痛不欲生。她去派出所报案,看到派出所工作人员那种不负责任的样子,知道报案也是白报,索性不报了。她心里猜到这件事很可能是三个虎所为,怀揣利刃,到了大虎的办公室。大虎装得像没事人似的,动摇了她的猜测。

珍珠将受辱的事告诉了大同,大同听后,几乎发疯,说早知如此还不如要了大虎那十万元钱。现在倒好,等于丢了十万元,换了一个破货。

珍珠发疯，内心的痛苦无法排解，在水里泡，在雨里淋，如果不是小海跟得紧，有十个珍珠也死了。

珍珠找到万奶奶，万奶奶为珍珠洗浴，鼓励珍珠活下去。

大同受到了父亲的痛骂，转回来找珍珠道歉。珍珠在大同父亲的劝说下，与大同举行婚礼。新婚之夜，两人闹起别扭，大同出语不逊，珍珠提出离婚。大同提起珍珠家欠他家的债务，珍珠的心彻底凉透，说：即便卖肉卖血，也要还上欠大同家的债。

(23)珍珠再次进城，找到许燕。许燕与珍珠同病相怜，介绍珍珠到红棉大酒店当D姐。珍珠初次坐台，就遇到了几个动手动脚的客人。珍珠不甘受辱，怒打客人，然后从三层楼上奋身跳下，落在一棵大树上，竟然安然无恙。客人原本想大闹，但被珍珠的烈性子吓破了胆。饭店经理也不敢再留她，给她一点钱，好言劝她另谋高就。珍珠没收老板的钱，与许燕告别。珍珠的行为对许燕触动很大，她也决定洗手不干三陪女。

(24)大同与珍珠离婚后，竟然进城找到大虎，将离婚证拿给大虎看，并一再说自己跟珍珠只有夫妻之名，而无夫妻之实。大虎心中百感交集。大同提出把珍珠让给大虎，希望大虎把那十万元给自己。大虎喊来二虎三虎，将大同揍了一顿。大同本想进城发财，没想到又挨了一场臭揍，他的心中，更加仇恨城里人。他感到无颜回村，就在城里瞎混，并干一些扎车胎的勾当借以发泄对城里人的仇恨。

(25)大虎意识到自己错怪了珍珠，心中后悔莫及。二虎三虎都挨了他许多骂。二虎对三虎说：大哥重色轻友，为了一个女人跟咱们翻脸,咱们不理他了。

大虎追到红树林,想把珍珠请回,借以减轻心中罪疚。珍珠对他冷若冰霜。大虎利用关系,让乡政府的炊事员每天用高价收买珍珠姐弟的沙虫。珍珠猜出此事系大虎所为,便不再挖沙虫出卖。姐弟二人,收拾起父母遗下的采珠船和工具,划船进入红树林海湾,姐弟轮番潜入海底,捞贝采珠。

(26)大同在城里瞎逛,饿了就到饭馆里讨吃,像癞皮狗一样被人踢来踢去。那天晚上,你到马叔家里去。你为马叔做了一餐晚饭。你们两人谈得很好。你渴望着他能吻你,但是他克制住了自己。你感觉到了他在克制自己。所以他虽然没吻你,你的心里还是很满足。你知道你们俩的关系正在向前发展。他送你出门时,从黑暗狭窄的过道里,窜出了疯狂的大同。大同举刀欲刺你,马叔挺身向前,保护了你,他的胳膊却让大同刺了一锥。这家伙就用这根铁锥扎破了许多轮胎。

检察院要为马叔记功,他坚决反对。大虎提着礼物,到医院去看马叔。马叔旧事重提,大虎扔下礼物便跑。

金大川到你家看你,提着礼物,说是为你压惊。他说:街上盛传,林市长帮儿子抢了人家媳妇,丈夫便来报仇。

(27)大同父亲找到珍珠,老泪纵横,求珍珠救大同。珍珠想起老人对自家的恩情,答应帮忙。珍珠进城找到大虎。说起大同的事。大虎说:大同差点把我妈妈刺杀了,这事我帮不了忙。大虎接着又对珍珠表示爱情。他跪在珍珠面前,哭得满脸是泪。珍珠说:总经理,我已经这样了……既然你喜欢我……我就给你了……

珍珠躺在床上,拉过一条毛巾,蒙住了脸。大虎拉开毛巾,看的珍珠满面泪水,说:不,我不能这样要你……

大虎找到你求情,你问:是为了那个陈珍珠?

(28)月夜,鬼使神差般的,小海在深海里捞到了一个巨大的黑蝶贝,珍珠用刀将蚌剖开,采得一颗鸽蛋大的黑珍珠,它闪烁着世所罕见的迷人的光芒,充满了神秘的色彩,姐弟俩对面跪在小船上,不错眼珠地盯着它。这是一颗价值连城的宝珠,全世界的十大名珠里,还没有一颗黑珍珠。

(29)把什么都忘了你也不能把你们俩那个唯一的浪漫之夜忘记。你把他拉到红树林,借了陈珍珠家那条小船,划了进去。那天晚上,明月当空,海水如镜,红树叶子上好像涂了一层油。你们的嘴巴终于贴在了一起。开始你狂热,他冷,后来他也热了。你感到他的嘴巴里有一股苦味,是烟草的气味,又不太像。你紧紧地抱着他,说:马……你娶了我吧……

(30)你告诉大虎,自己想跟马叔成个家。大虎坚决反对,说马叔一天到晚找他的麻烦,弄这样个人来当后爸,还不如弄只老虎回家。你发火,你悲伤,你痛说革命家史。大虎同意你跟马叔结婚,但提出一个条件:让你帮他弄套房子。

(31)陈珍珠进城找到了几个珍珠商人,想出卖那颗大珍珠。珍珠商一见宝珠就红了眼,想低价收购。陈珍珠是采珠人家的女儿,自然知道这颗宝珠的价值。

(32)围绕着这颗宝珠,红树林边发生了好几起命案,消息传到你的耳朵,对珍珠的癖好使你对这件事特别关心。你让人去调查,动员陈珍珠把宝珠献给国家,陈珍珠一口否认有这样一颗珍珠。

(33)大同背着米提着鹅去看珍珠,希望能重修旧好。他听说珍珠得了宝,心里充满幻想。珍珠已经把他看透了,对他非常冷淡,并说用不了多久就会还上他家的债。

大同终于探到了小海藏珠的秘密。他潜入珍珠家行窃,伸手到坛子里偷珠,被小海藏在坛子里的毒蛇咬了手,送到医院抢救。

(34)大虎遵母命前来请珍珠,让她回去担任珍珠小姐,并领跳珍珠舞。

你看了红树林边古老的采珠舞,很受感动。你在万奶奶家跪拜了珍珠娘娘的神像,想起了当年跟着张大眼前来砸珍珠娘娘庙的往事。

(35)珍珠和小海早晨出海,发现在木栈桥上有两个尸体。她知道处境危险,就与小海买了两张船票,想到海南岛去投奔亲戚。但两个歹徒紧紧追赶,姐弟俩只好回家。晚上,姐弟俩商量,想把宝珠扔回大海。歹徒破门而入,搜索宝珠不得,就把小海抓走,押上一个荒岛,让珍珠拿宝珠来换小海。此时,珍珠也不知小海把宝珠藏在了什么地方。珍珠找到大同求救,在医院里受到了歹徒威胁的大同已经吓破了胆。珍珠无奈,进城去找大虎。可三个虎因为轮奸少女小云,已经被牛劲抓进了派出所。

大虎之所以参与轮奸小云,一是因为公司大亏损,工人们闹事,闹得他心烦;二是因为数次去请珍珠受挫;三是因为喝醉了酒。二虎三虎因为珍珠的事得罪了大虎,想弄个姑娘转移一下大虎的感情。他们将小云灌醉,然后将小云抬到了大虎的床上。大虎从小被人宠坏了,脑子单纯,虽然年过二十,但无知如同孩童,他是个彻头彻尾的法盲。三个虎正在干坏事,看不过去的女工就用电话报了警，牛劲带人前来，将他们一网打尽。

珍珠听说小云受到了三个虎的糟蹋，如同惊雷震耳，但小海还在歹徒手里，也就顾不了小云。许燕用摩托车将珍珠送回红树林，并送给她一个防身用的瓦斯弹。

珍珠划船上了荒岛，看到歹徒将小海倒吊在树上。小海见到姐姐，张口喊叫，宝珠从他的口里掉出来。两个歹徒见珠眼红，忘了小海。歹徒甲将歹徒乙刺死，拿着宝珠想跑，小海和珍珠穷追不舍。最后，歹徒甲葬身大海，姐弟俩抢回宝珠。

(36)金大川给你打电话通风报信。

你连夜约见马叔，告诉他大虎的事。没想到马叔是一副公事公办的口吻，你恼怒而失望。

你回到海滨别墅，伏在床上大哭。这时，一个人在黑暗中发话：林市长，不要太难过了。发话的人是金大川，这家伙到底是干公安的，神出鬼没。起初你还强装正经，但很快就让金大川击中了要害，他像剥野兔一样，一层层地剥掉了你的皮。他在剥去你的精神之皮后，又把你的衣服剥得干干净净。也不能完全说他是乘人之危，这里边也有你自甘堕落的因素。你久被压抑的情欲被他唤醒了。纯粹生物性的，像吸毒、手淫一样的邪恶的快乐。你们做了一种交换。你满足了他三十年的渴望，他成了你的干将。他出谋划策，并亲自操作，帮三个虎弥案。

(37)金大川派人用金钱收买了小云的哥嫂，并利用职务之便，潜入拘留所，指示三个虎翻供。公安局刘局长放长线钓大鱼，以证据不足为由，将三个虎取保候审。检察院介入案件，马叔和牛劲接受任务，暗中取证调查。

你以为风波已过，一方面对大虎严加管教，一方面努力筹办珍珠节。金大川与你的关系越来越密切。

金大川借调查红树林杀人案之机，拘留陈珍珠。他的目的是想把那颗宝珠弄到手。你口头是虽然不说，但心里也想得到这颗宝珠。

牛劲出语不慎，对金大川泄露了正在暗中调查小云案件的秘密。你感到很恐慌，严讯大虎，方知他们三人轮奸过多名姑娘，其中包括陈珍珠。金大川认为，那些姑娘，出国的出国，没出国的也已结婚，为了自己的名誉和家庭，她们不会出头。难办的还是小云和陈珍珠。小云受辱后，神经出了毛病，听说马叔已经将她弄到医院治疗。金大川说小云的病轻易好不了，可以再给小云的贪财的哥嫂送一点钱，封住他们的嘴。至于珍珠，金大川建议让大虎和她结婚。你询问大虎，大虎保证珍珠并不知道是谁糟蹋了她，尽管她有怀疑。你告诉大虎，刀架在脖子上也不能承认。大虎认为二虎和三虎也沾过珍珠，自己跟她结婚是不是有点那个，你痛骂大虎。

(38)公安局刘局长亲自将陈珍珠从拘留所放出，并向她道歉。珍珠回家后，发现小海病势沉重。她截车将小海送进市医院，值班医生初步诊断为狂犬病发作或是急性脑炎，总之是病情严重，凶多吉少。为预交住院费，珍珠拿出宝珠做抵押。此时你正在院长办公室让院长为你检查身体，急诊室主任将那颗宝珠拿上来，你掩饰住内心激动，观赏宝珠，你知道这的确是一颗价值连城的宝贝，但你嘴里却说这是一颗养殖珠，值不了多少钱。你指示院长收留小海住院，组织专家连夜会诊，不惜代价，全力抢救，并说住院费由你承担。在你的大力干预下，终于把小海从死神手里夺了回来。

你指示大虎到医院探望小海，加紧跟珍珠联络感情。珍珠心存戒备，质问小云事，大虎矢口否认，说是公安局误会了。大虎盛邀珍珠回公司工作，并说这是你的意思。还说珍珠节已决定选她担任珍珠小姐，并让她在珍珠节开幕式上领跳珍珠舞，还说珍珠广场上已经竖起了她的大幅画像。珍珠对此反应淡漠。

(39)小海出院后，珍珠携小海欲去海南，排队登船时，大虎追到码头，苦劝珍珠留下，珍珠不从，大虎切破手指，跪地大哭。珍珠被大虎感动，答应留下。

金大川设计烧了珍珠家的草房，珍珠姐弟无家可归，只好进城，住在你为她安排的地方。你亲自出马，与珍珠推心置腹地长谈。珍珠感念你对小海的救命之恩，再加上除此之外，别无更好的出路，只好答应嫁给大虎。

珍珠和大虎的婚礼十分隆重，结婚彩车招摇过市，观者如堵。小海也被打扮一新，俨然一个小绅士。

你邀请马叔出席婚宴，马叔如约而来。宴后，你与他谈话，请他放你们孤儿寡母一马。马叔心里矛盾重重。

(40)小云在医院治疗，病情不见起色。为了筹集住院费，马叔与牛劲暗中卖血。

钱良驹的内侄女赵红在市医院内科当护士，负责小云的病房。钱良驹受金大川指示，动之以亲情，馈之以礼物，让她在小云的药里做手脚，达到杀人灭口的目的。事发之后，赵红被隔离审查。金大川指示钱妻去给赵红送饭，订立攻守同盟。金大川趁机在饭里加了氰化物，钱妻与赵红中毒而死。金大川又将看守赵红的医院保安用氰化物毒死，制造了一个保安因情杀人的假现场。金大川跳墙潜入医院时，正好让面团、许燕等人看到。

事发之后，刘局长与检察长将计就计，让马叔与牛劲停职检查。马叔和牛劲暗中继续调查取证。小云哥嫂终被被感动，吐露真情。

马叔、牛劲、珍珠，受到邀请，去卢家庄园参加了面团和许燕独具特色的婚礼。面团、许燕与马叔成了好朋友，检举了金大川深夜跳墙进入医院的事实。至此,马叔与牛劲已经掌握了足够的证据,随时可以将三个虎逮捕。

(41)珍珠嫁到你家后,你用冠冕堂皇的理由动员她将宝珠显出,拿到珍珠节上去展览。你对外却说根本就没有这样一颗珠,因为已经宣传在外,欲来参加珍珠节的宾客都知道南江出水了一颗特大珍珠,不得不让珠宝师傅按照你提供的形状色泽造了几颗几可乱真的假珠。

(42)大虎洗澡时,露出了屁股上被小海用箭扎伤后留下的伤疤。小海紧追大虎,欲为姐姐报仇。珍珠终于明白,今日的丈夫,就是昔日强奸自己的歹徒。她百感交集,对大虎是既爱又恨。她欲刺大虎,想起他的一些好处,又感到难以下手。大虎苦苦哀求,珍珠原谅了他。

(43)珍珠节终于如期开幕,当天晚上,在红树林边的露天大舞台上,举行了盛大的演出。烟花爆竹,照亮了海湾。二虎三虎坐在一条小船上,在红树林间看演出。大虎则等在舞台后边,抱着一大束鲜花等着向领舞的珍珠献花。

小海潜入海水,弄翻了二虎与三虎的小船,牛劲趁机将他们逮捕归案。

牛劲和马叔到后台抓大虎,正好见到大虎向珍珠献花。马叔心中难过,但法律无情,只好当着珍珠的面给大虎戴上铐子。

(44)你与金、钱、李在一条船上紧急会面,共商对策。钱良驹因为妻子被害,大骂金大川,金大川说老子是为你们卖命。你劝住了他们。你们商定,去请名律师为儿子们辩护。金大川提议:买通大榕树派出所的户籍警小冯,让她偷改三个虎的年龄,按未成年人犯罪处理,减轻三个虎的罪责。

(45)船上聚会之后,你又一次到了马叔的家。

你敲开了他家的门。你从他的脸上看出了他的吃惊,甚至还有几分内疚。你头发散乱,往日的风度荡然无存。你听到他说:林岚,你骂我吧,你可以用耳刮子扇我,也可以将唾沫啐到我的脸上,这样,我的心也许好受些……说实话,给大虎上铐时,我的眼睛里满是泪水……你说:今天晚上,我来找你,不是为了大虎,我想问你一句话:二十八年前,你为什么不娶我?他说:这是我一生中犯下的最沉重的错误……

你从床上跳起来,打断了我絮絮叨叨、颠三倒四的话。你从木然的状态中清醒过来,记忆恢复,严酷的现实重新摆在了面前,想逃脱也逃脱不了,想回避也回避不了。大虎毕竟是你的心头肉,你为他的命运担忧,你更为自己的前途担忧。半年前你还是前途似锦,但现在,你感到自己已经站在了悬崖上,面前是万丈深渊,而且,一股黑暗的风,在后边强劲地吹着你,使你立脚不稳,你想悬崖勒马也不能了。你的脖子像被霜打了的草,软得擎不起脑袋。你目光呆滞,梦呓般地说着:一场噩梦啊,一场噩梦!浑浊的泪水从你的眼窝里慢慢地流出来。

第十一章

你儿子大虎背着一个白色的帆布挎包，在红树林边的木栈桥上摇摇摆摆地走着。这个挎包原先是草绿色的，岁月和肥皂使它发了白。挎包的盖子上用红绒线绣着的五角星和红字也褪尽了颜色。这个挎包是你的旧物，是时代的象征。你背着这个挎包到红树林养珠场报到时，还是个青春似火的少女。那时"文革"初期的狂风暴雨已经过去，你的心理承受力也大了许多。你在"文革"初期的"破四旧立四新"阶段是狂热的，渴望革命的激情像烈火一样在你的胸中燃烧。但转眼之间你就被劈头浇了冷水。你的爸爸和你的妈妈都成了"走资派"。当你第一次看到爸爸让人用绳子牵着——好像牵着一条狗——游街时，你就地蹦了一个蹦——蹦起足有半米高——然后便一头栽到地上。围观的群众窃窃私语：这是谁这是谁？——林县长的千金！——嘿，这个小丫头，火气真大！——你背着挎包到红树林养珠场插队时，妈妈已经吊死在医院太平间的房梁上一年有余。她上吊时使用的是一个因打赌吃油条撑死的小伙子的腰带，红卫兵异想天开地将她关在医院的太平间里，与那个无人认领的撑死的小伙子的尸体关在一起。妈妈的尸体上也沾上了油条的气味。妈妈死了，爸爸像一块被咀嚼得没了味道的口香糖，被人吐到了马路牙子上——红卫兵斗他斗烦了，便让他在革命委员会大门外砌了一个茶炉烧开水。他勤勤恳恳，苦心钻研，很快就成了拉茶炉烧开水的专家。他节约了大量煤炭，又保证了开水供应，赢得了革命干部和革命群众的一致好评。

插队前夕，你背着草绿色挎包去向他告别。他不紧不慢地拉着风箱，蓝色的火苗均匀地舔着壶底，水在铁皮壶里吱吱地响着，好像让他陶醉的音乐。他眯着眼睛盯着火苗——火苗照亮了他的脸——那是个阴沉的天气，气压很低，团团煤烟贴着街面横行——他的脸浮肿着，在火光的照耀下好像一块混浊的玉。两撮黑毛从他的鼻孔里伸出来，好像蟋蟀的尾巴。他的脸上沾着一层煤灰，眼角上聚着两摊眼屎。为了防止红卫兵揪头发他早就剃了光头——因为他的头发与刘少奇的头发一样白，所以红卫兵们特别喜欢揪他的头发，说是揪着他的头发就像揪着刘少奇的头发一样——边远地区的红卫兵斗不到刘少奇——纤细的白发丝儿从满头的煤灰里钻出来，很像黑土里长出的细芽苗。昔日风度不凡的林县长连影子也见不到了。你低声说：爸爸，我走了。他拉风箱的手仿佛抖了一下，火炉里的火苗子也随着抖了一下。你看到他的眼睛里有两点亮晶晶的东西闪烁着，接着他就咳起来，咳了一阵，弯下腰，吐出一口乌黑、坚硬的痰，简直就像乌鸦拉出的一摊屎。他说：你……自己照顾自己吧……他的嗓音沙哑，像病猫的嘶叫，与当县长时宏亮得可以跟小喇叭媲美的嗓子形成了巨大的反差。你的心里百感交集，既可怜他又厌恶他。你想起了他的战友马刚，在声势浩大的批斗大会上，马刚宁折不弯，三个红卫兵按不低他的头。爸爸却千方百计地讨红卫兵们的好，红卫兵让他检查，他就把屎盆子往自己头上扣——他不但把屎盆子往自己头上扣，他还把屎盆子往别人头上扣，他说马刚抗日战争时当过汉奸，解放战争时当过叛徒，解放后一贯地反党反社会主义。气得马刚鼻子里往外喷血。好了，不说这些陈年往事，说大虎，大虎走在红树林中的木栈桥上，背着你的旧挎包，身穿一套旧军装，脚蹬一双布底圆口老头鞋，不伦不类，三分像一个革命的老干部，三分像一个摇滚歌手，四分什么也不像。他用什么东西把你的旧挎包撑得方方正正？人民币十万元。

大虎走到了栈桥的尽头。栈桥的尽头是一个用海草苫起来的棚子，棚子外边就是那条通往海湾的海沟。潮水正在缓缓地下落，红树的枝干上留下深褐色的水淹过的痕迹。海沟里有一张木筏，木筏上站着一个黑巴鱼般的小男孩。不用我说你也知道他就是珍珠的弟弟小海。这孩子用满怀着敌意的目光盯着大虎。大虎吃过他的苦头，知道他的厉害。大虎点头哈腰、心有余悸地说：小家伙，划我进去，我有事找你姐姐。小海警惕地盯着他，黑色的眼睛放出森森的光芒。大虎拍拍挎包，说：我找你姐姐，一片好意，这挎包里装着十万块钱，我要把你姐姐救出来。小海转回头，不再看大虎。大虎从口袋里摸出一张面值五十的钞票，对着小海晃动着，说：你把我送进去，这张钞票就归你了。小海不理他。大虎道：嘿，邪了，这世界上竟然还有不要钱的小孩。他从口袋里摸出了一只手枪式打火机，钩住扳机，啪的一声，打出了一股碧绿的火苗。他举着打火机，将火苗对准了一枝探进了草棚的红树，肥厚的叶片嗞嗞地响着卷曲起来。小海对着大虎伸出了手。大虎将打火机递给他。大虎跳上木排，木排晃动着，水从缝隙里涌上来，浸湿了他的布鞋。小海从淤泥里拔起蒿，用力撑着，木排缓慢地往前移动了。大虎站不稳，顾不了水湿了裤子，一腚坐在了木排上。小海熟练地撑着蒿，木排沿着海沟，渐渐深入了红树林。大虎看着把一根木蒿使得出神入化的小海，嘴里啧啧称赞。

大虎爬上养珠棚，看到珍珠正在拆一件酱红色的旧毛衣。肮脏的毛线吐噜吐噜地散开，发出一股腥膻的气息。大同坐在棚边的木板上，两条腿悬空耷拉着。被偷被骗的经历使这个纯朴的青年差点得了精神分裂症，不久前大虎送来的两千元钱拯救了他，但也添了他的毛病。从前他还是个爱劳动的青年，但现在他把所有的心思都放在了钱上。他幻想着珍珠能给自己带来滚滚的金钱，但珍珠却又一次辞职回来。珍珠跟他商量：既然养珠有风险，既然那些横行的海匪防不胜防，干脆就上岸去承包土地，种药材，我们有两只手，我们能劳动，我们可以过上丰衣足食的日子。但大同不同意，他要珍珠回城去，他说你们老板对你多好，每月工资两千元，你在那里干两年，我们就发了，还种什么药材？珍珠说：大同，你真的不明白吗？你难道看不出，那个总经理对我不怀好意吗？大同说，他不怀好意能把你怎么样？只要你不动心，难道他还敢强奸了你？大同的话让珍珠感到震惊，她的眼睛里含着泪花，说：大同，为了几个钱，你就忍心把我送到虎口里去？大同说：事情根本没你说得那样严重，我已经打听过了，林总经理是林副市长的儿子，人家根本就不可能看上你，不过是逗着你玩玩罢了。珍珠说：你的意思是说，我可以遂他的心如他的意陪着他玩？大同说：只要不让他破了你的身，别的事情我不在乎。珍珠的眼泪夺眶而出，说：大同，如果有妓院，你会把我卖去当妓女！大同说：瞧你想到哪里去了？这是完全不同的两码事。珍珠说：大同，你别强词夺理了，我算把你看透了！

他们远远地看到小海撑着木排过来，木排上坐着一个人。珍珠心里明白是大虎来了。大同也看出是大虎来了。他们不说话了，心里各自打着小算盘。大虎背着十万元钱，尽管这些钱全是从公司挪用，而且是瞒着二虎和三虎，但你这个宝贝儿子是个不知天高地厚、干事只图一时痛快根本不计后果的家伙，他洋洋得意，钱使他满怀自信，使他趾高气扬，他脑子里浮现着一幅虚构出的图画：把十万元钱扔到大同面前，然后拉着心爱的珍珠的手，走下养珠棚，登上木排或是小船，像一个打了胜仗的大将军。他急不可耐地爬上养珠棚，便说：大同，我要跟你决斗！

大同懵懵懂懂地问：决斗？你跟我决斗什么？

大虎说：我爱珍珠！

珍珠盯着大同，目光很冷，好像在期待着什么。

大同看一眼珍珠，又看一眼大虎，说：珍珠是我的媳妇，全村人都知道的。

大虎说：你配不上她，她如果嫁给你就等于一朵鲜花插在了牛粪上！

大同脸涨得通红，说：您这是欺负人呢！

大虎说：大同，我知道你家为珍珠家花了不少钱，我还你，我代替珍珠十倍百倍地还你，行不行？

大同摇摇头，说：您这是欺负人呢！

大虎道：我给你钱，你另去娶个媳妇。

大同道：您这是欺负人呢！

大虎道：珍珠跟着你能干什么？养珠？打鱼？

大同问道：珍珠跟了你，又能干什么？

大虎道：我要把她培养成全世界都闻名的舞蹈家，我还让她担任我们公司的总经理。

大同道：撒谎，骗人，你培养她去跳舞我半信半疑，您让她当总经理我全部不信，她当了总经理，您去干什么？

大虎道：她当了总经理，我给她跟班提包。

大同道：你把我当成小孩子了，你以为我还会上你们城里人的当？你们这些城里人，一个比一个奸猾，一个比一个心黑，黑得像墨斗鱼的肚子。上次我进城，就被你们城里人把两千块钱骗走了。两千块呐,是我娘积攒了大半辈子,留着给我结婚的钱……

大虎道:只要你答应把珍珠让给我,这辈子你就不缺钱花了。

大同看看珍珠,珍珠面向大海,脸硬得像石头。

大虎解开旧挎包的带子,双手扯着底儿一抖,十捆扎得结结实实的人民币,扑扑愣愣地落在了木板上。

这是大虎想象了许多遍的情景了,他希望出现这样的效果:珍珠眼含热泪,大同浑身颤抖,将十捆钱一捆一捆地捡起来揣在怀里,然后说:你把她带走吧,他归你了。

并没有出现他想象得情景。珍珠面对着大海,连眼珠都没有转过来。大同抱着头蹲在木板上,眼光闪烁,时而看看珍珠,时而看看大虎,时而斜一眼那堆钱。好像那堆钱是一堆盘缠在一起的毒蛇,弄不好就会蹿起来咬他一口。

小海没有上珠棚,他坐在木排上,玩弄着那个手枪形状的打火机。他有时将打火机瞄准大虎,有时将打火机瞄准大同,瞄准了就勾扳机,勾了扳机就有一股蓝色的强劲火苗窜出来。

大虎将十万元钱一捆压一捆地摞在大同面前,然后用巴掌拍着,说:只要你把珍珠让给我,这些钱就归你了。

大同仰起脸,好像在望着天上的白云。他用仿佛喝醉了似的腔调说:你骗我……你想骗我……你以为我还会上你们城里人的当?上次你们弄了些假金子骗走了我两千元钱,这次又弄了些假钱想骗走我的珍珠……没门儿,我不会上你的当……

大虎抓起两捆钱,扔到大同的怀里,说:你他妈的睁开眼睛看看,这是假钱吗?刚从银行里提出来的,连封条都没拆呢!

大同用颤抖的手指戳戳哪些落在了他面前的钱,嘴唇也哆嗦,鼻子也扭动,连腮帮子都抽搐,看那样子好像刚刚遭受了巨大的精神痛苦,看那样子好像得了轻度的美尼尔综合症。他用鼻音很重的哭腔说:假的……全是假的……

大虎道:你他妈的,上辈子让人骗怕了?连我林大虎都不相信,这个世界上你还相信谁?

这时,珍珠手上的肮脏的毛线球从她的手里掉在了木板上,在木板上滚动着,然后滚下木板,然后落到大海里,漂浮在那些被割断的尼龙吊线旁边。海上起来微风,那根发了黑的红毛线在养珠棚与大海之间飘扬着,形成了一个很优美的弧度。

珍珠站起来,弹掉身上的线头,走到大同面前。她用脚把那些钱一捆捆地踢到大同面前,她的脚可真是灵巧至极啊!

珍珠平静地对大同说:大同,这些钱是真的。

大同仰起脸,可怜巴巴地望着珍珠,问:珍珠,你说呢?你愿意跟他去吗?

珍珠冷冷地说:大同,我是你的女人,你看着办吧,你愿意卖了我,我就跟他走;你不卖我,我就跟你过。

大同浑身颤抖,怕冷似地紧缩着身体,他的脸色灰白,活像一个垂危的病人。他低声地哼哼着,发出的声音又细又哆嗦:你……你保证让她当总经理?

大虎道:我保证!

大同又问:你保证让她当舞蹈家?

大虎道:我保证!

珍珠冷冷地说:大同,你应该让他保证,这些钱是不是真的!

大虎道:如假保换!

珍珠道:行了,大同,拿主意吧!

大同站起来,在狭窄的养珠棚上摇摇摆摆地走了几步,将两条大腿像扭绳子一样扭在一起,看样子很像一个被屎尿憋急了的小学生。他匆匆地转着圈说:我要撒尿……你们躲开……我要撒尿……

珍珠用怜悯的眼光看着他。

大虎转回身,说:你撒吧。

大同终究没有撒尿，他一屁股坐在木板上，咧开嘴，哭着说：你们合伙逼我……你们合伙逼我……

尿液沿着他的大腿流出来，他哭着说：我……不……我不卖老婆……我不卖……

珍珠说：大同，你可想好了，不要后悔！

大虎道：你为什么不卖？对你来说随便找个女人就行了，这样一笔大钱你可以买好多个媳妇嘛！

大同抄起木板上那把柴刀，软弱地挥动着：我要杀了你……我要杀了你这个畜生……

大同当然不敢把柴刀砍到大虎身上，他只是把柴刀剁在了养珠棚的木板上，然后趴在木板上哭起来。大虎只好讪讪而退。他往挎包里收拾那十万元钱时，珍珠在一边冷笑。笑得大虎心里发毛。如果真潇洒，如果真爱，遭受了这样沉重的打击，哪里还顾得上收拾那十万元钱？应该昏头昏脑地跳到海里去啊，应该把钱忘掉跳上木筏恸哭而去啊，应该很绅士地将那十万元臭钱赠给大同和珍珠，并祝人家幸福啊！但是你家大虎没有这样做，这能充分表现他的风度的三招他连想都没想到过。如果他想到了，他也许真能干出来，你家大虎虽然没有文化但二杆子精神不缺乏，心血来了潮没有他不敢干的事情。但毕竟是十万元钱，即便在你儿子大虎心目中也不是个小数目，在珍珠和大同心目中更是一个天文数字，要不大同就不会那样为难，简直就像经过了一场触及灵魂的战斗。大虎背起他的钱，很有些狼狈样子，像个被贫雇农打了一顿的地主家的账房先生，爬下养珠棚，担着惊，受着怕，背起你当年背过的挎包，灰溜溜地走了。为什么说他担惊受怕呢？因为陈小海在撑着木筏前进的同时，还不时地玩耍那个手枪形的打火机，并且把那蓝色的强劲火苗往他的屁股上烧。在狭窄的木排上，大虎没有多少躲闪的余地，更主要的是他是一只旱鸭子，下了水除了喝海水什么都不会，木排不动他都头晕，稍微一晃，他就趴在木排上，高高地翘起屁股，正好供小海烧灼。你家大虎这一趟红树林之行，可以说是惨透了。在大同和珍珠面前打了败仗丢了份就不必说了，在小海的木筏上，不仅仅是胆战心惊，而且是实实在在地受了些皮肉之苦，那条洗得发了白的军裤上，硬是给烧出了几十个窟窿，乍一看就像中了一梭子冲锋枪子弹。

面对巨款，大同丑态百出，但在最关键的时候他毕竟经受住了考验，珍珠也就原谅了他。是啊，不要看过程，要看结果。设身处地的想一想，能做到这一点已经不容易了。最终的结果是，大同战胜了金钱的诱惑——尽管胜得非常勉强——没有出卖未婚妻，或者说没有出卖灵魂。

珍珠和大同站在红树林乡政府的大门外时，珍珠看着他的眼，说：大同，你现在想后悔还来得及。

大同恼怒地说：都到了这时候了，你还说这样的话，你还要我怎么样呢？

他们进了负责结婚登记的民政助理的办公室。大同将一包糖果放在年青的民政助理面前。助理从一张艳情小报上抬起头，斜一眼那包廉价的糖果，脸上显出不屑一顾的神情，冷冷地问：哪村的？

他们像接受审问一样认真地回答着民政助理的问题。

民政助理的眼睛在珍珠身上扫来扫去。

你们是不是自愿结婚？

大同和珍珠相互看看，一时语塞。

父母包办？

不，自愿。

自愿。

民政助理推过来一张表格，说：按手印吧。

大虎和珍珠又一次四目对视。

怎么？有什么问题？民政助理眼睛里闪烁着兴奋的光芒，看起来这也是个爱热闹的年轻人。

珍珠将手指戳在印泥盒子里蘸了些红色，然后将一个鲜红肥大的手印按在了表格上。

大同也学着珍珠的样子按了手印。

民政助理气哄哄地说：登记手续费五十元，计划生育宣传材料五十元，一胎保证金一百五十元，避孕器材五十元，合计每人三百元，累计两人六百元。说着，他将一包油印材料和一包散发着滑石粉气味的避孕套扔到了柜台上。

大同吃了一惊，然后是愤怒：登个记要六百元？你们这不是宰人吗？

嗨，你怎么说话？民政助理提高了嗓门嚷叫着，告诉你吧，我们这里是最便宜的，你到江对面去问问，那边登记要一千二百元，比我们这边翻一个番。

大同没了脾气，软软地哀求着：范助理，我们没带那么多钱……我们不要计划生育宣传材料行不行？

民政助理鄙视地说：小伙子，你这叫买得起猪肉买不起葱花，丢脸不丢脸？

大同道：你们这是乱收费，我告你们去！

民政助理说：去去去，我欢送你们去告，前面就是乡长办公室，告去吧！

大同说：反正我没那么多钱……

民政助理道：没钱你结什么婚？我登了这么多记，今日还是第一次碰上了讲价钱的，老弟，人生一辈子，不就结一次婚吗？

大同软下来，问：能不能优惠一下？

民政助理道：你是不是有什么毛病？

珍珠从身上摸出三百元钱，扔到民政助理面前，抢过一张结婚证书，一句话不说，转身跑了。

大同追出去，嘴里喊着：珍珠，你等等！

民政助理大声说：伙计，你算什么男人？死了算了！

大同一出民政助理的办公室，就看到珍珠已经跑到了乡政府的大门口，距离自己三十米。他大声喊叫着：珍珠！珍珠！

乡政府院子里那些悠悠逛逛的闲人好奇地看着他。看得他有那么点不好意思，便闭了嘴，只管追出去。他听到身后民政助理对闲人们说：这个守财奴，登记结婚还讨价还价，我要是个女的，决不跟这样的鸟人结婚！

珍珠在前面跑着，步伐均匀，姿势优美，从后边看起来决不像一个生了气而逃窜的女人，而像个正在参加长跑比赛的运动员。大同加了速度，想尽快地追上她，把话说清楚。路上的行人看着他，让他感到既害臊又窝火。刚刚登了记就跑，今后的日子长着呢，今后不如意的事情多着呢，不如意就跑，怎么得了！大同原以为用不了几分钟就可以追上她，但是他低估了珍珠的奔跑能力。事实上一直追到了红树林边上他也没能追上珍珠。他气喘吁吁地面对着的是珍珠家的被猛烈地关上了的门。

大同在门外边一会儿说软话，一会儿说硬话，珍珠在屋子里一声不吭。最后，低低的抽泣从屋子里传出来。大同无奈，说：珍珠，我到养珠棚上去了，你这样闹下去，我感到活着也没有意思了。

大同无精打采地钻进了退潮后的红树林，林间的淤泥淹没脚踝，那双为了登记而特意换上的新皮鞋马上就变了模样。淤泥里活泼着许许多多的小生物，海鸟们用各式各样的尖嘴，积极地捕食着。热烘烘的腐败气息洋溢在红树林里，熏得他头昏脑涨。他感到鼻孔堵塞，心里很酸，嘴里很苦。退潮后的红树林，看起来很平静，其实是个危机四伏的地方。想当年小日本在这里没少吃苦头。地上有能够陷人于灭顶之灾的烂泥塘，树上有咬一牙就让人立马翻白眼断气的毒蛇。这种蛇的皮能够随着红树的叶子的颜色变化而变化，令人防不胜防。但淤泥塘也罢，变色蛇也罢，还不是最可怕的，这些东西毕竟还是可以避开的，只要你小心注意。红树林中最可怕的，是那些腐败的树叶子散出的腐气，很快就能让进入树林的人心醉神迷、精神恍惚，然后便迷迷糊糊地在树林里转圈，转呀转呀，怎么也转不出去，一直等到潮水汹涌地涨上来将人淹死。当年你爸爸和马刚他们把小日本引进了红树林就等于打了胜仗，在整个的抗日战争期间，大概有八十多名日本兵在红树林里送了性命，官衔最高的是个大佐。消灭八十多个纯种的日本兵可不是件容易的事，你难道没听你爸爸说过？那些日本人的枪法是多么样的准确，他们意志是多么样的坚强。

其实我根本没有必要跟你讲什么红树林，这活活就是班门弄斧。你祖上就是红树林边人。“文革”期间你在红树林插队三年，你一生中的重要故事多半在这里发生，包括你的爱，包括你的恨。

你当然知道，红树林边的人之所以敢于进入红树林里去捕鱼捉蟹而不受瘴气迷惑，是因为他们进入红树林后嘴里必叼上一根红海榄的胚轴，就像叼着一根绿色的雪茄。在把这胚轴插进嘴巴之前，应该把胚轴的尖端咬掉，让那些苦涩的乳汁流出来，浸润了你的舌头，然后你的脑子就能始终保持清醒，不至于迷失了方向；让潮水灌死，变成鱼和鸟的食物。

大同叼着一根红海榄胚轴，沿着海沟的边缘，进入了那片红海榄的纯林。穿过这片纯林后就是那片海漆和黄槿的混生林。这里也是白鹭最多的地方，它们喜欢聚集在一起，数千只聚集在一起，能够改变一大片树林的颜色。如果它们受了惊吓，就会突然起飞，好像一团旋转的白云。这里的白鹭很可能是地球上最洁净的鸟儿，它们捕食于海水，翱翔于清空，栖息于树梢，可谓一尘不染。从这一大片混生林里钻出来，就可以望到高高的养珠棚了，紫色的滩涂也渐渐到了尽头。如果还想继续前进，就必须扑入海水，往前游动。大同的新鞋子已经让淤泥给剥掉了，他本是个节俭、精细的人，今日之所以穿着新鞋踩淤泥，说明他的心里很绝望。他的绝望不纯粹，说绝望不是绝望，不是绝望是什么很难说清楚。反正自从大虎背着十万元钱到养珠棚上搅和了一趟他的心里就再也没安宁过。他望望自己的养珠棚，看到它孤零零地立在蓝蓝的海水里很像一个人造的风景。那里什么也没有了，珠贝让人偷走了，他也没想好是不是购进新的珠贝继续养珠，但是他没有别的地方好去，只有呆在养珠棚上他的心里才感到有所依靠。他走进了海水，海水往他的腿上扑来。他继续往前走，海水淹到了他的肚脐。他伏下身，往养珠棚游去。他爬上养珠棚，看到在红树林的外边，珍珠家的小木屋上，冒出了一股白色的炊烟。他仰面朝天躺在珠棚上，看着天上那些缓缓移动的白云，心里感到空空荡荡。

大同就这样躺着，看着太阳慢慢地移动，把中午移成了黄昏。黄昏时的红树林才真正是红树林，红树的叶子一片片比赛着发亮，就像先刷了一层红漆然后又在漆上涂了一层油。那些白鹭们也趁机成了红鹭，兴奋不已的它们落下去飞起来，飞起来再落下去，折腾个没完没了，折腾得红树林活生生的。但它们都不叫，这无声的活泼就有了几分神秘的气氛。海水也不失时机地改变了颜色，先是金黄，然后是血红，接下来便是紫色了。当海水发了紫时，太阳已经沉到海里去，暮色转眼间便非常深沉，晚潮也悄悄地向着沙滩涌去，红树渐渐地被淹没，一轮明月也放出了光辉。

船桨划水的声音从红树林里传来，大同兴奋地爬起来。他知道是珍珠来了。他果然看到了珍珠划着小船从红树林里钻了出来。他看到珍珠的身影在月下显得很缥缈，仿佛有些珠光宝气在她的身上闪烁。因为饥饿他的鼻子特别灵敏,隔着老远他就嗅到了饭菜的香气。一瞬间他的心里很是感动。他想起来珍珠对自己的许多好处。尽管白天刚闹了个不欢而散,但她还没忘记来送饭,果然有了些夫妻的滋味。这时他为自己面对着巨款时的动摇感到羞愧,也为自己终于抵挡了巨款的诱惑而骄傲。

大同吃罢饭,不知不觉地又把话头扯到了白天的事上。大同嘈嘈杂杂地骂着:这些混蛋,这些强盗,变着法儿搜刮民财,让天打五雷轰了他们,让猪肉撑死他们,让鱼刺卡死他们!

珍珠道:你后悔了?

大同瞪着眼,盯着月光下珍珠朦胧的脸,愤愤地说:我后悔什么?到手的十万元我都没要,花几百元钱我后悔什么?十万元呐,天底下找不的第二个人能像我这样!

珍珠道:就因为你还没把我像猪一样卖了,我才决定跟你去登记。

大同道:登了记又怎么样?没有钱还是结不了婚。

珍珠盯着大同的脸,她的眼睛放出了冷冷的光芒,比月光冷。

大同被她看的有点心虚,说:你看着我干什么?难道我说得不对?结婚总得请几桌子客吧?总得收拾房子吧?总得给你置几件新衣服吧?难道你愿意跟我在这个养珠棚上结婚?

珍珠道:你还有什么话,干脆全说了吧。

大同道:珍珠,我说了你别生气,今天我躺在养珠棚上,翻来覆去地想了,你,还得到珍珠公司去干,最不济咱也得把这几个月的工资领回来。

珍珠道:你就不怕林大虎把我抢了去?

大同道:我想好了……

你想好了什么?

大同定定地看着珍珠的脸,身体往前移动了几下,靠近了珍珠。

他伸出手，搂住了她的脖子，贴着她的耳朵说：珍珠，反正我们已经登了记，我们已经是合法的夫妻了，我先跟你睡了，林大虎他即便……

大同将剩下的半截话憋在嘴里没说出来，但珍珠完全明白了他的意思。大同的嘴巴在珍珠的脖子上乱亲着，胳膊用了劲，将珍珠按倒在珠棚上。

珍珠拼命挣扎着，大同不能得手，渐渐野起来：你是我的老婆，我先把你占了，即便那林大虎把你占了，喝得也是“二锅头”……

珍珠怒起一脚，将趴在身上的大同踹了出去。大同在珠棚上打了一个滚，双手搂住立柱，才没滚到大海里去。

大同真恼了，爬起来又要往珍珠身上扑。珍珠纵身跳下了大海。

大同惊呼：珍珠！

珍珠从海水里浮起来，爬上了小船。大同手忙脚乱地从珠棚的梯子上往下爬，但珍珠操起船桨，用力划了几下，小船就脱离了珠棚。她奋力地划着桨，小船像一条浮在水面上的大鱼，很快地进入了红树林。她听到大同在养珠棚上大喊着她的名字，但她不想回答，她对他的声音充满了厌恶，被他的唾液弄湿了的脖子就像让海蜇蛰了样发烧、灼痛。她矮了身体，撩起海水洗了脖子。她感到脸上湿漉漉的，弄不清是泪水还是海水。

小船钻进红树林深处，她停了划桨的手，呼噜呼噜地哭起来。十几条肉滚滚的人鱼围绕着她的小船游动着跳跃着，并且还从它们圆滑的嘴巴里发出一片婉转多变的口哨声，好像在对她表示同情，好像在对她进行安慰。它们的身体跃出水面时，银光闪闪，油光闪闪，她用眼睛就感觉到了它们的凉爽和润滑。在它们的安慰下，她的心渐渐地平静了，对于即将来临的明天，她心中也有了主意。她已经非常明白，身后养珠棚上那个人是绝对指望不上了，从今之后，无论多么艰难的道路，也只能自己走。当然还有小海，他是一股力量，是她的依靠，唯一的，尽管看起来他是那么脆弱。想到小海，她就格外关注正在舞蹈的人鱼，它们就是奉了小海的命令游过来的，她确凿无疑地认为。她把小船划得就像一条人鱼，人鱼追逐着她，伴随着她，也可以说是护送着她，时而游在她的前面，时而跟在她的后边，一直到了栈桥边上。小船钻出红海榄纯林时，她就看到了小海的身影，他赤裸的背在月下闪烁。他坐在栈桥上，双脚垂在水里，好像一条沉思的人鱼。

第二天，珍珠出现在大虎的办公室里。珍珠的出现让大虎喜出望外，他跳起来，连凳子都弄翻了。珍珠将结婚证放在他的面前，说：总经理，我跟大同已经登记，如果公司还需要我，我愿意在这里干；如果公司不需要我了，我马上就走。

大虎盯着那结婚证，眼圈很快就红了。他说：珍珠，珍珠，我林大虎在你身上费了多少心思？下了多少本钱？你知道吗？

珍珠道：总经理的大恩大德我永世不忘。

大虎道：你明知道我喜欢你为什么还跟他去登记？

珍珠道：我与他有约在先。

大虎道：你既然与他有约在先，为什么还要让我看到你？你为什么生着这样的身体这样的脸？这样的鼻子这样的眼？你为什么要用水汪汪的眼睛勾我的魂？你为什么要用薄荷一样的气味迷我的心？你把我害得得了相思病，然后竟然跟他去登记！你是个狐狸，你是个妖精！我恨你！

珍珠的眼里满是泪水，她抽泣着说：总经理……我对不起你，从今后，你就把我忘了吧……你就权当我死了吧……

大虎往前一扑，跪在了珍珠面前，双手搂住珍珠的腿，用额头碰着珍珠的膝盖，哭得泪雨纷飞。珍珠百感交集，伸出手，抚摸着大虎的头。大虎趁机站起来,搂住了珍珠的腰。他伸过嘴去欲吻珍珠的嘴,珍珠把脑袋歪来歪去,躲避着大虎的嘴。

珍珠终于推开了大虎,说:总经理,你放过我吧,我是跟人登了记的人啦……

大虎问:你跟那小子……睡过了吗?

珍珠的脸顿时红了。

大虎:你说,睡过了吗?

珍珠艰难地点了头。

大虎搂住珍珠,大叫:你骗我,你说,这是骗我的!

珍珠更加艰难地点了头。

大虎粗野地说:我不能让这个小子占了先!

大虎用力把珍珠往地上按着,珍珠挣扎着,好像是有意的,也好像是无意的,她把头一低,脑门撞在了大虎的鼻子上。大虎哀鸣一声,松了手,一股黑色的血,从他的鼻孔里流出来。

珍珠转身跑了。

第十二章

每当我提到红树林,你的脸就要改变颜色:或是由红变白,或是由白变红。红树林留给你的美好记忆很少,但也不是绝对没有。几十年前,你与他骑着自行车第一次到这里来探望马刚时,留下的记忆就不错嘛,那基本上可以说是一个充满了浪漫精神的愉快下午。几十年后,也就是三个月前的那个月圆之夜,你把他约到红树林,共度了半个销魂之夜。想起当时的情景,连我这个旁观者的心里,都甜蜜蜜地涌起一股温暖的情绪,好似春风,好像春潮。看到你们俩的嘴巴终于贴在了一起时,我的眼泪啪哒啪哒落在水面上。我默默地祝愿着:愿天下有情人终成眷属!你们这对有情人阴差阳错了几十年终于就要成眷属了,这样的好事怎能让我不激动?但天总是不轻易地遂人愿,好事总是多磨难。这三个月来风波迭起,把你们这一对差一点就要睡在一起的老鸳鸯,又一次分开。你们冷冷地对望着,鸳鸯变成了乌眼鸡。让我们把一切不愉快的、让我们把一切烦心神的破事儿统统地、哪怕是暂时地抛到脑后去,让我们回忆过去的哪怕是短暂的、哪怕是泡沫样的幸福时刻吧!

神志不清的吕大同用铁锥刺破了你的汽车轮胎时,你在马叔的伴随下,正在穿越长长的黑暗里弄。你感到这条里弄长得仿佛没有尽头,简直就像逝去的岁月,简直就像半生的历程。尽管他在你身后亦步亦趋,但你感受到的还是独行者的孤独。你听到自己的脚步声在空空的巷道里被无限地放大着,每一步都似乎震动穹隆。这时已经是深夜了,两边楼里的人家多半已经熄了灯火。从很远很远的地方传来的海浪拍打礁石的声音更加深了夜的宁静。一个突然响亮了突然又缈远了的声音是一台电视机在转播足球比赛。你仿佛看到了电视机前那些兴奋的面孔。仿佛看到并不等于看到,仿佛看到的实质其实是什么也没看到。也许这个迷着足球的人是一个老头子,或者是一个大姑娘。两个还算年轻的单身男女在夜深人静的时候走在这幽暗的里弄里好像应该发生点什么事情啊,你的心里也模模糊糊地期望着发生点什么事情,但什么也没发生。你听到他因为心里不平静发出的粗重呼吸,你的心里也就感到些微的满足——起码他对你不是无动于衷。你们俩的感情冷藏的时间太长了,彼此竟像两条从寒冰下解冻了的鱼,尽管心里充满活泼游泳的热望,但身体是僵硬的。你知道这事不能操之过急。太急了会吓着他,也会吓着你自己。既然水壶已经炖在了炉火上,并且听到了断断续续的水声,看到了小小的气泡从壶底往上摇曳多姿地升腾着,离沸腾也就不远了。就这样走啊走啊,终于眼前一亮,空旷的深夜街道出现在眼前,路边沉静高大的木麻黄树出现在眼前,波光粼粼的潮沟出现在眼前,夜泊的渔船出现在眼前,闪闪发光的你的轿车出现在眼前,远处几乎与星光相接了的蓝天大厦的霓虹灯出现在眼前。紧接着蹿出了一条黑影,一声傻乎乎的怪叫打破了深夜的宁静。你被突发的事件弄得脑子里一片空白,身体僵直,好像土木偶像。他挺身向前,护住了你的身体。你看到那个人扬起胳膊,将手里的铁锥刺进了他的胳膊。你想冲上去与他并肩战斗,但你的双脚仿佛生了根,动弹不的。你看到他拧住了那人的胳膊,用力一扭,那人的身体随着往后转动,腰也弓了,头也低了。他将行刺者按倒在地,血从他的衣袖里流到了手背上。这时你终于艰难地拔出腿,冲到马路当中,拦住了一辆疾驰而来的轿车。从车上钻出几个嘴里喷着酒臭的人,是市政府的一个局长和一个副局长,去哪里了嘛也不必多问。他们认出了你,你从他们的眼睛里看出了他们的疑问和惊讶。你顾不上这些,只说:快帮老马,有人行刺。

吕大同这一锥,扎近了你们俩之间的距离,起码你认为是这样。但奇怪的是他的受伤并没有让你感到心里有多么难过。你心中全然没有那种牵拉着心肌疼痛的感觉,那种感觉你一生中体验过三次,一次是当你看到母亲被医院的造反派一巴掌打得身体像陀螺一样旋转的时候,一次是你看到市政府那位造了反的司机为了打掉马刚的嚣张气焰,将一颗爆竹插在了他的耳朵里点燃的时候,还有一次是你的儿子大虎手上扎了一根刺你为他挑刺的时候。马叔为了掩护你胳膊让铁锥扎了,你认为自己应该痛彻心肝,应该是扎在他的臂上,痛在你的心上,但是你没有这种痛苦的感觉。也许你已经丧失了痛苦的能力?你努力强化着这种应该痛苦的感觉,一遍又一遍地扇着自己的情:他是我鸳梦重温的恋人呀,他因为我受了伤,我应该痛苦!接下来做的一切,独自一人沉思,到医院里探望,执手泪眼婆娑,不怕任何人看到,甚至希望任何人看到,但这一切,你自己也感到像演戏。你暗暗地问自己:我真的爱他吗?回答是肯定的,我爱他。但为什么他受伤我的心不痛?最后,你只好用年龄来解释了。人到中年,痛苦也变得迟钝了。

吕大同被扭送归案,企图刺杀市长,实际刺伤了检察官,这小子岂止要罪加一等?但珍珠救了他。大同的爹给珍珠下了跪,珍珠虽然恨透了大同，但不敢忘记大同父亲对自己一家的恩情。想当年爹下海捞珠贝让凶狠的鲨鱼咬掉了一条腿，是大同的父亲将他送进了医院，并且垫上了全部的药费。母亲生病，是大同的爹卖了一头猪把母亲送进了医院，母亲去世后，又是大同的父亲献出了自家的木板做了棺材。受人涓滴之恩便当涌泉相报，何况有这样多的大恩大德！珍珠进了让她百感交集的城，在珍珠总公司大门外徘徊良久，最终还是横着心进了大虎的办公室。她见了大虎便珠泪双流，接着就开门见山地说：我来为大同求情。不久前她与大同离婚时，大同还跟她算了一笔多年的陈账，让她归还因为父母生病、殡葬时欠他家的债。为此她进城找到许燕，在许燕这个“仇人”的帮助下，当了歌舞厅的坐台小姐，当客人强迫她卖身时，她从三层楼的窗户跃身而出，多亏了老天爷的保佑，才安然无恙。

大虎道：你还为那小子求情？如果不是马叔挺身而出，我妈妈差点死在他的手里了！这事我可不敢对我妈妈提起。而且，你还不知道，你们离婚后，那小子拿着离婚证书，找到我，让我把十万元给他。气得我让二虎和三虎修理了他一顿，把他的兔子腿都打瘸了。你还为这样的无情无意的小人求什么情？让公安局毙了他算了，省得他在你眼前转来转去的惹你心烦。珍珠说：总经理，我答应了他的父亲。大虎道：我不管这事。我对你那样好，你还不理我，大同对你这样无情，你还这样护着他，珍珠，你的心眼太偏了。最后，珍珠说：总经理，我知道我欠了你的，如果你不嫌我脏，你今日就要了我吧……

珍珠进了里间，躺在了大虎乱糟糟的床上。她甘愿舍身，营救无情无意的“前夫”。你家大虎这次表现得也不错，没有乘人之危满足自己的肉欲。他对珍珠朝思暮想，尽管他已经占有过珍珠的肉体，但那次占有就像一场噩梦，他不愿意承认那是事实。他跪在床前，发疯般地吻着珍珠。珍珠扯过一条毛巾，盖在了脸上。大虎掀开毛巾,看到了她满脸的泪水。他停了。他的血凉了。他升华了。他知道自己希望从珍珠那儿得到的不仅仅是肉欲,而是爱情,首先是爱情。他哭着跑了。他强硬地向你为吕大同求情,你问:是为了那个姑娘吗?他说是的。你问:你爱她吗?他说:是的,妈妈。你问:你怎么证明爱上了她?他说:妈妈,她难过,我心痛;她流泪,我的心就像让锥子扎的一样。你长叹一声,说:我愿意帮你,但你要对这个姑娘负责到底。大虎说:放心吧妈妈,我真的爱她,我还从来没这样子爱过一个人。几天后,大同被放了。

大虎的变化让你感触万千,你做梦也想不到爱情的病毒竟然会侵袭到这个闹将身上,而且还会发生那样大的反应。你感到欣慰,是那种突然发现儿子成了大人后的疲倦的欣慰。你知道,儿子的命运已经跟这个名叫陈珍珠的姑娘拴在一起了,不管今后的结局如何,她都将在他的心里占据位置,打上烙印,而且不可磨灭。你舒了一口气,让大虎和那个姑娘纠葛去吧,接下来该办你自己的事了。你与马叔的爱情,好像一锅煮夹生了的米饭,现在正在回锅;好像一块冷却了的铁,现在正在回炉;非常的艰难,非常的别扭,处处都显出不自然,时时都在表演。大同那一锥,对你们的关系是一个促进。你想趁热打铁,不能再让温度冷却,你把后半生的幸福之宝押在了他的身上。

你将车停在了红树林边。他在车的后座上一声不吭。车外月光如水,风景无限,车内气氛古怪,一团模糊。中年人的恋爱真是没劲,复杂,暧昧,不乏试探和暗示,缺少坦率和明朗。你不由得叹息一声,转回半边脸,看到他的眼睛像鬼火一样。你说:我还不如拉块石头来呢!

他笑了,说:我的确是个乏味的家伙。

你说:就算是块石头也该发一点热。

他说:其实我已经发热了。

你说:我不是拉你来谈恋爱的。

他说:你是拉我来赏月的。

你们钻出了车,月光让你感到目眩。

那天夜里的月光的确美好无比,说月光如水不过分,说月光如银也不过分。月光如水银泻地。珍珠家的草屋蹲踞在红树林外的高坡上,屋脊如霜,阴影如蓝,仿佛童话中的景物。距离她家不远处,大舞台工地上那些剥了皮的木料泛着惨白的光。红树林乡风纯朴,民工们白天在此劳动,夜晚回家,连个看工地的人都没有,这在别的地方几乎是不可想象的。高坡后边的渔村也如童话境界,一条狗的吠声含含糊糊。你们走下高坡,沿着人们用脚踩出来的土台阶。走下高坡前你们放眼向海湾望过,看到的也是童话境界。月光,真是一种奇妙的光。不太美好的在它的照耀下会变得美好,原本就美好的,在它的照耀下,就成了神话或是童话。你们走上栈桥,将近三十年前的那个月光之夜你们也走过这座栈桥。人鱼在栈桥两边明镜似的海水中游戏着,它们的皮肤光滑得好像抹了一层油,也许比抹了油还光滑。它们在水中翻来覆去,竟然不激起一朵浪花,竟然不发出一点响声。它们还将上半截身体探到栈桥上,像调皮好奇的小男孩。它们的眼睛像黑色的水晶,反射着月光。它们的胡须好像水生植物的根须,那样粗硕。你童心发动,弯下腰伸出手想摸摸它们的头脑,但它们不让你摸,总是在你的手几乎就要触到了时就闪电般地缩了回去。将近三十年前,它们都远远地躲进了大海,好像要躲避人间的灾难。也有人说,它们从来没像现在这样与人亲近过,它们之所以这样与人亲近完全是因为珍珠的弟弟小海,他是它们的朋友。城里来游玩的摩登男女们经常把烟头、水果皮扔到它们嘴边,一度让它们怕了人,后来你派人来抓了几个害群之马,处以重罚,人鱼们的安全才得到了保障。人鱼对你们这两个夜游人的亲热态度,把你们心上那层冰冷的外壳打破了,你们活泼了,你们愉快了，你们的童心被唤起了。他也学着你的样子，蹲在栈桥上，与人鱼逗乐，他连声说：真可爱，真可爱，像一群小男孩！

人鱼陪你们玩了一会，掉头游进了红树林，故意在那里弄出了一些哗哗的声音，有水声，也有树声。你们走到栈桥尽头，坐在草亭里。草亭里是浅蓝的幽暗，草亭外一片辉煌。触景生情，你想起了二十多年前那个月夜，草亭还是这个草亭，月亮还是那个月亮，但心情大不一样。那天夜里你原本是想把自己的身体交给他的，但结果却是无比的凄凉。

那天晚上，你穿着洗得发了白的军便装，膝盖和胳膊肘上打着整齐的、对称的深色补丁。你扎着两条像毛刷子一样的小辫，洁白的牙齿闪烁着珠贝之光。你的身体上散发着白玉牙膏和百花香皂的气味——为了会他你特意刷了两遍牙，因为你已经决定跟他接吻——这是那个年代里的经典气味，是能被工农兵接受的、不与资产阶级沾边的无产阶级美女的气味。你的打扮也是那个年代里的经典打扮。那个年代里女性唯一可做的就是在衣服的领口上做文章，外衣不准花花草草，就让衬衫的花领子显示出来。为了照顾那些买不起衬衣而又爱美的人们，假领子应运而生。你有十条假领子，每隔两天就换一条。所以你的脖子永远是青年男女们注视的焦点。他们还给你起了一个美好的外号：花脖子。

你们那班同学几乎都被赶到了红树林养珠场，金大川来了，钱良驹来了，李高潮也来了。金大川是军干子弟，本来可以走他爹的后门当兵逃避下乡，但他的爹支左时把县剧团的李铁梅和小常宝搞大了肚子。这件事大大地伤害了南江男人的心，如果不是他穿着一身军装，暴怒的男人们很可能把他阉掉。他被调回部队，由参谋长降成了食堂管理员。那个大流氓在食堂里当管理员时暴饮暴食，很快就变成了一个体重二百斤的大胖子。仗着他爹的地位在“文革”

初期耀武扬威的金大川很快就狼狈不堪了，他由文化大革命的积极分子，变成了捣乱破坏分子。那个窃取了县"革命委员会"主任大权的卫校学生单立人在骑车回家的路上，被人用弹弓打破了脑袋，我们立刻就猜到了是金大川的地下抵抗运动。单立人派人到学校调查，在卖身投靠的"青面兽"的帮助下重点排队，很快就把重点放在了当年的弹弓比赛冠、亚军金大川和马叔身上。马叔的父亲马刚在运动初期即被揪出来，耳朵里插上鞭炮点燃，点鞭炮的就是这个单立人。这几乎是杀父之仇，所以马叔就是头号嫌疑。但是马叔死也不承认。同学们一齐保他：我们保证，他早就不玩弹弓了，他的弹弓早就送给林岚当了纪念品。谁是林岚？是林万森的女儿！于是你也成了重点怀疑对象。我们原本想做件好事，没想到把你也牵了出来。相信你没有忘记那次大会。

我们全班同学集中在教室里。头上包着纱布的单立人坐在讲台上，两只眼睛像锥子一样在我们的脸上扫来扫去。运动初期被我们打倒过但现在当了学校"革命委员会"主任的"青面兽"站在单立人的前面，声嘶力竭地喊叫着：说吧，你不要以为我们不知道是谁，早就有人揭发了，我们之所以不把你直接揪出来，是本着"惩前毖后，治病救人"的原则，给你一个坦白从宽的机会。如果等我们把你揪出来，那就不是人民内部矛盾而是敌我矛盾了。说吧，给你三分钟。

没人说话，大家都深深地低着头，心里都感到恐慌，好像自己就是打伤了革命领导的凶手。二年前在运动场上，为了弹弓打人的问题，我们也曾接受过"青面兽"的逼问，但那次的性质与现在不同，那时纯粹是道德品质问题，这次却是一场谋害南江县最高革命领导的大案件，不是阶级斗争，胜似阶级斗争，很可能是被打倒的阶级敌人在幕后策划，让我们中的某一个坏分子出头来执行。而且这个坏人的手段高强，弹弓打得不但准，而且狠，使用得不是一般的泥丸，而是那种马车轴承里的像葡萄粒那样大的钢珠！这绝不是顽童的胡闹，分明是阶级敌人的谋杀！幸亏主任从小练过铁头功，否则非脑袋迸裂倒地而死不可！

金大川、马叔，站起来！“青面兽”严厉地说，他的声音不高，但字字千钧，如同重锤擂响鼓，震动着我们的耳膜。

我们偷眼看着他们俩，偷偷地松了一口气。

他们俩的脸都是同样灰白，看样子都像凶手。

站到前面来！单立人发了令。

他们俩走到讲台前，一边一个，先是面对着黑板，“青面兽”让他们转了一百八十度，面对着我们。单立人让他们回转了九十度，使他们俩面相对，这样大家都可以看到他们的脸了。

单立人离了座位，倒背着手，在马叔和金大川之间来回踱步，像一个思考重大问题的革命领袖。有时候他停下脚步，伸出一只手，托起金大川的下巴端详着他的那张漫长的、生了黑漆漆的小胡子、一看就像个小流氓的脸。金大川的嘴咧着，看样子好像要给主任个微笑，但这样的微笑比哭还要难看，简直就是一个汉奸向鬼子献媚。主任猛地把他的下巴往外一推，还怪有风度地从口袋里摸出一条雪白的手绢擦了擦手，意思很可能是说金大川的下巴把他的手弄脏了，但是他没有把手绢扔掉。与这个问题有关的、当时非常流行的一则经典故事是这样说的：周恩来总理到首都机场迎接赫鲁晓夫时，赫鲁晓夫那家伙竟然带着一副洁白的手套跟周总理握手，这是极不礼貌的，甚至是对我们国家的侮辱，握过手后，周恩来从口袋里摸出一条洁白的手绢擦擦手，然后一扬手——当然要让赫鲁晓夫和他的随行人员以及中外记者看到——让风把那条手绢吹走了。那意思是说：赫鲁晓夫，尽管你戴着手套，但还是把我的手弄脏了。接下来他转到了马叔面前，两只小眼睛死死地盯着他的脸。马叔毫不退缩地与他对峙着，大有仇人相见分外眼红之意。主任伸出那只保养得很好的手，刚要去托他的下巴，他就后退了一步，他在后退时还下意识地举起了手，将主任的手拨了一下。主任跟着他的倒退前进了一步，再次把手举起来。他又后退了一步，并且再次把他的手拨开。就这样重复着，马叔退到了墙根。看来主任是非要托他的下巴不可，看样子他是决不会让他托了自己的下巴的。他的双手挥舞着，把主任的手防在下巴之外，最后，主任飞快地踢出了一条腿，正中了他的小腹。因为他的精力全用在了防备上三路，来自下边的袭击猝不及防，他哀号一声，弯下腰，双手捂住被踢的部位。主任伸手揪住了他的头发，死劲地往后扯着，他的脸仰起来，仰起来。他的脸色蜡黄，额头上挂着黄豆大的汗珠。主任说：狗杂种，我一眼就看出了是你干的！然后主任对着教室外边喊叫：来人，把他带走！

两个臂戴着袖标的男人冲了进来。他们俩虎背熊腰，十分剽悍，粗鲁的脸上挂着愚蠢、凶狠的表情。主任下令：把这个反革命带走！

两个男人扑上来，一边一个，架住了马叔的胳膊，就像老鹰捉小鸡似的，几乎使瘦弱的马叔脚不点地。我们深深地垂下了头，眼泪浸润着我们的眼球。我们知道，马叔此去，很可能就是与我们的永别。就在这时候，你挺身而出。这就是你比我们伟大的地方，当所有的人，不论是男生还是女生，不论是家庭出身红五类还是黑五类，不论是体壮如牛还是瘦如猿猴，大家都垂头不语，听任他们把自己的同学抓走时，只有你敢于挺身而出。你是个女生，你是南江县头号走资派的女儿，最不该挺身而出的就是你，可偏偏就是你挺身而出了，这就叫做烈火识真金。

你挺身而出，大喊：住手！所有的目光一瞬间都集中在了你的身上。那时你已经被红卫兵组织开除了，但你还穿着运动初期缝那套草绿色仿军装，头上还扣着那顶仿军帽。你的脸上自从你爸爸被揪出和你妈妈自杀之后就出现了与年龄不相称的严肃与阴沉。你的下巴尖尖，脖子在衣领里晃晃荡荡，眼睛发蓝，像被狗逼到了墙角上的猫。

你往前走了几步，平静地说：你们放了他吧，这件事是我干的！

主任呆了一下，接着便哈哈大笑。他说：如果我没花眼的话，你就是林万森的女儿。

是的，你说，我为我的父亲感到骄傲。

主任冷笑道：可我听说，你曾经在大会上发言，要与你的父亲划清界限。

是的，我说过。

主任道：我还知道，你的父亲跟他的父亲，曾经是战友，当然他们也一起当过叛徒。

你说：是的，他们都叛变了自己的阶级。

你这句话的样板同样来自周恩来与赫鲁晓夫的故事：他们的握手风波后，赫鲁晓夫存心报复，就在一次招待会上，当着许多人的面问周：你是什么家庭出身？周答道：地主。赫鲁晓夫道：我出身工人家庭。周道：我们都背叛了自己的阶级！

你只知道你爷爷是个小地主，你爸爸念过私塾，但你不知道马叔的爷爷是一个穷佃户，比贫农还要穷，是雇农，你说他背叛了自己的阶级，就等于说他是贫雇农的叛徒，贫雇农的叛徒就是地主富农的孝子贤孙，这还得了？幸亏主任他们并不了解马刚的家庭出身。马叔听出了你这句话的毛病，但在当时那种情况下，他也顾不上为父亲辩白。

主任冷笑道：你会打弹弓吗？

你从怀里摸出了一把漂亮的弹弓，我们都认识它。木叉顶端镶着两颗玻璃珠，木叉底部缀着丝线缨络。

你瞄着主任的脑袋，拉开皮筋。你的动作十分老练，一看就是个玩弹弓的高手。主任本能地抬起一条胳膊护住了脑袋，大喊：

住手！

“青面售”也大喊：住手！

两个大汉松开马叔的胳膊，就要冲上来夺你手里的弹弓。你松了皮筋，嗖溜一声，发射出一股空气。

主任问：你为什么要打我？

你说：我恨你们！

主任：你这样做，没考虑后果吗？

你：“要扫除一切害人虫，全无敌！”

主任：这算什么话？完全是驴唇不对马嘴，带走！

马叔竟然也来了一个挺身而出！他往前走了几步，平静地对主任说：你们放了她吧，这事是我干的，我好汉做事好汉当！

主任说：真是一条好汉，我倒要看看你怎么个敢当法！我问你，你为什么打我？

马叔的眼睛里几乎喷出了火焰，他说：我父亲与你无冤无仇，你……你……你把爆竹插到他的耳朵里……

泪水从马叔的眼睛里哗哗地流下来。他抬起胳膊擦着泪，呜咽着说：你们太狠了……你们比地主还狠……

他哭诉着，简直像个软弱的姑娘，但事情突然起了变化，他猛地擦了一把脸，脸上便出现一种疯狂的表情，好像铁块刚从炉膛里提出来，散发着灼人的热量。他像一只老鹞子，扑到了主任身上，他说：我豁出去了！我要报仇！

他的两只手熟练地把住了主任的脸，双手的大拇指抠住嘴角，另外八根手指抓住了两个腮帮子，使劲地往外捩着。我们一看到这个动作就忍不住笑起来，这家伙，在那次运动会前，不是用同样的手法把金大川好一顿捩吗？金大川的嘴从此不就大了一号吗？至今也没复原、并且有了一个不雅的外号“金大嘴”吗？我们当时还以为那是碰巧了的事，现在看来不是了。现在看起来，这家伙从小练得就是这一手，这是他出奇制胜的法宝，真是一招仙吃遍天呐！无论你有多么大的力气，无论你有多么高强的武功，只要嘴巴让人捩住，你也就丧失了战斗力，只剩下嗷嗷嚎叫的本事。何况马叔是心怀着这样差不多是杀父的深仇啊！他肯定把吃奶的劲儿都使出来了！他肯定是发挥出了超常的力气，就像飞将军李广在深夜里把羽箭射进了石头中一样。

马叔加油！马叔加油！我们嘴里不敢喊叫，但我们的心在帮他加油。

金大川咧着嘴，表情古怪。当然这是可以原谅的，他的反应很正常，就像我们提起杨梅就要流口水，说到鬼怪脊背就要发凉一样。

一个人无论他是什么了不起的大人物，只要嘴巴被人捩住了也就变成了任人摆布的行尸走肉，连招架之功都没有，更甭说还手之力了。马叔捩住主任的嘴，主任的头就不由自主地往后仰起来，头往后仰身体也就随着向后仰，仰着仰着就躺在了地上。马叔的身体顺理成章地也就骑在了主任的肚子上。这个姿势更能让他的双手发挥出力气，主任的嘴巴眼见着咧到了耳朵上。

吓呆了的“青面兽”和主任的两个保镖终于清醒过来，他们扑上去，抓着马叔的肩膀将他抓起来，但抓起他来时，也就把主任带了起来。这也就是说，马叔的手还死死地抠在主任的嘴巴里。后来其中一个聪明的保镖对着马叔的太阳穴打了一拳，将他打得晕了过去，这才将他的手从主任的嘴巴里拽出来。

主任的嘴已经惨不忍睹了。他捂着嘴，跪在地上，好像一个“走资派”向群众谢罪。血从他的指缝里流出来。两个保镖顾不上收拾马叔，架起主任就向医院跑去。据说主任的嘴缝了十六针，一个腮帮子上缝了八针。医院的好医生已经被打倒，主任是卫校的坏学生，对医院的技术权威极端仇恨，整起他们来那是丝毫也不留情，往马刚的耳朵里塞鞭炮那还是牛刀小试，“文革”初期他还带着几个造反派往外科主任的屁眼里打气，用一个崭新的、性能良好的打气筒，三个人轮着班打，吱——吱——吱——为了防止泄气，他们用伤湿止痛膏贴住了外科主任的嘴。眼见着外科主任的肚子就鼓了起来。——主任受到了惩罚——几个业务稀松、思想很红的“医生”，手忙脚乱地、像老大娘纳鞋底似的把主任的嘴缝了起来，抽线之后，主任的两边腮上，永远地就像趴上了两条红色的蜈蚣。等到他伤好出院想收拾马叔时，另一支红卫兵的头头已经当了主任。并且给他整了一条严重的罪状：在他的宿舍里，另一派的革命群众发现，他用一张领袖的宝像，包着一块吃剩的、已经发霉变臭的猪耳朵。

初到红树林养猪场时，你们俩是心心相印的。那时马刚又被赶回了养珠场。他的耳朵被炸豁了，像一个残破的树叶子。他的耳朵聋了，眼睛也发了直。无论谁对他说什么他都不回答。他走路的姿势也发生了变化。他走起路来，脑袋歪着，好像在侧耳听着远处传来的消息。每到台风暴雨季节，人们躲进屋子避难时，他却赤着上身窜出去，在风里雨里狂奔不止。风雨抽打着他的身体，发出啪啪的声响。他的大脚踩着地上的泥水，发出呱呱唧唧的声响。你们看着这个精神失常的老头，心里边百感交集。你猜测到他是在装疯，就像革命小说《红岩》里那个装疯的老共产党员华子良一样。后来的事实证明你的猜测是正确的。“文化大革命”结束后，这个老人焕发了青春，为红树林乡的养珠事业，立下了汗马功劳。你知道他在装疯是因为你注意到他看到你和马叔时，那两只充满了怜爱之情的眼睛。一个疯子的眼睛里，不可能有这样的温情之光。应该说，“文化大革命”，消除了他们父子之间的隔阂。马刚宁折不弯的精神，赢得了许多人、包括他的儿子的尊敬。而你的爸爸，采取了一套与马刚完全相反的战术。他把许多连红卫兵都想不到的罪状扣到自己头上，好汉不吃眼前亏。当然他也有他的道理，但你不欣赏他这种投机的战法。

你们到了红树林的第三年，你爸爸被结合进了革命委员会。不久，你就接到调回县城的通知。这时候，他已经疏远你了很久。他为什么疏远你，你一直没搞清楚。临行前夜，你约他到了这里，那是个与今天一样的明月之夜。

你想看看他的脸，但他背着月光而立，将面孔隐藏在晦暗之中。他对你的突然冷淡使你心中充满了委屈之情。看着他这副黏黏糊糊的窝囊样子，委屈变成了愤怒。你踢了一下他的小腿，问：你为什么躲着我？你凭什么不理我？我做错了什么事？我什么地方得罪了你？

他将身体往后退缩了一下，喉咙里发出一些吭吭哧哧的声音。

你说呀，哑巴了吗？

他抬了一下头，你看到了晦暗中他脸上可怜巴巴的表情。

你更加用力地踢着他。他的身体往后缩着，但那根木柱子挡住了他的退路。于是他就用屁股一下下地撞击那木柱，震动得草棚上的海草索索作响。

你说呀！

他喉咙里的吭哧声更响了，从吭哧声里挤出了几个字眼：你……你……

你看到他的眼睛里有一些闪亮的东西。

哭了？你说，你还会哭啊？

他真的哭了，不但流眼泪，而且还流鼻涕。他将鼻涕擤出来，抹在背后的柱子上。

你的心里顿时充满了柔情，恼怒烟消云散。

你摸出手绢，擦他脸上的泪。他抬起手往外拨着你的手，嘴里还嘟哝着什么。

你打了一下他的手背，嗔道：脾气还不小！

你帮他擦了眼泪，说：告诉你，县里来调令了，让我回城。

他说:你回吧……

你如果不愿意,我可以留下来陪你。

不,他说,你不用考虑我,我与你没关系了。

他的话如同铁锥,刺痛了你的心。

你说什么? 你与我没关系了?

他坚定地点点头。

为什么? 到底为什么?

林岚,他说,我想过了,咱们各走各的吧!

他一改适才那种窝囊模样,坚定地说:我们不是一路人!

你用脚踢他,用拳擂他,用唾沫啐他,他忍受着,真正做到了打不还手骂不还口。一直到你折腾累了,他才说:你不知道,林岚,我的心里也很难过,但我们是不可能了,我受不了……

你受不了什么?

他推开你的胳膊,说:对不起,真的对不起……

你终于感觉到了,你们俩的感情已经出现了比你原先想象得要严重多的裂痕,已经到了无法弥补的状况,可你还错以为是个小小的误会呢!

他把你撇在了草亭里,一个人走了。你委屈得泪如涌泉,大声喊叫着:你回来! 你这个混蛋!

但是他不回来,他弓着腰爬上高坡,连头都不回地走了。

你感到受了巨大的侮辱。

第二天,你坐上县里来接你的吉普车,离开了红树林。那时候,不但对于渔村里的农民,就是对你们这些城里来的学生,吉普车也是件了不起的东西。村子里的大人小孩把吉普车围了个里三层外三层。几个女知青把你的行李搬到车上,你面孔冷漠地与她们告别。在人们羡慕的目光下,你连一点自豪或是荣幸的感觉都没有。你的同学们几乎都来了,金大川来了,钱良驹来了,李高潮来了,他们挤在人群里对你笑着，有人说：林岚，你逃出虎口了，可别忘了我们，跟你爸爸说说，把我们都弄回去吧。你对他们苦笑着，算是回答了他们的话，但你的脑子里全是他的形象。他为什么不跟我好了？他为什么这样绝情？他的心为什么这样狠？我到底犯了什么错误？……所有的同学都来给我送行，惟有他不露面！

他躲在那片桉树林里，一拳拳地打着树干，把树皮打出了汁，也把自己的手打出了血。你坐车走了的当天中午，吃饭的时候，他就跟金大川打了一仗。谁也不知道他们打架的原因，只是看到他们在食堂里一碰面，两双眼睛就发了红，活像两条结怨深重的狗。马叔一扑上去就故伎重演，想用双手去豁金大川的嘴，但金大川早有防备，端起一碗海菜汤，泼到了他的脸上。然后金大川施展开拳脚，几下子就把他放倒在地上。金大川跳跃着踢他，他在地上翻滚着，想爬起来，但金大川的脚不断地将他想爬起来的企图粉碎。最后，大家生怕出了人命，就把金大川拉开了。我们听到金大川愤怒但也是自豪地说：告诉你吧，老子昨天夜里又跟她干了一次！

我们听得丈二和尚摸不着头脑，只是隐隐约约地感觉到此事很可能与你有关，因为你跟马叔好是公开的秘密。

你们解开了珍珠家的小船，划进红树林。你扯下一片树叶，塞进他的嘴里，顺手又撕了一片，自己叼起来。他抬头望月，月已偏西。你叼着树叶，气呼呼地说：今天是星期六，马驹在他爷爷那里，你如果想回去，最好找个别的理由。

他尴尬地笑了，说：我可没说回去。

其实你的心早就不在这里了。

冤枉，他说，这么好的月亮，这么浪漫的月下游，我唯恐天亮呢！

老马，你别跟我耍贫嘴了。

怎么敢？借我一个胆子我也不敢在市长大人面前耍贫嘴。

你用膝盖顶着他的膝盖，说：你再敢叫我市长我就把你踹到海里去！

他说：好好，不叫了。

你吹着树叶，吹出了缠绵的曲调。

眼泪在你的眼里打转，你吹不下去了。

他说：林岚，我……我说什么好呢？

你说：老马，在你面前，我连一点自尊都没有了……

你让眼泪流了出来。眼泪在你脸上闪烁着。

他说：林岚，别这样……

你说：你毁了我一辈子！

他说：林岚……

你逼视着他：二十七年前，你本来可以留下我，但是你把我毫不留情地推开了……为什么？

他说：也许，那是我一生中犯的一个最大的错误……

我想知道为什么！

过去的事，就不要提了！我知道，那肯定是个误会！

什么误会？

不说了！

一团白云从月下飘过，红树林里朦胧起来。

好吧，不说了。你感到有些凉意，双手把膀子抱起来。他脱下外衣，披在你的身上。你没有拒绝，你感受到了他的体温，嗅到他的衣服上那股独身男人的油腻腻的气味。你的心嘭嘭地跳起来。你脉脉含情地望着他，期待着他。他终于将手伸过来，扶住了你的双肩，说：林岚，你是市长……

你扑进他的怀里，呢呢喃喃地说：我是个女人，在你面前我永远是个女人……

你感到他的身体在颤动，你听到他的牙齿得得地打着战，你把身体更紧地贴在他的胸前,说:老马……亲亲我吧……我是个可怜的女人……

他的嘴唇笨拙地凑了上来,你的嘴唇积极地响应着他。他嘴里那股辛苦的烟草味儿让你压抑多年的情欲猛烈地迸发出来,你喘息着说:亲爱的……你要了我吧……你要了我吧……你不知道,我熬得有多么苦……

他挣扎出来,说:林岚,你让我再考虑十天……

第十三章

我打开你床下的保险柜，找出那个典雅的青瓷罐，放在你的床头柜子上。然后我进了卫生间，用香皂洗了三遍手，用清水冲了三遍手，最后放到热手器下烘干。这样，我才有资格小心翼翼地揭开青瓷小罐的盖子，满怀着虔诚尊敬之心，从金黄的小米里，把你的黑珍珠请出来。每次帮你取这颗宝珠时，我都要履行这套烦琐的程序，丝毫不敢马虎。这是为你，也是为了我自己。每次打开小罐时，我都担心它已经不翼而飞，因为你曾经说过，几百年前，乾隆皇帝皇冠上那颗宝珠就经常飞来飞去，弄得那些替皇帝管理服装的太监们胆战心惊，后来，在高人的指点下，太监们用锥子在那颗宝珠上钻了一个孔，用金线把它拴在皇冠上，从此它丧失了飞来飞去的能力，活宝变成了死宝，灵珠变成了纯粹的装饰品。

我把这颗大如雀卵的黑色宝珠举到你的面前，让它的深厚、神秘的光辉在你的眼前晃动着。你暗淡的眼睛里渐渐地焕发出了光彩，好像一个得了相思病的人见到了朝思暮想的情人，好像一个在沙漠中即将渴毙的人望见了一泓清泉。你的干裂的嘴唇张开了，就像婴儿见到了乳头。我让它轻轻地落入你的口中，就像让宝珠重归了蛤蚌。其实，我们知道无论多么光滑圆润的珍珠，也是蛤蚌的大病；但我们不喜欢这种缺乏浪漫精神的解释，尽管这是科学。我们更喜欢围绕着珍珠的那些古老而美丽的传说，尽管它是长期流传的谬误。无论从商业的角度还是从感情的角度，我们都愿意相信：珍珠是月亮的魂魄，是凝固了的月光。我们更愿意相信，千年的珍珠能够变化成绝代的佳人，她身披着月光一样的轻纱，每隔一段时间，就出水到人间风流一次，留下一个美丽动人的爱情故事，然后重新回归大海。你口含着的这颗黑珍珠个大如鸟卵，色泽高贵典雅，美得生出了三分妖精气，南江的珍珠采集历史上从来没出过这样品格的珍珠，世界珍珠史上也没见过这样完美的珍珠，它是名副其实的世所罕见。这样的珍珠不能变幻美女，世上还有什么珍珠能够变幻美女呢？落在你的手中之前，它的故事已经开始，已经有数人为了它命丧黄泉，接下来还会发生什么奇怪之事现在还很难预料，但我预感到事情还没完结，就像一台大戏刚刚拉开序幕，高潮尚未到来。口含着一颗这样的亦仙亦妖的黑珍珠，不知道你有什么感觉？

我感到似醉非醉，更感到飘飘如仙。它的柔软是坚硬的柔软，它的润滑是凝滞的润滑，它的凉爽是温暖的凉爽，它的味道是世人从来也没品尝过的味道，是没有什么东西可以类比的味道。把这样的稀世珍宝攫为己有十分卑鄙但也十分冒险，我知道它是属于大海的，任何人想把它攫为己有都会给自己带来巨大的灾难，连自封为天子的皇帝也不例外。我知道这半年来一连串的灾难都与它有关，我知道最好的办法是把它还给大海，但是我做不到。我从二十四岁时就开始收集珍珠，我抵挡过各种各样的诱惑，但我从来没抵挡住过珍珠的诱惑。你多次劝我，把它还给那个妖精般的小男孩，但是我做不到。我用自己的生命做抵押，也要将它珍藏在我的手里，我的口里，我的心里。我还可以无耻地告诉你，夜深人静时，连你也迷糊了时，我曾经把它珍藏在女人身上最洁净的地方，那种感觉更是无法用语言向你们表述的，它在我的身体里游走着，片刻也不安宁……

你爱珠成癖，因此也就成了珍珠专家。你精通养殖珍珠的技术，到水产学院当兼职教授绰绰有余；你熟谙珍珠加工的过程，到珍珠工厂当高级技师也得心应手。你讲起有关珍珠的掌故如数家珍，滔滔不绝，简直就是个珍珠野史专家，省里那位极其欣赏你的领导拍着你的肩头说：小林啊，怪不得人家叫你“珍珠林”啊！这位领导不但欣赏你的才干而且还欣赏你的身体，你用女人的感觉真切地感觉到了，每个稍有姿色的女人手里都掌握着几张这样的名牌，到了关键时刻就会一古脑地甩出来。

你对我说过多少珍珠的故事啊，在枕上，在厕中，在醒里，在梦里，用有声的语言，用无声的语言。你的枕上有一条用九百九十九颗樱桃大小的珍珠串成的珠巾，那是教委主任的妻子送给你的礼物。那个很快就当了财政局副局长的小女人多会送礼啊，很多人把假货当成真货送，她却把真货当成假货送。她真话当成假话说：林市长，我要贿赂你。然后她拿出珍珠巾，说，别人送我一条假珠巾，工艺品，价值人民币五十元。你远远地瞄了一眼就看到了那九百九十九颗珍珠放出的那种含蓄的光芒，这样的光芒只有一等的海水珠才能放出，尽管它们经过了初步的加工，用淡盐酸浸泡过，用粗皮革打磨过，逼出了一些妖佻贵妇喜欢的浅薄贼光，但深藏在核心里的珠光宝气还是冲破了贼光的笼罩，源源不断地放射出来。珍珠的内蕴之光如其说是你用眼睛看到的，不如说是你用心灵感受到的。接过珠巾的霎哪间，你的手就感到了沉甸甸的分量，心里清楚这是一份价值不菲的厚礼。你忍不住地将它们放到了脸上揉搓着，放到了唇边嗅吻着，珍珠的生命气息如润物无声的春雨渗入了你的心田。

你看到那个小女人的脸上浮起意味深长的微笑，心里当然明白她的企图。你想，这年头，哪里有傻子呀，把真货当成假货送给行家，把假货当成真货送给外行，她多精啊，桉树上的白鹦鹉也不如她精。你对这种精明过度的人一向心怀忌惮，知道应该避而远之，但你抵挡不了珍珠巾的诱惑，它们就像一群可爱的小孩子，围着你叫唤妈妈。你灵机一动，妙计涌上心头。你对她报以诡秘微笑，掏出一百元钱，递给她，说：记住，你欠我五十元啊！

这才是强中更有强中手，她精明，你比她还要精，轻松地得了珠巾，而且留下了退路。当然，在关键的时刻，你还是帮她说了好话，让她如愿以偿地当上了财政局副局长。这种无管紧要的副职，阿狗能干阿猫也能干，而且，阿狗干和阿猫干没有任何区别，那些被冠冕堂皇地提拔起来的干部，其实都是用钱买来的，这是大家心照不宣的秘密。但珠巾是你的了，而且没有一点后顾之忧。当天晚上你就把它蒙在了枕头上，从此，只有枕着它你才能安然入睡。我曾经偷偷地躺在你的枕上，体验你反复体验过的幸福。在你的枕上我不停地转动脑袋，感受到那些精灵们用它们圆润的小嘴，亲吻着我的头皮，清凉的时候它们温暖，温暖的时候它们清凉。脑袋一挨上珠巾，便不由地闭了眼睛，脑子里出现宁静的大海，时而金光灿灿，时而银光闪闪。但更奇异的光还是珍珠之光，它们在大海深处闪烁，照亮了水底世界，引导着精神下潜，去参观去体验另外的世界。在领略水底世界的同时，耳边也响起了珍珠的歌，那是一种缓慢的吟唱，仿佛珍珠形成的过程，日积月累，把月光物质化，把痛苦物质化，沉淀，重压，磨练，然后，慢慢地，慢慢地，亮起来了，亮起来了，突然地就放出了照亮黑暗海底的光芒，于是缓慢的珍珠音乐明快起来，压抑的旋律昂扬起来，接下来就是辉煌，仙子出水，天花乱坠，进入大欢喜的境界。其实这都是你的体验，你的体验也就是我的体验，你我息息相通，如同珠与蚌的关系，我是你的骄傲你是我的病。你仰在枕上，絮絮叨叨地说，可以说是你对我说，也可以说是你对自己说。有时是有声的语言，有时是无声的语言。

你让我看到了这样的情景：一个巨大的蛤蚌，置身在千仞海底，在明月朗照之夜，便敞开蚌壳，把透入海水的月光吸进去。它最喜欢的是中秋之夜，那时候秋高气爽，天空澄澈如洗，月光入水，直射海底，照亮了海底的幽暗。尤其到了后半夜时，万籁俱寂，海水静止，月光如练，巨蚌开壳，随着月亮旋转，不断地把月光吸进去，吸进去就变成了珍珠层，百年千年的积累，一层一层的覆盖，终于变成了圆润的宝珠……不管是大蚌小蚌，都有吸食月光的习性，就像不管是粗人细人都有爱美的习性一样。万人里也难挑出一个完美无缺的美人，同理，万颗珍珠里也难挑出一颗完美无瑕的宝珠。所以这样的宝珠，就如同超凡脱俗的美人，几百年才能出一个，如同西施，如同昭君，如同貂蝉，如同玉环……她们都是蒙了上帝特别的眷顾降落人间，都有通灵的本性啊！

你说，历代的帝王，没有不爱珍珠的，不爱珍珠就不是帝王了。从秦始皇到溥仪，都用珍珠装饰他们的龙袍和皇冠，连罗马教皇的帽子和权杖上，都镶嵌着珍珠。没有不爱珍珠的帝王，更没有不爱珍珠的女人。埃及艳后用珍珠镶嵌她的床，武则天用珍珠镶嵌他情人的阳具，慈禧皇太后更是爱珠成癖，她头戴珍珠冠冕，身披珍珠袄袍，足登珍珠鞋——袁世凯任山东巡抚时进贡给她的，用了一钱重的走盘珠八百八十八颗——睡觉用珍珠帐幔，骑马用珍珠鞍，连她用的马桶上都镶着一圈大珍珠。她还喜食珍珠粉，是她发现了珍珠美容的价值，有十个面目清秀的小太监专门给她研磨珍珠粉，她不但喝珍珠粉，她还用牛奶调成珍珠糊糊搽脸涂身，连屁股都不放过，七十多岁了还皮肤白嫩，犹如少女。大太监李莲英经常骂身边的宫女：你们这些下贱东西，太后的屁股也比你们的脸白嫩！李莲英负责给太后穿衣服，他的话应该是可信的。慈禧皇太后下葬时，棺材里铺了半尺厚的珍珠，每一颗都是精选的，她的寿衣上缀满珍珠，尸体上盖着两层珍珠网被，她的口里含着一颗大珍珠，据说是颗夜明珠，当军阀孙殿英带着士兵炸开坟墓、撬开棺盖时，就看到一道白光从太后的嘴里射出，把黑暗的墓穴都照亮了。她的身上生满了白毛，一点都没腐烂，有人说她就是那只经常在金銮殿的梁头上出没，后来让道光皇帝用鸟枪打死的白狐狸转世，那匹白狐狸死后将魂灵附在一个宫女身上跟道光皇帝叫板：皇帝老儿，你害了我的性命，我要亡了你的清朝！其实根本就不可能有白狐狸转世这回事，慈禧尸体历经几十年不腐，并且还生出茂密的白毛，这都是珍珠之功啊！

几千年前，咱们红树林边上的人，就开始为皇家采珠。当时的人把我们的先人们叫做“蛋民”，明朝有本书，叫做《天工采物》的，上面就画了我们红树林边的祖先们采珠的情景。咱这里的地方官，干脆就叫做“珠官”，珠官有时候是个肥缺，有时候也是个苦差事。珠有灵性，“珠官”如果过分贪婪，珍珠们就结伴迁移到外国去了，有时到交趾，有时到暹罗。珠走了，珠官完不成皇帝的指标，他就要倒霉，甚至被砍了头。如果他能体谅民情，不穷征暴敛，珍珠们也许就迁了回来，那样他就可以完成任务，除了发财，还可以得到皇帝的赏赐。珍珠们就这样有时跑走，有时回来。但我们的祖先们无处可逃，就像那些捕毒蛇的人，尽管祖祖辈辈都要让蛇咬死，但还是以此为生，甚至以此为荣。他们驾着小船，不管有珠无珠，成年累月，在大海里出出进进。有时还要趁着月光下海，“莫向沙边弄明月，夜深无数采珠人”。常常是一对夫妻一条珠船，妻子驾船，丈夫潜水。有珠处必有鲨鱼，有大珠处更有成群的大鲨鱼，千年老参处必有老虎，成精珍珠处定有鲨鱼，鲨鱼就是护宝虫。下海捞珠，就等于从鲨鱼口里抢肉吃。几千年来，究竟有多少人葬身海底喂了鲨鱼，谁能数得清！珠农们让珠官逼急了，忍无可忍时，也会群起反抗，明朝那个给皇帝前来催珠的朱太监，不是个东西，心比鲨鱼还狠，发明了残酷的刑法“火龙缠”，把烧红了的铁锁链往人身上缠，整死了许多珠民。那一年珍珠都跑了，跑得比暹罗国还远，大概去了爪哇国，驾着采珠船根本去不了的地方，去也是死不去也是死，与其让“火龙缠”烧死，还不如造反，于是珠民们便在一个叫珠娘的女中豪杰的煽动下造了反。人们点起火把，举起棍棒，冲进珠官府衙，把那个太监从床底下拖出来，活活地打死。人们恨透了他，在他的蓄满脂油的肚皮上挖了一个洞，然后把火把扔上，点燃，火苗子蹿起三尺高，半个时辰后，朱太监灰飞烟灭。珠娘煽动珠民们造反用得是迷信方式，其实也就是装神弄鬼。她冒充珍珠娘娘附体显灵，喊出了造反的口号：杀了“猪”，宰了“羊”，珍珠娘娘好还乡。杀“猪”宰“羊”不是目的，让珍珠娘娘还乡才是目的。“猪”，自然是作恶多端的朱太监；“羊”呢？“羊”是帮朱太监抓人的捕快头儿杨群，一个武功高强、能够双手打飞镖的恶棍。“猪”死在珠民们手里，“羊”死在小萝卜床上。小萝卜是一个有正义感、有反抗精神、有胆量的妓女，她在萃花楼挂牌营业，杨群是她的常客。小萝卜每次接待杨群时都闻到他身上有股子烤人肉的气味，知道他每天都用“火龙缠”整人，劝又不敢劝，不让他上身又不行，每次她都紧咬牙关，把头歪到一侧，憋得哞哞直叫，像头小牛，她越是这样子杨群越是来劲，金枪不倒。送走了他她就呕吐，直呕得小脸苍白，像个死人。实在无法忍受了，她就在酒里加上了蒙汗药，把他麻翻，然后用裤腰带在他的脖子上打了一个结，把全身的力气都使上，终于将他的舌头勒出来，为民除了害。勒死杨群后，小萝卜自己也悬梁自杀了。事发之后，官府派重兵前来镇压，红树林边的男人基本都被杀光，女人也所剩不多，所以明朝中叶大约有五十年间朝廷停了红树林的珍珠课，其原因固然与珠民造反、珍珠远徙有关，更重要的是，能够下海采珠的人基本上被杀光了，朝廷不得不停。那位顶着珍珠娘娘神位的珠娘，被官府拉到广场，脱了衣服，上了“火龙缠”。兵丁们刚把“火龙”缠了她的身，就有大雨从天而降，霹雳闪电，震动耳鼓，骇人听闻。降雨的地方只有半亩地大，周围是一片晴空丽日，这分明是苍天示警，兵丁们撇下珠娘，转身就跑，当官的根本拦不住。其实当官的也怕，当兵的一跑，他们也跟着跑了。等他们回来时，珠娘早就无影无踪。

养殖珍珠的成功，真是一个伟大的创举，我们的祖先在一千多年前就开始异想天开地实验养殖珍珠。马刚和熊仁，不但是我们南江的大功臣，在世界珍珠史上，也应该用彩笔写上他们的名字。可惜熊仁教授已经仙逝，但马刚老人还健在，首届珍珠节，我们一定要请他老人家做嘉宾。因为他们，我们南江每年生产的珍珠才能车载斗量。尽管现在全世界每年生产的珍珠数十吨计，但像这样的特大野生黑珍珠，依然是凤毛麟角，这样的珍珠依然是宝，这样的珍珠依然是灵物，世界珍珠史上的十大名珠，没有一颗能与我们这颗相比，我们这颗宝珠，是南海的镇海之宝，我们给她起一个名字吧，我们为她命名：南海之星。

你是个聪明得能够骗了上帝的人。你把南海之星从珍珠姐弟手里弄到之后，立刻就让高手珍珠艺人仿制了三颗，仿得几可乱真，不是行家里手，难辨真伪。你爱护这颗珍珠就像爱护自己的眼睛一样。有时你心里也矛盾，将宝珠掠为己有，算不算卑鄙？不算，俗话说货卖与识家，这颗珍珠落在你手里，是最好的归宿。只有你才能领略它的美丽，只有你才知道它的价值。它是上帝对你的特别赏赐，为了你爱珠、识珠。

我们在桌子上铺了一块天蓝色的绒布，把黑珍珠从青瓷小罐里请出来，安放在绒布的中央，然后关掉大灯，只让墙角的底灯亮着，庄严、神秘的气氛立即弥漫全室。我们静默不语，满怀深情地看着她。她开始发光，她发光了，伴随着不能用耳朵听只能用心灵感受的音乐，真正的仙乐，来自大海深处的仙乐，使我们时而热血澎湃，时而心如止水。这是一种让语言羞愧的光芒，它不是仅仅依靠眼睛就能感受到的，它要靠热爱生命、尊敬上帝的心灵来感受。

你抬起头，用乞求的目光看着我。我知道你又要让我给你讲述这颗宝珠出水的情景了。我已经第三十遍地对你讲过了，我实在不明白你为什么还要听？难道听我的讲述会使你的灵魂感到安慰？也许吧，你执拗地说，也许什么都不为，我只是想听，就像听一首喜欢的曲子，就像一个烟鬼不停地吸烟。

我只好再次把这个故事讲给你听。每次开始讲述时，我的心里满是厌烦之情，但只要开了头很快地就会被这个老掉了牙的故事充满兴趣，而且每讲一次就要添些油盐加点儿醋，好像得了宝珠的不是那对可怜的姐弟，而是我和你。如果我是小海，你就是当然的珍珠：如果你是珍珠，当然我就是小海。

陈珍珠被蒙面受辱之后，躺在地上，好像一具僵尸。这种感觉你曾经体验过。当年你嫁给了秦书记的傻儿子，过了半年还是女儿身。在一个风雨之夜，与你爸爸同龄的秦书记在他的傻儿子打雷般的鼾声里占有了你，在一道蓝色的闪电照耀下，你看到了他因为喘息大张开的嘴巴，那张往外喷吐着腐败气息的大嘴里缺了两颗门牙。那就是多年前被马刚打出来的豁口，后来镶上了两颗不锈钢牙，在与你的搏斗中，你把他的钢牙打掉了。他就这样豁着臭嘴把你占有了。你仰躺着，听着窗外的风雨声，你感到自己的身体死了，就像一具僵尸。

红日从海上升起，霞光射进小屋，先是照在地上，然后爬上她的脸。她听到人鱼在栈桥两侧的海水中疯狂地跳跃着，砸起了一片片的浪花。那些浪花溅到红树梢头，又像沉重的泪珠，啪哒啪哒地滴到海水中。她听到成群的白鹭在自家的小屋上空盘旋着，它们粗大的翅羽扇动着纯净的空气，发出嚓嚓的声响。阳光把她的脸晒热了，眼泪就濡湿了热脸，好像给那儿降温。她看到阳光好像一柄利剑,从房檐处的一道缝隙笔直地射进来。一阵既空虚又麻木的感情攫住了她,使她忍不住地哭起来。她的哭声刚开始很小,越来越大,就像洪水决口似的。大哭了一阵,她感到心里异常地空虚,好像五脏六腑都让老鹰掏空了。她听到了那个长方形的大木箱子里发出了嗵嗵的响声,猛然惊醒,身体顿时有了重量。这个箱子盛着她家全部的财富,合上盖子就是小海的床。她恍惚记起歹徒们把小海装进箱子的往事,好像已经过去了一百年。她大叫一声:小海——

她挣扎着爬起来,起得非常艰难,好像身体在地上生了根。她哀号着,扑到箱子前,猛掀箱盖子,掀不开,才看到合页关着。她大骂着:畜生,你们这些畜生……同时剥开合页,掀开箱盖,把已经憋得浑身软如面团的小海从箱子里抱出来。她体力不支,抱着小海软在地上,姐弟俩跌在一起,真是可怜。她晃动着弟弟,哭叫着:小海……小海……你醒醒……

小海醒了,从姐姐怀里挣出去。他在狭窄的房间里转着圈,好像在梦游,又好像一条当头挨了棒子的小狗。他转了几圈,仿佛大梦初醒似地睁开眼睛,看看珍珠,然后他就把自己的脸捂起来,无声地抽泣着,抽得两个肩膀都撮了起来,仿佛《药》里的小栓。珍珠低头看看自己被糟蹋过的身体,马上又爆发了一阵长嚎,撕肝裂胆,让人不忍卒听,连房屋上栖息的鸟儿都没命地往高空中钻去,为了逃避低处的凄惨。

那一天是珍珠姐弟最黑暗的日子。珍珠时哭时木,处在疯狂与正常的交界处。她用柴刀把木箱子砍了,然后又冲出房子,砍地、砍草、砍空气。悲痛使她的身体紧缩,愤怒使她的身体膨胀,只有这样发疯般地乱砍,才使她没有像爆竹一样炸裂。大舞台工地上那些好奇的民工过来看热闹,这些人在姐弟俩眼里顿时就成了仇人。珍珠挥舞着柴刀,小海挥舞着木棒,对着他们扑上去。民工们见事不好,撒腿就跑。有一个跑得慢了点,肩膀上挨了小海一棍,如果不是他急中生智滚下崖去,他的脑袋很可能就要让珍珠的柴刀给开了瓢。珍珠姐弟疯狂的举动吓破了民工们的胆,他们再也不敢过来看热闹,就是在工地上干着活,心里也是乱打鼓,生怕这两个发了疯的孩子摸上来从脑后给自己一家伙。

珍珠跳下大海,在红树林里砍红树。人鱼远远地避开了她。栈桥两边水清见底,看起来好像很浅,其实足有三米深。珍珠在水里游动着,她是用下意识游泳,采珠人家的后代,游泳已经变成了本能,好像是生来就会的,像吃饭睡觉一样。她举起柴刀时,身体就往下沉去,当她把刀刃砍在红树坚硬如铁的枝干上时,她的身体就猛地往上蹿去。她的身体带动着海水掀起一簇簇浪花,发出惊心动魄的声响。哗哗的是水声,铿铿锵锵仿佛打铁的,自然是柴刀砍在红树干上的声音了。红树流出了汁液,像血一样的树液很快就把海水一片一片地改变了颜色。

珍珠在海里发疯时,小海紧紧地跟着她。他的身体好像软木做成的,看不到他的四肢划水,但他的身体却始终浮在水面上。有好几次,珍珠挥起来的柴刀几乎就要劈到了他的头上,让岸上那些远远地看热闹的民工心惊胆战,但他只是将身体往下一缩,就躲过了灭顶之灾。岸上的人们感叹不已。人们都不说话,但每个人的心里都是千言万语。大家都感到,这姐弟俩是与众不同的人,他们与这个社会保持着距离,他们有自己的思想和逻辑,凡人很难用常理来判断他们的行动的意图和价值。人们只有远远地观望的份儿,没有开口评价的资格。每当珍珠的柴刀砍在了红树上时,小海的喉咙里就发出呼噜呼噜的声音,一半像哭泣,一半像示威。红树的汁液从那些深深的刀口里,强劲地喷出来。它们刚喷出来时是紫色的,漶开后便成了深红,好些从静脉里流出来的血。受了伤的红树嗦嗦地抖动着,简直就像受了重伤的马。受伤的红树发出信号,恐惧便迅速地传播开来,前一棵传给后一棵,上一片传给下一片,整个的红树林都被惊动,好像风从海上吹来,好像五十年前那些日本人又卷土重来。当年日本人逼着老百姓砍伐红树林的情景,我们虽然没有亲身经历,但耳熟能详,那些血与火交织在一起的情节历历在目地出现在我们的脑海里:

天空当然是阴沉沉的,有太阳,但被水汽笼罩,红得像血。潮水刚刚下去,红树的枝叶湿漉漉的,一团团的雾,压得很低,在红树林里缓慢移动。白鹭们尖声嘶叫,仿佛预感到了灾难。渔村里残存的公鸡哽哽地叫了几声,日本人就用刺刀顶着渔民们的屁股,将他们赶到了红树林边。这情景我们在许多抗日的影片里看到过,不过要把红树林换成高粱地或者甘蔗林。你父亲和他的战友们穿着破衣烂衫,心怀着深仇大恨和胆战心惊,混在民工队伍里。他们手里都提着锋利的柴刀,除此之外别无武器。这时卢南风还没加入你父亲他们的游击队。卢南风自己组织了一支抗日队伍,基本成员是卢家的家丁和震圜鞭炮厂的工人。在此之前,你父亲与马刚在张争同志带领下曾经想去改编卢南风的游击队,当场被卢南风一顿臭骂:你们连一支土枪都没有,每人提着十根胡萝卜就想来改编老子的队伍?不是看在乡亲的分上,老子让人割了你们的鸡巴!马刚说:姓卢的,我们会有枪的,我们不但会有枪,我们还会有炮!你等着看吧!张争同志说:卢大公子,你是个肥胖的鸭子不下蛋,空有这样多的钢枪,但是不敢跟小日本干,我们赤手空拳也敢跟小鬼子干!卢南风说:只要你们敢跟鬼子干一场,哪怕你们干掉一个鬼子,哪怕你们能夺回一把刺刀,老子的队伍就归你们领导。你父亲他们回来就策划了这场著名的战斗。他们一行十二人,混进了砍伐红树林的民工队伍。他们提前一天就开始磨柴刀,磨得锋利无比,可以用来剃头或是刮胡子。他们杀了一只羊,算是祭了刀。然后把羊煮了,大家尽力吃了一饱,每人还喝了一碗酒,算是齐心酒。马刚提议大家都把中指切破,把血滴到酒里,像古代的英雄结义那样。马刚的提议遭到你爸爸的反对。你爸爸说,我不是怕痛,你们想想看,十二个人,中指都受了伤,即便小鬼子不懂中国的传统文化,但汉奸肯定懂,帮鬼子办事的钱二先生文化程度很高,讲起三国故事来头头是道,他一看就会知道我们已经歃血为盟,在这个时代里歃血为盟除了杀鬼子还能干什么?他向鬼子官松尾一汇报,我们那才是"出师未捷身先亡"呢!再说了,即便钱二先生不去告我们,手指受了伤,怎么跟小鬼子拼命?俗话说十指连心,尤其是中指,不但连着心,而且还连着肺,痛起来连头发丝儿都哆嗦呢!马刚将脖子一梗,说:你要是怕痛呢就简直地说,别绕这样大的个弯子!你父亲说:谁怕痛了?怕痛老子就不会来参加抗日!我的意思是要减少不必要的流血。如果我说得不对,你让大家表决吗,大家同意切,我决不草鸡,我如果草鸡了我就是大闺女养的!张争同志说:还是老林讲得有道理,老马脑袋里的封建意识要注意清除,我们是革命队伍,不是绿林匪帮。于是大家举起碗,举得比头还要高,碰在一起,溅出了许多酒,然后齐声说——声音压得极低但气势很壮——杀尽小日本,保卫红树林!然后大家仰起脖子,把碗里的酒干了。烈酒下肚,豪气从每个人的心头升起来。豪情似火,烧得大家眼睛发红,恨不得立即就与小日本拼个你死我活。领头的张争是共产党,上级派来的,刚来时穿着长袍,留着分头,像个教书先生,老咳嗽,吐痰,痰里还带血丝,咳起来双肩高耸,瘦长脸像草纸一样。大家说上级怎么给咱们派来一个痨病鬼子呢?瞧他这个自身难保的样子,怎么能领导咱们打鬼子呢?但张争可不是一般人,共产党,没有点过人之处怎么能当了共产党?他来到这里后就剃了光头,脱了长袍,跟咱们打成了一片。有人告诉了他一个治肺病的偏方:生吃菠菜,每次三斤,每天三次。为了早日恢复健康,好跟小鬼子战斗,张争同志就像马一样,每天吃九斤生菠菜,连吃了三个月,真把肺病给吃好了。张争同志不咳嗽了,不咳嗽当然也就不吐血了。他的脸色红润起来了,弓着的腰直起来了,撮着的双肩放平了,他恢复了健康和青春。他恢复了健康也赢得了你爸爸他们的信任,这帮家伙,最服气有毅力的人。张争同志吃了三个月生菠菜,没有点毅力是不行的。尤其是他吃菠菜时那种喀喳喀喳的样子,充分地表现出了男子汉的气魄,胸膛里没有大志向、肚子里没有大主意的人,是不可能这样子生吃菠菜的。后来你爸爸和马叔的爸爸经常用张争同志做榜样教育你们,使你们虽然没见过张争同志但耳朵里经常响起一个英雄生吃菠菜时发出的那种惊心动魄的喀嚓声。他们最服气的就是张争同志,提到张争同志,连说话的腔调都会发生变化。你爸爸他们跟着张争同志混进了民工队伍。民工们消极怠工,砍伐自己的红树林,谁能积极起来?谁积极谁就是汉奸。还真有那么几个积极分子,但他们也不是存心要替小鬼子卖命,他们不过是些胆小的人,生怕让小鬼子的刺刀在屁股上捅出一个窟窿。更可怕的还是小鬼子那几条狼狗,它们身体肥硕如小牛犊,竖着尖耳朵,耷拉着红舌头,双眼发红,据说是吃人肉吃的,叫起来威武凶猛,跟老虎似的。民工们亲眼看到三匹狼狗顷刻之间将一个犯人咬得稀烂。你爸爸他们其实也很怕这三匹大狼狗,如果狼狗在,他们也不敢轻举妄动。在策划那次行动之前,他们通过给鬼子做饭的内线,将三匹狼狗全部毒死。在狗食里下药后,内线就逃回来了。为了三匹狗,暴露一个好不容易打进敌人内部的内线,可见在游击队的心目中,那三匹狗有多么可怕。消灭了三匹狼狗,其意义甚至大于消灭三个鬼子兵,老百姓听到了这个消息都是心中欢喜,感到出了一口大气。消息传到卢南风的游击队里,卢南风也很佩服,说:想不到他们竟然把三条大狼狗给一勺烩了,还真有两下子,看来不是些白吃干饭的。关于这三条狗,咱们就不说了,还是说说那次著名的保护红树林的战斗吧。

民工们都穿着厚厚的褂子,穿不起褂子的就披上一块麻袋片,穿褂子或是披麻袋并不是怕冷，也不是怕蚊虫叮咬，这些事儿对红树林边的渔民来说是小小不然的事，他们穿厚褂子披麻袋片是害怕让监工的皮鞭抽打。监工的三个人，都是精通三国的钱先生的侄子，一钱二钱三钱，一钱坏过一钱，这种人什么朝代都有，“文化大革命”期间那些用辣手打人的红卫兵搁在抗日时期绝大多数都是汉奸，五七年把很多知识分子打成右派的人搁在抗日时期肯定都是大汉奸，而且都是打着抗日的旗号卖国，就像他们用革命的名义将人打成右派一样。现在那些狐假虎威、贪污盗窃、满嘴革命词语的人搁在抗日时期肯定也是汉奸。根据我多年的研究，我发现，当汉奸多半不是因为觉悟问题，而是品质问题，而品质问题在某种意义上说可以说是遗传问题。像卢南风那样因为有洁癖让敌人抓住了弱点，不得不暂时投降的汉奸跟钱氏三兄弟那种天生地养的汉奸有本质的区别。往常的日子里，三条狼狗在三个小鬼子手里牵着，它们用力顿着脖子上的皮条，对着所有的民工狂吠，只要小日本把手里的皮条一松，它们就会扑进民工队里吃人。背后有三个这样的凶猛动物狂叫不止，说心里不害怕、脊梁不发紧是假的，何况还有钱氏三兄弟举着皮鞭转来转去。民工们都光着脚，踩着紫色的淤泥，钱氏三兄弟都穿着矿工们下井时穿那种高筒橡胶靴子，土黄色的裤子塞进靴腰子里，裤子的上部格外肥硕地乍开，上身穿着黑色绸衫，腰里扎着牛皮带，脖子上挂着盒子炮。都留着中分的大洋头，上了很多头油，散发着一股生猪肉的气息。每人手里一条皮鞭，是用浸过油的小牛皮精心编成，一鞭抽下去，能把手指粗细的树枝抽断，茬口齐齐的，好像用刀砍断的。三兄弟打人全凭感觉，谁该倒霉了谁就得挨鞭子，你努力工作不一定不挨鞭子，你偷懒磨洋工也许还不挨鞭子。有那些特怕挨打的人就买了烟卷给他们进贡，只要送上了烟卷，管你怎么要滑头，他们的鞭子也不会找你了。用钱氏三兄弟的话说，这就叫做“不打勤的，不打懒的，单打不长眼的”。没了狼狗，钱氏三兄弟的威风小了一半，人们习惯说“狗仗人势”其实更多的时候是人仗狗势。那天的气氛一开始就隐含着一股杀气，这很正常，十二个人憋足了劲要杀人，怎么会没有杀气呢？那天来了七个鬼子，加上钱氏三兄弟，共有十个人，九条枪，有两个鬼子趴在崖头上，两个人共同使用一挺歪把子机关枪。战斗的情况据你的父亲说是这样的：进入红树林后，他们十二个人装做打架，纠缠在一起，五个鬼子和三个汉奸起初大喊大叫，三个汉奸将皮鞭抡得嗖嗖地响，你父亲他们背上被打得皮开肉绽。鬼子也靠前上来，用枪托子乱捣，想把他们分开。这时，你父亲他们手里的柴刀便向鬼子们的头上砍去。你父亲说他一刀把一个鬼子的天灵盖砍去了一半，就像劈开了一个葫芦。马叔的父亲说你父亲根本就没砍着鬼子，反而让鬼子用刺刀在胳膊上豁开了一道血口子，简直就是一张血盆大口。马叔的父亲说如果不是他从背后给了那鬼子一刀，你父亲躲过了第一刺刀，第二刺刀是无论如何也躲不过的，那样也就不可能有你这个人了。那几分钟里真是刀光剑影，鲜血和脑浆溅在了红树上，脑浆都是鬼子和汉奸的，鲜血有鬼子和汉奸的，也有游击队员与民工的。战斗的结果是：五个鬼子和两个汉奸全部完蛋，都像死狗一样扎在淤泥里，一钱被卸掉一条膀子，歪着身体，像一架洒血机，哇哇地大叫着，朝崖头那儿跑去。游击队死了三个人，都是被刺刀捅死的。你父亲他们也顾不上这三个战友的尸体了，从鬼子和汉奸手里夺过枪，有的从鬼子腰里摘下子弹盒，有的根本顾不上摘子弹盒，然后拔腿就往红树林深处钻。有个叫小白的队员，肚子被刺刀豁了，肠子淌出来，拖在泥里，就这样也没挡住他从鬼子手里夺出了一杆大盖子枪，就这样拖着自己的肠子他还把鬼子腰里的子弹盒子解了下来，就这样拖着自己的肠子他还把鬼子腰里的两个炸弹摘下来，就这样拖着肠子他还把鬼子的牛皮腰带解了下来，他还准备剥鬼子的大皮靴，被张争同志拉走了。张争同志帮他把肠子塞进肚子里去，顺手捡起一顶鬼子的帽子堵住他肚子上的窟窿。然后拉着他就往红树林里钻。这时,崖头上那两个鬼子兵开始了射击。战斗发生得太突然,这两个鬼子懵了。即便不发懵他们也没办法,因为刚开始时他们的人跟我们的人混战在一起,他们干着急也不能射击。他们也不敢离开岗位。一转眼间民工们就跟着游击队钻进了红树林,鬼子机枪射手的眼界里只有十几具尸体,还有那个受了重伤正跌跌撞撞往回逃跑的一钱。机枪射手第一梭子子弹就把一钱给撂倒了。他连哼都没哼就一头扎在淤泥里,可惜得是让他暂时地拐走了一支盒子炮。为什么说是暂时拐跑呢?因为几天之后,你父亲他们又潜入红树林,找到了一钱那具让鱼和海鸟吃得残缺不全的尸体,从他的脖子上摘下了那只枪。那只枪后来就归马刚使用。枪是德国造的名牌,可惜口太老了,关键时刻不是走火就是卡壳,马刚好几次差一点儿死在这支枪手里。马刚后来换了一支大肚匣子,每次能装进二十发子弹,有快慢机,枪口很嫩,打起来嘎嘎的,过瘾极了。他们拖泥带水地钻进了红树林。小白跑了几十步,堵伤口的鬼子帽被树枝挂掉了,肠子奔涌而出,双手去堵也堵不住了。小白的肠子上沾满了淤泥,十分可怕。他跑不动了,就说:张争同志,放开我吧……张争同志头脑冷静,知道鬼子的增援队伍很快就会赶到,如果不快跑,就跑不了了。在当时的医疗条件下,伤成了小白那样,只能等死。小白说:张争同志,把枪和子弹拿走,给我留下两颗炸弹就行了……张争同志说:小白,我们不会忘记你的。这时,鬼子的机枪子弹把红树林打得枝叶横飞,很多民工中了弹,哭爹的喊娘的,情况十分危急,张争同志只好眼含着热泪,从小白身边拿了枪和子弹,迅速地撤走了。张争同志带着你父亲他们刚刚上了前来接应的船,就听到红树林里传出一声巨响,小白同志自己结束了生命。这种事如何评价呢?那毕竟是残酷的战争年代,不像我们在电影里看到的那样完美无憾。张争同志和你父亲他们划船进海,躲到了对面那座与陆地相连的半岛上，民工们就没这么幸运了，他们有的仗着好水性游上了半岛，有的吓昏了头在红树林里转圈子，潮水上来时，他们爬到红树上，让开着汽艇进入红树林的鬼子当活靶打了。这场战斗揭开了红树林游击队抗日的第一幕，也是英勇悲壮的一幕。卢南风让你父亲他们的英雄气概给震了，他不食前言，带着队伍参加了抗日的队伍，马刚任大队长，张争任政委，你父亲任大队副，卢南风任大队副。

红树林发出了我们无法解读的声音，但珍珠姐弟毫无疑问地能够听得懂红树林的语言。他们听到那些受了伤的红树悲泣着说：姑娘，尽管你受了奇耻大辱，但你也不应该砍我们的身体，我们与你们息息相关，我们是看着你们姐弟俩长大的呀，我们与你们一样是饱经了苦难的呀。我们不但看着你们姐弟长大，我们还亲眼看着你们的父母长大，我们长到碗口粗需要五百年，红树林边上的悲欢离合我们都亲眼目睹过呀，姑娘，我们能活下来是多么样的艰难呐，小日本想把我们毁了，是你们的父辈们用自己的生命和鲜血保护了我们，大炼钢铁时，村里人为了保护我们，制造了很多谣言，说谁要砍一棵红树，必得重病身亡，死不了也要大病一场，干部们明明知道这是谣言，但是他们也装起了糊涂。姑娘，红树林边的人，如果不爱我们，就等于背叛了自己的家乡。姑娘，你难道没看到当你的柴刀从我们身上抽出时，我们的鲜血把海水都染红了吗？姑娘，收起砍伐红树的柴刀，去找你的仇人报仇吧，我们，红树们，永远是你们姐弟的坚强后盾，当你们在外边受了委屈时，当你们在外边混不下去时，只要回到我们身边，我们就会张开葱茏的怀抱迎接你们，在我们这里，你们可以找到食物，在我们这里，你们能够得到安慰。你们是我们最最亲近的孩子！孩子，可怜的孩子，没爹没娘的孩子啊！你已经受了伤，不要让你们的朋友再受伤……

珍珠和小海听懂了红树的语言，爬上了他们的栈桥。姐弟俩浑身往下流水，衣服紧紧地贴在珍珠丰满但不失窈窕的身体上。她自觉身体脏了，如果仅仅是外边脏了，哪怕了失足掉进了大粪坑，下到海里，也就洗干净了，但现在她感到洗不净了，自己的身体，从里边到外边都脏了。

第十四章

当时的情况是这样的:珍珠端着油灯,拉开门,往外一探身,就被二虎用黑布口袋把脑袋套住了。她剧烈地反抗着,嘴巴在黑口袋里发出呜呜噜噜地喊叫声。三虎狠起来,一拳击中她的太阳穴,将她打得瘫软在地。小海睡得迷迷糊糊,黑暗中蹿起来,用他的箭,刺中大虎的屁股。他们将小海关在木箱子里。三个人都年轻力壮,蛮劲儿充足,轮班作恶,每人上了两次。珍珠清醒后,弄不清楚到底有几个歹徒对自己施加了污辱。如果知道有三个歹徒,她的柴刀早就找准了目标,无论大虎怎样花言巧语也不可能蒙骗了她。当然,那样也就不会有后边的故事了。

珍珠遭害之后,一场不合时令的台风从南太平洋袭来,大海里怒涛汹涌,海水像开了锅一样翻腾,海底的泥沙和水草翻卷上来,清亮的海水变成了浑浊的泥汤。珍珠在狂风暴雨里奔跑、哭叫,双目呆滞,头发凌乱,身上滚满了泥浆,好像刚从精神病院里逃出来的病人。小海在后边紧紧追赶,追到下坡处,他超越了姐姐,倒转身体,与姐姐面对面,试图挡住她的去路。这时,奇迹发生了:狂风从坡下的河道里翻卷上来,形成了一个看不见的气垫,把他的身体托举起来。他挥舞着胳膊,就像起飞的大鸟扇动着翅膀。他的身体升到离地十几米高的空中便不再升高,在那个高度上他翻滚不止,好像一根漂木在浪潮上起伏。珍珠被眼前的景象惊呆了。她暂时忘了自己的痛苦,把弟弟的安危放在了第一的位置。同样的风也吹着她,她感到一股风兜着腹部,使双脚几乎就要脱离地面。她也挥舞双臂,想飞起来,与弟弟比肩,然后结伴飞离人间,到一个没有痛苦和贫困、没有奸诈和暴行的地方去。但风不抬举她,也许她的身体太重了。她仰望着空中的弟弟,大叫:小海……在这一瞬间,她忘了身体内部深藏着的耻辱,她的心感受到了神灵的启示。她随着空中的弟弟,跌跌撞撞地往前跑。最后,小海突然从空中下降,响亮地落在了泥巴里。珍珠扑到他的身上,关切地检查着他的身体,生怕他受了重伤,但他自己站了起来,拉住珍珠的手就往回拖。

躲在工棚里避风的民工们看到了这幕奇景,惊讶得目瞪口呆。风过天晴之后,台风把一个小孩子吹到天上去了的流言就传遍了乡村和城市。南江日报的记者闻讯赶来,想证实传言,珍珠姐弟根本就不与他们谈话。但这也不妨碍记者回去写文章。南江日报在第四版发了半版文章,添油加醋、捕风捉影地说:不久前那场影响我市的台风将一个十岁的男孩刮出去五公里,高度在一千米和五百米之间,奇怪的是,男孩落地后,竟然连一根汗毛都没伤着。

台风过去后,海湾里飘浮着被折断的红树枝条和红树叶子,沙滩上淤集了厚厚一层亮晶晶的红树枝叶和碧绿的海草。每次台风来袭,都是红树林的浩劫,几乎每一棵红树都受了程度不同的伤,但没有一棵红树倒下。它们屹然挺立在海水中,全都是钢筋铁骨,像一个个钢铁战士组成的战斗集体。

珍珠家屋顶上覆盖的海草被全部刮走,房后一棵芒果树被拦腰折断，结满果实的树冠不知被风吹到了什么地方。红树林外的养珠场里一片凄凉景象，昔日像林立的岗楼一样的养珠棚全部完了，有的踪影无存。有的还残留着几根孤零零的木桩。吊养着珠贝的铁丝笼子都随着浮排和方块木桩，不知漂到哪里去了。珠农们站在海边，都发了呆，宛如一片黑木桩。

珍珠病倒了，先是打寒战，浑身发抖，脸色灰白，嘴唇橘黄，牙齿得得碰撞，连一句完整的话都说不出：冷……冷……小海把家里的被子、衣服全盖在她的身上，还是抖，最后，连那张破渔网也蒙上，还是抖。冷劲过去后，高热来潮。她的身体就像一个火炉子，散发着逼人的热量。小海往她的脸上一瓢瓢地浇水，浇上去的水很快就干了。在那些片刻的清醒里，她感到头大如斗，沉重如磨盘，虽然沉重，但是却隆隆地旋转。天转地转房子转。不知从哪里钻进来许多穿着五彩霞衣的小孩子，有的蹦，有的跳，有的吵，有的闹，有的从地下跳到梁头，有的从床头蹦到窗户，有的侧立着在墙壁上行走，有的攀着房梁打秋千。它们的模样都像小海，近前了又感到不像。近前了看它们都是些小妖，身上长着一层金毛，屁股上都翘着一条毛绒绒的很蓬松的大尾巴。它们都有两只黑黑的小眼睛，撅着尖尖的小红嘴。一会儿工夫它们都不见了，不知哪里去了。她感到自己就像一块圆石头，隆隆地响着向万丈深渊滚动，小海追上来，伸着一只手，试图拉住她的手，但就差那么一点拉不到。她恍惚地听到小海发出了喊叫声：姐姐——姐姐——！我的好弟弟，我的唯一的亲人，你终于开口说话了，我盼了十几年，终于盼到了你开口说话。黏稠得像胶水一样的眼泪从她的让热火烧干了的眼窝里流出来。她絮絮叨叨地说着：我不能就这样死了，为了我的弟弟我不能死，还没完成父母的遗嘱把弟弟抚养成人我没有权力死，天公地母，海神娘娘，珍珠仙子，保佑我吧，别让我死，让我活下去吧……她向天上的地下的大海里的神灵们发出祈求，虔诚到极致，神灵们的面孔在她热昏的脑海里走马灯般地旋转着。这些或庄严或狰狞的面孔,有的在庙堂里曾经见过,有的在故事里曾经听闻,它们都像肥皂泡上的像影,鲜明地一闪现,顷刻便破裂,她的耳边也就不断地听到哔哔叭叭的声音,她知道,这些破碎了的神灵都不会显灵保佑自己了。于是她的心里有了冤屈,对神灵产生了不满。天上地下的神啊,你们为什么不佑善人?为什么不帮穷人?难道你们也嫌贫爱富、欺软怕硬?难道你们也不分青红皂白、不问原因,只看结果?难道你们也嫌我脏了身子,不值得同情了吗?她的牢骚还没发完,眼前就出现了一团迷雾,死神的狰狞面孔逼近了,压低了,死神尖尖的像鸟一样的嘴巴就要啄到自己的脸上了,她绝望地哭泣起来,小海,我的弟弟,姐姐就要死去,往后的日子你一个人怎么熬啊?谁来给你煮饭?谁来替你缝衣?谁呵护你?谁关照你?这时,迷雾变成了翻卷的浪花,从浪花中央,就像从一朵特大莲花的中央,一个身披粉红霞衣,面如皎皎明月,目若灿灿朗星的仙子升腾起来,她的悠闲地伸出的纤纤素手里,托着一颗大如鸽蛋、放射着夺目光彩的黑色的珍珠!珍珠一眼就认出了珍珠仙子的庄严法相,她感觉到自己的肉体已经爬起来,双膝跪在了仙子面前,磕头不歇,祷告不止:救苦救难的珍珠仙子,施展您的法力,救小女子一条命吧,等我病好之后,一定到您的庙里去磕头烧香,将来我发了财,一定要重修您的庙宇,再塑您的金身,仙子,让我好起来吧,非是小女子怕死,是我放心不下我的小弟弟,这个可怜的好孩子,仙子,救救我吧……仙子从袖中抽出一根红木榄的绿枝,在珍珠的脸上甩了甩,立即就有清凉的水珠降落到珍珠的脸上,清爽无比,好像久旱的禾苗逢到了甘霖。她立即就感到心里透了一点亮儿,眼睛看物不再发昏,这样她就更加亲切地看到了红树林边养珠人的守护之神。珍珠仙子示意陈珍珠张开口,然后,仙子就把那颗一直托在手心里的稀世珍宝黑珍珠,放在了她的口里……

三天之后，珍珠的高烧消退了，顽强的生命力终于战胜了死神。她的嘴唇上鼓起了一层大燎泡，眼睛枯涩，口里喷出一股焦干的臭气。但她知道自己挺过来了，因为她的鼻子嗅到了气味。

她嗅到了一股人间烟火的香气，接着她就看到了锅灶里明亮的火苗子。在火光的照耀下，小海的身体发出青铜般的光芒。他双膝跪在灶前，手里拿着一柄芭蕉叶扇，努力地往灶膛里扇风。他的眼睛闪烁着忧郁的光芒，让珍珠的心隐隐抽痛。柴草不干，燃烧时冒出很多青黄的烟雾。珍珠试图折身起来，但没有成功。她的上半身刚刚脱离床板，便沉重地往后倒了，并且发出了一声闷响，好像倒了一堵墙壁。小海闻声扑上来，他的嘴唇激动地哆嗦着，满嘴的话语仿佛随时都会冲开嘴唇冒出来，但他终于将它们憋了回去。他的兴奋心情已经通过跳跃如火苗子一样的眼神告诉了珍珠。珍珠低声地吟唤着：海啊，海啊……她伸出手，摸索了一下弟弟探过来的脑袋。心里悲酸难忍。小海挣开她无力的手，回到灶边，更加积极地扇风催火，灶膛里一片光明，很快，就有米汤的浓香从锅里涌出来。

陈珍珠不敢忘记在大病之中见到过的珍珠仙子的迷人的形象，更不敢忘记珍珠仙子放在自己嘴里的黑珍珠。她毫不怀疑地认为，是自己的祷告，感动了仙子，仙子用灵珠治好了自己的重病。所以当她能够下地走路时，第一件事，就是带着弟弟去珍珠仙子庙里跪拜谢恩。但是，那座“文革”期间就让城里的红卫兵烧毁了的珍珠仙子庙的废墟，已经荡然无存，在那个地方，几十个建筑工人正在高高的脚手架上忙碌着，一台破破烂烂的水泥搅拌机轰轰隆隆地响着，把和好了的水泥从它的巨口里吐出来。一个头带柳条帽的人走上前来，问：珍珠，不是说你让台风刮走了吗？

他的一句话未了，脚手架上人们的目光唰地扫过来，宛如撒下来一把沙土。

珍珠带着小海，来到了村里人瑞万奶奶的家。

提起这位万奶奶，村里人谁也弄不清楚她到底有多大岁数，反正从珍珠还是一个流鼻涕的小姑娘时，万奶奶就说自己九十九岁了，珍珠成了大姑娘，万奶奶还是自称九十九岁。她不愿意过百岁大关，她的年龄停在九十九岁的地方就不再增长，时间对她已经失去了意义。

万奶奶家坐落在一个向阳的小山坡上，面对着红树林海湾。在她家那间存放杂物的敞厦里，挂着一副不知是什么人画出的珍珠仙子神像。珍珠仙子在无名画家的笔下变成了一个生着双层下巴的小肥婆，旁边还画着俩比例比她小三倍的小孩，一个举着伞盖，一个提着腰刀。这俩画像上的小孩，看样子一个是催班，一个是保镖。珍珠牵着小海的手，沿着那些让人脚磨得光滑如镜的青石台阶曲曲折折地爬上了万奶奶的家。万奶奶盘腿坐在一架蔓叶茂盛的葫芦下边，屁股下垫着一个蒲团，光线透过葫芦叶蔓，花花地照着她如雪的白发。架上悬挂着大大小小十几颗葫芦，大的如足球，小的如拳头。大葫芦光滑如瓢，小葫芦上生着一层纤细的绒毛。大葫芦如丰硕的少妇，小葫芦如牙牙学语的孩童。扫得干干净净的院子里，有两个扎着小辫子的女孩对面坐在地上，伸着沾满红土的小胖腿，用同样沾满红土的小胖手，玩着石头子儿。她们玩得很专注，对珍珠姐弟的到来，一点也不理睬。倒是小海，对她们投过去关注的目光。

奶奶。

珍珠一声奶奶叫出口，眼泪就止不住地流出来。

万奶奶抬起头，眯着眼，看着她，说：孩子，你是陈瘸子家的珍珠？

那是我的老爷爷。

那么，你爷爷就是陈大官了。

我爹是陈三两。

你爹是我接的生。

我出生也是您接的，小海出生也是您接的，红树林边的孩子，都是您接到这个世界上来的。

你是来还心愿的吧？

万奶奶一语道破了珍珠的心事，让珍珠大吃一惊，但当她看到万奶奶那张饱经了沧桑的老脸，她的惊讶顿时就消散了。

珍珠和小海走进堆着柴草的敞厦，跪在珍珠仙子的画像前。画像中，那个双层下巴的小肥婆眯缝着细长的眼睛，咕嘟着丰满的小嘴，神气三分像慈祥，三分像嘲讽，三分像撒娇，还有一分不知道像什么。但这只是我们的感觉，在陈珍珠的心目中，这张发黄的画像神圣无比，她不可能对仙子的相貌进行评价，就像一个渔家姑娘不可能对大海进行评价一样。她点燃了一束紫红色的香，插在画像前那个缺了口的陶制香炉里。香烟袅袅，廉价的香气散发出来，神圣的气氛更加浓厚了。珍珠将脑门抵在凉森森的、发出一股霉味的地面上，心里默念着仙子的救命之恩。小海跟着姐姐跪在地上，但他的眼睛却在四处巡睃。他看到了两只苍蝇在珍珠仙子的脸上爬行着，爬爬停停，停停爬爬，然后后边的一只苍蝇突然地飞到前面那只苍蝇背上，点了一下，嗡地飞走了，前面那只被踩过的苍蝇抖抖翅膀，也跟着飞走了。他看到离画像不远的墙角上，一个巴掌大小的白色蛛网在微微地颤动，一只像绿豆粒那般大小的黑色的蟢蛛躲在离网不远的墙缝里。他看到一只灰白条纹的母猫侧卧在背后的柴草堆里，给三只小猫喂奶。那只母猫嘴里打着呼噜，但却睁着一只眼睛，猫眼里的瞳仁好像一条金线。他被小毛球似的小猫吸引，膝盖悄悄地向前移动。他移到了猫母子的身前，对着那些小毛球伸出了手。他感到自己的手指刚刚触了那些毛毛绒绒，就听到老猫咪呜一声怪叫，一只尖利的爪子就在他的手背上狠狠地挠了一下子。他的手背上顿时出现了几道黑红的划痕，血珠子马上就渗了出来。

珍珠被身后的声音惊动，一瞬间她忘了珍珠仙子，急忙转身去看小海的手。她将小海的手放在自己嘴边吸吮着，嘴里马上就有了腥热的血味。然后她气愤地盯着猫，猫也挑战般地盯着她。猫把两只眼睛全都睁圆了，好像一个理直气壮的母亲的眼神。珍珠知道不能怨猫，只好叹一口气，拉着弟弟，走到院子里。这一爪看似平常，但却留下了隐患，几个月后，当珍珠被别有用心的金大川拘到公安局后，小海一个人在家，肚里无食，心里焦急，身体抵抗力降低，潜伏在血液内的狂犬病毒就趁机发作了。狂犬病患者九死一生，小海能活下来，全仗了林岚你帮忙，这也是珍珠嫁给你家大虎的一个重要原因。

珍珠对万奶奶倾诉衷肠：奶奶，我脏了身子……从里到外都脏了……我没脸活下去了……奶奶，救救我吧……

万奶奶微笑着，问：你给珍珠仙子磕头了吗？

磕了，磕了很多……

珍珠仙子是咱红树林边所有女人们的保护身，你心里有什么冤屈、痛苦，仙子全知道，她老人家会保佑你渡过难关的……

万奶奶拍拍珍珠粘结成缕的头发，双手按着地站起来。跟我来啊，闺女！然后她就晃动着胖大的身躯，像一只老母鸭，摇摇摆摆地走下青石的台阶，来到了一口水井边。珍珠紧紧地跟随着她。在下台阶的时候，珍珠几次伸手去扶助老人，但她伸过去的手都被老人挡开了。

这是红树林村最古老的一口水井，当年村里人都从这口井里挑水吃。后来，传说井里有一条金环大蛇，每隔几年，就会有一个人落井而死，而且死的都是陌生人。人们不敢再来取水，于是这口井就渐渐地废弃了。一般的水井废弃之后，用不了十年就会井壁坍塌，颓为平地，但这口水井，废弃数十年后，还是深不见底，只是在井台四周，长满了半人高的凤尾草，石砌的井壁上，布满了厚厚的青苔。其实这口水井不能算真正的废弃，万奶奶就一直从这口井里打水吃。几十年来，这口井就是她的专用水井。万奶奶之所以长生不老，是不是与饮用这口井里的水有关呢？

井台上摆着一只用圆木挖成的柚木桶。它历经沧桑，周身发红，宛如法器，其实就是一件辉煌的文物。传说太平天国的天王洪秀全就用这个木桶喝过水。他跪在桶前，把脑袋探到桶里，喝出了“咕咚咕咚”的响声，好像一匹渴极了的战马。那还是他利用教书先生的职业做掩护、奔走两广、宣传“拜上帝教”、为发动武装起义做准备的时候。他身上斜挎着一个青布包袱，包袱里裹着几本珍贵的文稿，这就是他创作的革命教义《原道救世歌》、《原道醒世训》、《原道觉世训》。他将这套革命经典亲笔缮写了二套，一套放在战友冯云山那里，一套送给了刚刚结识的少年俊才杨秀清。包袱里这套，是他反复修改过的原稿，上面圈圈点点，墨分五色，很多页上，都有黑色的血迹，那不是他呕出的心血，而是他流出的鼻血。他的鼻子有习惯性出血的毛病，经常在奋笔疾书的时候鼻子一热，鼻血就滴在了稿纸上。那时他还是个生气勃发的中年人，脑后还扎着一条油光光的大发辫，尽管他恨透了这条大辫子，但为了安全，暂时他还不能将辫子剪掉。当他走在繁华闹市时，他的大辫子吸引了许多大闺女小媳妇艳羡的目光，大闺女小媳妇并不知道男人脑后的辫子是民族的耻辱。对此他没有感到骄傲，他心中感叹：人们呐，你们是多么的愚昧！他的脚上穿着草鞋，脚上结满了老茧，一看就知道是个惯常走路的人。为了宣传革命，发动群众，他的足迹几乎踏遍了两广大地，越是穷乡僻壤、闭塞山区，越是他热衷于奔走的地方。所以真正的革命者一个显著的特征就是善于走路，一个真正的革命者耗费最多的就是脚上的鞋子。他身穿青布长袍，为了行走方便，把袍子的一角挽起来塞在腰带里。他的身上落了一层厚厚的尘土。什么叫风尘仆仆？看看喝罢凉水站起来的洪秀全吧。喝饱了水，他站起来，打了一个舒服的饱嗝，然后用明亮的眼睛看看眼前这个打水的少妇。这个少妇按说不应该是万奶奶，应该是万奶奶的奶奶吧？但红树林边听到过这个传说的人，包括珍珠，都当然地认为，那个打水让天王洪秀全喝了一饱的少女，就是今日的万奶奶，即便理智上明白不是她，感情上也认为就是她，是她是她就是她！那就是她吧。那天，我们的万奶奶穿着一身浅绿色的衣衫好像一棵水灵灵的小白菜。她的衣服上都滚着彩色花边，朴素中有艳丽，庄重里含风情。白嫩的胳膊从肥大的衣袖里褪出来，腕上戴着碧绿的玉镯子。一双天足在肥大裤脚里藏着，生怕让人看到，但还是让洪秀全一眼就看到了。大脚是万奶奶的大耻辱，也是她空有如花似玉的相貌但嫁不出去的原因。万奶奶为什么不裹小脚呢？这个问题谁也不敢问。后来洪秀全革命成功，创建太平天国，定都南京，颁布了诸多法令，其中一个法令就是禁止女子裹小脚。这条法令的颁发，很可能就与万奶奶有关。多谢大姐！洪秀全双手抱拳，给万奶奶深深地做了一个揖。洪秀全为什么呼万奶奶为大姐？因为万奶奶脑后也留着一条大辫子，留大辫子的自然是姑娘，如果是小媳妇，就该留发髻了。万奶奶不由地飞红了脸。她偷眼看到，面前这个年轻人浓眉大眼，方唇大口，醇朴中透出灵秀，讲起话来声音低沉而浑厚，好像带着浓浓药香的野蜂蜜一样醉人。她当时就被他的魅力给俘虏了，不管有多么严格的道德约束，对于真正动了情的女人那是毫无用处的。如果当时洪秀全要把她带走，她扔下木桶就会跟他走，哪怕是山高路远，哪怕是饥寒交迫。喝足了水，谢也道过了，洪秀全转身就走。万奶奶眼巴巴地望着革命领袖高大的背影，心里充满了眷恋之情。故事如果到此结束，也就算不上个什么故事，讲故事的人当然不会让一个故事就这样平平淡淡地结束。话说洪秀全往前走了十几步，突然就把头扭了回来。他看到，井台边上的大辫子姑娘正痴痴地望着自己。虽然隔了十几步远，但他还是清楚地看到了姑娘眼睛里亮晶晶的泪水。洪秀全是何等聪明何等温存的人？革命领袖在革命初期都是大情种，古今中外，概莫能外。一旦革命成功之后，身边的女人太多，就把他们的感情冲淡了。洪秀全不忍心看着这样一个好姑娘为自己流泪，于是他就走回到万奶奶身边。这十几步回头路，在万奶奶的个人历史上，可以说是一步一个里程碑。认真考究起来，这十几步，在太平天国的革命史上，也不是无足轻重。万奶奶在洪秀全的脚步声中颤抖，仿佛他的结实的大脚不是踩在地上，而是踏在她的心上。随着洪秀全的步步逼近，她的头也越垂越低，等到洪秀全在她面前站定时，她的下巴已经抵在了胸脯上。洪秀全看不到眼前这个姑娘的脸，但是他看到了姑娘赤红的耳朵。他知道这个姑娘爱上了自己，从她的片刻之间就羞红了的耳朵上，他知道她已经深深地爱上了自己。因为把耳朵都羞红了已经是深度的羞涩，浅度的羞涩只能把腮帮子羞红。浅度的羞涩是女孩子的正常反应，它只与好感有关，而深度的羞涩往往是动情的表现，它与性紧密相连。如果一个姑娘因为你羞红了耳朵，那么就可以肯定地说，她已经爱上了你，她已经准备为你献身。虽然前边还有很多革命工作要做，虽然清朝的密探已经注意到了拜上帝会的活动，今后的岁月里艰难险阻会层出不穷，但革命者从来都是乐观主义者，革命者面对着敌人的屠刀也不会冷落爱自己的女人，否则算什么革命者？连女人都不爱，你革命为了什么？革命的主要目的就是让广大的女人过上幸福生活，女人过上了幸福生活，男人才可能获得幸福。洪秀全深知这一点，所以，他伸出了他那只即将扭转乾坤的巨手，捏住了万奶奶的下巴，把她的脸渐渐地托起来。这是太平天国革命历史上值得纪念的一个辉煌时刻，伟大的领袖在饱受风霜之苦后，沉浸在审美的过程之中。姑娘因为激动过度，血液都流回心脏里去了，所以她的脸显得苍白，她的呼吸也好像停止了。洪秀全仔细地端详着这个姑娘，在细细的比较和品味之后，发现这个井边的渔姑竟是一个绝色的美人。她的美是一种让洪秀全喜欢的健康丰硕的美，不是当时读书人喜欢的那种病态的纤美。这也是洪秀全超越了他的同时代人的地方，革命领袖之所以能成为领袖，就在于他的思想和见识都是超前的，他的审美观也是超前的。领袖的审美观，这个被以往的历史研究者所忽略了的问题其实是个相当重大的课题，它关系到领袖的人格，关系到革命成功之后，新的社会的风貌。洪秀全喜欢万奶奶丰满得甚至有点肥厚的嘴唇，喜欢她的在当时的观念里显得过大的嘴，喜欢她的黑得有点发蓝的眼睛（她的眼睛在黑暗的地方能够像猫的眼睛一样闪闪发光），他还喜欢她的光滑得像小瓢一样的额头。当然，他也喜欢她的那条又粗又长的大辫子，尽管他不喜欢男人的辫子，但他喜欢女人的辫子，正因为他喜欢女人的辫子，所以他才不喜欢男人的辫子。他把她的容貌像刻版一样刻在脑海里之后，才松开那只捏住女人下巴的手。女人说了一句话：

你……还渴吗?

洪秀全不错眼珠地盯着女人桃花般的面容，说：渴，渴极了！

接下来女人把洪秀全带到自己家，她的父母已经驾船出海采珍珠去了，给他们留出了干事情的时间和空间。一进屋他们就抱在了一起，未来天王的宽嘴把姑娘的丰唇全部地吞没，他啃着她，咬着她，贪婪极了。她的身体在他的怀里扭动着，她的嘴里发出一些含糊不清的声响，这些声响被他全部地、连同她嘴里的甘甜的津液咽到了肚子里。有了这样的火烧云一样的浪漫之吻，上床做爱就是水到渠成的事情了。事毕之后，姑娘给未来天王焖了一锅米饭，蒸了半条咸鱼，炒了两个鸭蛋，还烫了一壶水酒，侍候未来天王吃了喝了。酒足饭饱之后，天王说：我该走了。姑娘的眼泪哗哗地流出来。于是多情多义的天王把姑娘抱在怀里吻着，然后两个人又一次宽衣解带，颠鸾倒凤，干得十分出色。这次是姑娘说：你走吧，我的父母就要回来了……此时天王倒有点恋恋不舍了，姑娘催他走，说：如果让我的爹妈碰上，我就没有活路了……天王从包袱里拿出那三部革命文献的草稿，说：大姐，秀全一介寒士，无甚可送，这是我的著作，如果我的大事成功，这三部手稿就是无价之宝，如果我的大事不成，它们就是一堆废纸。但是我们一定会成功的，革命成功之后，我会亲自来找你的。姑娘说：你如果富贵之后，还会要俺这个大脚女人？洪秀全郑重地说：我喜欢的就是天足。姑娘说：骗人！洪秀全说：如果秀全骗了你，天打五雷轰了我！姑娘捂住洪秀全的嘴，说：谁让你起这样的恶誓？俺也不敢指望你能来接俺，只希望你在回忆往事的时候，偶尔地想起，在红树林边那个靠水井的小房子里，有一个大脚的女人，真心地爱着你就行了……

几个月后，洪秀全在金田村起义，革命洪流滚滚北上。消息传到红树林，姑娘拿出洪秀全留下的手稿，想去投奔情人，但他的父亲胆小怕事，把身怀六甲的女儿用铁链子锁在房梁上，这也罢了，千不该万不该，他不该把女儿视为珍宝的洪秀全手稿投到锅灶下烧了。但即便他烧了手稿，也没能逃脱被清朝鹰犬逮捕下狱、最终被凌迟处死的厄运。他的女儿提前得到消息。挺着大肚子躲进了红树林，最后不知所终。有人说她死在红树林里，有人说她去了南京找到了洪秀全，成了天王的贵妃，有人说她产下了一个女孩后，将孩子送了人自己出家当了尼姑。红树林边的人更愿意相信最后一种传说。还有人说，洪秀全当了天王后，曾经多次派人来寻找这个大脚女人，也有人说找女人是假，找他的手稿是真，天王身边女人不缺，革命经典的手稿只有一份。红树林边的人民不愿意把洪秀全说成一个寡情薄义的昏君，他们的理由是：太平天国开国之后，就制定了一项法令，严禁女人裹小脚，天王用这种方式，来寄托他对红树林边这个大脚情人的哀思。谁又能把这种说法驳倒呢？

我们更愿意相信，至今健在的红树林边的万奶奶，就是洪秀全与大脚女人留下的后代。这样算起来，万奶奶的年龄已经将近一百五十岁，这把子年纪，在世界范围内也是凤毛麟角了。这把子年纪的老人，本身就带有神秘色彩，无论多么大的干部，在她的面前，也牛不起来，她如果愿意，说一声：我的爸爸是洪秀全！就可以让那些貌似高大无比的官儿们渺小下去。

万奶奶迈动着大脚，来到了这口著名的老井边上。林岚你曾经计划把这口老井保护起来，并且要在井边立上一座石碑，碑上刻字“洪秀全饮水处”，但是大虎出了事，把你的心思打乱了，你的计划也就搁了浅。万奶奶提起水桶，顺到水井里。珍珠抢过水桶，打满了水，费劲地提上来。万奶奶却把珍珠提上来的水，倒回水井。水在柚木桶的边缘，亮开了一道瀑布，水井里传上来明亮的水声。珍珠的脸羞红了。她只好看着老人慢腾腾地、甚至是艰难地将满桶的水从深深的井里提上来。在提水的过程中，老人喘息不迭，好像一头拉犁的老牛。

你跪下吧！万奶奶说。

珍珠虔诚地跪下了。

万奶奶用一扇破了边的水瓢，舀起桶里的水，浇到珍珠的头上。她一边浇水一边念叨着：闺女，珍珠仙子刚才对我说了，只要你的心是干净的，什么样的脏物也沾不到你的身上……就像雨水永远打不湿鲜荷叶，就像海水永远浸不湿白鹭……仙子说，有的人自以为身子脏了，其实是她自己的心先脏了。只要你的心不脏，即便有人把满桶的污水浇到你的头上，你也是干净的……仙子让我给你洗浴，从此后，你的身体，就像光滑的玉石，从里到外都是干净的了……从此之后，什么样的污秽也不能玷污你了……

珍珠的眼泪，和着一道道的清水，汹涌地流下来。她的心里感动极了，她在不知不觉中发出了大声的抽泣。一桶水浇罢，万奶奶望空念叨了几句，然后说：起来吧，孩子，一切都过去了。奶奶活了九十九岁了，什么样的事也见过了，什么样的人也见过了，奶奶琢磨出了一个道理：世上没有过不去的河，你记住我的话。

珍珠点点头，站了起来。

珍珠回去后就与大同结了婚，但大同在新婚之夜因为珍珠的失身，便口出了恶言，珍珠果断地与大同离婚。

她为还大同家的债，进城到歌舞厅当了坐台小姐，因为客人逼她卖身，她从歌舞厅的三楼跳下来，事情震动了南江市的娱乐界。她回到了红树林，与小海挖沙虫出卖维持生活。当她知道大虎买通了乡政府的干部，让食堂的炊事员高价收买自己的沙虫后，便和小海驾起用父母用过的采珠船，到海湾里采集野生珍珠。大同的父亲是个善良的老人，苦劝珍珠放弃下海采珠的主意，珍珠当然知道下海采珠的艰辛，父亲让鲨鱼咬断腿的情景还历历在目，但是她仿佛听到了一个温柔宽厚的声音在自己耳边一遍遍地重复着：珍珠珍珠，下海采珠；珍珠珍珠，下海采珠……

她认为这是珍珠仙子发给自己的号令，是神祇的启示，同时也是大海对自己女儿的召唤，这些都是不能违抗的。她渴望到大海里去，渴望着穿越红树林到湛蓝的海湾里去。台风过后，珠农们的养珠工具全遭破坏，海湾里一片清静，恢复了远古的状态，正是下海的好时机，那些自从人们开始人工育珠以来就远走高飞了的珍珠们该回来了吧？

珍珠和小海划着小船，从红树林里钻出来。他们吐掉口里用来防蛇的树叶，舒展开拘束的身体。这是他们第一次出海采珠，心中充满重操祖业的欣喜，但也动荡着怀念亲人的悲伤。他们没有说话，但心里不约而同地想起父母，珍珠的印象是清晰的，小海的印象是模糊的。父母去世时，他还是个比南瓜大不了多少的婴儿。

珍珠摇橹，橹声咿呀，灰白的小船不紧不忙地前进，渐渐地进入了海湾深处。海上刮着微弱的风，有浪，舒缓而广大，他们在小船上，好像在一个暖洋洋的大摇篮里。海鸥和白鹭在他们头上飞翔，有时候也落在小船旁边的水面上，随着海浪起伏，看样子非常的悠闲自得,分明是处在幸福之中。阳光也很好,灿烂阳光照大海,大海好像蓝玻璃。红树林已经被他们远远地抛到了身后,回头看它们,就像一抹烟云。

就在这里吧。珍珠停了橹,征求小海的意见。小海吭哧了一声,不知是同意还是反对。就是这里了,咱们的爹娘当年就在这里采珠,我知道的。

失去了动力的小船在海浪上起伏着,姐弟俩看着海水。海水澄澈,一眼可以看到底。海底的珊瑚有红有白,千姿百态。宽大肥厚的海底植物的叶片,像漫长的彩绸,轻柔地舞动着。海水的上层,漂浮着一些大大小小的海蜇,它们的身体好像透明的伞,也像少女的白色纱裙。珍珠脱下外衣,穿着一条红色的短裤和一件红色的抹胸。她四肢修长,身腰苗条,洁白的肌肤宛如凝脂。一个从小吃苦受罪的渔家姑娘能有这样一身好皮肉的确是个奇迹。这样的肌肤爱招蚊子,鲨鱼也愿意吃这样的食物。陈珍珠下海采珠比你我下海危险十倍,幸好她穿着红色内衣。传说鲨鱼最怕红色,一见红色它们就仓皇逃窜。

大的采珠船上有一架类似井台轳辘的装置,也可以叫做木绞车。绞车上缠满了绳子,摇动绞车就可以把水下的人或是采到的珠贝提上来。这样的大船只有官家和大户人家才有,珍珠家的采珠船很小,船舱的面积不过二平方米,中央有两个铁鼻环固定在舱底,鼻环上拴着两条绳子,一条绳子的尽头拴着一块三十斤重的带孔的石头,另一条绳子的尽头拴着一个竹编的筐篮,还有一把锋利的尖刀躺在筐篮里。拴着筐篮的绳子上,缀着一些小铃铛,采珠人在水底发生情况或是急欲上来换气时,就晃动绳索,让小铃铛发出响声,船上的人听到铃声就紧急拉绳,助水下人一臂之力。

珍珠左手提着石头,右手提着筐篮,对弟弟说:小海,我下去了!然后她深深地吸了一口气,纵身一跳,身体直立着,洒脱地沉入了大海。她感到温暖的海水像淤泥一样向四周分开，随即着又闭合起来。石头坠着她的身体快速下沉，水往上涌起，使她的头发像水草一样飘扬起来。她知道自己这口气非常宝贵，沉到海底后必须迅速而准确地开始工作，否则就要无功而返。虽然整个下沉的过程也不过十几秒钟，但她还是感觉到了海水温度的逐层变化。第一层温暖如油的水大概有一米深，接下来的就渐渐冷却，当她沉到了十几米深的海底时，水已经凉得令肌肉紧张了。她沉到海底时，匆忙中仰头往上望了一眼。她看到了自家小船的浑圆的船底，还看到了似乎与海面连接在一起的湛蓝的天空，天上那些孤独的云团，就像浮在水面上的海蜇。水下是无声的世界，压力使她的耳朵发出了嗡嗡的响声。她闭紧嘴巴，屏住呼吸，大睁开眼睛。久不下海，缺乏锻炼，海水刺激得眼球生涩发痛。她想到，也许应该进城买一只防水镜罩住眼睛。阳光折射到海底，使水底世界的光线十分柔和。为了防止身体上浮，她把一只脚套进石头上的绳扣里。她必须拖着这块大石头在水下移动，所以她在水底的潜游毫无美感可言。背着氧气瓶、脚上套着橡胶脚蹼的水下潜泳才有美丽潇洒的姿态，而采珠姑娘的水下动作，简直就像一只瘸腿的蟾蜍。在她的面前有一大片扇状的白色珊瑚，它们抖动着千枝万突，柔软得好似面条。一群彩色的小鱼在珊瑚丛里像旋风一样游动，方向变化得神鬼莫测，动作整齐得不可思议。一条粗大的鳗鱼将下半截身体藏在一个岩洞里，只露出一个庞大而狰狞的头颅，那两只与它的头颅不相匹配的小眼睛射出阴鸷而混浊的光芒。珍珠让海鳗的眼睛吓了一跳，她迅速地避开了它，但一只方头方脑、身体像个大枕头的马面鲀正在她的侧面定定地望着她，它撅起的口唇几乎吻到了她的脸。富有水下经验的珍珠没有惊叫，惊叫会加快耗尽她体内储存的氧气，而且很可能让海水灌进咽喉，她没有惊叫的资本。马面鲀缓缓地逼上来，它瞪着圆圆的眼睛，眼神很有趣，好像在努力辨认一个久别重逢的故人。它奇丑无比的脸上布满荒诞透顶的表情，如果不在水底，看到这样古怪的表情，珍珠很可能会大笑，其实她也是一个很爱笑的姑娘，但是在水底，她同样没有笑的权力和资本。还有八腿蛸盘踞在岩石上，它们的腕足上生满令人恐怖的吸盘，如果它用吸盘吸住了你，要想脱离，除非舍掉皮肉。还有乌贼鱼鬼鬼祟祟地在飘逸的水草间出没，它们时刻准备着将墨汁吐出来把海水搅浑，它们可以浑水捕鱼，也可以浑水逃命。这些都不是珍珠需要的，她要找的是那些生着裙裾般漂亮褶边的珠母贝，白蝶贝可以，马氏贝可以，企鹅贝可以，美丽贝可以，黑蝶贝更可以。但是什么贝也没有，只有一些不可能产出珍珠的海砺子巴在水底的岩石上。珍珠胸中的氧气已经用光了，她感到胸脯憋得很痛，嘴巴迫不及待地要张开。她心中懊恼无比，但也无可奈何，第一次潜水只能空手而上了，虽然这令人不快，甚至可以说是出师不利，但呼吸不饶人，如果想活下去，就得赶快往上浮。珍珠将脚从大石头上的绳套里脱出来，然后她也不去管空空的竹篮，挥动着双臂，用与死亡比赛的速度，蹿出了水面。她双手扒住船舷，张大嘴巴呼吸着，在这短暂的时间里，她的眼睛大睁着但是看不到任何东西，她的耳朵直竖着但是听不到任何声音，她的鼻孔扩张到最大的程度但是嗅不到任何气味，一切为了呼吸，一切服从呼吸，几秒钟后，她才恢复了感受事物的能力。她们的许多前辈，就在准备上浮时因为脚被石头上的绳子缠住而葬身海底，就在紧急上浮的过程中因为呛了海水而毙命，遇到了鲨鱼更是九死一生。像珍珠的父亲陈三两那样，被鲨鱼咬去了一条腿还能挣扎着浮出水面最后回到岸上死的人，几百年来是唯一的一例。采珠的人们，每天都在生死之间挣扎。珍珠在弟弟的帮助下爬上了小船。她坐在狭窄的船舱里，依然喘息不迭；海水在她的身体上从上往下滚动着，轻薄的短衣粘在皮肤上，她的身体便暴露无遗。在大海深处，即便真正裸着也没有什么了不起，当年，日本的珠女们为了节约衣服、减少磨擦力，通常都是裸体下海采珠。直到现代，她们还保留着这古老的生产方式，每逢重大节日，日本的珠女们都要为观光的客人表演裸体采珠。当然这种表演是要收门票的而且票价昂贵。日本女人向以肥白著称，选来参加表演的女人更是肥如海豚，白若凝脂，她们在光天化日之下，亮着白花花的身体，在海水中兴风作浪，艰苦卓绝的采珠劳动，被她们渲染得浪漫无比。看了她们的表演，人们往往产生错觉，好像这流传千古的采珠劳动，五分像花样游泳，五分像色情表演。林岚你原先也有过在珍珠节期间组织采珠表演的计划，我们的国情当然不允许女人们裸体表演，但穿上透明的三点式下水完全可以，也是因为三个虎大案发作，搞得你心烦意乱，组织采珠表演队计划才束之高阁。否则，珍珠节期间，红树林海湾里就会多上一道特别亮丽的风景。

珍珠和小海把空空的竹篮子从海底提上来，接着又把沉重的石头提了上来。小海冷漠地看着动荡不安的海水，皱着眉头，一副苦思冥想的模样。珍珠自言自语着：珠母，你们哪里去了？珍珠仙子，你屡次启示我下海捕珠，但是珠在哪里呢？

她们把小船往更深的海里划去，一直到了海浪澎湃的地方。这里的海底是平坦的沙地，深层的海水呈现出一种淡蓝的颜色。海水越深，人在水下工作的时间越短，送掉小命的可能性越大。珍珠和小海在这里轮番下海，但除了捡上来十几个瘦小的珠贝、并从珠贝里剖出了几粒像小米大小的珍珠外，一无所获。

珍珠姐弟在海湾里无望地工作了七天，美妙的幻想彻底破灭。野生的珍珠没有了，它们不知道迁徙到什么地方去了。看来想依靠采集野生珍珠谋生的可能性已经不复存在，要想活下去，必须想别的办法。

在那个明月皎皎之夜，珍珠躺在床上辗转反侧，被风刮坏了的房子需要修理，瓮里的米需要补充，欠大同家的旧债要还，这一切都需要钱,可是钱在哪里呢?珍珠翻来覆去地想,最后终于打定了主意,还是回大虎的珍珠公司去,尽管有好马不吃回头草的说法,但到底还是人穷志短马瘦毛长,为了把小海抚养成人,完成父母的遗愿,珍珠打算不顾一切了。但就在这一夜,事情发生了大变化。

后半夜时,月光愈加皎洁。珍珠在蒙眬中看到小海悄悄地从他的箱子床上爬了起来。他蹑手蹑脚地走到门边,拔下门闩,拉开了门。他想不发出声音,但门还是发出了吱呀声。珍珠披衣下床,尾随着他,尾随着他就到了红树林边的栈桥上。人鱼们在栈桥两边的海水里兴奋地跳跃起来,好像在欢迎它们的亲密朋友。小海走到栈桥尽头,跳上了拴在草棚立柱上的采珠船。珍珠猛然一惊,顾不上隐藏行踪,踩得栈桥上的木板摇摇晃晃,惊得人鱼们往红树林中逃逸,追了上去。

小海,你要干什么?

小海已经将双桨摇动,他的赤裸的身体在月光的照耀下发出冷冽的光芒,像钢像铁也像冰。珍珠纵身一跃,落在了小船上,小船被她砸得大摇大摆,好久才平稳下来。

珍珠坐在船舱里,低声嘟哝了一句:你到底想干什么呢?

月光像瀑布般地倾泻下来,沿着小海的身体往下流淌。红树的叶子都成了金币银钱,海水成了水银。几条人鱼在小船前面欢快地游动着,不时地把光滑的身体从水里跃起来。白鹭栖息在红树梢头,仿佛象牙雕成的艺术品。

小船划出了红树林,渐渐深入大海。珍珠腿脚僵硬地坐着,有一种似梦非梦的感觉。明月下的大海显得宁静神秘,细浪窃窃私语,好像在对人诉说着一个特大的秘密。

在七天前她们初次下海的地方,小海停了船。人鱼围绕着小船游动着,好像它们知道小海的行动目的。

小海抱起那块拴着绳子的石头,顺着船边溜下了海。他的身体与那些人鱼的皮肤极其相似。珍珠看着他飞快地下沉,看着他在海底像人鱼一样轻松自如。转眼之间,他就从水底浮了上来,他的怀里抱着一个巨大的、黑得发光的黑蝶贝。

珍珠急忙把他拉到船上。他把黑蝶贝放在了船舱中央。这个黑蝶贝长约二尺,宽约一尺,外壳上布满疤瘤。珍珠的心剧烈地跳动着,她预感到,一件能够影响她们姐弟命运的重大事件已经发生了。

小海定定地望着姐姐。珍珠浑身颤抖,连发出的声音都打着哆嗦:海……你想让我剖开它吗?不,不可能,这样的珠贝里是不可能产出什么珍珠的……你最好还是把它扔回的大海里去,免得白费了我们的力气……

珍珠极力地贬低着这个巨大的宝贝,但巨大的喜悦已经让她的眼睛潮湿了,再说下去她就要哭出来了。她双手掩护住脸面,不敢看这个甚至有几分阴森森的大家伙。她甚至希望这是个可怕的幻觉,但当她把掩面的双手摘开时,黑色的巨贝依然冷漠地躺在船舱中央。

小海拿起尖刀,递给珍珠。

你想让我把它剖开?我才不会白费这个工夫呢!这是个妖精黑贝,它不可能给我们带来珍珠……但她的手已经把刀子接了过去,她的另一只手也扶住了黑蝶贝粗糙的外壳。她把刀尖轻轻地插进贝壳之间的细缝里,嘴里还在唠叨着,这样的东西怎么可能产出珍珠,这样的东西只能产出沙子,只能产出石头,黑石头……她把刀子猛地往外一别,两扇贝壳,像生了锈的铁门一样,嘎嘎有声地豁开了。

一道黑得发紫的光芒从黑蝶贝里放射出来,珍珠的手冻住了,她看到,一颗大如鸽蛋的黑色珍珠,在颤动不止的蚌肉里安详地睡着,它的光芒,像黑色的闪电,让珍珠全身的血液凝固了。

第十五章

那辆没有顶盖的豪华婚礼专用车好像一个欢天喜地的圣诞老人穿城而过，给星期天的城市增添了许多欢庆气氛。车型古老，颜色鲜红，镀金的车灯突出在车头两侧，好像螃蟹的眼睛。两个车灯中间拴着一对袖珍塑料男女，男的西装革履，女的身穿粉红色纱裙，胸前都缀着红色的绢花。它们的脸不能细看，细看令人不快；它们的永恒的表情也不能近看，近看令人恐怖。它们被绑在车前，标志着新郎新娘，其实更像葬礼上即将被烧化的刍灵。婚车停在歌舞团宿舍院子外边的大街上，一群小孩子围着它，嘁嘁喳喳地吵嚷着，好像愉快的麻雀。十几个老人站在孩子们外边，有的摇头，有的感叹。一个扎着冲头小辫的女孩伸出脏乎乎的小手，摸了摸金光闪闪的车灯，立即就遭到司机洋腔洋调的呵斥。小女孩的手像被热铁烫了似地缩回来。她咬着指甲，盯着司机，眼睛里闪烁着惊恐不安的光芒。司机高鼻蓝眼，皮肤黢黑，身穿缀满金色钮扣的红色制服，头上缠着一大团黄布，层层叠叠，好像一个巨大的花卷。这是夜巴黎婚礼服务公司从印度雇来的司机，他蓄着一部修剪整齐的花白胡子看起来像个贵人，实际上很可能是个新德里的流浪汉。不知道他的真名叫什么，但本市的人民群众都叫他拉兹。拉兹是夜巴黎公司的招牌之一，有婚礼时他当司机，没有婚礼时他在公司门口站岗。夜巴黎的另外一块招牌是四个身高马大的俄罗斯舞女，公司对外宣传她们是原苏联国家大剧院的四大台柱，实际上很可能是某个集体农庄的挤奶女工。一个骑车路过的青年停住车子，用双脚点着地面，好奇地问:这是谁家结婚？没人回答他的问话。他继续说:什么人结婚这样大的派头？用得起这种老爷车？而且还雇来个洋车夫？还是没人回答他。司机用轻蔑的眼光看着他。青年道:妈的个拉兹，等老子下次结婚时也雇这辆车。拉兹似乎听懂了他的话，微笑着点头，仿佛是肯定，也好像是嘲讽。青年还想噜苏，只听到后边警笛声声，众人回头，看到头前一辆蓝白相间的警车鸣笛开道，后边十几辆豪华轿车一辆跟着一辆，用很快但是很稳的速度开了过来。每辆车的车前盖板上，都披红挂彩，正中簇着一个通红的大绣球。连头前开道的那辆警车的挡风玻璃上，也贴着一个镂空的红双喜。饶舌的青年闭住了嘴巴，众人的目光都去看威风凛凛的车队。车队从西方开来，沐浴着早晨八九点钟的太阳，红的耀眼黑的也耀眼，玻璃耀眼车壳也耀眼，整个车队都是刚刚清洗过的，都是刚用上光蜡打磨过的，这些发光的东西，晃眩了观看者的眼睛，包括老人，包括小孩。老人带着这辉煌的景象走进坟墓，小孩带着这难忘的景象走进生活，不老不小的人，有的忌妒，有的仇视，有的羡慕。更多的人从四面八方汇集过来，星期天容易聚集闲人。一群显然是有组织的人从歌舞团的宿舍里拥出来，这群人里女人居多，而且大多是漂亮的年轻女人。她们一个个浓妆艳抹，嘴唇一律涂了红色唇膏，没有人用黑色唇膏，也没有人用银色唇膏。歌舞团的嘴，原本是五颜六色，现在都变成了清一色，显然是领导的意图。这些像小鸟一样涌出来的女人都是歌舞团的舞蹈演员，都是青春年华，好像几十朵鲜花斗奇争艳。歌舞团里几乎集中了全市所有的美人，百分之五十是本地出产，百分之五十是从外地引进。她们排练过一出大型舞剧《珍珠仙子》，曾经进京演出，给首都观众留下过美好印象。现在她们欢呼着涌上街头，令女人们自惭形秽，令男人们想入非非。请夜巴黎的拉兹开着婚礼车前来不算难事，只要有钱就行，但要把这些漂亮妞儿全招呼出来，充作结婚的拉拉队，仅仅是有钱是不行的。这些美丽的小妞看起来纯洁如玉，实际上一个个都是小妖精，你弄不明白她们身后傍着什么样的大人物。何况还有这么多的名车护航，甚至还有警车开道。是谁结婚，有这样的派头?

你坐在警车之后的第一辆车里，神情冷漠，全然没有一丝丝为儿子结婚的欢乐气色。从十几辆轿车集中在一起沿着海滨大道向这里开进时，你的脸色就阴沉着没有开晴。刚上车时，年青司机说了几句祝贺的话，你冷淡地回应了他。司机都是善于察言观色的人，见你这样他不敢再饶舌，一路上一声不吭。你知道他也许正在暗暗地咒骂，但这并不影响他把车子开得稳稳当当，与警车保持着十米的距离，几乎是分毫不差，好像有一条看不见的绳子在连着它们。你接收了金大川的建议，其实你们不约而同地想到了这一招：让大虎和珍珠结婚。只要大虎和珍珠结了婚，这件弥天大案就基本上摆平了。想她陈珍珠即便知道了大虎就是轮奸她的首犯，又能怎么样呢？一个渔家姑娘成了市长的儿媳妇，她应该心满意足，庆幸自己的好运气。还有，如果不是我鼎力相助，你的弟弟小海，早就做了阎罗殿前的小鬼！想到此就仿佛珍珠垂手站在你的面前，正在乖乖地接受训斥。我救了你弟弟一条命，陈珍珠，你应该知恩图报！想起几天前自己亲自出马低三下四、苦口婆心前去劝嫁时的情景，你突然感到十分的窝火，好像受了无法洗刷的耻辱。但转念一思，你就没了脾气，大虎的命运、你自己的前程，从某种意义上说，其实都掌握在这个美丽而古怪的渔家姑娘手里，她答应嫁给大虎，就等于在林家的大门前竖起了一道铜墙铁壁，从此大鬼小鬼再也进不来了。当然这是一招凶险的棋，你明知道这样大张旗鼓地动用公车为儿子结婚对自己的官声是个很大的损害，甚至还会招来报刊批评，甚至还会受到纪律处分，但非此造不成影响，非此不能转移人们的视线，你这样做，就是让那些咬住你不放的人看看：我们已经降格娶了她，你们还要我们怎么样呢？那些与你做对的人是谁？他们的形象最终集中成一张瘦瘦的黑脸，黑脸上有黑色的眼睛，有紧紧地绷着的腮上肌肉，有神经质地颤动着的眉毛，还有上述这些构成的固执的、也可以说是顽固不化的表情。你这个……许多恶狠狠的字眼在你的舌尖上挑着，但你最终把它们排斥了，你选择了这样一些爱恨交加、含义复杂的字眼：冤家、该死的……尽管你清楚这个人对你根本不合适，但是爱情就是这样无法理喻的东西。你心里哀鸣着：马叔，你是我的灾星，是你把我逼上了这样的道路。

将近三十年前，你抱着献身给他的热情在红树林边的月夜里，但却遭到了他的拒绝。你满怀着委屈之情，一怒之下，坐上了第二天县里派来的吉普车走了。透过吉普车屁股后边那块镶嵌在厚帆布上的灰蒙蒙的长方形玻璃，你看到被甩在了后边的那些土偶般的“战友”们模糊的身影，你的心境也像落满尘土的玻璃一样灰蒙蒙了。这件让“战友”们眼红的大好事，丝毫没给你带来欢乐，反而让你忧郁无比。你分明地感觉到，一段虽然贫穷、虽然寂寞，但是不乏浪漫色彩的生活结束了，等待着你的将是幸福的生活——“战友”们都这样认为，但你对即将开始的幸福生活心怀着恐惧，车离开红树林越远，你对它的怀念就越浓，就像深埋的陈酿，就像隔世的旧情。那是你爸爸恢复了工作、担任了重建的中共南江县委书记之后的第一个春天，道路两边的稻田里有弯腰赤脚的农民在插秧，有农民用枝条轰赶着水牛在耕田,泥巴像连绵不断的波浪一样向犁外翻去。路边随处可见巨大的标语牌子,牌子上写着最高指示"人民公社一定要种好水稻",田埂上插着红旗,旗杆前依靠着镶嵌在镜框里的毛主席。有多少个这样的毛主席在忧心忡忡地看着他的子民们艰苦地劳动?你坐在吉普车里,无心观看路边的景物,离开了"战斗"了两年的红树林养珠场,你的心中感到十分空虚。尽管没离开之前你做梦也想离开,但真的离开却又难以割舍。一路上你反复回忆着他冷漠离去的情景,难道他是因为你即将回城而冷落你?难道他有了新欢?是那个浑身上下一般粗的曲圆圆还是瘦得像一根毛竹的丁文心?不可能,这些都不可能。你脑子想得都要爆炸了,县城东门外那棵巨大榕树的黑压压的树冠已经近在眼前,也没想出个究竟。后来你就把这个问题封起来藏在心底,将近三十年后的今天,这个问题才又时不时地浮上你的心头。你问过他几次:为什么说不理我就不理我了?他总是支支吾吾,不做正面回答。不久之后,在这个颇有点惊心动魄的意味的事件即将画上句号时,他才吐露了真情。这是另一个男人的卑鄙行为造成的恶果,让你蒙受了将近三十年的不白之冤。听罢了他的话,你感到手脚冰凉,心中麻木不仁,麻木过后,眼泪从你面颊上滚滚地流下来,流到嘴里的泪水又苦又涩,好像烈性的毒药。你咬牙切齿地说:我真想杀人,把你们这些混蛋全部杀光!

迎亲的车队停在了歌舞团宿舍的大门口,你坐在车里发了半分钟的呆。你看到大虎从后边的车里钻出来,他穿着一身名牌西服,胸前佩着红花,头发上了大量的摩丝,固定住了几个潇洒的波浪。他那张一向顽皮狡猾的孩子脸上,添了些许凝重,甚至还有点腼腆。这是他的神情中从来没有出现过的新气象,你知道这是手铐和拘留所的功劳,冷酷无情的法律使他突然长大了。但愿他就此学好,但愿他从此长大成人。人常说坏事也能变成好事，但愿这就是一个很好的例子。各辆车里的人都钻出来了，歌舞团的领导也小跑着从宿舍楼里出来。你吐出了一口长长的气，镇定了一下情绪。歌舞团的王团长抢在司机前面拉开了车门，并且学着那些随从的样子，伸出一只胖胖的小手，护住车门的上框，其意自然是保护你的脑袋。你一直不习惯这个，不习惯也没办法，因为这是官场上的习惯，个人的不习惯必须服从官场上的习惯。围观的群众看到了你。你在电视上经常露面，几乎所有的市民都很熟悉你这张脸，幸亏你这张脸是一张不难看的风韵犹存的脸，否则人民群众的眼睛就要遭大罪了。你的脸上显出了和蔼可亲的神情，这是职业习惯，官场就是舞台，当官就是做戏，长期演戏，也就感觉不到自己在表演了。你从群众的脸上读出了许多文章，你从他们脸上看出他们已经明白你与这场婚礼的关系。也好，你想，反映不可能全是负面，很可能人们会认为，林市长的儿子能跟一个出身微贱的渔女结婚、并且用这样豪华的车队来迎亲，本身就说明了林市长是个不受封建观念影响的好人。你对着群众挥了挥手，然后跟随着歌舞团王团长向楼里去。楼里那个收拾的既朴素又大方的两居室单元里，歌舞团的化妆师与教练珍珠舞蹈的陈老师，正在将她打扮成一个出水芙蓉般的新娘。歌舞团的领导是你的忠实部下，珍珠姐弟进城后就住在这里，而且你还把她办成了歌舞团的拿工资的演员。歌舞团的领导，就充当了新娘家长；歌舞团的演员，就冒充了珍珠的姐妹。她们像一群妖冶的花面小狐狸，分列在两旁，起劲地鼓着掌。她们心里想得什么你不可能知道也不想知道，你只看到她们姹紫嫣红的小脸蛋上，笑容都可掬可捧。你在众人的簇拥下上了三楼，在珍珠居住的单元门口，你停住了脚步。歌舞团王团长上前推开了半掩的门，黑色的小海像一条鲇鱼从门缝里钻出来，一个女教师拿着一套黑色的小礼服追赶出来。你看到，陈珍珠披着粉红色的婚纱端坐在椅子上，教她跳舞的陈老师低声劝着她：珍珠，不哭，大喜的日子，不许哭……两道黑色的眼泪，沿着她的浓妆艳抹的脸流下来……

将近三十年前，在你的婚礼的前夕，也有两行眼泪从你的脸上往下流淌，但你那时流的不是黑色的眼泪，那时还没有睫毛油这种东西，如果当时你的睫毛上涂了睫毛油，你的眼泪也是黑色的。你认为你的眼泪比她流得更多，你的眼泪比她流得更有道理，因为你的委屈比她大，你的前途比她要黑暗得多。所以你对她的哭泣有些反感。

你的结婚日子选择在农历的五月初五，端午节，两千多年前屈原投江的日子，天气已经很热，那时可没有空调，连电扇也没有，你爸爸的同事，后来成了你的继母的县组织部副部长于秋香站在你的身后，殷勤地用芭蕉扇为你扇风，但扇出的风也是热的，风里还挟带着组织部副部长腋下的狐臭气。有狐臭的女人一般都有一张好看的脸但组织部副部长的脸并不好看，也许你心里讨厌她，所以你感到她不好看，而在别人的口里，她是县城里的四大美人之一。那时也没有现在这样多的化妆品，最奢侈的化妆品是面友牌润面霜，还有红灯牌杏仁露，男方还为你买来了四盒子红舞牌香粉，还有四盒子红卫牌胭脂。你把这些东西全部扔到了墙上，让那些白粉红粉撒了一地，刺鼻的单薄香气在房间里散发，呛得人鼻孔发痒。你连声打着喷嚏，这使得你的痛哭显出了几分滑稽，或者说是荒诞。后来成了你的继母的于秋香和那几位县委机关里的女人也都皱着鼻子，喷嚏连连，泪眼婆娑，大家互相打量着，忍不住地笑起来。你也破涕为笑。趁着这机会，女人们都你展开了又一轮劝说。

爸爸让你嫁的人是地委秦书记的独生子，在当时的社会里地委书记的公子是货真价实的高干子弟。秦书记就是那位让英勇的马刚一拳打掉了两颗门牙的人，当然他早就镶上了两颗比他的原牙还要漂亮的假牙。秦书记在你很小的时候就送过你高干专用的糖果，到你家做客时他还多次地抱过你。娶你为媳看来是他蓄谋已久的，你模模糊糊地记得他不止一次地、半真半假地对你的父母说：老林呐，咱们两家结亲家吧！你爸爸说：好啊，那样我们可就高攀了。

你从红树林养珠场回了县城不到一个月，就调到地区广播局当了播音员。从此你清脆的声音就每天三次传遍地区所辖的八县一市的千家万户。红树林养珠场的高音喇叭当然也是每天三次响起你的声音。你坐在播音室里对着麦克风念稿时，不止一次地想到马叔：这个混蛋，能听的我的声音吗？他听到了我的声音会怎么想呢？是后悔还是忌妒？因为心神不专，有好几次你竟然念错了稿子，差点闹出政治事故，如果不是你的后台硬，你早就被撵出了广播局。在那个年代里，市广播局的播音员，是多少女孩子做梦也不敢想的高等职业，即便是贵为县委书记的女儿，要当上市广播局的播音员也不是一件容易的事情，但是你当上了。你尽管失了恋，但高雅而富有意义的、充当党的喉舌的工作的荣耀感冲淡了你的痛苦，何况你认为跟马叔的分手基本上是个误会。你有意识地不理他，期望着他来向你认错求情。你甚至想象出了他来求情时的样子：他穿着破旧的制服，手里提着一顶褪色的草帽，站在广播局的大门口等着你。你用清脆的声音把当日新闻广播完毕——你广播时他站在门外侧耳聆听，心里充满对你的崇敬——你转播完了中央节目，放完了国际歌，跟八县一市的贫下中农道了晚安之后，与同事们说说笑笑地走出大门，突然看到了站在门边、可怜巴巴的他。你准备故意不理他，或装做根本不认识他，把他晾在那里，如果他追上来跟你说话，你就刺他一句：你是谁？我不认识你。如果他转身走了，你就喝令他站住，然后把憋了许久的话全部倾吐出来，就像把一堆石头子儿砸在他的头上一样。当然，最终你还是要对他好，你会把他带到自己的宿舍，用小电炉煮一锅挂面给他吃，挂面里最少卧上两个鸡蛋，当然还要淋上点酱油、麻油，撒上点葱花姜丝什么的，最后再点上一点味精。你相信这个小子一辈子也没吃过如此美味可口的面条，吃完了面条他一定会感动又惭愧，他肯定会结结巴巴地向你道歉，为了他在红树林边的无理，你会故做生气状，把嘴巴噘起来。但很快就应该原谅他，让他得到温柔。夜色深沉，淡蓝色的窗帘在窗前轻轻拂动，正是爱情茁壮生长的好时机，如果他要吻你，你准备稍加抵抗，便让他得手……然后，你应该帮他，把他调到市里来，但是如果秦书记知道了他是马刚的儿子，这件事肯定办不成……事实上马叔根本不可能再来找你了。事实上你很快就陷入了秦书记精心编织的网络，任你怎么挣扎，也难逃脱出来。

秦书记经常来广播局视察，这很正常。那时候市里既没有报纸也没有电视，广播喇叭就是最重要的舆论阵地，红卫兵打派仗时，首先抢占的就是广播局，谁占领了广播局谁就具有了向八县一市人民群众信口开河的权力。为了抢占广播局，前后发生过七次攻与守的战斗，战斗的程度相当激烈，两大派的红卫兵们使用了半自动步枪，使用了木柄手榴弹，还使用了土造的炸药包，有案可查的死亡人数是十七，受伤的不计其数。在那个年代里，没有什么比舆论阵地更重要的了，连造反的学生娃娃都知道，老革命秦书记更清楚。一把手抓舆论，是天经地义；一把手如果不抓舆论，算什么一把手？所以秦书记频频光顾广播局，没有人认为不正常。即便有人看出了不正常，又能怎么样呢？他是地委书记！十三级干部，高干！他走到那里，就会给那里带来阳光雨露，那里的禾苗就会格外地受到滋润。你没到广播局之前，晚间广播后，是没有夜班饭的，你来了之后，有了夜班费，每人一元的标准。那时的一元钱可以买到一斤猪肉再加一斤半白面，放开肚皮也吃不完的。同事们有的知道跟你沾了光，有的不知道跟你沾了光，知道的和不知道的都欢天喜地，在那个人民币特别珍贵的年代里，每天每人一元钱的夜餐费，是让人多么幸福的待遇啊，广播局谁不念秦书记的大恩大德，谁就是大家的敌人！

市里距离南江县八十多华里，你大概每个月回去一次，在不回南江的星期天里，秦书记就叫你到他家去吃饭。秦书记的夫人好像是个大学生，“文革”期间与他离了婚，离婚后她去了哪里你不知道，你也不想知道，长辈的个人问题，晚辈不好问。当然地委书记家即便没有老婆也不愁没人做饭，在他的家里，看不出肉类短缺的迹象，也看不出鸡蛋需要凭票供应，更看不出粮食紧张，这里不缺乏维生素，更不缺乏蛋白质，这里基本上实现了共产主义。毛主席在三年生活困难时不吃肉，那时候秦书记他们也跟着不吃肉。重新站起来后，秦书记一下子明白了，我过去跟着老毛不吃肉是多么愚蠢，不吃肉的跟吃肉的还不是照样打倒？吃肉的分明就赚了大便宜。他重新当了地委书记后的第一件事就是找了一个手艺高强的厨师，吃他娘的，喝他娘的，放开肚皮吃吧，老子革命几十年，吃点喝点是应该的。摆在房子里的家具可以被人抬走，穿在身上的衣服可以被人剥去，但吃到肚子里的东西，永远归自己所有，它们使用不了，就会变成脂肪储存起来，像沙漠里的骆驼那样。那时候大肚皮的人民群众几乎没有，只要是挺着大肚皮的，基本上都是国家干部，而且以高级干部具多，干部越大，肚子也越大。那时候人民群众不知道大肚子的坏处，不知道大肚子会带来高血压、心脏病什么的，那时候大肚子是大富大贵的象征，这种认识是有传统的，共产党领导穷人闹革命时，一个通俗的说法就是打倒大肚皮。重新执掌本市大权后不到一年，秦书记的肚皮便有了长足的进步，肚皮越大越能吃，越能吃肚皮越大。你第一次到他家吃饭时，被他的饭量吓了一跳。

那是个星期天的中午，你穿着一件红格子衬衣、一条灰的卡裤子、一双白尼龙袜子、一双白塑料底松紧口布鞋，跨进了秦书记的官邸。你留起了不短不长的发辫，你的头发非常茂密所以你的发辫就特别的粗，你的发辫的梢儿扎着红色的塑料绳。你的左腕上带着一块上海牌手表，全钢防震，一十九钻。你的衣着打扮是当时最流行的，但同样的衣服穿在你的身上就显得格外的好看，因为你的身体苗条、皮肤白皙、眼睛水汪汪、牙齿瓷光光，当然你还有一条脆生生的好嗓子。秦书记从一把宽大的藤椅里站起来，满面笑容，欢迎你的到来。他用手中的大芭蕉扇指指另一把小巧的藤椅，请你入座。开始你还有点拘禁，但很快你就自然起来。因为秦书记说：岚子，到了这里，就跟到了家里一样，如果你敢到这里做客，我就把你轰出去！然后他让你吃糖，当然是那种高级糖。然后他让你喝茶，当然是芳香扑鼻的好茶。然后他说：你还没见过小强吧？然后他喊：小强，出来，来见你岚子姐姐！

你听到从一间房子里传出一声沉闷的回答，然后是碰倒了椅子之类的声音，然后你看到，一个身体庞大的青年，从屋子里摇摇晃晃地走出来。他上穿着一件圆领大汗衫，下穿着一条肥大的短裤，赤着脚，脚肥得像熊掌似的。他的手里捏着一些彩色的蜡笔，站在了他爸爸面前。

这是你岚子姐姐，过去认识认识。

小强对着你嘿嘿地笑起来。你发现他的身体虽然肥大，但他的脸却分明是一个孩子的脸。

过去呀，过去拉拉姐姐的手。

嘿嘿，嘿嘿……

你站起来，往前走了几步，拉住小强的手，说：你好，小强，我叫林岚，在广播电台工作。

嘿嘿，嘿嘿，你会画大马吗？你会吗？

你说：我会，但是画不好。

嘿嘿，我要你给我画大马。

秦书记说：小强，别缠着你岚子姐，自己玩去吧！

小强听话地转回身，向他自己的屋子走去。

这天秦书记没过多地跟你谈小强的问题，因为很快厨师就把丰盛的午餐端了上来。厨师就像个厨师，身板儿肥厚，胖嘟嘟、红扑扑的大脸，好像涂了一层猪油，闪闪发光。他身穿洁白的工作服，头上戴一顶高帽，见了你客气地点头，简直不像个厨师，而像个绅士。秦书记对他说：老萧，你知道这是谁吗？

厨师困惑地摇摇头。

你听不听广播？

听啊，萧师傅说，每天都听，一次也不落。

那你还听不出她的声音？岚子，说几句话给他听听。

你不好意思地说：说什么呀，秦伯伯……

听出来了没有？秦书记得意地对厨师说：还没听出来？亏你还一天三遍听广播，她就是我们市的广播员！

厨师愣了一下，恍然大悟般地说：听出来了，听出来了！听广播时我就捉摸，这个姑娘，有这样一条清亮嗓子，人长得肯定也差不了，果然是，嗓子好听，人也好看！

她叫林岚，秦书记说，从今之后，她会经常地到我们家来吃饭，老萧，你别保守，把手艺拿出来，别慢待了我们的画眉鸟儿！

瞧您说的，秦伯伯！

放心，秦书记，林同志能吃我做的饭，是我老萧的福气，我有十分本事，决不会使九分九！

秦书记说，上菜吧！

厨师虽然肥胖，但动作很是麻利，他迅速地在餐桌上布好了碗筷碟子，接着就端上了一砂锅红烧肉，然后端上来一只黄焖鸡，然后端上来一条清蒸鱼，然后端上来一盘油焖虾，然后端上来一只樟茶鸭，然后是一盆白米饭。

厨师用围裙擦着手，说：秦书记，林同志，请用吧，欢迎多提宝贵意见。

面对着满桌的鸡鸭鱼肉,还有虾,你有点目瞪口呆的样子。尽管你也算个官家子弟,却也是第一次见到如此丰盛的宴席。你说:秦伯伯,还有别人来吗?

秦书记喊道:小强,出来吃饭!

小强像鸭子一样走出来,对着你嘿嘿一笑,算是打了招呼,然后就一屁股坐在餐桌前,撕了一条鸡腿,低着头啃起来。

秦书记从柜子里提出一瓶茅台酒,捏出了两个盅子,问:你会喝酒吗?

不会喝。

不可能,你爸爸很能喝,有其父必有其女嘛!来,陪着伯伯喝一杯。

你端起酒杯,说:为了秦伯伯的健康……

我健康极了,他一仰脖子就把杯中酒干了,说:我今天高兴,我今天真的高兴,我可是从来没这样高兴过了。他把另一条鸡腿撕下来放到你的盘子里,说:吃,放开肚皮吃,你应该吃胖一点,伯伯喜欢胖一点的女孩子。他举起杯,问,你不喝了吗?不喝多吃,吃得胖一点,伯伯可是不喜欢瘦女孩子。他又把一条鸭腿撕给你,把另一条鸭腿撕给小强。你发现鸭腿比鸡腿短,但鸭腿上那团肉比鸡腿上那团肉大。一条鸡腿和一条鸭腿并排着放在面前的盘子里,鸡腿上已经被你啃了一口,鸭腿上还没有受伤。你吃,不要管我,伯伯天天吃,已经吃腻了。我今天真是高兴,看到你真是高兴。在我的印象里你还是个小小的黄毛丫头,仿佛一觉醒来你就变成了一个大姑娘了。三杯茅台下肚,他的脸红得好像初升的太阳,他的眼睛水汪汪的,好像刚生下来的小母牛。十几年前,我每次到南江去检查工作,都要到你家去吃一次饭,跟你爸爸喝几杯。红烧鳜鱼是你妈妈的拿手好戏,可惜再也吃不上了……他用水汪汪的眼睛盯着你,连眼珠子都不错,盯得你有点不好意思起来。秦伯伯,您别这样看我。我看你了吗？哈哈，吃吧，多吃点。小强伸手抓起了一块红烧肉，汤汁淋漓地塞进了嘴里。他好像不喜欢用筷子？他呀，小时候发过一次高烧，脑子受了点影响，但其实他很聪明，他就是比一般的人晚熟一点，他有美术天赋，待会儿你看看他画的画。其实你从那扇大开的门里，已经看到了那面涂满了蜡笔色彩的墙壁。他自己给自己又倒了一杯酒，然后把酒瓶子重重地放在桌子上。经过文化大革命，伯伯已经想明白了，人生在世，食色性也，食是第一位的，只有吃好了身体才能好，而身体是革命的本钱。回去告诉你爸爸，让他好好吃。怎么，你就吃这么一点点？我已经对你说过了，不要到我这里来做客，不行，吃这么点怎么行？你应该向小强学习，这小子，好饭量。来来来，吃几个大对虾，虾是高蛋白，对脑子有好处。他伸出像剥了皮的大虾一样的粉红弯曲的手指，抓起几个大虾，放在你的盘里。你发现，他的手很小，大多数人的手指有三节，而他的手指仿佛只有两节。你在看我的手？哈哈，伯伯的福气就在手上，你听说过没有？"大手抓草，小手抓宝"，伯伯的手也不抓草，也不抓宝，伯伯的手只抓印把子，只要把印把子抓在手里，要什么就会有什么。伯伯有点醉了，把实话都告诉你啦，告诉你没有问题，你是咱们自己的人！在旁人的眼里，伯伯是地委书记，严肃方正，好像不食人间烟火，其实伯伯也是凡人，也有七情六欲，喜欢吃山珍海味不喜欢吃糠咽菜；喜欢看漂亮姑娘，不喜欢看丑陋老妇。看样子你还没吃过大对虾，不能那样剥，应该这样剥，这样剥，虾头要嘬一嘬，白的是虾脑子，红的是虾油，虾脑子最补，虾油最香。伯伯给你示范。他的小胖手灵巧地活动着，虾肉从虾皮里脱出来，虾皮还是完整无缺。他不但剥得好，而且剥得快，无了内容的虾皮整齐地排在一起，一只两只三只四只，很快就排成了一个班。你看看小强，他也很会吃。小强剥出的虾皮也很完整，也排成了一个虾皮班。我刚才对你说过，他其实很聪明，能把虾吃成这样，脑子不聪明是不可能的。吃鱼，这是条红加吉，学名叫真鲷，这种鱼很稀少，不结大群，肉味鲜美，无法形容，只有亲口尝尝才可能知道它有多么好吃。这是条公鱼，当然也可以叫雄鱼，真会吃鱼的都喜欢吃雄鱼，母鱼肚子里有卵，公鱼肚子里有膏，就是鱼的精子嘛，这有什么不好意思的。鱼膏当然比鱼卵好吃，吃吧，女孩吃鱼膏好。下星期天你来，我让老萧炖只老山龟给你吃，那东西大补气血，富含胶质，吃到最后，能把嘴唇粘住。山龟再好，还比不上鳖鱼的鳔，鳖鱼的鳔胶黏性更大，肠子断了，吃一筷子鳖鱼鳔就能补上。

你发现这对父子都是吃的专家；他们不但吃得精，而且吃得巧；不但吃得精巧，而且食量惊人。小强一声不吭，埋头苦干，捞光了红烧肉后，他把肉汤全都倒进了米饭盆里，然后头也不抬地猛吃，一边吃还一边发出吭吭的声音。秦书记扯着那条红加吉的尾巴一抖，鱼身上那些像蒜瓣子一样的肉便如雪崩般落在盘子里。吃吧，吃，鱼是好东西，你是渔民的后代，当然知道吃鱼长命。你在红树林插了几年队？那地方我岂止是熟悉，简直是如数家珍，那位万奶奶还活着吧？抗战胜利那年，我发疟疾，在她家养过三个月的病，如果不是那场倒霉的疟疾，告诉你吧，岚子，伯伯就不止是个地委书记了。他把加吉鱼的头骨用筷子剔出来，放在你的面前，问：你看看，这像个什么？你实在看不出像个什么。他说：仔细看看，像不像个绵羊的头？你看，这是鼻子，这是眼睛，这是弯曲的双角……经他这样一点拨，你发现加吉鱼的头骨还真有点像绵羊的头。你现在应该明白加吉鱼为什么这样鲜美了吧？“鲜”是什么？“鲜”就是“鱼”加“羊”嘛！这是我的独家发现，他得意洋洋地说着。你真的吃好了吗？他问。他说：不中用，你可以到那边去喝茶了。他把瓶子里的酒全部倒进酒杯，然后一口喝光，把杯子往桌上一拍，说：开吃！你坐在一旁，看到他把鱼肉与米饭搅和在一起，用一把铜勺，填鸭般往嘴里塞。他根本不咀嚼，所以吞食的速度极快。转眼之间他就吃完了。

桌子上一片鱼刺虾皮，鸡骨鸭骨，就像一个激战后的战场。他们父子俩打着饱嗝站起来，小强坐在藤椅上，双手摸弄着肚皮，眯缝着眼睛，鼻子里发出呼呼噜噜的声音，但是他没有睡觉。秦书记剔着牙缝说：这孩子，吃醉了。你也感到头晕眼晃，便说：秦伯伯，我也吃醉了，我要回去了。他看着你，说：你这孩子，很富有幽默感嘛！今天就不留你了，其实，咱们的房间多得很，你可以在这里休息。你应该把这里当做你的家，这里就是你的家。

你走在大街上，感到头重脚软，飘飘然有些仙意。街上有一些小青年对着你吹口哨，有一些蹲在街边大树下杀棋的老人也抬起头来看你。秦家父子的饕餮并没有让你反感，甚至还给你留下了不错的印象。通过他们毫无顾忌地大吃大喝，你感到他们是实事求是不做作的人。你暗想，其实我也是个嘴馋的人，只是初到他家不好意思放开肚皮罢了；其实我很想把那块肥白的鸡胸脯肉箝到自己碗里，只不过爱面子罢了。

从此你成了秦家的常客，你放开了肚量，把温文尔雅抛到了一边。你的变化把秦书记喜得心花怒放，他说：这就对了，这才像个无产阶级革命事业接班人。我们需要的不是虚情假意的资产阶级小姐，而是能吃能喝敢打敢冲的革命战士。你双手攥着猪蹄子或是鸡脖子，放肆地、不无夸张地啃食着，弄得两个腮帮子油光闪亮。秦书记用欣赏的目光看着你，不住地点头颔首。遗憾的是，你的食欲很快下降，对油腻的东西丧失了热情。但秦家父子却一如既往地大吃大喝。秦书记在餐桌上给你讲过一个故事：从前有个地主家的长工，看到东家每天三顿都是两碗米饭一碗红烧肉，心中愤愤不平，私下发牢骚，怨老天不公道，都是一样的人，凭什么他天天吃精米肥肉，我却吃糙米霉菜？这话让东家听到了，东家就对长工说：伙计，从明天起，你跟我一起吃，地里的活也不用去干了，我吃什么你吃什么，我吃多少你吃多少，可好？长工心中大喜，连声道：好好好，好极了！从此之后，长工就跟着东家过上了腐化堕落的封建地主生活。每天起来，丫环就把他叫到客厅，与东家对面而坐，每人面前摆上了两碗精白米饭，一碗红烧肉。长工风卷残云般地把面前的食物吃光，腹内尚有余地。东家看他那样，微笑不语。中午晚上都是照此办理。三天过后，长工见了红烧肉就恶心，一块肉放在嘴里，乱打滚咽不下去。第一顿时是肉自己往肚子里跑。看东家，还是像刚吃时那般从容。龇牙咧嘴地坚持了二天，实在受不了了，长工双膝跪在了东家面前，说：掌柜的，您饶了我吧，放我回去吃糙米霉干菜去吧。东家笑笑，说：现在你明白了吧？你的肚子，阎王爷给你造的时候，就是让它盛糙米霉干菜的；而我的肚子，阎王配给我时，就是让它装精白米红烧肉的。讲完了这故事，秦书记拍拍自己的肚子，又拍拍小强的肚子，再瞅瞅你的肚子，放声大笑起来：哈哈哈哈哈哈哈！

“天下没有免费的晚餐”，这句从西方传来的话，大概没有人会比你体会的更为深刻了。在秦书记家胡吃海塞了十几个星期天之后的一个星期天，你回到南江探望父亲。你一进门就看到他双手扶着藤椅的扶手，低垂着头，好像在沉思默想。爸爸，我回来了，你说。他抬起头，很不自然地对你笑笑，说：你秦伯伯打电话告诉我了。然后他就站起来，笨拙地给你倒水。一瞬间你感到父亲苍老了。他的背已经佝偻了。他的头发早就白了，但从前他的白发闪烁着银光，不但不显老，反而使他增添了许多风度。现在他的白发失去了光泽，像几缕又干又脆的漂白过的乱麻。他的脸原先是红彤彤的，好像新鲜的小红萝卜，现在他的脸色枯黄，腮上还多出了几道深刻的竖纹。他把满溢的水杯端给你时，用凄苦的眼神看了你一眼，然后便把目光转开了。他的双眼已经浑浊了，双眼下边还添了两个浮肿的眼袋子。突然发现了父亲的苍老，一阵悲凉之感涌上了你的心头。你深深地自责：为了贪食秦书记家的丰盛宴席，竟然好几个月不回来探望父亲。你向他道歉，他淡淡地说：没有什么，我很好，在秦伯伯家吃是一样的……

你感到父亲心事重重,便问:爸爸,发生了什么事情?告诉我发生了什么事情?

他抬起头。你看到他的眼睛里已经泪光闪烁。他终于说:岚子……你秦伯伯第七次向我提出,让你做他的儿媳妇……

你愣了一下,紧接着笑起来。你的眼前浮现出小强那副憨出了痴相的模样。你说:爸爸,你们是在开玩笑吧?

不是开玩笑。

这怎么可能?小强,还是个大孩子嘛!

他比你只小一岁。

但是他什么都不知道,他只知道吃、睡、胡涂乱抹……

你秦伯伯是认真的。

那么你呢,爸爸,你同意把我嫁给一个白痴吗?

我不同意,但是我欠了他的情……我的复出,全是他在后边使了劲……

他是不是还给你许了更大的愿?你尖刻地说,他很可能还会高升,然后带着你步步高升?

你的父亲颓唐地坐在藤椅里,把他那颗老头靠在椅背上,两行浑浊的泪水在他的老脸上流淌着……

但最终你还是坐在了椅子上,任组织部副部长在背后扇着风,等待着秦家前来迎亲的车辆。组织部副部长苦口婆心地劝着你:小岚呐,别耍小孩子脾气了,替你爸爸想想吧,他已经三天三夜没吃饭了,一个人关在办公室里,一根接一根地吸烟,整座办公大楼里都能听到他的咳嗽声,你爸爸也是没法子……官大一级压死人呐,再说了,秦小强也不是什么白痴,我见过那孩子,他就是老实得过头了点……阿姨是过来人,了解男人,男人那,最宝贵的品质就是老实,老实就是可靠,就可以托付终身,其他的什么才华啦,相貌啦,都是靠不住的东西……

你打断了她的唠叨,冷冷地说:请你让你们的林书记来一下,我有话跟他说!

父亲出现在你的面前。他脸上的笑容是伪装出来的,他的轻松也是虚假的。他高声大嗓地说:岚子,你还没收拾好?你秦伯伯的车已经出城一个多小时了,他用伏尔加来接你,小于,你是怎么搞的?都这时候了还没给孩子把新衣服换好……

你站起来,说:爸爸,你放心吧,我会乖乖地去给秦家做儿媳妇,但是,我要告诉你,你和姓秦的,都是混蛋!

你爸爸的脸一下子就涨红了,很快又黄了。一阵突来的剧咳让他弯下了腰,然后,噗的一声响,一口雾状的鲜血,从他的口里喷出来。

第十六章

歌舞团的化妆师从后边抱着小海的腰，将他从楼道里擒回来。他的身体往下打着坠儿，两个脚后跟像小马蹄子一样弹打着地面，嘴里发出刺刺的声音，很像毒蛇的喷气。对过去生活的痛苦回忆使你的脑子很累，心情也很恶劣，但你的脸上仍然堆满了笑容。你用夸奖的口吻说:这小家伙，劲儿真大!

化妆师气喘吁吁地说:这小家伙，劲儿很大!

你看着泪眼婆娑的珍珠，说:珍珠，劝劝小海，你的话他应该听。

珍珠低声说:小海，别闹了。

小海看看姐姐的脸，停止了挣扎，但你看得出，他的小心眼里满怀着对眼前这些人而敌意。

陈老师用化妆纸沾干了珍珠的脸，然后给她重新扑粉描红。

化妆师剥下小海身上的旧衣，将一套黑色的小西服穿到他身上，还在他的脖子上系上了一个红色的蝴蝶结儿。给他梳头时，他将脖子使劲地往一边扭着，皱着眉头，咧着嘴，露出了一些白森森的小牙。他的头发纠结成团，梳子插进去难以通行。众人善意地笑起来，说这孩子，真是个刺头。化妆师用喷雾器往他的头上滋了一些水，终于将他的头发梳通。扮出来的小海精干利落，很是好看。众人都赞：好一个小郎官。

大虎拘禁地傍在宿舍门口，不时地用手摸脖子，还对着所有看他的人咧嘴傻笑。

你偷眼看着儿子，心里就像打翻了五味瓶。许多的往事，就像关在笼子里的一群麻雀，碰撞得笼子嘭嘭地响。你打起精神，下决心不再回忆过去。

好时辰终于到了，上午九点整，在明白人的指点下，大虎牵着珍珠的手，小海捧着珍珠长长的裙裾，从歌舞团宿舍昏暗的楼梯上曲曲折折地走下来。你与王团长等一干人，紧随在新人们后边。下楼梯时王团长搀着你的胳膊，好像是怕你摔倒，其实他的年龄比你差不多大了一轮。他的殷勤关切使你有些感动，但更多的还是不舒服。你知道他正在活动市文化局长的位子，该请的客都请了，该送的礼也都送了。你准备帮他实现这个目的，因为在珍珠出嫁的前前后后，他鞍前马后地奔跑，出了很大的力气。知恩图报，这是你做人的准则。

新郎牵着新娘的手一出楼，等待着看热闹的人们就大呼小叫起来，还有几个很可能是品行不良的少年，吹出了尖利的呼哨。拉兹按响了那两组安装在车前轮挡泥板上的喇叭，从它们盛大的牵牛花一样的黄铜口径里，发出了类似三十年代老汽车的稚拙鸣声。这条平日里很清静的小街上，出现了空前的热闹景象，大概有数千个老百姓聚集在这里，将婚车、拉兹和那十几辆豪华轿车围得水泄不通。几个警察站在人圈外，大声地吆喝着，试图疏散挤成一个蛋的人群。警察的态度非常友善，看来他们也受到了结婚喜气的感染，粗糙的心灵变得细腻起来，冷酷的心肠变得柔和起来，脸上的紧绷着的肌肉也得到了某种程度的松弛。

市歌舞团那几十个打扮得像美丽小妖一样的演员们早就排成了两行，夹道欢送着她们的新来不久的同事去市长家享受幸福生活。她们的眼睛里发出热辣辣的光芒，是羡慕也是嫉妒。她们将鲜艳的纸屑扬起来，像一阵五颜六色的雪花儿，降落在珍珠和大虎的头上，也降落在阴沉着小脸子的小海头上，也降落在你的头上。你穿着一袭式样简单、庄重大方的天蓝色长裙，脖子上戴了一挂海珠项链，胸前别了一枚嵌珠胸针。胸针造型生动，好像一个顶球的海豚。夜巴黎婚礼公司的鼓乐队穿着红上衣白裤子，头上戴着圆桶般的高帽子，帽子上挑着红缨，在宿舍前的空地上卖力地吹打着。歌舞团的舞台监督不失时机地点然了鞭炮。漫长的鞭炮从六层楼顶上垂挂下来，几乎垂到了地面。鞭炮爆炸时发出一团紧追着一团的蓝色的电光，硝烟弥漫，炮声震耳。你的心又想回忆过去，但是你像吞咽药片一样把过去吞下去了。

新人在傧相的扶持下登上了婚车，小海坐在了珍珠和大虎中央，好像在他们的夫妻关系中间插上了一个黑色的惊叹号。你在群众的议论声里和闪闪烁烁、意义不明的目光注视下，钻进了自己的坐车。为了给车队闪开道路，早有准备的歌舞团领导让几个有臂力的小伙子提着满桶的高级糖果从楼里跑出来，然后他们就像往鱼塘里撒食一样，将那些糖往外扬去。人们向糖扑去，闪出了前进的道路。抢糖的大人小孩挤成了一个个的人蛋。你在车里感到胆战心惊，生怕把小孩子踩死。

车队驶向大街，保持着中速前进。按照你亲自设计的路线，车队首先路过公安局，然后路过检察院，在珍珠广场上转一圈，拐上人民大街，最后直驰市委一号宿舍。公安局和检察院都很安静，没有人出来观望。你猜测着公安局长和检察院长的心情，尽管前途未卜，但在你的心里还是产生了一种类似胜利的感觉。车队进入珍珠广场,那个高达十米的陈珍珠画像扑入眼帘。画像夸张了她的胸部,使你感到几分不快。但画像上的她明眸皓齿,肤若凝脂,的确是个美人。她的微笑凝结在画像上,好像清凉宜人的月光。知道这是谁吗?林市长的儿媳妇!你相信已经有很多人这样问答过,你相信还会有更多的人这样问答。你不但把她的画像竖在了广场边上,你还让雕塑师们以她为模特,来塑造那尊坐落在广场中央、作为南江标志的珠娘雕像。广场中央竖起了脚手架,四周围着尼龙编织布,塑造雕像的工作正在紧张进行。你看到大虎指点着那个广大的画像给珍珠看,你看不到她脸上的表情,也就无法猜测她此时此刻的心情。广场上的风吹动了她的粉红色婚纱,使她窈窕的腰身显示出来,电视台的录像车冲到了车队的前头,一个穿黄马甲的摄影师扛着机器拍摄着拉兹的彩车。几个摄影爱好者,在广场上奔跑着,抢拍着婚车的镜头。你想,她应该满足了,一个采珠人家的女儿,如果不是阴差阳错,怎么可能嫁到我家做新娘?就连我这个县委书记的女儿、地委书记家的……儿媳,结婚的时候也没有这样的风光和排场。车队绕广场一周,驶向人民大街,大街两侧的建筑几乎都是玻璃幕墙,车队变形的影子在幕墙上快速移动着,宛如一群鲨鱼的暗影。在两栋高楼之间,局促地蹲着一座残破的小楼,灰色的砖墙上还残留着文革时期的标语,几个民工站在一堵断墙上,拄着大锤,观看着迎亲车队。这小楼是原来的大街饭店,十年前还是南江县城里最高大、最豪华的建筑。当年你的婚宴就摆在这里,只不过因为你的反对,满桌的美味佳肴,竟然没人来吃,最后让饭店的工作人员大快了朵颐。你在车上眯着酸辣的眼睛,提醒自己不要回忆,不要回忆,回忆徒伤神!但往事如汹涌的潮水,冲破了胸中的堤坝。

你的话如一记重拳,直捣老头子的心窝。他的脸色金黄,双眼往上翻着,几乎看不到黑眼珠子,然后他就喷出了一口血:噗——!

组织部副部长大叫一声:林书记——!她的眼睛像刀子般戳了你一下子,然后便冲了上去,将她的林书记扶了起来。在那一瞬间,你心中一阵酸楚,颇有悔疚之意,但是你没有表示软弱。你从副部长和林书记身边绕过去,头也不回地走出了家门,走进端午节的艳阳里。你看到秦书记的黑色伏尔加从人民大道东端缓缓驶来,像一个骄傲但又不乏谨慎的动物。在那个年代里,伏尔加轿车就像传说中的麒麟差不多。它的双眼明亮,黑色的甲壳反射着阳光。大街上的人们都驻足观看,小孩子们跟在它的身后奔跑。

它停在你家门口,均匀地呼吸着,肛门里吐着白气。车门打开,秦书记从车里挪出来,小强跟随着他从车内钻出来。这一老一小两块庞然大物向前走来。县里的干部们在县革委主任的带领下迎接上去,不管是年龄大的还是年龄小的,脸上都堆着笑容,嘴里都重复着同样的话语:大喜,秦书记!秦书记脸上喜气洋溢,与他们逐个握手,嘴里也重复着:同喜同喜!小强不理县里的干部,对着你跑过来,他的脸上挂着愚蠢但是非常纯洁的笑容。他穿着一身崭新的灰色制服,头上还戴着一顶黄色的军帽。他跑到你面前,从口袋里摸出花生和糖果,递到你面前,说:给你,姐,你吃吧,我这里还有好多。他拍着口袋,炫耀地说。

你没有接他的糖果,脸上的表情冷若冰霜。他的嘴噘起来,上嘴唇与鼻尖接在一起,然后,眼泪就从眼里流出来。你反感地瞪了这个对你产生了很深的依恋之情的二十岁的小男孩一眼,便把脸扭到一边去。他在你身边张开大嘴,哇哇地哭起来。县里的干部们表情都很尴尬,好像小强的哭与他们有关。几个年轻的干部上前来,扯着小强的衣角往下顿着,仿佛要进行秘密的交易。小强的身体像一个幼儿园小朋友一样扭动着,但他的身体高大魁梧,完全是大人的身架子,这就产生了荒诞和滑稽。你看到秦书记用凄凉的眼光看着你,仿佛在对你发出乞求。你只好接过小强手里的糖果和花生——你对他其实并没有恶感，就像你对一个心地纯洁的小男孩不会有什么恶感一样。但让你嫁给一个智力只有三岁幼童的大男人又是另外的一码事——停了一下，便猛然地撒向那些围着轿车的人。其中有大人，也有孩子。他们愣了一下，马上省悟，急忙弯腰抢起来。小强破涕为笑，学着你的样子，把口袋里的糖果、花生一把把地撒向人群。你看到秦书记的脸松弛了。你听到他问县里的干部：老林呢？然后他又转过头问你：岚子，你爸爸呢？这个老伙计，这种时候，怎么躲着不见人了呢？你仿佛没有听到秦书记的话，就像英勇就义的英雄一样，大踏步地向轿车走去。你拉开伏尔加的前门，坐在了副驾驶的位置上，司机张了张口，好像要对你说什么，但他什么也没说出来。你的眼睛往前看着，看到城外火葬场的高大烟囱冒着淡淡的白烟，好像一支巨大的雪茄。修船厂汽锤打铁的声音虽然很远，但还是让你感到心神震荡。组织部副部长于秋香在你家门口低声对秦书记嘟哝着什么，你听不清她在说什么，但你清楚地看到了她那张谄媚的脸。秦书记对着县里的干部们挥挥手，然后拉着小强进了轿车。他说，本来应该请你爸爸他们吃一顿饭，表示庆祝之意，但很遗憾，你爸爸身体不好，只好我们先回去。开车！他命令司机。

你在秦家吃了很多次的饭，但乘坐他的伏尔加还是第一次。荣耀的感觉部分地冲淡了这桩不如意婚姻带来的痛苦。你坐在前座上，听到秦书记在你的身后发出的粗重喘息声。他这样粗重地呼吸并不是因为心中激动，而是他满腹的脂肪所致。你感到他嘴里呼出的气息吹到了脖子上，散发出一股腐败的气息。司机双眼盯着正前方，面孔严肃，但你知道这些都是装出来的越是这样越说明他的心里怀着鬼胎。秦的嘴唇几乎触到了你的脖子上，他对你说：你爸爸的心情我很理解，可怜天下父母心呐！其实，他完全可以放心，岚子，我很早以前就把你当成了自家的孩子。他嘴巴里的臭气热乎乎地喷到了你的脸上,你将身体尽量地往前探去,额头几乎触到了玻璃上,但他的嘴巴还是不知趣地跟进,幸亏小强帮你解脱了窘境。

小强双手捂着小腹,大声喊叫着:我要撒尿,我要撒尿!

司机的嘴紧绷着,但笑容还是从他腮上表现出来。车停在了路边,司机下了车,拉开车门,小强像个大肉蛋子滚下去。他的腰带发生了问题,解不开,急得在地上蹦高。司机帮他解腰带时,他已经将半泡尿撒在了裤裆里。你看到尿水沿着他的大腿内侧流向裤角,并且滴到了鞋脸上。你慌忙转过眼睛,往前看,远处的海面上,几艘挂着破帆的船像幽魂一样悠荡着。你听到秦书记在你的身后说:他会长大的,就像某些品种的水稻一样,他的特点是晚熟……

车沿着海边的砂石路向前急驶,车轮卷起的沙子打得车挡板发出急雨般的声音。小强在车后座上哭哭啼啼,裤子尿了,他感到不舒服。车内充斥着热烘烘的尿臊气,你摇下了车窗的玻璃。你听到秦书记夸你:岚子,你天生就是个坐轿车的,第一次坐车就会摇玻璃!市里几个干部跟着我坐了好多次车还不会摇玻璃。你没有回答他的话,但心里竟然也得到了一丝丝安慰,可见无论在什么情况下,夸奖总是让人感到愉快。

海上清凉的风从车窗外灌进来,路边的桉树林就像一抹抹的残云,飞快地被抛到后边。你知道红树林就在前面不远处,你想起了几年前与马叔第一次骑车来红树林的情景,那时候你还是个天真烂漫的少女;你想起昨天到红树林养珠场找马叔的情景,这时你已经是个心事重重的女人。一只贴着路面飞行的燕子因为躲避不迭撞在了车前玻璃上,啪地一声响,燕子落地,玻璃上留下了一块肮脏的血迹。你说:停车!

你捡起头破血流的小燕子,感受着它的正在散发的体温,眼泪奔涌而出。秦书记大怒,训斥司机:你是怎么搞的?

你出现在养珠场时，食堂里正开午饭。与你一年前离开时一样，知青们用勺子和筷子敲打着搪瓷碗，发出了一片叮叮当当的响声。食堂前面的广播喇叭里正在播音，播音员小齐，是个满脸雀斑、下巴尖尖的姑娘，说起话来鼻音很重，好像刚得了感冒。她是地区武装部长的小姨子。你在食堂门口一出现，就有一个女知青大声喊叫起来：林岚！哇！林岚！她的喊叫吸引了全体知青的目光，敲打碗沿的声音停了，小齐的声音就格外地响亮起来，她说：下面播放文艺节目，请听革命现代京剧《红灯记》选段：都有一颗红亮的心……

在李铁梅很抒情的歌唱声里，你毫不退缩地朝马叔走去。他站在紧靠着打饭窗口那儿，一个身体圆滚滚的姑娘与他站在一起。一个个熟悉的面孔从你身边滑过去，钱良驹、金大川、杜丹娘、孙小莲……众人的目光追随着你，将你送到了马叔面前。他在你面前低垂着头，好像一个犯了错误的学生。这是他在你面前的一贯态度。你的心中突然充满了对他的仇恨。你认为他这副懦弱的模样完全是伪装，其实他的内心比铁还要硬。你凶巴巴地对他说：你跟我出去一下，我有话跟你说！

他的脚搓着地面，嗫嚅道：有什么事嘛……

你跟我出来一下！

他看了一眼身边的曲圆圆，又看了看知青的队伍，道：有什么事……你在这里说嘛……

你转身就往外走去。你知道，他不敢不来。

他提着瓷碗，低着头，跟在你背后往外走了。众知青的目光扫射着他，使他不敢抬头。曲圆圆竟然也跟着他往外走去，部分知青的脸上浮起油滑的笑容。

你站在食堂门前那颗木棉树下等待着他。在离你两米远的地方，他停了脚，看你一眼，紧接着又低了头。曲圆圆在离他两米远的地方也停了脚。她昂着头，直瞪着你，眼神里有许多的挑战意味。

你与她对峙着，仿佛不共戴天的仇敌。终于，她的眼神软了，她的头虽然还没低下去，但她的目光已经散了。你说：请你离开，我有话跟他说。

她外强中干地说：你说你的，与我有什么相干？

我要你滚开！你大声吼叫着，你自己也想不到会发出这样凶暴的声音。

她的双脚往后移动着，嘴里嘟哝着：有什么了不起嘛！有什么了不起……

在你的逼视下，她退到了食堂门口，然后身影一闪，不见了。

你下意识地松了一口气，说：知道吗？我要结婚了……

他还是低着头，说：祝你幸福……

你感到眼里的泪就要涌出来了，但你克制着，你说：你不想知道我要嫁给谁吗？告诉你，我要嫁给地委书记的儿子，就是那个被你爸爸打掉过门牙的地委书记的儿子。

祝你幸福……

他的儿子是个白痴，二十岁了但智力水平还不如三岁小儿，他每天夜里都要尿床，他除了知道吃几乎不知道别的，他的体重已达九十公斤，但是他还是在吃吃吃，我就要嫁给这样一个人，你心里欢喜吗？

我不知道……他说，我祝福你……

你跟曲圆圆是什么关系？

没什么关系……他支吾着，就是那种关系吧……

眼泪终于涌出了眼眶，你将脑袋抵在了木棉树粗糙的树干上。

林岚，他说，请原谅我吧，我真的配不上你……曲圆圆的爸爸是做煤球的，跟我很合适……这也是我爸爸的意思……

你撒谎，你带我去见你爸爸！他在哪里？

他还在铁山港劳改农场。

我知道你有什么事情瞒着我……你就忍心看着我嫁给一个白痴吗?

他的头垂得更低了,良久,终于将那颗瘦头抬了起来,说:林岚,我真的配不上你……我们是"两股道上跑得车,走的不是一条路……"

你泪眼模糊地看着他走进了食堂,哭泣之声从你的咽喉深处发出,你把脑袋往树干上撞着,树上的叶子索索地响。骗子,流氓,虚伪,你边哭边骂着,是骂马叔吗?也不一定。

金大川端着饭碗走到你身边,他说:林岚,我能帮你做点什么吗?

你看看金大川那张坚硬的脸,一种本能的厌恶从心底泛起。你掏出手绢擦擦脸,说:谢谢!

他往前凑了一步,低声说:曲圆圆刚刚做了人工流产。

你冷冷地看着他,说:这与我没有关系了!

伏尔加进了市区,那时候机动车辆很少,宽广的大街上只有几辆马车在行走。马蹄得得,声音清脆。马车过后,留下一行冒着热气的马粪蛋儿。

伏尔加停在了秦家门口,市里的干部迎了上来。一挂鞭炮乒乒乓乓地响起来。秦书记不悦地对一个干部说:谁让你们搞这一套?干部摸着脖子,嘿嘿地干笑着。

你呆在车上不动。小强下了车,咧着嘴对一个干部哭诉着:我的裤裤尿湿了……我的裤裤尿湿了……

拉兹的彩车停在你家楼前,鞭炮轰鸣,犹如战争爆发。时光流逝二十余年,那场婚礼宛如在眼前。你打点起精神,应付着乱哄哄的局面。金大川、钱良驹、李高潮都在这里帮忙,金大川很卖力,好像半个家长。

几个女人将陈珍珠架进了你家的小楼，小海跟随着他的姐姐也进了小楼，大虎当然也进去了。车上的人们——都是你的亲信部下——从车里下来，逐个地与你握手。祝贺您——谢谢——祝贺您——谢谢——

繁忙闹嚷的白天过去了。客人们都走了。大虎和珍珠进了洞房。小海也进了那特意为他准备的小房间。你关了客厅里的灯，回到了自己的卧室。电话响起，是金大川。什么事？你冷冰冰地问。没有什么事，不会有什么事了，他不无邀功地说。但愿如此，你说。他说：哎，我说亲爱的，年轻人进了洞房，你还在哪里干什么？难道你这个婆婆还要听房吗？你没有回答。他压低嗓门说：亲爱的，是不是过来，咱们也放松一下？你的心里热了一下，但马上就冷了。你说：不，我累了！然后你就把电话挂了。电话铃随即又响了起来，你连听也不听就把电话插头拔了。

你把卧室的灯也关了。你脱了衣服，换上宽大的睡袍。你点上一支烟，依靠在床头上吸起来，红红的烟头照亮了一块巴掌大的黑暗。

你赤着脚，像贼似的摸到了大虎的洞房门前。你感到心跳得很凶，伸出手捂住胸口。你听到屋子里有珍珠的抽泣声。

在小海的门外，你听到了门板像被小猫爪子挠着似地响。

你不可能知道他们的房子里正在发生着什么事情，你感到自己的行为很龌龊。

在大虎和珍珠的洞房里，痛苦压倒了欢乐。当大虎冲动地搂住珍珠时，珍珠推开了他。大虎恼怒地说：你是我的老婆！

珍珠说：大虎，我是你的老婆，但我要告诉你，我不是处女，我被几个歹徒轮奸过！

她的眼睛像锥子一样盯在大虎。

大虎的身体紧缩着，憋了半天，才说：我不在乎……

珍珠道：你不在乎我在乎，大虎，你别逼我，我现在不愿意，我没有心思。

你一夜没合眼，香烟一支接一支地抽。你把早已埋在心底的往事翻来覆去地回忆着，好像在回味一贴毒药。其实也不是你想回忆，是回忆自己要回忆，理智做不了回忆的主。

你首先想起的当然是你的新婚之夜。小强早已睡了，你坐在床前的椅子上，直着眼看雪白的墙壁。你的眼睛枯涩，但丝毫没有睡意。你的"丈夫"秦小强和衣躺在床上，那条尿湿了的裤子早已换了，换上的是一条开裆的大裤子。这是秦书记当着你的面给他换的。他给儿子换裤子时，特别地看了你几眼。你猜到了他的意思，他是在给你示范，他的意思是：今后这件工作就应该由你来做了，因为你已经是他的妻子。他睡得很香，呼噜声惊天动地，除了打呼噜，他还会磨牙；除了磨牙，他还时不时地巴咂嘴，仿佛在睡梦中吃着香甜的东西。他的身体摆成了一个"大"字，将一张巨大的双人床占了大半，你想不出，自己怎么会跟这个人睡在一张床上，但他已经是你的丈夫了。他的开裆裤裂开着，那个男人的玩意儿坦率地伸了出来。你不经意地看了一眼，便急忙将眼睛转开了。但你还是忍不住地又去看，因为你感到很纳闷。你知道男人应该是什么样子的，但床上这个男人却与众不同。它硬了起来，像一根秀丽的小辣椒。这个小东西安在小男孩身上是恰当的，甚至是美丽的，可是他身高将近一米八，体重怕已超过了九十公斤，长了这样一个小辣椒，就显得古怪而滑稽，让人哭笑不得。但是它竟然也能硬了起来，并且它还抖动着，好像在对你点头致意。突然，一股焦黄的液体从那里滋了出来，停顿了一下，好像小股的先头部队，然后大部队就直直地滋出来，升到一定的高度，散落下来，落在床上，落到他自己的大腿上。房间里洋溢着一股很臊的气味。它刚刚往外滋水时，你简直惊呆了，一时不知如何是好，也弄不太懂发生了什么事情。在秦家混饭吃的那些日子里，你从小强的被褥上，猜到了他善于尿床，但亲眼目睹一个人的尿床过程，平生还是第一次。这是一种新鲜而刺激的经验，如果这种事情发生在一个与你毫不相干的人身上，你会感到很好玩，但一想到这个人是自己寄托终生的丈夫，你的心便猛地沉到了无底的深渊。他翻了一个身，将两扇庞大的屁股对着你，接下来发生的事情不太好说，但还是说了吧：他憋足了劲放了一个响亮的大屁，吓得你从椅子上弹跳起来。你感到实在不能在这间布置得大红大绿的洞房里待下去了，尽管当地有新婚之夜新媳妇不得离开洞房的旧俗。我这算什么结婚？你感到荒唐，简直就是一场闹剧。

你走出房间，进入客厅。月光从窗户里射进来，在眼前的地面上投出了几块银白的光辉。你嗅到客厅里一股浓浓的烟味，接着你看到一个暗红的光点在藤椅那儿闪烁着。那是秦书记坐惯了的位置，他的臃肿的身体塞满了藤椅。你听到他长叹了一声。他开始说话，鼻音很重，瓮声瓮气。

岚子，我知道，委屈你了。

你的确感到很委屈。

也许，这是一个错误，他说，还是那句老话，可怜天下父母心，我太自私了。我跟你爸爸这代人，虽然革命了大半辈子，但脑袋里的封建意识还很浓厚。我怕老秦家的香火断在我手里，同时我也忘不了门当户对。我知道，因为我的官位，给小强找个媳妇并不困难，但我实在是太喜欢你了。我说过，我是亲眼看着你长大的，就像一个人亲手栽培出来的果实舍不得卖给别人一样。但是现在我明白了，我犯了一个错误。但事情还没糟到不可挽救的地步，这样吧，岚子，你给我点面子，在这里委屈一段时间，然后，你就和小强离婚……

他在昏暗中用力地擤鼻子，声音也哽咽起来。你感到心里很温暖也很难过，眼泪悄悄地流了满脸。你说：秦伯伯，对不起，我让您生气了……

有了这次推心置腹的谈话，你的心情轻松了许多。你在秦家住了下来，与小强的关系恢复到了结婚之前，就像一个大姐姐与一个善良的傻弟弟，当然也不太像。因为，在法律上，在名分上，他毕竟不是你的弟弟而是你的丈夫。

你让家里的保姆在那张双人床旁边另安了一张单人床。家里空房间很多，你原本想与小强分室而居，但怕伤了秦书记的心而作罢。保姆在为你安床时，伪装出若无其事的样子，但你知道她的心里想法肯定很多。你讨厌这个半老婆子那张油光光的大脸——在秦家工作的人用不了三个月都会有一张这样的大脸，保姆刚来时还是一副刀条脸。你觉得犯不上跟这种小人斗气，反正自己在这个家里也不会久长。

替小强换尿裤、晒被褥的工作你吩咐保姆去做，在她的心目中你是这家的名正言顺的少奶奶，是她的主要领导人，她的饭碗能不能端牢全在你，你要砸了她的饭碗不费吹灰之力。所以她特别地巴结你，对你发布的命令执行得很坚决。如果你的命令和秦书记的命令发生冲突时，她甚至会用你的命令去对抗秦书记的命令。在没人的时候，保姆与厨师在一起嘀嘀咕咕，你亲眼看到过她怀揣着几把挂面出了家门，在小巷里，她从怀里摸出挂面，交给了一个驼背的男人。她在你的房间里给小强换被单时，你问：顾嫂，白天，在小巷里，那个驼子，是你的什么人？

她浑身一震，手软得仿佛连一条床单都拿不动了。床单从她手里掉在了地上。她的油光大脸如同挂了一层灰土，嘴唇也失了血色。

是你丈夫吗？

是……林同志，您高抬贵手，饶了我这一次吧……

保姆跪在你的面前，眼睛里含着泪水，说：家里有个八十岁的婆婆，还有三个光屁股的孩子……

你说：起来，您这是干什么？我什么都没看到，我只是看到你跟他在小巷里说话，就随便问问。

从此保姆就像狗一样顺从着你，连你的内裤都是她抢着帮你洗了。你体会到了养尊处优的滋味。

你积极地投入了工作，你主动提出去当采访记者，骑着一辆自行车到处跑。在台风袭击本地区时，你身临战台风的前线，在狂风暴雨中发回一条条前线快讯。本台记者林岚的大名通过电波传遍了全区。

你在红树林养珠场采访时，与珠场的过去战友们并肩作战，从大风大浪里抢救珠场的母贝，这些贝得来不易，还是当年马刚他们驾着木船到北部湾里捕来的。你们手挽着手，用薄弱的肉体抵挡着排空巨浪。其实你们身后那些珠母贝篮早就被打得稀里哗啦，你们的抵抗毫无意义。多少年后你想起那次台风，深感到那是一个人人渴望牺牲、到处寻找献身机会的年代，如其窝窝囊囊地活着，的确不如轰轰烈烈地死去。所以你们站在风浪里，一个个豪情满怀，你们迎着风浪高呼毛主席万岁，但刚一张口就被海水差点儿呛死，呛海水的滋味很不好受，你们只好把时代的最强音憋在肚子里。一排巨浪像奔涌的山丘，挟着雷霆万钧之力砸过来，把你们的人墙砸得七零八落。你的身体就像打秋千似地被高高地抛起来，然后又深深地跌下去。你看到刚才与你拉着手的曲圆圆的小辫在浪花中闪了几闪，然后就没了踪影。一个巨浪再次将你砸下水去，眼前一片灰蒙蒙的水汽，耳朵里好像万马奔腾，然后就什么也不知道了。等你醒过来时，已经躺在县医院里，手背上插着输液的针头，头上悬挂着盐水瓶子。许多人在你的病房里进进去去，你仿佛看到了父亲雪白的头颅……

你跟护士要来了纸笔，背倚着枕头，开始赶写前线快讯。为了拿笔方便，你忍着痛，让护士把原先扎在右手上的针头拔出来扎在左手上。你含着眼泪谱写红树林边英雄谱，你写道：神州大地风雷动，毛泽东时代出英雄。狂风暴雨何所惧，青春肉体筑长城。你在文章里把你的战友们比喻为任凭风吹浪打、我自岿然不动的红树林，你描写了战友们为了抢救国家财产英勇无畏地扑向大海的情景，你写了战友们迎着风浪高呼毛主席万岁的情景。你写道，一喊出这时代的最强音，大家浑身就充满了力量。当你写到巨浪把四个知青卷走时，你的眼睛里饱含着泪水。你在稿纸上写下了他们的名字：赵红兵、李洪涛、沈学青、曲圆圆。

你让护士找来医院领导，让他们把电话线拉进房间，他们执行你的命令雷厉风行，不仅仅因为你是本县书记的女儿，不仅仅因为你是地委书记的儿媳。你坐在病床上，用悲壮的声音，将稿子传给了地区广播局，那边，精通速记的局长亲自接听、记录。记录完毕，局长用激动的声音说：林岚同志，我向您传达地委秦书记对您的亲切慰问，我代表全局同志向您表示崇高的革命敬礼！秦书记让您好好休息，他马上就派车去接您回来。

十几分钟后，医院的广播喇叭、县城的广播喇叭，全地区八县一市的九千八百八十九个广播喇叭，向全区人民广播了你的稿子。稿子是小齐播的，因为激动，她的嗓子颤抖不止，仿佛北风吹过农家的窗户纸。

后来，你得知，当你也被巨浪卷走时，马叔正好在你和曲圆圆之间，对他来说，这是一个两难定理，也是一次考验。在那危急的关头，其实他没有时间思考，他是下意识地舍弃了曲圆圆，扑到你的身边，对你伸出了救援之手。他很有经验，用手揪住了你的头发，将你拖向岸边。

后来，他娶了曲圆圆腿有残疾的姐姐。这个女人生下了马驹后，不幸因病去世。

台风过后，你被提升为县广播局的副局长。那时你还不满二十三岁，你是全地区最年轻的副县级干部。

你，林副局长，回到红树林，在养珠场主任的陪同下，去看了四烈士的墓地，在他们墓前献上鲜花。在曲圆圆的墓前，你心中百感交集。你当然地回忆起在食堂门前那不愉快的一幕，你的心里有一些内疚。你想见见马叔，主任说他随着机帆船队到公海上拖贝去了。

繁忙而热烈的革命工作使你把个人的感情放在了一个次要的位置，也使你把与小强离婚的事放在了一边。很快你又被提拔成地委宣传部常务副部长，广播局副局长的职务还兼着。你可以列席地委常委会议，你是不是常委的常委，你是一颗灿烂的政治明星。现在，在秦家，你不仅仅是一个儿媳妇，更是秦书记的得力部下，你们在饭桌上谈论的多半是工作上的事。你走起路来，不自觉地风风火火了；你说起话来，不自觉地声色俱厉了；在你面前点头哈腰的人越来越多了。在一次要求各县第一把手参加的宣传工作会议上，你坐在主席台上做主题报告，秦书记和众常委在后边坐镇。你不经意地一抬头，看到爸爸坐在前排。他戴着一副老花眼镜，手里拿着一个笔记本，恭恭敬敬地记录着。他把笔记本推出去很远，腰挺得笔直，满头飞雪，满脸色斑，分明是一个风烛残年的老人了。你的鼻子发酸，眼泪差点夺眶而出。

第十七章

你越在官场上飞黄腾达,对父亲的仇恨便越来越淡。官升一级,恨减一分。当官得到的荣耀越多,越感到个人的感情问题轻如鸿毛。当你在主席台上居高临下地看着台下那些县级干部时,心里竟然羞羞答答地产生了对父亲的感谢之情。如果不是爸爸逼我嫁到秦家,哪会有我的今天?当然你不愿意承认这种感情,你更愿意相信,眼下你得到的一切,都是凭着自己的才干和奋斗得来的。你恨不得对着台下的人大喊:即便不是秦家的儿媳妇,我也会坐在今天这个位置上!你需要用这种信念来安慰自己。多少年后,每当想起那一段生活,你就感叹不已,权力,真是一个可怕的魔鬼。它可以使爱情贬值,它可以使痛苦淡化,它可以使感情变质,它能使一个有洁癖的女人吞下大便,它比世上最毒的毒品还要毒。毒瘾还可能用强迫手段戒除,但官瘾呢?历朝历代因为当官丢了脑袋的人比吸毒死了的人还要多,但想当官的人依然如过江之鲫络绎不绝。尤其是那些尝到了当官甜头的人,如果突然把他的官给免了,就等于要了他半条命。

那次宣传工作会议后，你与爸爸在地委招待所的大堂里相遇。你是来为参加会议的各县干部送行的，其实你知道参加会议的县干部都走了，只有南江县委书记没走。所以这次相遇并不是不期而遇，而是一次心照不宣的约会。

那天你穿着一件白色的"布拉吉"，裸露着两条健康的小腿，脚上穿着一双白色的半高跟塑料凉鞋，是那种前露脚指头后露脚后跟的式样。你留了十几年的大辫子已经剪了，改成一个朝气蓬勃的"柯湘头"。革命样板戏《杜鹃山》拍成电影在全国放映后，几乎所有的女干部——不管是年轻的还是年老的——都改成了这种发型。你在头发上涂了一层钻石牌发蜡，脸上搽了用医用凡士林和珍珠粉调制成的护肤品，这种护肤品是市医院妇产科主任为你特制的，效果远比商店里卖的护肤霜好。你一进大堂就看到爸爸雪白的头，尽管预感到他会在这里等你，但乍一相见，你的心还是一阵急跳。你与他已经很久没有说话了，见过几次面，也是形同路人。随着官职的提升，宽容的精神也在你胸中扩大。你结婚那天他从口里往外喷血的情景经常出现在眼前，让你良心不安。不久前你听秦书记说他已经和那个组织部副部长于秋香结婚，这个消息使你不舒服，但你也没说什么难听的话，你通情达理地对秦说：他年纪大了，需要有个人照顾生活。当时秦表现出很感动的样子，问：是不是可以把你的话转告给他呢？你说：随便。

你走进大堂前他坐在墙边的木格子长椅上，眼前的地面上扔了几个吸得很残的烟头，看来他在这里已经坐了很久。你进门前就看到南江县的吉普车停在招待所的院子里，司机在车外转圈子。于是你明白了他坐在这里是在等你的到来。你推门而入的那一霎，他慌慌张张地站了起来。他站起的动作既不像个县委书记，也不像个与独生女儿相见的父亲，倒有点像一个见到了县委书记的老农民。一

瞬间你感到他很可怜,鼻子有点酸溜溜的。你听到他说:

岚子……

他的老脸上挂着一副巴结的表情,是那种丧失了劳动能力的老人巴结子女的表情,你的鼻子更酸了,但你克制住自己,不让心中的悲伤流露出来。“爸爸”这两个简单的字就在你嘴唇边,你竟然没有能力把它们吐出来。“爸爸”变成了沉重的称谓。你含含糊糊地说:

……您还没有回去?车还没有到?

车刚到,他说,马上就走。

回去赶快落实会议精神,南江历来是个出经验的地方,希望这次你们还能创造出新经验,推动全市的工作。你麻木地说着。

我们回去连夜召开常委会,已经在电话里做了安排,他说,请……领导放心……

然后就无话可说了。你们处在一种极不自然的状态,都低着头,不看对方,偶尔一抬头,目光相碰,便赶快躲开,这那里是父亲和女儿相见?倒有几分似两个在媒婆的介绍下见面相亲的农村青年。你当然知道前面那些话都不是人说的话,你们想说的不是这些,不说这些又说什么?不知道,腹中似乎有千言万语,其实一句话也没有。你与一个傻孩子结婚,毫无疑问是个悲剧,但这悲剧已经变了味道,它已经变成了喜剧,好像也不是喜剧,也不是闹剧,是一场“革命”时期的正剧,可以用坏事变成了好事来解释,没有什么好解释的,你丧失了一些东西,但得到的好像比丢失的多得多,这不但是你的看法,许多人都这样看,在八县一市的范围内,有多少女人,美如婵娟的或是嫱如无盐的,梦里都想变成个你。男人遍地是,比路边的野草还多,但地委宣传部常务副部长、不,已经提拔成部长了,还兼任着广播局副局长,不,已经升任局长了,地委常委、宣传部长兼广播局长,掌握着全市的宣传大权,这样的干部,全市只有一个。当官的感觉真好，尤其是年轻人当了官，不是小官，是相当大的官，小官没有意思，这是你的想法，你当了大官才觉得小官没有意思，但那些没当了官想当官的人，为了一个小组长，都要努力奋斗，奋斗也不一定能当上。想当官，你首先要思想好，还要有才华，还要有官运，光有了好思想和好才华没有官运也不行，三者缺一不可。在红树林养珠场苦熬时，你曾经恨过“文革”，现在不恨了，这说明你的思想觉悟提高了，“文革”打破了论资排辈，“文革”让一部分青年脱颖而出，你是“文革”时期的幸运儿。你想抽身走开，因为你看到市革委生产指挥部的一个副主任与几个秘书说说笑笑地朝招待所走来，他们走进大堂估计需要三分钟，你可不愿让他们看到你的窘态，你想在他们走进大堂之前把该说的话说完，你问：

您还有什么事吗？

他说：岚子，我真为你骄傲……大家都在夸你，说你年轻有为，前途无量……

他脸上的幸福表情，就像金子一样熠熠生辉。他也是在官场上几经沉浮的人，看重的当然是官职。夸奖总是让人愉快，来自父亲的夸奖更是珍贵。尽管你自认为父亲的夸奖并没有过头之处，比这肉麻一百倍的夸奖你天天都能听到，但你还是谦虚地说：这算什么？我这点本事，别人不知道，难道您还不清楚？组织信任我，培养我，我只有努力工作，别的也就顾不上了。

好好好，就应该这样，他说，你有这样清醒的头脑，我就放心了。岚子，记住主席的教导：“虚心使人进步，骄傲使人落后。”

他的话让你心中不快了，一个县委书记，教导地委常委、宣传部长，这未免有点对象颠倒，哪怕你是我的爹也不能这样，领导就是领导，下级就是下级。接下来他的话就令你更加不快甚至是恼火了。他说：岚子，我知道你会来，就在这里等你，因为你毕竟是我的女儿，我才敢对你说。当然我是希望你有更大的进步——这个世界上没有人比我更希望你能取得更大进步的了——我是怕你在一些枝节问题上造成不良影响,如果你不是我的女儿我决不会把同志们的议论对你说——同志们对你这条裙子有不好的反应……大家认为,像你这样级别的领导,应该穿戴的朴素大方一点,不应该这样花里胡哨……

你的眉头不觉中皱了起来,心里反感透顶。你打断他的话,冷冷地说:你等我就为了说这些话?那么我谢谢你的提醒,但是,我要告诉您,也希望您能告诉那些议论我的人,让他们知道,这个样式的裙子,是毛主席的夫人,敬爱的江青同志提倡我们女同胞们穿的。这条“布拉吉”,是省委郑玉兰大姐送给我的。郑大姐说,“布拉吉”是她去北京开会时,江青同志送给她的。你看到爸爸的身体突然地哆嗦起来,眼睛里水光闪闪,诚惶诚恐的表情像风里的红旗在他的老脸上招展着。

在那个年代里,江青同志意味着什么,只有从那个时代里走过来的人才可能知道。那时候,绝大多数的人、包括高级干部,并不知道江青的底细。后来,毛主席去世,“文革”结束,粉碎“四人帮”,全国清查“三种人”。那些当年与你一样提到了江青同志的就肃然起敬的人,竟恬不知耻地要你讲清楚与江青死党以及与江青的关系。你说:江青当时是不是中国共产党中央政治局的委员?那些选她当政治局委员的人知不知道她是反革命?如果他们都不知道,我一个偏远地区的小干部怎么可能知道?如果他们知道了为什么还要举手选她?那些举手选她的人现在是不是都在接受审查?那时她是不是毛主席的夫人?我一个基层干部,怎么会知道毛主席早就与她分了居?怎么会知道毛主席的夫人竟然会暗中反对毛主席?你们那时知道吗?如果你们知道为什么不告诉我?审查者被你反问得哑口无言。最后,追问起那条“布拉吉”,说江青为什么要送你“布拉吉”？你说，我从来没说过江青送我“布拉吉”，是省委的郑玉兰说江青送给她“布拉吉”，然后她又把江青送她的“布拉吉”送给了我，当时我的确很激动，但很快我就不激动了，因为全省的县级以上的女干部都得到了一条她送的“布拉吉”，我想江青同志不开服装厂，哪里会有这么多“布拉吉”？

审查者不由地笑起来，他们说，是啊，那时候我们看到你身上的“布拉吉”就感到心潮澎湃，我们尽管是男的，也希望江青同志送我们一条“布拉吉”。

审查结束，尽管你没有劣迹，但还是把你从高位上拉了下来，安排你到南江县当了广播局副局长。那时你的父亲和秦书记以及你的“丈夫”都已去世，你带着儿子回到南江，几乎是重打锣鼓重开张，从副局长干到局长，从局长干到县长助理；南江撤县改市后，你在连候选人都不是的情况下，被高票选为副市长，任职三个月后，提升为常务副市长、市委常委。

岚子，他说，我不知道，同志们也不知道，我马上就去告诉他们，马上就去……

你说：那倒不必。

这是光荣啊，岚子，这是巨大的光荣！是不是江青同志让郑大姐将裙子给你带来？这么说江青同志也知道你了？江青同志……他喃喃地说着，眼泪在眼眶子里打着转，岚子，我老糊涂了，不中用了，但我已经死而无憾了，就像毛主席教导得那样，“希望寄托在你们身上”，孩子，好好干吧，我回去了，你忙去吧……

他向那辆灰尘仆仆的吉普车走去，在门口，他停下脚步，用乞求的眼光看着你，说：你什么时候有空，回家看看吧，你秋香阿姨也很想念你，她也进步了，当了组织部长，她是个好人。爸爸有很多对不起你的地方，但爸爸老了，请你原谅我这个老头子吧，回去吃顿饭吧，给爸爸个面子……

再说吧，你说，然后你就向大门走去。你与那位副主任和几个秘书迎面相遇，他们慌忙退到一边，热情地问候你，你对他们点了点头。你感觉到了老头子的目光，他含着热泪，恭恭敬敬地望着你的背影。接着你就听到了他的高拔尖利、兴奋无比的声音：你们知道吗同志们？林部长穿那条“布拉吉”是敬爱的江青同志送的！江青同志啊！

与父亲在招待所大堂对话后，你的确产生过回去吃一次饭的念头，爸爸的态度让你更加深刻地体会到官场上的势利。官场上没有亲情，只有赤裸裸的交易。你有天大的本事，不在位置上，也没有人会尊敬你；即便你是个白痴、是个流氓、破鞋，只要你在位置上，人们就会把你高高地敬起来，亲爹对女儿也不例外。你回去与父亲和继母吃一次饭，主要是个态度，市委常委、宣传部长应该有一个团结和睦的家庭，不应该与自己的父亲闹别扭，你要用一切手段给自己加分，哪怕是演戏，哪怕是强颜欢笑。父亲是有政治经验的，他原本就很聪明，“文化大革命”使他变得更加聪明。你曾经狂热崇拜的马刚在你的心目中开始丢分了，其实他早就丢分了。你无师自通地掌握了当官的诀窍，那就是：为了革命，什么样的事情都可以做。为革命说谎不算说谎，为革命造谣也不算造谣，为革命欺骗老百姓也不算不道德，就像医生在特殊情况下对病人隐瞒真情也不算不道德甚至还是大道德一样。马刚的意气用事，看起来是坚持真理，其实是小仁小义，是思想保守、目光短浅的表现。你决定回南江去演一场戏了，但突然发生的一件事，打乱了你的计划。

这件事发生在一个风雨之夜，在秦书记家、当然也算你的家的客厅里。这件事影响深远，直到现在还在发生作用，而且肯定地会影响你的一生。

那个胖得不成模样的女保姆已经被你辞退了，她太聪明了，你不喜欢脸皮里边还藏着一张脸的女人，这有点同类相斥的意思。现在在你家当保姆的是一个耳朵很背、行动迟缓的老婆子，你交给她的主要任务就是照顾小强。厨师手艺高超，舍不得换，你也成了一个贪食鬼，一天不吃鱼肉，浑身不舒服。至于美食的原料来自何方，你根本不去关心。因为年轻，你没有发胖，那时的人没有现在这样强烈的减肥欲望，那时也没有现在这么多肥人。可见世界上的事情是越害怕鬼越来吓。

白天你去安平县检查工作，回到家时已是晚上九点半。晚饭是在县里吃的，菜不多但量大，一只鸡一只鸭一头烤乳猪，还有一大盆鲍鱼。陪你吃饭的安平县委书记是个妙语连珠、嗜酒如命的好人，你喜欢听他在酒桌上说那些无伤大雅的故事。酒是“南江春”，用大米和高粱酿造，味道香醇，后劲儿很大。你喝了三杯酒，吃了一条鸡腿、一条鸭腿、约有三十平方厘米的脆猪皮，然后便集中力量吃鲍鱼。鲍鱼个大而均匀，都像小巴掌似的，肉儿鲜嫩肥美。你一口气吞食了七只，腹中已满，但口里犹觉不足。安书记从盆里精选了一个大个的鲍鱼放到你面前的盘子里。你说：吃不下了。他说：吃了这个，我给大家讲一个故事。你说：好吧，我吃。你一口将整个的鲍鱼肉吞进，两个腮帮子都鼓了起来。在咀嚼时，你感到一个圆滑的东西在嘴里活动着，急忙把它吐出来，天，原来竟是一颗像豌豆粒般大小的粉色珍珠！众人呆了片刻，齐声欢呼起来。然后便轮流欣赏那颗珍珠。有的说想不到鲍鱼里也能产珠，有的说想不到鲍鱼里还能产出这么大的珠，有的说想不到鲍鱼里竟然能产出粉色的珍珠。你用手掌平托着那颗珍珠，珍珠在雪亮的灯光下放射出迷人的光芒。众人你争我抢地将盆子里剩余的鲍鱼剖开，但都没有收获。安书记说你们找什么？你们谁有林部长这样的好运气？你说：老安，我怀疑这是你事先放进去的。安书记说：林部长，我真想弄颗这样的珍珠给你放进去，但我弄不到，这样大的野生珠，一万个珠贝里也未必能采到一颗啊！

你是珍珠故乡人，又在红树林养珠场当过两年知青，当然知道这样一颗野生珍珠的价值。粉珍珠让你爱不释手，但就这样装进腰包据为己有又显得失了风度，于是你将它递给安书记，说：这是你们县里的财产，你好好收起来吧。

安书记将双手藏到背后，说：林部长，你开什么玩笑？这怎么能成了县里的财产呢？这是上帝送给你的礼物，如果有上帝的话。宝马送英雄，珍珠赠美人，您就好好收起来吧！

你说：我算什么美人？一个老太婆了。

安说：如果您都算不是美人，那我们市就没有美人了。

你说：你可真会奉承人。

安说：我说的是大实话，你们说，林部长算不算个美人？

七嘴八舌地说：

林部长当然是美人，是咱们市的第一美人。

岂止是我们市的第一美人？我们省里也没人能比得上林市长。

在我们中华人民共和国里也得排在前三名里。

你说：同志们，你们对我有意见干脆就提意见吧，不要用这种方法来骂我。

众人就笑了。

你说：该安书记讲故事了。

安说：好吧，讲一个，是从苏修的一本小说上看来的，大家注意批判，不要中了修正主义的流毒。有一个公公迷上了自己的儿媳妇，但儿子看得很紧，一直得不到机会。有一天，他终于想出了一个主意。夜里，他悄悄地将牛放开，回到屋子里，大声喊叫：谢廖沙，谢廖沙，好像是牛开了，你快去把它追回来。儿子说：好吧，我就去。儿子装作去追牛了，其实他没去。老头子爬进儿媳的房间，刚要往床上爬,就被儿媳劈头打了一棍。他还不死心,又想往上爬,头上又挨了一棍。他晕头转向地爬回自己房间,问道:我说儿媳妇,你刚才用棍子打什么?儿媳妇说:爸爸,牛犊子溜进了我房间,我打牛犊呢!老头子骂道:我说儿媳妇,你还算个庄稼人吗?有你这样打牲口的吗?

众人大笑。

有的说:怪不得苏联变修了,小说里写这样流氓的故事,怎么可能不变修呢?

就是,就是。

打倒苏修!对,打倒苏修!

你看看手表,说:我该走了。

送你上车时,安书记神秘地笑笑,说:林部长,欢迎再来。

我会来的。

伏尔加风驰电掣般开进,终于赶在大雨降落之前回到了市里。你钻出车门跑进家门,只不过几米的距离,庞大的雨点就把你的衣服打湿了。秦书记迎上来,关切地问你:吃过饭了没有?我让老萧给你留了饭。你说吃过了,不需要了。

安平的情况怎么样?

还好,老安是个能干的人。

这个干部不错,工作能力很强,群众基础也好,就是嘴巴有点油滑。

人无完人嘛,我倒喜欢他的风趣。

省委组织部让我们市推荐一个干部到省交委任副职,他是个比较合适的人选。

我看他行。

让组织部去考察吧,时候不早了,他看看你的湿衣服,说:你洗个澡吧，水我替你放好了，洗完了早点休息，明天上午还有常委会。

您也早点睡吧。

你进了宽阔的卫生间，看到澡盆里的水蒸气袅袅上升，心中有些感动。你脱掉衣服，拿着那颗粉珍珠，走进澡盆。你躺在热水里，伸出两只手，玩弄着珍珠。你将它抛起来，看着它落进水里，它的柔和的光辉在水面上一闪烁就消逝了。你摸到它，再把它抛起来。它在入水的那一刹那简直是美不胜收。后来你把它含在嘴里，体会着它在口水中滑动的美妙。它在你嘴里焕发出一股海苔的香甜滋味，淡淡的。你抚摸着自己的身体，突然想起了安讲的那个故事。一阵骚动的情绪从你的心底泛起。你站在镜子前，看到自己的身体让热水烫得变成了粉红的颜色，就像那颗珍珠的颜色一样……

你披着宽大的浴袍进了房间。户外大雨如注，闪电抖动不止，把室内照得一阵阵浅蓝。小强仰面朝天躺在床上，好像一头海牛。他鼾声如雷，窗外的雷鸣电闪丝毫也不影响他的睡眠。他越来越胖了。过去他还在墙上胡涂乱抹，现在连这点运动都没有了。他睡了吃，吃了睡，除此之外什么也不干。你叹息着躺在自己的小床上。在往常的日子里，你已经习惯了他的呼噜和其他的声音，譬如咬牙，譬如放屁，但今天你难以入睡。你心里有一股火在燃烧。也许是酒的力量，也许是鲍鱼的力量。往常你含着珍珠马上就可以入睡，但今天珍珠也失灵了。你当然知道自己渴望着什么。为了熄灭心中的欲火，刚才在澡盆里你已经自己摸出了高潮，但现在火焰燃烧得更加猛烈了。你有点饥不择食了。

你检查了房门的插销，侧耳听了一下外边的声音，然后蹑手蹑脚的，就像做贼一样，第一次上了小强的大床。他的身体还是那样习惯地摆成一个“大”字，突出的肚皮随着他的呼噜声有节奏地起伏着。你伸手摸着了他的那个小东西。它虽然小，但是也硬硬地在你手里抖动着。你骑到了他的身上，刚想把那小东西塞进自己体内，就感到有一股热乎乎的液体滋到了大腿上。他又遗尿了。你懊恼地滚下床去，在浓烈的尿臊气里，让滚烫的身体在地板上打滚。你痛苦地拧着自己的胸脯，皮肉的疼痛使你打着哆嗦，但心里的火焰难以熄灭。你感到在这间屋子里连一分钟也待不下去了。你披上浴袍，跑到了客厅里。你想，应该马上告诉秦书记：我要离婚！

你没有去敲他的门，你把举起的准备敲门的手收了回来。一个主意在你的心里成熟了。你想，省交委那个副主任的位置不应该属于姓安的，应该属于我！到了省里既可以摆脱秦的控制，又可以爬到更高的位置上。

你站在窗前，让从窗户缝隙里扑进来的凉风和水汽吹拂着胸膛。你感到充血膨胀的乳房开始收缩，心中的欲火也一点点地熄灭着。你的赤脚感到了地面的凉。你为自己的聪明感到自豪，是的，这真是个一箭多雕的好主意。不管怎么说，我也要把这个位置争到手，马上就跟省委的郑大姐通电话，不，还是写信，写信可以把话说得更艺术。怎样对老头子提出要求也是个不容忽视的问题，不能让他觉察到自己的真实想法。这个看起来糊涂了的老头子其实是个狡猾的老狐狸。你在窗前打着如意算盘时，秦书记从后边将你抱住了。

他的双手准确地抓住了你的乳房。他的嘴巴啃着你的脖子。他的嘴里发出了吭吭哧哧的声音，就像你在红树林养珠场看公猪与母猪交配时听到那头骑在母猪背上、嘴里吐着白沫儿的公猪发出的声音。在刚开始那半分钟里你彻底地懵了，一时竟然没有想明白发生了什么事情，但你马上就明白了，沉淀在血液里的伦理道德观念如同蓝色的闪电，照亮了你的脑海。巨大的恐怖和耻辱使你全身的肌肉紧缩成一团。你拼命挣扎着，但你想不到老头子的双臂竟然有那么大的力气，就像两道铁箍箍住了你。情急之中，你低头咬了他的手腕，尝到了他的血液又腥又臭的滋味。他的双臂倏地松开，你下意识地往前冲去，就像金蝉脱壳，更像给香蕉剥皮，你身上的浴袍留在了他的怀里。你的赤裸裸的身体扑到了门边，差一点就要夺门而出。门外，闪电曲曲折折地抖动着，把幽蓝的光辉洒遍大地。风雨如磐，房檐上飞泻而下的雨水如同明亮的瀑布，院子里那颗粗大的乌桕树枝叶飘摇，宛如一个在风雨里发疯的老女人。你丧失了赤身冲进风雨中的勇气，转回身，背靠着索索打战的门，斜飞的劲雨仿佛激烈的子弹，打得门板与玻璃哔叭做响，冰凉的水珠从门缝里钻进来，濡湿了你的屁股。他双手托着你的浴袍，好像托着一件珍贵的东西，对着你逼过来。你本能地抬起胳膊护住了乳房，身体用力地往后缩着。在抖动不止、好似筛光的漫长闪电照耀下，你发现这个老东西竟然也是光着身体，托在他的手中的你的浴袍并没有遮住他的下体，他的下体与他的儿子相比，就如同拿一只秃鹫和一只绒毛鸡雏相比。他的脸上是一副痛苦无比的表情，好像他正在干得是一件摧人心肝的苦差事，好像他双手捧着的不是你的浴袍而是他儿子的尸衣。你被他脸上表情吓坏了，你的身体哆嗦得厉害，你哆嗦着说：

不……不……你不要过来……

你想从他的面前逃脱，但你的双腿就像被水浸泡过的饼干一样酥软了。你外前一冲，原本是想逃走，但看起来却像飞蛾扑火。他将手里的浴袍往地下一扔，就把你抱在了怀里。方才他是从后边抱住了你，而且还隔着一层浴衣，现在是迎面相抱，你的身体与他的身体最大面积地贴在了一起。你试图挣扎，但是身体软得没一丝力气，你只能艰难地重复着那句无力的话：

不……不……不要……

然后你的身体就瘫软在地，你的嘴被他的喷吐着腐气的嘴堵住了，他的身体就像一座沉重的肉山压得你喘不出气来……

几分钟后，他从你的身上滚下来。你仰面朝天躺在地板上，脑子里一片空白，外边的大雨已经停了，但小雨还在下，闪电抖动得更亮更长，但雷声却听不到了。外边水声哗哗，修船厂里的气锤声忽远忽近、忽强忽弱地响着。在嚓嚓抖动的电光里，他的脸发出了靛青的颜色。他跪在你的身旁，低垂着那颗笨重的大头。那缕用来遮掩头顶的头发滑了下来，垂到了腮帮子上，显得丑陋而滑稽。你不敢也不愿思想，希望就这样麻木地死去，但现实无法回避，它执拗地让你去想它，就像那个喜欢在市革委大门外乞讨的烂腿叫花子，非要让人们看到他那两条生了白蛆的腿一样。眼泪从你的眼里流出来，流进你的耳朵里。你心里有愤怒、有羞耻、还有惊愕。难道这个跪在自己身边的老男人就是堂堂的地委书记？安平县委书记讲的那个俄罗斯故事浮上你的心头，难道最令人恶心的“爬灰”事件就这样发生了？

他长叹一声，伸出手，抓住了你的手。你听到他说：岚子，原谅我吧……

你猛地缩回手，身体翻了一个滚，滚到湿漉漉的门边，坐起来。对他的肉体的厌恶使你的身体恢复了力量，你依靠着门板，尖利地喊叫着：滚！滚开！

他跪着蹭上前来，浑身的肥肉颤动着，好像一只巨大的蛤蟆。

滚开，你这个禽兽！

我的确是个……禽兽，他垂下头，使劲地清理着嗓子，好像他的嗓子全部让黏液堵死了，挤出来的声音又尖又细：岚子，我知道不该这样，但是，我实在是太喜欢你了……我原先以为，把你娶过来，小强就会长大，但是我错了，他越来越傻，太委屈你了，我知道你的心里比黄连还要苦，我知道你迟早会走，但我舍不得你……岚子，我虽然年纪大了，但我也是个男人，你知道，有多少同志，想帮我成个家，但是有你在身边，什么样的女人我都看不上了……他将两只手放在你膝盖上，你拨开他的手，但是他马上又放上去，他说：岚子，我也是个人，我也有七情六欲，我希望你能理解我。我知道你也熬得很苦，小强不能满足你，儿子欠下的债，父亲有责任承担。你如果是个普通的女人，我不会动你，但你是个领导干部，领导干部就是什么都明白的人，所有的清规戒律，都是针对着老百姓的，对我们这些做领导的，不应该成为障碍……

说着说着他的话就流畅起来，被激情挤扁了的嗓音也恢复了正常。他侃侃而谈，就像平日里做报告，区别在于，做报告是衣冠楚楚，现在是一丝不挂；做报告是正襟危坐，现在是跪在地上。

说着说着他又往前挪了一下膝盖，他嘴里的气息直往你的脸上喷。他的手移到了你的腰上，他把大头隔在你的大腿上。你感到他的嘴贪婪地舔着你的皮肤。你举起拳头打着他的头，骂着：畜生，你是畜生……

这个在你的一生中最可怕也最重要的夜晚糊糊涂涂地过去了。你没有去参加第二天上午的常委会。你躺在自己的小床上，听着他像往常一样用威严的声音对厨师和保姆发号施令。你大彻大悟般地、同时也是极端痛苦地看到了政治的真实面貌。所有的神圣和庄严其实都是一张美丽的皮，剥开了就是一包狗屎，比狗屎还要脏，比狗屎还要臭。你躺在床上，身上只蒙了一条被单，那还是他给你蒙上的。黎明时分，是他将你抱上了床。你拳打脚踢着他，你的尖利的指甲肯定在他的身上留下了深刻的伤痕。一个六十多岁的人，竟然能毫不费力地将一个丰满的女人抱上床，后来当你冷静地回忆起来时，不得不感叹奇迹。这个老畜生，身体真好啊！尤其让你难忘的是，他把你抱到床上并且用被单盖住你的身体后，竟然过去摸了摸小强的头。你从侧面看到了他脸上那副标准的慈父表情。他的表演把你恶心死了也把你吓死了，天地之间怎么会有这样的人呢？雨后的朝阳在窗户上抹出了一片红光，那棵乌桕树上的叶子绿得发亮,一群白色的鹦鹉在枝头上叫嚣着。这里原来没有白鹦鹉,是郊区一个生产队里搞副业养白鹦鹉,结果卖不出去,他们就把几十笼白鹦鹉放了生,于是白鹦鹉很快很多地繁殖起来,成了这地区最多最狂的鸟。它们把农民的果园和庄稼祸害得够呛。上午的常委会上,有一个议题就是关于迅速地开展一个消灭白鹦鹉的运动,就像五十年代消灭麻雀一样。小强已经起来了,他站在你的床前,好奇地看着你,往常里等他起床时你早就走了,所以看到了床上的你他感到很新奇。他钻到你的床底下,一会儿学猫叫,一会儿学狗叫。你的心里真正地百感交集,夜里的事情就像过电影一样一幕幕在脑海里闪显。

你开始发高烧,很快你就迷糊了。

两天之后,在市医院的高干病房里,床头柜子上的一个大花瓶里插满了鲜花,水果和罐头柜子里盛不下,就堆在墙角上。市里的干部们川流不息地前来探望,他们脸上的关切之情丝毫看不出来是装出来的。你知道他们是装出来的。你的部下也来看你,有一个青年干事,竟然抽抽搭搭地哭起来。你知道这多半也是假的,但你的心里还是很感动。他们在病床前向你请示和汇报工作,这些超级的毒品很快就把你麻醉了。当官的荣耀成了治疗你的心理创伤的灵药,是啊,与当大官比起来,个人的那点事就显得没有分量了。市里官场上那些想当官的女人哪个干净呢?如果她们能当上市委常委、宣传部长,别说是让一个老头子弄一次,就是让她们陪着条公狗睡一夜,她们也不会不去。这样想起来你倒是很幸运的了。

你出院时,秦书记去省里开会没有回来。他好像是在有意识地回避你。奇怪的是,你竟然有点想见的他,此时你还是恨他,你想见他是想当面骂他,用最最尖刻的语言剥下的他的皮,让他在沉重的污辱下,变成一条狗。他三天没回来,也没往家打电话。你的心里竟然惴惴不安起来。你是担心他出什么问题吗?说不清楚。下午,你往他住的宾馆要了一个电话，在电话里你听到了他的镇定自若的声音。你一声不吭。他问：是林部长吗？这次会议非常重要，省委领导亲自传达了毛主席的最新指示，详细内容等我回去后马上传达，请你赶快到市图书馆把所有的《水浒传》搜集起来，新华书店里也去看看，有多少部弄回多少部，下一步就要评这本书。他压低声音，说：我马上就往回赶，详细情况见面再谈。

夜里十点钟，他回了家。他激动地跟你谈了评《水浒》批宋江的重大意义，然后说：郑玉兰同志向我问起过你，她说你是棵好苗子，希望你不要骄傲，在市里锻炼几年，干出点成绩，然后就把你调到省里。我对她谈起把你调到省交委的事，她悄悄地对我说，交委那个位置没有意思，弄不好还会被扣上顶"唯生产力"的大帽子，她说最能发挥你的才能的还是宣传部门。

你想好了的一肚子尖刻的话一句也说不出来了。你淡然一笑，说：郑大姐把我估计得太高了。

他亲切地握住你的手，说：岚子，好好干吧，我把所有的希望都寄托在你身上了，在"文革"初期，我吃了一点苦，脑子里也产生过糊涂认识，认为文革是胡闹，现在看起来，毛主席发动"文化大革命"是完全正确的，"文化大革命"，给你这样有才干的年轻人提供了大显身手的机会，岚子，好好干吧！

他握住你的手时，你感到不自然，但你没有把手挣脱出来。美好的前途就在前面，这点生活问题算得了什么？接下来，他牵着你的手进了他的房间，你表现得很顺从。他关上房门，猛地抱住了你，他的嘴在你的脸上狂吻着。他激动地说：岚子，我们亲热亲热吧，求求你了……他的手急不可耐地解着你的钮扣，你推开他的手，叹息道：我把处女的身子都给了你，你还说这些干什么？

你自己脱了衣服，仰面朝天地躺在他的大床上。奇怪的是你连一点羞耻感都没有了，就像一个久经床笫的女人。他的压下来的脸还是让你反感，你顺手拉灭了灯。这一夜你配合了他，他让你得到了快感。

你们平躺在床上，他引经据典地帮你解思想疙瘩。岚子，你心里千万不要有负罪感，这些天，我反复地想，这样做，是不是道德？得出的结论是，这样的事情，发生在老百姓身上，当然是不道德，是“爬灰”，是丑闻，但是这样的事发生在我们这样的人身上，就是浪漫，我们的官当得越大，这件事就越显得是小事一桩。我给你举两个例子，唐太宗李世民知道吧？法家，千古名君，武则天知道吧？也是法家，中国第一个女皇帝，杰出的政治家。武则天原来是李世民的儿媳妇，后来被李世民看上了，看上了就把她弄到自己宫里，先做贵妃，后做皇后。唐明皇和杨贵妃的故事知道吧？那杨贵妃原来也是唐明皇的儿媳妇，最后也弄到宫里。他们的故事早已成了千古美谈，谁敢说他们不道德？谁敢说他们“爬灰”？何况小强根本就是个小孩子，你们俩有夫妻之名没有夫妻之实，那武则天和杨玉环可是真的跟王子睡过了的，他们都不算“爬灰”我们就更不能算了……

他的话的确大大地减轻了你的罪疚感，在以后的日子里，你们就像一对夫妻似的疯狂做爱，一旦尝到性爱的滋味，你就像上了鸦片瘾一样。他毕竟是六十多岁的人了，身体渐渐地露出了败像，常常需要你像个妓女一样挑逗，才能让他起来。他也感到对不起你，便想办法弥补。他的床头上多了一个泡着虎鞭的酒瓶子，他还每隔几天就让厨师去买牛的或是羊的睾丸。

第十八章

一个有雾的早晨，起床后你就感到身体有点不对劲儿，一阵欲呕欲吐的感觉，不是从胃里产生，而是在咽喉里生成。一家三口围桌吃早餐时，你的"公公"打开一个煮得半熟的鸡蛋，一口吞掉半个，液态的蛋黄儿滋出来，溅到他的下巴上，流到他的手背上。他把手中的半个鸡蛋塞进嘴巴，然后高举起翻转的手背，伸出紫红的舌头去舔那些垂垂欲滴的蛋黄。你扔下筷子，捏着喉头，跑到院子里的乌桕树下，手扶着树干，低头大呕。在呕吐的过程中，你突然想到，月信已经超期。你大吃一惊，天呐，难道怀孕了？难道这样一个老头子也会使女人怀孕？浓雾像炊烟般一团团压下来，你的心也被浓雾笼罩了。

他出现在你的身后，伸出一只手轻拍着你的肩头，关切地问：怎么了？要不要叫医生来？

你猛地拨开他的手，用燃烧着仇恨之火的眼睛看了他一眼，转身向室内走去。浓雾在树叶上凝成水珠，啪哒啪哒地滴下来。

你重新坐到餐桌前，小强抬起头，对着你傻乎乎地一笑，然后就把头低下去，哧溜哧溜地吸起面条来。这个家庭的早餐肯定是全地区最丰盛的早餐，有面条，有稀饭，有豆浆，有牛奶，有包子，有油条，有四个小菜，有四个大菜，还有十几个煮鸡蛋。你没了胃口，夹了几根咸菜慢慢地咀嚼着。咸滋味把干呕的感觉压了下去。你看到"公公"正在吞食一根油条，手指和腮帮子上沾满了油腻。他吃油条的习惯是先将油条放在牛奶杯里蘸蘸，然后像提一枝吸饱了墨汁的巨笔一样提起。为了不让淋漓的奶汁儿浪费，他张开大嘴，仰起头，去承接那根油条，这样，你就看到了他那两颗银色的假牙。被牛奶泡软泡涨的大半根油条落进他的嘴巴，根本就不咀嚼，直接吞下去。一根长约二十厘米的油条他只用两嘴就解决了。在吞食油条时，他的眼睛在你的脸上转来转去。

上午的常委会我不参加了，你冷冷地说。

他看看你，说：最好还是参加，讨论今年工农兵大学生名额分配问题，很重要。

你起身向自己的房间走去。自从那个雨夜之后，你就与小强分居了。你躺在床上，听着他们父子在餐桌上继续大吃大喝发出的声音，不由地心乱如麻。

他推门进来，问：你到底怎么了？

你折身坐起来，揪起一个鹅毛枕头朝他砸过去，低声骂道：老畜生，你让我怀孕了！

他愣了片刻，随即就哈哈大笑起来。

你还有心情笑？

我为什么不笑？他趋前一步，双手重重地按在你的肩头上，庄严地说：我老秦家五代单传，到了小强这一代，眼见着就要绝了，没想到柳暗花明又一村了！这真是千年的铁树开了花，万年的枯枝发了芽！

他竟然用油漉漉的大嘴在你的额头上吻了一下，表示你为他家怀孕的感谢。你感到他那两颗钢牙凉森森的，温度很低。他的油嘴和他嘴里的酸臭让你恶心，你推着他的肚皮，像推着一个沉重的氨水袋子，用力地推开去。他的身体往后退了几步，重量使他有稳如泰山的感觉。

你冷冷地说：我要去做人流。

什么？他惊讶地问：你疯了吗？你的脑子里灌进了墨汁了吗？我这杆老枪，好不容易打中了一个目标，你怎么会想到做人流上去？

恬不知耻，你咬牙切齿地说，如果我把这个孩子生下来，他该称呼你什么？是爷爷还是爸爸？

当然是爷爷。

但他是你的孽种！

这的确是个问题，他搔着脖子上的肥肉说，实际上他是小强的弟弟，按说他应该叫我爸爸。

但我是你的儿媳妇！

他笑起来说：岚子，你这是给我出难题嘛！但这个难题其实并不难。你肚子里的孩子是我们老秦家的后代，是延续老秦家香火的接班人，这是问题的根本，而你仅仅是我的名义上的儿媳妇，实际上你是我的妻子。我早就对你说过，道德和法律，是针对着普通老百姓的，对我们这个级别以上的干部就没有约束力了。武则天跟李世民生过一大群孩子，谁敢把他怎么样？该封王就封王，当称帝就称帝！当时的封建道德可比现在要严酷得多。当然我们没有李世民和武则天那么尊贵，但我们是唯物主义者，我们的世界观比他们先进，他们敢做的事，我们为什么就不能做呢？当然，在目前这个时期，我们必须考虑到老百姓和一般干部的愚昧和落后，我们不得不干一些违心的事，说一些违心的话，在外人面前，这孩子还得叫我爷爷，但在心里面，我知道他是我的儿子，这就足够了。

不管你说什么花言巧语，我也要做掉它。

我不同意，他激动地说：这孩子也有我的一半，我坚决不能同意你去做掉他。

你说：收起你的梦想吧，我决不会替你们秦家传宗接代。

不仅仅是为了秦家，也是为了你自己。他说，我不可能跟你一辈子，小强也不是个长命鬼，最终伴你终生的，只能是我们的儿子。他指着你的肚子说。

你站起来，往门口走去。他的庞大的身体像山一样挡住了你的去路。你试图推开他，但推着推着就落进了他的怀抱。你猛地将脑袋一扬，脑壳正顶在了他的下巴上。他哀号一声，缠住你腰的胳膊松开了。

你拉开门时，迎面撞上了又一座肉山——你的“丈夫”小强。这个傻孩子的脸上竟然出现了一种让你胆战心惊的表情：冷酷，阴毒；好像在一瞬间，他长大了二十岁。你惊愕地退后，身体靠住了门板，否则你很可能瘫软在地上。幸亏，小强脸上的凶残表情很快让傻笑冲淡，使你以为方才看到的不过是一种幻觉。你的心里浮起了一丝丝古怪的感觉，好像是歉疚，但又不纯粹。他流着涎水，下巴和嘴角上沾着菜梗和饭粒，对着你嘻嘻不止。你猛地推开了他，逃命般地往外跑了。

你跑出家门，看到专车早已等在门口。大雾还没有淡化的意思，车壳上凝着一层水珠，好像轿车出了一身大汗。司机从车内钻出来，转到你的面前，殷勤地为你拉开了车门并用手掌护住车门上框——他们都学会了这一手——直到你钻进车去他才抽回手并关上车门。

轿车拐出绿树掩映、三角梅开得如火如荼的胡同，上了当时全城最为宽广的人民大道，向市委大楼急驰。那时整座城市只有一个交通岗亭，警察穿着蓝色的制服，胳膊上套着装到腋窝的白套袖，手里举着一根红白相间的指挥棒。你看到警察举起指挥棒，拦住了几辆好像刚从海里钻出来、浑身沾满了海草和泥沙的手扶拖拉机，放你的车先行。轿车就要拐进市委大院的那一刻，你对司机说：去医院。

你直接进了妇产科主任的办公室，她是你的好朋友，就是她帮你用凡士林和珍珠粉配制了一种特效护肤用品，使你的皮肤能够在革命的年代里光滑、滋润又不落下资产阶级生活方式的嫌疑。

妇科主任年约五十，有一张保养得很好的白皙光洁的娃娃脸，这张脸上散发出的可以佐餐的气味与你的脸上散发出的气味完全相同，可见你们的脸上使用着同样的涂料。她一见到你就像个小姑娘似地欢笑着蹦过来。她的手与她的脸一样年轻。那是两只白白的小胖手，又温暖又绵软，手背上还有小酒窝，活像吃奶婴儿的腮帮子。这样的手天生就是用来接生的，这样的手往产妇的肚皮上一放，产妇与产妇肚子里的胎儿就会愉快地唱起歌曲，生产的过程基本上就变成了幸福的过程。她是协和医学院的毕业生，读书期间听过著名妇科专家林巧稚的课，实习期间跟随林巧稚查过病房，这样的人本来应该在大城市里摸那些高级女人的白肚皮，接生那些红色贵族，之所以把她贬到这里摸低级女人的灰肚皮，接生一些质量低劣的小崽子，是因为她在五十年代说了几句实话——说实话害自家——被打成了右派。这人一到这里，这里的女人们就有福了。几十年来，经她的手接出来的婴儿差不多能编成一个师，但她自己还是独身，妇产科医生有独身的传统。“文革”期间围绕着这个女人产生过好几个惊心动魄的谣言。谣言之一是说她吃小孩，加上葱姜，用砂锅炖着吃。谣言之二是说她采集青年男子的精液用蜂蜜调了喝。这几种东西都是人间至补，所以她才能有那么好的气色与那么光滑的皮肤，五十多岁了还跟小姑娘似的。在那个年头里，这两条谣言就可以要了她的命,何况她还是右派,何况她还是资产阶级反动学术权威。但她并没被整死,其原因自然是她的技术帮了她的忙,革命时期人们照样生孩子,因为革命时期人们造爱的热情也高涨无比,不但革命者高涨,被革命者也很高涨;当然也有无心这事而愁眉苦脸甚至还有寻了短见的,但那毕竟是极少数,大多数被革命者就像你们县一中的教导主任“青面兽”那样,不但干那事,而且还花样翻新,有许多发明创造。

“文革”初期你们批斗“青面兽”时,他却低着头偷笑:嘻嘻,嘻嘻……

混蛋,你笑什么?!

他慌忙挤出满脸的苦相,说:红卫兵小将们,我没有笑什么……

你们看着他那张滑稽的脸,看到笑容一下子把伪装出来的苦相给撑破了:嘻嘻……嘻嘻……

是什么样的开心事能使这个倒霉的家伙在挨批斗时还能忍俊不禁?你们好奇极了,齐声呵斥他:交待,老实交待,你笑什么?你到底笑什么?!

金大川把他的胳膊拧得像天津卫的大麻花一样,拧完了还用力往上一提,在这样的酷刑逼供下,他才哭咧咧地说:对不起……革命的小将们,我说……我说……我是个流氓,我是个大流氓,昨天夜里我跟老婆开玩笑……将一个乒乓球塞到她的那里边了……说到此处他又憋不住地笑起来:嘻嘻,嘻嘻……

金大川逼问他:塞到哪里边?

他说:那里边……

然后他又嘻嘻不止,并且像害羞的小孩子似地用手捂住了脸。

金大川对准他的腿弯子踹了一脚,使他一下子跪在了地上。

交待,金大川凶凶地逼问:到底是哪里边?

他抬起头看看女生们，为难地说：有女同学在，还是不说吧……

金大川不饶他，又把他的胳膊拧了几拧，让他的脑袋几乎触到了地面，痛得他鬼哭狼嚎，大叫：我说……我交待……我把乒乓球塞进了我老婆的阴道里……

你们一怔，都别过了脸，不敢看这个用革命思想教育了你们好几年的教导主任。你们齐声骂着：流氓，大流氓，打死他！你们就近找来砖头瓦块，往他的身上投去，有一块砖头恰好落在了他的脑袋上，这家伙一头就栽了。

金大川揪着他的头发将他提起来，说：你个老混蛋，继续交待！

后来……后来……他抬起头看看女生，说：后来那个球越弄越深……抠不出来了……我吓坏了，要带我老婆去医院，她说，这点小事还用得着去医院？她劈开腿，运运气，一使劲，嘭，就把那个球弹了出来……

男生们大笑起来，你们也忍不住地笑了。

好像为了掩饰这不光彩的笑似的，你们一拥而上，用一种没有仇恨的态度，对着他拳打脚踢，起初他还笑，但很快他就笑不出来了。他被你们打得哭起来，一会儿工夫，哭也不哭了，就像一摊烂泥他趴在了地上……

你也是这位德高望重的妇产科主任亲手接下来的孩子，因为你出生时是难产，因为你妈妈是医院系统的，所以她很知道你。你到地区工作时，到妇科看过一次病，很快就跟她成了朋友。她帮你调配护肤涂料。你很快就回报了她，让她的女儿成了医学院的工农兵大学生。

她用小胖手握住你的手使劲地摇撼着，她的身体随着手的摆动而晃来晃去。哎呀呀，林部长，好久没见到您了，刚才还在念叨您，您就来了。您的脸色有点苍白，工作太累了吧？您这样拼命工作我可是不同意，林部长，千万千万注意身体，您跟他们不一样，您将来肯定要做人民的大服务员，有重大的责任要承担，没有个好的身体怎么行呢？她将你拽到椅子上坐下，忙碌着给你倒水。她说，您放心，这杯子是您专用的，我用酒精擦了三遍，又让护士用蒸馏锅蒸了，保证卫生。然后她关好办公室的门，不经意地表现出一些神秘的样子。她从腰带上摘下钥匙打开办公桌抽屉上的锁，从抽屉里找出一把钥匙打开柜子上的锁，从柜子里拿出一个酱色的玻璃瓶子。她抱着瓶子，像抱着一个婴儿。你看到瓶子里盛着一些颗粒状的东西。她说，中医还是有些宝贝的，完全不信是不对的。紫合车，你听听这名字多么美，既神秘又庄重，让人联想到紫玉雕成的古玩，这样优美的名字不知道李时珍是怎么想出来的。她压低嗓门说：这东西大补气血，是我亲手焙制的，产妇都是年轻、健康的初产妇，搞这一瓶子，用了十个胎盘。我过去也不相信，后来吃过几个，感觉很好，市里的领导经常托人来要，他们都吃这个，但他们绝对不会像我这样花大工夫制成这样，他们大概就像东北人炖小鸡一样用蘑菇炖了吃吧？即便是我自己服用也不会下这样大的工夫，为了您我一不怕麻烦二不嫌脏。您回去试试看，如果有效果，我再给你弄，保护好您的身体，就是为革命做贡献。

你打断她的无穷无尽的啰嗦，说：我大概怀孕了，你帮我检查一下。

她兴奋地说：好啊，林部长，您终于有喜了。我这就给您检查。

她让你躺在床上，用她的小胖手摸着你的身体。从你躺到病床上那一刻开始，你发现她的表情发生了重大变化，方才的谄媚之态不翼而飞，那种身怀绝技的人特有的神情在她的脸上闪闪发光。她吩咐护士取走了你的便样。她说：尽管结果还没出来，但我可以肯定地说，您有喜了！谄媚之态又出现在她的脸上。这可是大喜事，秦书记知道了还不知道有多么高兴呢！她说，我敢打赌您能生一个又漂亮又健康的宝宝，而且这个宝宝会有大出息。

你说，如果确实是怀了孕，那么，我请求您立即给我做掉！

她吃惊地睁大了眼睛，问：为什么？为什么要做掉？

你说：不为什么，我只是不想要孩子。

这就是您的不对了，她激动地说，革命工作重要，但培育革命事业接班人的工作也很重要，革命前辈们在革命战争年代也照样生孩子嘛！林部长，我这一关您就通不过哟！

这时，一个护士叫她去接电话。她去了。她回来了。她笑眯眯地让您先回去，说有了结果马上通知你。

第二天，在电话里她告诉你确实怀了孕，但是决不同意你流产。她说：林部长，我求您把这个孩子留下来，我知道您担心得是什么，我以一个老妇产科医生的名誉向您保证，您爱人的病不会遗传，您肯定能生一个健康美丽又聪明的宝宝。你驱车赶到医院，对着她发火，她说：林部长，对不起，请您原谅我，不是我不想给您做这个手术，是秦书记不让，您来检查那天，秦书记就打来了电话。他说你们老秦家四世单传，他说他盼孙子盼得眼睛都快出血了……

你将他床头上那个浸着虎鞭的酒瓶子砸在地上，瓶子破了，那根泡涨了的虎鞭弯曲着躺在地板上，好像一条丑陋的死蛇。腥辣的气味在房间里洋溢着。你怒骂着他：畜生，你为什么阻止我？你有什么权力阻止我？你丧尽廉耻，你禽兽不如！

他端坐在藤椅上抽着烟，脸上浮着宽厚的笑容，任你怎么骂怎么疯他都不发火。等你折腾得筋疲力尽时，他才说：岚子，好岚子，我的亲人，这个孩子是我们俩感情的结晶，是我们老秦家的希望，你如果实在有气，可以把我杀了，但只要我活着，就不会让你把他糟蹋掉！

他的态度更加激怒了你，你冷冷地说：你想把我变成给你们秦家传宗接代的工具？这是不可能的，我要彻底粉碎你的如意算盘！

你举起拳头往自己肚子上擂去。一拳打下去，你自己没有什么感觉，但他从藤椅上弹起来。好像你的拳头不是擂在自己的肚子上，而是捣在了他的肚子上。好啊，你想，我就是要让你痛苦。又一拳砸下去，你感到肚子里一阵钝痛，但更痛的是他，他像一头笨重的老牛，喘息着扑到你的面前，抓住了你的手。你挺起肚子，往那个突出的桌子角上顶去。一阵剧烈的抽搐在你腹内发生了，你不由自主地哀鸣一声，但发出了更加凄惨的哀鸣的是他。你在昏过去之前听到他发出了一声尖利的叫声，并且看到他双膝弯曲跪在了你的面前。

你醒过来时，第一眼看到的是妇产科主任那张亲切的白脸。她握着你的手把你好一顿批评。这时，桌上的电话铃声响了，主任帮你拿过话筒，你冷冷地喂了一声，但是从话筒里传过来的声音顿时改变了你的态度。你的声音变了，你脸上的表情也变了。话筒里传来的是省委郑大姐的声音。她在电话里批评你：小林，你好糊涂！接下来她说：我们革命者不但要革命，而且也要孩子，否则，革命事业谁来继承？最后她说：把这个孩子孕育好，这是我交给你的任务，如果到时候你不给我生出一个健康聪明的宝宝，看我怎么□你！

你只好把这个孩子怀下去了，郑大姐是你在省里的唯一靠山，她的话你不能不听。与你心目中的宏伟大业相比较，怀一个孩子的确只能算做一件小事情。你想，好吧，我就给秦家充当一次繁殖工具吧，就像一头母牛，为养他的农民繁殖一头小牛。但当你怀孕怀到六个月的时候，你感到自己与肚子里的孩子产生了一种精神上的交流。你感到他用小脚在踹你，用小手在抓你。你只要闭上眼睛就能看到他的小模样。他眼睛漆黑，头秃得像个小葫芦瓢似的，满脸挤鼻子弄眼的猴表情。你感到爱上了这个小家伙，一刻也不愿离开他了。你怀他到了六个半月的时候,下台阶时不慎扭了一下腰,差点小产。你吓坏了,恨不得跪在地上求妇产科主任帮自己保住他。等危险过去后,妇产科主任跟你开玩笑:林部长,忘了当初要搞掉他时那个劲头了吗?你被她说得不好意思起来。你说:我那时候真是让鬼迷了心窍。

二十多年后,当你想起那些日子时,还是感到鬼气横生,你实在想不明白,那么多倒霉的事情怎么会集中在一起发生了呢?如果人的一生中有黑暗岁月,你想,大概那就是我的黑暗岁月了。距离预产期还要一个星期的时候,你的爸爸因病重从南江县医院转到了地区医院。听到消息后,你原本想去看看他,但是秦书记拦住了你。秦书记说你爸爸是心脏病,最怕受到刺激;你的临产期近在眼前,也经不起刺激。他说:无论从哪个角度来看,你都不能在这个时候去看他,等你分娩之后再做安排。但就在秦书记做出了不让你去探望你也同意不去探望之后的第二天上午,南江县委组织部长——你的继母于秋香——不请自来,出现在秦家的客厅里。你端着市委常委兼宣传部长的架子出来见她,但你从她那张冷漠无情的脸上感到了这不是一次上下级之间的会见,而是一个女儿与继母的会见。于是你放下了架子,挺起了肚子。她说:首先我要对您说明,不是我想来求您,是他,您的父亲,让我来找您,让我代替他求求您,在他的生命的最后关头,他希望能见您一面。

她的声音、她的表情、她那副做出来的不卑不亢的姿态以及她那发了福的身体,都激起了你强烈的反感。你仿佛看到,肚子里的孩子也睁开了漆黑的眼睛,冷冷地盯着这个狼外婆。你双手捂住肚子,好像要挡住腹内孩子的眼睛。他得了什么病?你明知道他得了心脏病,但还是这样问了。

大面积心肌梗塞,她冷冷地说,随时都可能死去。

你轻轻地拍拍肚子，说：你看我这副样子，能去看他吗？

她皱皱鼻子，说：这我不管，这是你们的事，我不过是来向您传个话。

那么，你说，请您把我的话传回去，就说我生完了孩子马上就去看她。

她站了起来，向门走去。走到门口时她停了脚步，但她没有回头，她的眼睛盯着门玻璃上她自己的影子说：他随时都会死，他之所以还没有死，大概在等着你——他似乎有什么重要的事情想单独告诉你。

她拉开门走出去，你没有去看她的背影，但你的耳朵听到了她的踢踢踏踏的脚步声穿越庭院，最后消逝在院子外边的胡同里。

你决定去看看父亲。

你挺着大肚子站在他的病床前，看到他的瘦得皮包骨头的脑袋从洁白的床单里抻出来，好像一个冷冰冰的医学标本。他的鼻子里插着氧气管，胳膊上插着吊针。看到你来了，他的暗淡无光的眼睛里突然放出了光辉。护士搬来一个凳子放在床前，请你坐下来。你嗅到了从他的身体上散发出来的死亡的气息。犹豫了一下，你抓住了他那只没插吊针的手。你感到他的手反过来抓住了你。他的嘴唇颤抖不止，两汪泪水在眼睛里打着转儿。你的心感到一阵刺痛，鼻子发酸。肚子里的小家伙受到了刺激，手刨脚蹬，仿佛在练习游泳。你终于吐出了那两个字：爸爸……

眼泪从他的眼睛里溢出来，流到了腮上。

他的嘴唇哆嗦着，似乎在说什么，但你听不到声音。你将脸低下去，说：爸爸，您有什么话就说吧……

他的嘴唇还是那样哆嗦，但发不出声音。你发现他的目光向一边斜去，你随着他的目光看，正好看到了组织部长那张浮肿的大脸。她冷冷地笑笑，起身走出了病房。

爸爸，您说吧，你哽咽着说，您有话就说吧……

你将耳朵几乎贴在了他的唇边，听到他嗓子里发出呼呼噜噜的痰声。终于，从那痰声里，挤出了一丝像蚊脚般的声音：……金……牛……在……井里……

说完了这句话，他的眼睛里似乎有几点火花闪烁了几下，然后就熄灭了。

你的心猛地往下一沉，大声喊叫着：爸爸！爸爸！

他的眼睛已经慢慢地合上了。医生和护士们跑进来，围着他折腾着。

组织部长也冲了进来，站在人圈外，放开喉咙，像个村妇一样大声哭嚎着：老林啊，老林，你走了，可让我怎么过呀……

肚子里的小家伙伸手拽住了你的心，猛地往下一顿，你的眼前一黑，就堕入了一种蒙胧状态。你仿佛乘车在桉树林子里快速穿行着，树木和光影在眼前动摇不定，耳朵边响着窸窸窣窣的声音，似乎是微风吹动着树叶。你看到父亲也在桉树林里穿行着，他不时地回头看你，看样子他很想停下来，但是似乎有一种看不见的力量在催着他前行……

后来，妇产科主任告诉你，你昏倒在父亲的病床前，人们直接把你抬到了妇产科。那时你的羊水已经破了，如果不是她富有经验，大力抢救，你很可能跟着父亲同赴了黄泉路。

躺在医院特意为你准备的高干病房里，你反复想着父亲的一生。你想给父亲的一生做几个简单的判断：他是个高尚的人还是个卑鄙的人？他是个幸福的人还是个不幸的人？但是你做不出判断。后来你明白了，他们这一茬人只要在官位上的，都很难做出判断；能做出判断的都不在官位上，譬如马刚，譬如卢南风。你还反复地想起了父亲的临终遗言：金牛在井里。你在红树林养珠场插队时，关于卢家的七十二只金牛的故事就传得神乎其神。土地改革时，你爸爸和马刚他们带领着贫农团的人挖过一次金牛，他们把卢家的院子挖地三尺，连室内的方砖都掀起来看了，除了挖出一堆破铜烂铁之外别无收获。贫农团的人不那么讲政策，他们把卢南风遗在家里的妻子抓到农会，使用了很多人道的和不人道的办法，逼着这个早就被花花公子卢南风遗弃了的女人交待金牛的下落。那女人说卢家的确有过七十二匹金牛，但老太爷把它们藏到什么地方去了谁也不知道。当时只有七八岁的卢南风的儿子卢小囡也被拘到贫农团，对他主要是吓唬，打也不是没打，但打得不重，贫农团的人虽然想金牛想得丧失了很多理性，但还没到丧心病狂的程度。卢小囡自小在守活寡的母亲拉扯下委屈长大，养成了胆小怕事的性格，面对着虎豹般的贫农团，他只知道咧开大嘴哭。打他也哭不打他也哭，弄得众人厌烦不止，只好把他放了。在卢家当过丫环、长工的人，都被贫农团的人反复地盘问过，他们异口同声地说确实有过七十二只金牛，每只两斤重——也有说三斤重的——但金牛的下落没人知道。五八年大炼钢铁时，马刚他们带着人又挖过一次，结果当然还是空忙一场。

你们到了红树林养珠场后，为了筹集资金置办学演革命样板戏的行头，大家自发地掀起了第三次寻宝运动。你们不但挖掘了卢家大院的边边角角，甚至再次挖掘了卢家的祖坟——"文革"期间你们曾经草草地挖过一次了——你们挖出了一大堆棺材板子和上万块青砖，棺材板子卖给了县木材厂，青砖卖给了县建筑公司。虽然没挖到金牛，但总算没白忙活，卖了九百多元钱，置办了演出《红灯记》和《智取威虎山》的全部服装和道具。大家都认为，卢家的金牛其实早就被卢南风这败家子给偷出去卖掉了，抗战时期，卢家其实已经衰败了，就像《红楼梦》里的贾家，看起来是个庞然大物，但其实内里已经亏空了。尽管你早就不相信金牛的存在，但父亲的临终遗言，还是在你的心里激起了一阵狂澜，一大群金牛，就像传说中的卢家鞭炮厂里那群纪律严明、通晓人性的骡子一样，正向你排队走来。但你很快就冷静了，你认为这是不可能的，人们把卢家掘了好几个底朝天了，不会不想到淘一淘这口水井。这很可能是父亲的临终呓语。你把这件事暂时地放下了，但有人没有放下。

你父亲死后不久，继母于秋香辞去南江县委组织部长职务到红树林乡小学担任了校长。这件事轰动了南江县，传遍了全地区，被当成典型宣扬，还上了省报头条。有很多人赞叹不已，也有很多人认为这个女人脑子出了毛病。只有你知道这个女人在想什么。因为当时的红树林小学就开设在卢家庄园里。但你心里又拿不太准，因为父亲的临终遗言是紧贴着你的耳朵说的，连你听起来都很费力，躲到了病房外边的她怎么可能听清楚呢？但如果她不知道父亲的临终遗言怎么可能做出那样骇世惊俗的举动，放着堂堂的组织部长不做，甘愿去一个偏远落后的乡村小学当校长呢？尽管她的理由是为了继承老书记的遗志，去老书记的故乡、也是光荣的红树林游击队的故乡振兴教育、培养无产阶级革命事业接班人，很多人都被她这套冠冕堂皇的话感动，惟有你知道这是假的，组织部长肯定怀有不可告人的目的。你运用职权，安排了一个女人到红树林小学担任副职。她是你的亲信，你给她的任务是严密监视组织部长的行动，夜里睡觉也要睁着一只眼，发现情况立即报告。半年过去了，亲信报给你的都是前部长现校长兢兢业业办学校的事迹，她甚至在校园外的山坡上亲自动手开垦了半亩荒地种上了熟菜，免费提供给中午在学校就餐的同学食用。昔日的组织部长今日的校长担着粪桶浇菜的行动深深地感动了红树林边人。人们用自己的嘴巴给她的纪念碑上添砖加瓦。就在你怀疑自己是否以小人之腹度了君子之心时，你的继母竟然死在了卢家庄园那口水井里。

你驱车赶到南江，在当地领导陪同下进了卢家庄园。你看到庄园内外站着十几个警察，还有几十个当地的民兵。民兵们都荷枪实弹，神色严肃，如临大敌。民兵的外边站着一些老百姓和小学生。上了年纪的人哭得泪眼婆娑，小学生哭得呜天嗷地。组织部长没有子女，你就算她的最近的亲人了，所以在你没赶到之前她的尸体就停在井边，等待着你前来观看。当时正是盛夏，天气闷热。她的尸体平放在一块肮脏的红色塑料布上，因为在水中浸泡过久，身体已经膨胀得像一条水牛。一群绿头苍蝇围绕着他的尸体嗡嗡地飞行着。一股令人作呕的臭气散发出来，众人脸上的表情都不幸福。你派来的那个小特务有些惊恐不安地向你诉说着：前天夜里，我去了一趟厕所，回来就找不到她了，我找啊找啊，找了一夜，天亮了又继续找，学生们来了让学生们帮着找，后来又让村子里的老乡帮着找，她的威信好高哇，老乡们像召唤自己的女儿一样在红树林边喊叫着：于校长啊，您在哪里？后来，一个一年级小学生往井里一探头，当场吓晕过去，这样，才在井里找到了她……

南江县公安部门的负责人在你耳边说：从现场的情况看，没有任何他杀的迹象，但我们也没有任何理由和证据说她是自杀，也许她是散步时失足落井？

你说：我同意你的判断，不是他杀，也不是自杀，而是她散步时失足落井，也许，她是趁着月夜给菜地里挑水时不慎落井？

站在公安局长身后的南江县委宣传部长心领神会地说：肯定是这样的，我们马上派报道组的同志来调查整理于校长的模范材料。

你说：实事求是。

半个月后，你的继母又一次上了省报头条。后来你听说南江县将继母的骨灰埋进了红树林烈士陵园，红树林乡在那口井边竖了一块大理石纪念碑。学校怕再有人掉到井里淹死，找了一个古老的木轮车轱辘将井口堵上了。其实，你心里很清楚，即便不堵，也没人敢到这口井边探头探脑了。无论什么样的宝井，只要淹死过女人，就等于被永远废弃了。父亲的秘密随着继母的死亡就永远地封在了这口井里，也许，过上多少年之后，沧桑变迁，我们的后代从废井里挖出那七十二头金牛时，会产生这样的疑问：这是什么朝代的祖先给我们留下了这笔遗产？——如果那七十二头金牛确实在这井里的话。

改革开放之后，爱国华侨卢南风重回红树林，捐钱建学校，修道路，每逢六一儿童节，还雇来农业飞机飞到红树林上空，往学校里投糖果，撒牛肉干，直到用牛肉干砸死了一个前来抢吃的老太太才结束了这充满浪漫精神的恶作剧。卢南风捐钱建了一所漂亮的学校后，提出将庄院索回，让他的孙子居住。他的孙子卢面团是他的儿子卢小囡唯一的儿子。卢小囡因为家庭出身问题，直到三十岁了才跟一个四川难民的侏儒女儿结了婚，他结婚纯粹是为了给卢家传宗接代，那个身高不足三尺的女子，没有辜负卢小囡的期望，结婚一年后，就生了一个男孩，然后就死去，就像蝴蝶从蛹里孵化出来蛹就死去一样。你怀疑卢南风的真实目的，你基本上断定那口井里真的藏着那七十二头金牛。你在将卢家庄园还给卢南风的孙子之前，私自到庄园里看到了那口水井，井台虽然被野草包围，那个糟烂的木车轮上生长着一些灰白色的蘑菇。从车轮的木辐缝隙里，你看到井里的水还是很深，一股霉气直冲上来，令人毛骨悚然。你在继母的纪念碑前站了片刻，读着碑上那些带着浓厚的时代色彩的文字，你心中充满了荒唐透顶的感觉。十几年过去了，光荣的继母基本上已被人们忘记，她的墓碑上落满了鸟粪。你用一个很正当的理由让人把那块墓碑挪到了烈士陵园。在把这栋破败不堪的昔日豪宅返回给卢家之前，你曾经想让人淘干这口井，寻找金牛，但最终你没有这样做，为什么不做，你自己也说不清楚。你在梦里曾经亲自下了这口井，井水冰凉，刺得你骨头痛。你一猛子扎下去，在水底摸着，摸着，摸到了一个硬硬的东西，当你浮出水面时，发现自己手里捧着一个死人的头盖骨……

你躺在床上，看着妇产科主任亲自抱过来的小家伙。她说：四千八百克啊，林部长，我接了上千个孩子，还从来没见过这么重的孩子！

这个二十年后给你添了无数麻烦的林大虎响亮地啼哭着，他有一张粉红的小脸，生下来时就有了一头乌黑的头发，跟你想象中的秃小子毫不相同。你打定主意用牛奶喂他，但你的公公坚决反对。他让妇产科主任劝说你，让省里郑大姐威逼你，一件鸡毛蒜皮的小事，仿佛关系到革命大业似的。你只好妥协。你原本以为自己的乳房不会生产很多的奶水，但事实上你的奶水旺盛得好像一头荷兰奶牛，不但可以满足孩子的胃，甚至可以用奶水给他洗脸。

在你的孩子即将满月时，当你从不久前的丧父之痛中刚刚解脱出来时，又一件不幸的事情发生了。你的"丈夫"秦小强，像开玩笑似的，用一根细细的红头绳，吊死在窗棂上。

为此，秦书记专门召集家里的厨师和保姆开会，要求他们严格保守秘密，对外统一口径，就说是小强死于肥胖引起的并发症。如果胆敢说出去小强真正的死因，就让谁吃不了兜着走。

小强刚死时你有一种解脱的感觉，但伴随而来的是一种深深的恐怖。你经常在梦中梦到他的曾经一闪现过的凶狠表情，你感到这才是他的真实面貌。你感到自己就像一个与奸夫一起谋害了亲夫的淫妇一样胆战心惊。有一个夜里，你梦到他咬住你的奶头要奶吃，他大声嚷叫着：我也是你的孩子，我也是你的孩子，为什么只给弟弟吃奶不给我吃奶？醒来后你浑身冷汗，脑子里恍恍惚惚。

在你的观察中，小强的死没给秦书记带来什么痛苦。小强的身体被拉走火化的当天晚上，他就强行干了你。他像一个等待妻子出月子等得心如火烧的丈夫一样，一夜之中在你身上射了三次。一个六十多岁的人还有如此大的劲头真是个奇迹。你也懒得骂他了，你也懒的打他了。在他的频频操练下，孩子出了满月后，你的性欲也变得格外旺盛起来，你把纵欲当做了解脱噩梦的一种方式。你的猖狂的叫床声，穿透门窗和墙壁，在城市的夜空中飘荡。

小强死后，你们造爱时可以肆无忌惮了，客厅的地板上，卫生间的马桶上，都留下了你们的液体。你总是从痛骂他开始，到干得筋疲力尽时结束。上帝终于惩罚了你们。当你把他的身体从自己身上推开时，你曾经想到：报应开始了。

那次你们是在澡盆里干的，你们像两只倒海翻江的大鳖一样，搞得满屋子热水涌流。突然，你感到他疯狂的身体停止了运动，透过蒙胧的水汽，你看到他的五官古怪地挤在了一起，好像小孩子拌鬼脸似的。他的嘴里发出了可怕的咯咯声。你把他从身体上推下去，水淋淋地从澡盆里跳出来。他的身体随即沉到洗澡水里，从他的淹在澡水中的脑袋一侧，升起了一串咕咕作响的气泡。等你省悟过来，急忙把他从水中翻转过来，让他的脑袋露出水面时，他已经停止了呼吸。

你光着身体窜到客厅里，刚想大声喊叫，但在官场上锻炼出来的冷静和机智将喊叫压回了喉咙。你回到洗澡间，仔细地消灭了男女共浴的痕迹，然后回到了自己的房间。你擦干了身体，在风扇前吹干了头发，把眼前的事情反反复复地想了好多遍，直到感到理由合情合理、无懈可击了时，你才让自己的脑袋休息了一会。然后你走出房间，到保姆的房间里给孩子喂奶，然后吩咐厨师开夜餐。坐在饭桌前，你对保姆说：爷爷好像在洗澡，你去喊一下吧，让他也出来吃一点。保姆自然喊不应。你让厨师去洗澡间看看，你等待着厨师的惊叫。一切都与你事先想好的一样：厨师惊叫，你打电话，市里领导和医生赶来，众人装出沉重的样子，地委秦书记在洗澡时因心脏病突发身亡。

你臂戴黑纱，怀抱婴儿，出席他的追悼会，接受领导们的慰问。你的心情的确很沉重，你甚至流了眼泪。但在这个过程中，你怀中的孩子却不断地笑响了喉咙。

秦书记追悼会开后的一个星期，就是公元一千九百七十六年的九月九日，一个旧的时代，缓缓地拉上了沉重的大幕。

尾　　声

在本案开庭前的深夜，你敲开了马叔的家门。你的出现让他大吃了一惊。在短短的半个月的时间内，你的头发白了一半。他把你让到屋里，还是那样拘谨谦恭地说：林岚，请你原谅我，法律就是法律…… 你苦笑一声，道：我不是来跟你谈法律的，我想弄明白，将近三十年前，你为什么抛弃了我？

他歪着头看着墙壁，说：金大川在宿舍里拿出你的内衣，说你与他已经……

你猛地站了起来，浑身哆嗦，像一片风中的树叶。然后，你颓唐地坐下，说：在红树林养珠场三年，我丢了十几件内衣。

他说：后来，我知道错怪你了。

你说：我也告诉你一个秘密——大虎的父亲，其实是那个被你父亲打掉了门牙的秦书记。

他双手抱着脑袋，不敢抬头看你。

你冷笑一声，说：现在，我在你的心目中更是一钱不值了吧？一个跟公公爬灰的女人,一个与鸭子宣淫的女人,一个跟害自己的男人通奸的女人。

他说:林岚……这不能全怨你……

你逼视着他,猛地掀开了裙子,露出了丰满的大腿,狂荡淫毒地说:想不想跟我这个破鞋睡一次?

现在轮到他哆嗦了。

他哆嗦着说:林岚,你不能这样糟蹋自己……

你狂笑一阵,说:我还有什么怕糟蹋的?我已经被你们这些好男人糟蹋成了垃圾,垃圾还怕糟蹋?

他说:林岚,忘掉过去吧,你还可以重新开始。

你将裙子甩下来,对着他的脸吐了一口唾沫。

最后的那个夜晚,在海边别墅里,你吞了足有半升珍珠。你感到肚子沉甸甸的,好像又一次怀上了婴儿。

马叔带人冲了进来。

他的同事给你戴铐子时,你大喊着:不,让马叔给我戴!

他从同事手里接过铐子,将你的手腕铐了起来。他说:林岚,明天我就辞职,我等你出来。

一口珍珠从胃里涌上来,你一张嘴,珍珠就哗哗地流出来。

珍珠从你的嘴里哗哗地流出来,大大小小的珍珠从你的嘴里流出来,闪烁着奇光异彩的珍珠从你的嘴里流出来……

在满地的珍珠滚动声里,他说:其实,我一直爱着你!

图书在版编目（CIP）数据

红树林/莫言著. -上海：上海文艺出版社.
2012.10(2012. 10 重印)
ISBN 978-7-5321-4632-1
Ⅰ. ①红… Ⅱ. ①莫… Ⅲ. ①长篇小说-中国-当代
Ⅳ. ①I247.5
中国版本图书馆 CIP 数据核字（2012）第 222814 号

出 品 人：陈　征
策　　划：曹元勇
责任编辑：谢　锦
封面设计：钱　祯
封面绘画：Jenny

红 树 林
莫 言 著
上海文艺出版社出版、发行
地址：上海绍兴路 74 号
新华书店经销 上海鸿建印务有限公司印刷
开本 650×958 1/16 印张 22.25 插页 2 字数 284,000
2012 年 10 月第 1 版 2012 年 10 月第 3 次印刷
ISBN 978-7-5321-4632-1/I·3610 定价：35.00 元

告读者 如发现本书有质量问题请与印刷厂质量科联系
T：021-69211091